本成果受到中国人民大学“中央高校建设世界一流大学（学科）和特色发展引导专项资金”支持，项目批准号：15XNLG09

李白诗解

The Interpretations of Li Bai's Poetry

薛天纬◎著

中国社会科学出版社

图书在版编目（CIP）数据

李白诗解／薛天纬著．—北京：中国社会科学出版社，2016.11

（大国学研究文库）

ISBN 978－7－5161－9874－2

Ⅰ.①李…　Ⅱ.①薛…　Ⅲ.①李白（701—762）—唐诗—诗歌研究　Ⅳ.①I207.22

中国版本图书馆 CIP 数据核字（2017）第 031390 号

出 版 人　赵剑英
责任编辑　史慕鸿
责任校对　刘　娟
责任印制　戴　宽

出　　版　中国社会科学出版社
社　　址　北京鼓楼西大街甲 158 号
邮　　编　100720
网　　址　http://www.csspw.cn
发 行 部　010－84083685
门 市 部　010－84029450
经　　销　新华书店及其他书店

印刷装订　北京君升印刷有限公司
版　　次　2016 年 11 月第 1 版
印　　次　2016 年 11 月第 1 次印刷

开　　本　710×1000　1/16
印　　张　27.5
插　　页　2
字　　数　453 千字
定　　价　118.00 元

凡购买中国社会科学出版社图书，如有质量问题请与本社营销中心联系调换
电话：010－84083683

前　言

李白诗歌传世约千首。解读李白诗歌，从不同角度看，可以得出易与难两种相悖的结论。从文化普及的角度看，广大读者对李白诗歌的一般阅读感受是平易晓畅，甚至是明白如话。《静夜思》这首小诗，是刚刚学习说话的幼儿首选的“语言文学教材”；《赠汪伦》《望庐山瀑布》等脍炙人口的七绝及《将进酒》、《行路难》（金樽清酒斗十千）等歌行名篇在人们口头广为传诵。这些事实都说明解读李白诗歌并不困难。然而换种眼光，从学术研究的角度看，李白诗歌却向称难解。姑不论那首被李白同时代的诗选家兼诗评家殷璠叹为“奇之又奇”（《河岳英灵集·小叙》）的《蜀道难》，千百年来对其解读形同聚讼，即便是《静夜思》，认真解读起来也有值得探讨的问题，比如：首句从“床前看月光”到“床前明月光”、第三句从“举头望山月”到“举头望明月”的文句演化是怎样发生的？首句中的“床”到底是什么物事？这两个问题至今仍吸引着一些研究者的兴趣。

这里所说的学术研究角度，指的是实证性研究，包括诗篇所涉史实的考订、诗人事迹的考订、诗歌文本的校订、诗中语词的训释以及诗歌主旨的阐释等。李白诗歌之所以难解，主要有两个原因：一是史料所限，二是李白诗歌以主观抒情为主的表现方式。现代学术史上的李白诗歌研究，就实证性研究而言，1978 年之前，很少为人所关注，因而成果寥寥，所可述及者，仅有詹锳先生作于 20 世纪 40 年代的系列论文（见《李白诗论丛》及《李白诗文系年》）、杨宪益先生发表于 1945 年的《李白与〈菩萨蛮〉》（载中华书局 1947 年 11 月版《零墨新笺》，收入中华书局 1964 年版《李白研究论文集》）、俞平伯先生发表于 1957 年的《〈蜀道难〉说》（载《文学研究集刊》第 5 册）、《今传李太白词的真伪问题》（载《文学研究》1957 年第 1 期）及发表于 1959 年的《李白〈古风〉第一首解析》

（载《文学遗产增刊》第 7 辑）、乔象钟先生发表于 1959 年的《李白从璘事辨》（载《文学遗产增刊》第 7 辑）、稗山先生发表于 1962 年的《李白两入长安辨》（载《中华文史论丛》第 2 辑）等。此外，还有郭沫若《李白与杜甫》（人民文学出版社 1971 年版）中的相关章节。这种局面的改变，始于“新时期”到来之际的 1978 年。此后的三十馀年间，在学术复兴的大背景下，以实证性研究和立足于实证性研究的诗旨阐释为基本取向的李白诗歌解读，取得了自古及今最重要、最明显的进展。这一进展，在整个唐诗研究领域都是最突出的。除了瞿蜕园、朱金城《李白集校注》（上海古籍出版社 1980 年版）、安旗主编《李白全集编年注释》（巴蜀书社 1990 年版）、詹锳主编《李白全集校注汇释集评》（百花文艺出版社 1996 年版）三种“今注本”外，研究成果的基本载体是大量的论文。李白诗歌解读的一系列重大的或具体而微的实证性问题，事实上都是在这些论文中得到解决的。这些论文所承载的原创性成果，有些已被三种“今注本”以及郁贤皓《李白选集》（上海古籍出版社 1990 年版）等李白诗选注本所吸收，但也还有大量成果处于散见状态，尚未得到系统梳理及吸纳。为了综合反映李白诗歌解读的新鲜学术成果，展现李白诗歌研究当前达到的学术水平，本书设计了具有一定创新意义的研究思路，即：除了融汇本书作者已发表或未发表的关于李白诗歌解读的看法外，着力之处，是广取现代李白研究史上、重点是 1978 年以来诸家所发表的论文中的成果，经过鉴别裁断，从中采撷本书作者认为有价值的见解，在集思广益的基础上展开对李白诗篇的解读。唐代诗人中，似只有李白诗歌的解读存在如此多的疑难问题和解读空间，也只有李白诗歌的解读近三十年来取得了如此巨大的进展，成果如此丰硕。本书的研究思路立足于李白这一特定研究对象，对李白诗歌来说具有唯一的适用性。

对于李白诗歌解读的重要问题，一般情况下，本书仅取具有代表性的一家之言。换句话说，对于自己不甚赞同的看法，一般不涉及、不评说。至于一些难以得出明确判断的问题，则不在此例，比如，李白流放是否到达了夜郎，即是二说并存。

本书旨在为李白研究者提供新鲜的学术信息，同时表达作者对于李白诗歌解读的观点。李白诗歌解读是一个尚未完成的过程，本书只是对这一过程的阶段性回顾和总结。本书的完成，同时也是对李白诗歌研究新成果的期待。如果这里所提供的学术信息能够对新成果的出现有所助益，那将是本书的价值在更高层面上的实现，是所至祈。

本书系作者 2007 年中报立项的国家社科基金一般项目“李白诗歌解读”的结题成果。该成果完成于 2010 年 6 月，2014 年 1 月通过鉴定，“鉴定等级”为“优秀”。兹援明人唐汝询《唐诗解》例，以《李白诗解》为书名。全书共选李白诗作 299 题 485 首。“附录”中有李白名下伪作 4 首。

本书采撷吸收了许多研究者的成果，谨对这些成果的原创者表示深挚的谢忱！

凡　例

一、李白诗作原文，从宋蜀刻本《李太白文集》（巴蜀书社 1985 年版）。对原文如作更动，均出校记。

二、本书专从实证角度解读李白诗歌，不涉艺术分析与鉴赏。

三、本书以安旗主编《李白全集编年注释》（本书作者是撰稿人之一）及其所附《李白简谱》（本书作者所撰）为据，将李白生平分为八个时期，依此八个时期分设八卷；依照古注本惯例将“古风”（及“类古风”）单列为第九卷；将其馀诗篇依诗体设为第十卷。为了集中讨论关于李白诗歌解读的若干问题，前八卷中有些并非作于这一时期的诗篇也可能编在该卷。

四、诗篇的解读体现于“题解”、“句笺”、“义释”三项（个别诗篇有“题校”或“句校”），但并非每首诗三项俱全。撰写解读文字的原则是须长则长，须短则短，长可千言，短则数语。“附录”卷之诗设“辨伪”项。

五、汲取他人研究成果，在行文无碍的前提下，尽量征引原文，并尽量引述其基本论据，以显示其原貌。汲取他人成果，一般采用“某曰”的形式，并随文标明出处。某成果在某卷中首次出现时，标明文章题目及发表处；再次出现，仅标明题目。某成果在同一诗篇中多次出现，仅于首次标明出处，其馀则以“某曰”征引之。个别情况下征引原文于行文不便，则撮取原文大意，标明出处时加“见”字。采自专著及论文集的成果，征引时仅标出论文题目及书名，其出版社及出版年份见“参考书目”。征引他人成果之后，如有所申说，以“纬按”出之。

采撷本书作者在已经发表过的论文中提出的关于李白诗歌解读的材料及观点时，亦均说明原出处。

六、每卷之后，列出“本卷讨论的主要问题”。

七、每卷之后，列出“本卷所采撷论著”。

八、本书采撷他人观点，一般只取自己认可的一种而不事争论。但遇有争议而难以裁断的问题，则对有价值的不同观点加以介绍。

九、本书将萧士赟《分类补注李太白诗》、胡震亨注《李诗通》、王琦注《李太白全集》简称为“萧注”、“胡注”、“王注”；将瞿蜕园、朱金城《李白集校注》，安旗主编《李白全集编年注释》，詹锳主编《李白全集校注汇释集评》简称为“瞿、朱注”、“安注”、“詹注”。以上注本中的内容，本书一般不征引，但有两种例外情况：其一，“瞿、朱注”、“安注”、“詹注”已汲取的今人研究成果，为彰显其原创性，本书可能再次征引；其二，“安注”中某些出于本书作者的看法，在本书中可能再次申述。

十、第十卷如出现组诗，一般据其第一首之诗体编入相应处。

目　　录

第一卷　蜀中及出蜀之什

访戴天山道士不遇 …………………………………………………… (3)
寻雍尊师隐居 ………………………………………………………… (3)
望夫石 ………………………………………………………………… (4)
对雨 …………………………………………………………………… (5)
晓晴 …………………………………………………………………… (5)
初月 …………………………………………………………………… (6)
雨后望月 ……………………………………………………………… (6)
题江油尉厅 …………………………………………………………… (7)
上李邕 ………………………………………………………………… (9)
酬宇文少府见赠桃竹书筒 ………………………………………… (10)
春感诗 ……………………………………………………………… (10)
冬日归旧山 ………………………………………………………… (11)
登锦城散花楼 ……………………………………………………… (13)
白微时募县小吏入令卧内尝驱牛经堂下令妻怒将加诘责
　白亟以诗谢云 …………………………………………………… (13)
别匡山 ……………………………………………………………… (14)
峨眉山月歌 ………………………………………………………… (18)
宿巫山下 …………………………………………………………… (19)
自巴东舟行经瞿塘峡登巫山最高峰晚还题壁 …………………… (20)
巴女词 ……………………………………………………………… (22)

渡荆门送别 …………………………………………………………………… (22)
荆门浮舟望蜀江 ……………………………………………………………… (23)

第二卷　酒隐安陆及初入长安之什

淮南卧病书怀寄蜀中赵征君蕤 …………………………………………… (29)
山中问答 ……………………………………………………………………… (30)
赠内 …………………………………………………………………………… (30)
安州应城玉女汤作 …………………………………………………………… (31)
酬坊州王司马与阎正字对雪见赠 ………………………………………… (32)
玉真公主别馆苦雨赠卫尉张卿二首 ……………………………………… (34)
夜别张五 ……………………………………………………………………… (37)
秋山寄卫尉张卿及王征君 ………………………………………………… (38)
酬崔五郎中 …………………………………………………………………… (38)
赠裴十四 ……………………………………………………………………… (40)
登新平楼 ……………………………………………………………………… (40)
赠新平少年 …………………………………………………………………… (41)
豳歌行上新平长史兄粲 ……………………………………………………… (42)
留别王司马嵩 ………………………………………………………………… (42)
春归终南山松龙旧隐 ………………………………………………………… (43)
酬王补阙翼惠庄庙宋丞泚赠别 …………………………………………… (44)
叙旧赠江阳宰陆调 …………………………………………………………… (45)
寄淮南友人 …………………………………………………………………… (46)
长相思（长相思，在长安） ………………………………………………… (47)
行路难三首 …………………………………………………………………… (47)
蜀道难 ………………………………………………………………………… (51)
送友人入蜀 …………………………………………………………………… (55)
自溧水道哭王炎三首 ………………………………………………………… (56)
梁园吟 ………………………………………………………………………… (57)
将进酒 ………………………………………………………………………… (58)
冬夜醉宿龙门觉起言志 ……………………………………………………… (60)

梁甫吟 …… (60)
春夜洛城闻笛 …… (61)
江夏别宋之悌 …… (62)
襄阳歌 …… (63)
忆襄阳旧游赠马少府巨 …… (64)
赠从兄襄阳少府皓 …… (64)
赠孟浩然 …… (65)
大堤曲 …… (66)
江夏行 …… (66)
黄鹤楼送孟浩然之广陵 …… (67)

第三卷　寓家东鲁之什

郧中赠王大劝入高凤石门山幽居 …… (73)
五月东鲁行答汶上翁 …… (74)
嘲鲁儒 …… (75)
赠从弟冽 …… (76)
送萧三十一之鲁中兼问稚子伯禽 …… (77)
寄东鲁二稚子 …… (78)
东鲁门泛舟二首 …… (80)
送韩准裴政孔巢父还山 …… (81)
赠别王山人归布山 …… (82)
鲁郡东石门送杜二甫 …… (82)
沙丘城下寄杜甫 …… (83)
鲁东门观刈蒲 …… (84)
鲁郡尧祠送张十四游河北 …… (84)
鲁城北郭曲腰桑下送张子还嵩阳 …… (85)
早秋单父南楼酬窦公衡 …… (85)
酬中都小吏携斗酒双鱼于逆旅见赠 …… (86)
游泰山六首 …… (86)
酬张卿夜宿南陵见赠 …… (88)

南陵别儿童入京 …………………………………………………………… (90)

第四卷 供奉翰林之什

从驾温泉宫醉后赠杨山人 …………………………………………………… (97)
朝下过卢郎中叙旧游 ………………………………………………………… (98)
侍从宜春苑奉诏赋龙池柳色初青听新莺百啭歌 ………………………… (99)
宫中行乐词八首 ……………………………………………………………… (99)
春日行 ………………………………………………………………………… (101)
清平调词三首 ………………………………………………………………… (102)
上云乐 ………………………………………………………………………… (105)
君道曲 ………………………………………………………………………… (107)
胡无人 ………………………………………………………………………… (108)
君子有所思行 ………………………………………………………………… (109)
陌上桑 ………………………………………………………………………… (110)
塞下曲六首 …………………………………………………………………… (110)
送程刘二侍御兼独孤判官赴安西幕府 ……………………………………… (112)
同族弟金城尉叔卿烛照山水壁画歌 ………………………………………… (113)
前有樽酒行二首 ……………………………………………………………… (113)
白鼻騧 ………………………………………………………………………… (114)
少年行二首 …………………………………………………………………… (114)
子夜吴歌四首 ………………………………………………………………… (115)
翰林读书言怀呈集贤诸学士 ………………………………………………… (116)
上之回 ………………………………………………………………………… (120)
乌栖曲 ………………………………………………………………………… (121)
阳春歌 ………………………………………………………………………… (121)
怨情 …………………………………………………………………………… (122)
长信宫 ………………………………………………………………………… (122)
枯鱼过河泣 …………………………………………………………………… (123)
月下独酌四首 ………………………………………………………………… (124)
下终南山过斛斯山人宿置酒 ………………………………………………… (125)

来日大难 …………………………………………………………（126）
还山留别金门知己 …………………………………………………（126）
送杨山人归嵩山 ……………………………………………………（127）
阴盘驿送贺监归越 …………………………………………………（128）
灞陵行送别 …………………………………………………………（129）
春陪商州裴使君游石娥溪 …………………………………………（130）
过四皓墓 ……………………………………………………………（131）
赠崔侍御（长剑一杯酒） …………………………………………（131）
赠崔侍御（黄河三尺鲤） …………………………………………（132）

第五卷　去朝十年之什

访道安陵遇盖寰为余造真箓临别留赠 ……………………………（137）
奉饯高尊师如贵道士传道箓毕归北海 ……………………………（138）
草创大还赠柳官迪 …………………………………………………（138）
东海有勇妇 …………………………………………………………（140）
对雪献从兄虞城宰 …………………………………………………（141）
对雪奉饯任城六父秩满归京 ………………………………………（141）
鲁郡尧祠送窦明府薄华还西京 ……………………………………（142）
单父东楼秋夜送族弟况之秦 ………………………………………（143）
金乡送韦八之西京 …………………………………………………（145）
鲁中都东楼醉起作 …………………………………………………（145）
梦游天姥吟留别东鲁诸公 …………………………………………（146）
丁督护歌 ……………………………………………………………（148）
答湖州迦叶司马问白是何人 ………………………………………（149）
送杨燕之东鲁 ………………………………………………………（150）
酬崔侍御 ……………………………………………………………（151）
玩月金陵城西孙楚酒楼达曙歌吹日晚乘醉著紫绮裘乌纱巾与
　酒客数人棹歌秦淮往石头访崔四侍御 …………………………（152）
答王十二寒夜独酌有怀 ……………………………………………（153）
雪谗诗赠友人 ………………………………………………………（154）

僧伽歌 …………………………………………………………………… (156)
与元丹丘方城寺谈玄作 ……………………………………………… (157)
忆旧游寄谯郡元参军 ………………………………………………… (158)
留别于十一兄逖裴十三游塞垣 ……………………………………… (160)
魏郡别苏少府因 ……………………………………………………… (162)
自广平乘醉走马六十里至邯郸登城楼览古书怀 …………………… (162)
邯郸南亭观妓 ………………………………………………………… (163)
少年行 ………………………………………………………………… (164)
行行游且猎篇 ………………………………………………………… (165)
出自蓟北门行 ………………………………………………………… (165)
幽州胡马客歌 ………………………………………………………… (166)
北风行 ………………………………………………………………… (167)
戏赠杜甫 ……………………………………………………………… (167)
述德兼陈情上哥舒大夫 ……………………………………………… (169)
远别离 ………………………………………………………………… (170)
留别曹南群官之江南 ………………………………………………… (170)
江上答崔宣城 ………………………………………………………… (172)
自梁园至敬亭山见会公谈陵阳山水兼期同游因有此赠 …………… (173)
至陵阳山登天柱石酬韩侍御见招隐黄山 …………………………… (174)
题宛溪馆 ……………………………………………………………… (175)
赠宣城宇文太守兼呈崔侍御 ………………………………………… (175)
登敬亭北二小山余时送客逢崔侍御并登此地 ……………………… (176)
宣州九日闻崔四侍御与宇文太守游敬亭余时登响山不同此
赏醉后寄崔侍御二首 ………………………………………………… (177)
独坐敬亭山 …………………………………………………………… (178)
宣州谢朓楼饯别校书叔云 …………………………………………… (178)
饯校书叔云 …………………………………………………………… (180)
赠宣城赵太守悦 ……………………………………………………… (180)
秋日登扬州西灵塔 …………………………………………………… (182)
送王屋山人魏万还王屋 ……………………………………………… (183)
寄上吴王三首 ………………………………………………………… (184)
同吴王送杜秀芝赴举入京 …………………………………………… (185)

口号吴王美人半醉 …………………………………………………… (185)
庐江主人妇 …………………………………………………………… (186)
哭晁卿衡 ……………………………………………………………… (186)
秋浦歌十七首 ………………………………………………………… (187)
清溪行 ………………………………………………………………… (193)
游秋浦白笴陂二首 …………………………………………………… (193)
宿虾湖 ………………………………………………………………… (194)
与周刚清溪玉镜潭宴别 ……………………………………………… (195)
赠汪伦 ………………………………………………………………… (195)
过汪氏别业二首 ……………………………………………………… (196)
答杜秀才五松山见赠 ………………………………………………… (197)
姑熟十咏 ……………………………………………………………… (198)

第六卷　安史乱中与从璘之什

经乱后将避地剡中留赠崔宣城 ……………………………………… (207)
赠溧阳宋少府陟 ……………………………………………………… (208)
扶风豪士歌 …………………………………………………………… (209)
猛虎行 ………………………………………………………………… (210)
感时留别从兄徐王延年从弟延陵 …………………………………… (211)
赠王判官时余归隐居庐山屏风叠 …………………………………… (212)
赠韦秘书子春 ………………………………………………………… (213)
别内赴征三首 ………………………………………………………… (214)
在水军宴韦司马楼船观妓 …………………………………………… (216)
在水军宴赠幕府诸侍御 ……………………………………………… (216)
永王东巡歌十一首 …………………………………………………… (217)
南奔书怀 ……………………………………………………………… (223)
君马黄 ………………………………………………………………… (225)
箜篌谣 ………………………………………………………………… (226)
上留田 ………………………………………………………………… (226)
上崔相百忧章 ………………………………………………………… (227)

狱中上崔相涣 …………………………………………………………………… (229)
系寻阳上崔相涣三首 ……………………………………………………………… (230)
赋得鹤送史司马赴崔相公幕 ……………………………………………………… (230)
万愤词投魏郎中 …………………………………………………………………… (231)
中丞宋公以吴兵三千赴河南军次寻阳脱余之囚参谋幕府因赠之 … (233)
陪宋中丞武昌夜饮怀古 …………………………………………………………… (233)
赠何七判官昌浩 …………………………………………………………………… (234)
泾溪南蓝山下有落星潭可以卜筑余泊舟石上寄何判官昌浩 ……… (235)
避地司空原言怀 …………………………………………………………………… (236)
赠张相镐二首 ……………………………………………………………………… (237)

第七卷　长流夜郎之什

上皇西巡南京歌十首 ……………………………………………………………… (243)
流夜郎闻酺不预 …………………………………………………………………… (247)
公无渡河 …………………………………………………………………………… (248)
流夜郎永华寺寄寻阳群官 ………………………………………………………… (249)
流夜郎至西塞驿寄裴隐 …………………………………………………………… (250)
与史郎中钦听黄鹤楼上吹笛 ……………………………………………………… (251)
张相公出镇荆州寻除太子詹事余时流夜郎行至江夏与张公
　去千里公因太府丞王昔使车寄罗衣二事及五月五日赠余
　诗余答以此诗 …………………………………………………………………… (252)
流夜郎赠辛判官 …………………………………………………………………… (253)
流夜郎至江夏陪长史叔及薛明府宴兴德寺南阁 ………………………… (254)
望鹦鹉洲怀祢衡 …………………………………………………………………… (255)
泛沔州城南郎官湖 ………………………………………………………………… (256)
送郄昂谪巴中 ……………………………………………………………………… (258)
寄王汉阳 …………………………………………………………………………… (258)
醉题王汉阳厅 ……………………………………………………………………… (259)
放后遇恩不沾 ……………………………………………………………………… (259)
赠别郑判官 ………………………………………………………………………… (260)

留别龚处士 ……………………………………………………………… (261)
上二峡 …………………………………………………………………… (262)
自汉阳病酒归寄王明府 ……………………………………………… (262)
流夜郎半道承恩放还兼欣克复之美书怀示息秀才 ………………… (264)
与诸公送陈郎将归衡阳并序 ………………………………………… (265)
窜夜郎于乌江留别宗十六璟 ………………………………………… (267)
赠从弟南平太守之遥二首 …………………………………………… (268)
流夜郎题葵叶 ………………………………………………………… (269)
望木瓜山 ……………………………………………………………… (270)
南流夜郎寄内 ………………………………………………………… (271)
忆秋浦桃花旧游时窜夜郎 …………………………………………… (271)
早发白帝城 …………………………………………………………… (272)
江夏赠韦南陵冰 ……………………………………………………… (272)
经乱离后天恩流夜郎忆旧游书怀赠江夏韦太守良宰 ……………… (273)
江夏使君叔席上赠史郎中 …………………………………………… (275)

第八卷 晚年之什

寄韦南陵冰余江上乘兴访之遇寻颜尚书笑有此赠 ………………… (281)
峨眉山月歌送蜀僧晏入中京 ………………………………………… (281)
巴陵赠贾舍人 ………………………………………………………… (282)
陪族叔刑部侍郎晔及中书贾舍人至游洞庭五首 …………………… (283)
陪侍郎叔游洞庭醉后三首 …………………………………………… (284)
赠卢司户 ……………………………………………………………… (285)
草书歌行 ……………………………………………………………… (285)
庐山谣寄卢侍御虚舟 ………………………………………………… (286)
三山望金陵寄殷淑 …………………………………………………… (287)
送殷淑三首 …………………………………………………………… (287)
夜泊黄山闻殷十四吴吟 ……………………………………………… (288)
天马歌 ………………………………………………………………… (289)
豫章行 ………………………………………………………………… (290)

独漉篇 …………………………………………………………………………（291）
闻李太尉大举秦兵百万出征东南懦夫请缨冀申一割之用半道病
　还留别金陵崔侍御十九韵 ……………………………………………………（292）
献从叔当涂宰阳冰 ……………………………………………………………（294）
酬殷佐明见赠五云裘歌 ………………………………………………………（295）
宣城见杜鹃花 …………………………………………………………………（296）
游谢氏山亭 ……………………………………………………………………（296）
九日龙山饮 ……………………………………………………………………（297）
九月十日即事 …………………………………………………………………（298）

第九卷　古风之什

古风五十九首 …………………………………………………………………（303）
效古二首 ………………………………………………………………………（338）
感寓二首 ………………………………………………………………………（340）
拟古十二首 ……………………………………………………………………（341）
感兴八首 ………………………………………………………………………（345）
寓言三首 ………………………………………………………………………（348）
感遇四首 ………………………………………………………………………（349）

第十卷　依诗体编排之什

五言古体

长干行 …………………………………………………………………………（355）
秋日炼药院镊白发赠元六兄林宗 ………………………………………………（356）
赠嵩山焦炼师并序 ……………………………………………………………（357）
玉真仙人词 ……………………………………………………………………（358）
独酌 ……………………………………………………………………………（358）
郢门秋怀 ………………………………………………………………………（359）

庐山东林寺夜怀 …… (359)
金陵江上遇蓬池隐者 …… (361)
天台晓望 …… (361)
江上望皖公山 …… (362)
送温处士归黄山白鹅峰旧居 …… (362)
嵩山采菖蒲者 …… (363)
送杨少府赴选 …… (364)
金陵凤凰台置酒 …… (365)
江西送友人之罗浮 …… (366)
早秋赠裴十七仲堪 …… (367)
赠韦侍御黄裳二首 …… (368)
赠僧朝美 …… (369)
闺情 …… (370)
与从侄杭州刺史良游天竺寺 …… (370)

七言及杂言古体

白头吟二首 …… (371)
战城南 …… (372)
金陵酒肆留别 …… (373)
日出入行 …… (373)

五言律诗

挂席江上待月有怀 …… (374)
宴陶家亭子 …… (375)
同族侄评事黯游昌禅师山池二首 …… (375)
杭州送裴大泽赴庐州长史 …… (376)
咏山樽二首 …… (377)

五言绝句

相逢行 …… (378)
静夜思 …… (378)
答友人赠乌纱帽 …… (383)

送侄良携二妓赴会稽戏有此赠 …………………………………… (384)
舍利佛 …………………………………………………………………… (384)
摩多楼子 ………………………………………………………………… (385)

七言绝句

望天门山 ………………………………………………………………… (386)
望庐山瀑布二首 ………………………………………………………… (386)
陌上赠美人 ……………………………………………………………… (388)
巫山枕障 ………………………………………………………………… (389)

词

菩萨蛮 …………………………………………………………………… (390)
忆秦娥 …………………………………………………………………… (394)

附录　羼入之什

太华观 …………………………………………………………………… (401)
送贺监归四明应制 ……………………………………………………… (401)
代佳人寄翁参枢先辈 …………………………………………………… (402)
上清宝鼎诗 ……………………………………………………………… (403)

参考书目 ……………………………………………………………… (406)
诗歌篇目索引 ………………………………………………………… (412)
后记 …………………………………………………………………… (419)

第一卷

蜀中及出蜀之什

访戴天山道士不遇

［题解］

蒋志引清同治《彰明县志》："大匡山，治北三十里，宋杨天惠避讳作康山，其山巅名戴天山，李太白读书匡山有《访戴天山道士不遇》诗，杜子美'匡山读书处，头白好归来'俱指此。今入江油。"又曰："实际情况是匡山是戴天山脚下的一座小山头，从匡山到戴天山主峰约五十华里，戴天山与匡山都是岷山山脉中大小不同而又紧密联结的两座山。"（《李白在巴蜀的事迹、诗作及交游考》，载《李白与地域文化》）

犬吠水声中，桃花带露浓。树深时见鹿，溪午不闻钟。野竹分青霭①，飞泉挂碧峰。无人知所去，愁倚两三松。

［句笺］

①"野竹"句，谓透过青青云气，看到一片野竹。分，显露，呈现（训见《诗词曲语词例释》）。

［义释］

此为宋本李白集所载唯一可断为诗人出蜀前作于故里的诗篇，显示了李白早年故里诗作的一般性特征。

此诗也是李白少年学道的实证。

寻雍尊师隐居

群峭碧摩天，逍遥不记年。拨云寻古道，倚树听流泉。花暖青牛卧，松高白鹤眠。语来江色暮，独自下寒烟。

[义释]

吴丹雨将此诗与《访戴天山道士不遇》相对照，认为二诗多有相近处，并谓此诗所写雍尊师隐居处在太华山（见《李白蜀中诗掇述》，载李白研究学会编《李白研究论丛》）。安注亦谓二诗“颇类”。胡注在“五言律诗”卷将二诗连排，或寓视为同类之意。

望夫石

[题解]

此及以下五首五律，应为李白在故里的少作。本诗见于《文苑英华》卷一百六十，宋本李白集不载。

据王琦《李太白年谱》记载，故里曾有两种李白少作的诗集：其一，《唐诗纪事》卷十八引北宋元符二年（1099）彰明县令杨天惠撰《彰明逸事》云：“时太白齿方少，英气溢发，诸为诗文甚多，微类《宫中行乐词》体。今邑人所藏百篇，大抵皆格律也。虽颇体弱，然短羽褵褷，已有雏凤态。淳化中，县令杨遂为之引，谓为少作是也。”淳化（990—994）上距北宋开国不过三十年，此“邑人所藏百篇”的诗集，很可能编成于唐代。诗的特点，就形式言，“大抵皆格律”；就艺术水准言，一则“颇体弱”，一则“已有雏凤态”。其二，晁公武《郡斋读书志》卷十七载《李翰林集》二十卷，曰：“近蜀本又附入左绵邑人所裒白隐处少年所作诗六十篇，尤为浅俗。白天才英丽，其辞逸荡隽伟，飘然有超世之心，非常人所及，读者自可别其真伪也。”晁氏曾在蜀中任官，所以有机会看到这个后世不传而附有六十篇少作的“蜀本”，但他认为“邑人所裒”的六十篇是伪作。

王琦在没有机会看到晁氏所记“白隐处少年所作诗六十篇”的前提下，推断曰：“疑《文苑英华》所载五律数首，或即是与?”并将这五首诗编入所注《李太白全集》之“诗文拾遗”卷。

仿佛古容仪，含愁带曙辉。露如今日泪，苔似昔年衣。有恨同湘女，无言类楚妃。寂然芳霭内，犹若待夫归[1]。

［句校］

［1］待，《文苑英华》作"带"，注云"一作待"。纬按：第二句已有"带"字，末句不宜复用，"带夫归"语意亦不通，《文苑英华》误。

对　雨

［题解］

本诗见于《文苑英华》卷一百五十三，宋本李白集不载。

卷帘聊举目，露湿草绵绵。古岫披云毳，空庭织碎烟。水红愁不起[1]，风线重难牵。尽日扶犁叟，往来江树前。

［句校］

［1］红，《文苑英华》注云："疑作纹。"所疑是，"水纹"与下句"风线"对举。

晓　晴

［题解］

本诗见于《文苑英华》卷一百五十五，宋本李白集不载。

野凉疏雨歇，春色偏萋萋。鱼跃青池满，莺吟绿树低。野花妆面湿，山草纽斜齐[1]。零落残云片，风吹挂竹溪。

［句笺］

①纽斜，此词唐诗中仅此一见，其含义无所参照。安注："纽斜齐，似谓山草雨后披拂之状。"

初　月

［题解］

本诗见于《文苑英华》卷一百五十一，宋本李白集不载。

玉蟾离海上，白露湿花时。云畔风生爪，沙头水浸眉[1]。乐哉弦管客，愁杀战征儿。因绝西园赏，临风一咏诗。

［句笺］

①"玉蟾"四句，张才良曰："诗题毫不含糊地写作'初月'。据此，可以断定诗中似爪、似眉的玉蟾，只能是黄昏时出现在西方天空的新月，而不是日出之前从东方升起的残月；'离海上'的'海'……只能是西海，而不是东海。"（《李白咏月诗的月相研究》，载《中国李白研究》1990年集·下）

雨后望月

［题解］

本诗见于《文苑英华》卷一百五十二，宋本李白集不载。

四郊阴霭散，开户半蟾生[①]。万里舒霜合，一条江练横。出时山眼白[②]，高后海心明[③]。为惜如团扇，长吟到五更。

[句笺]

①半蟾，此指夏历初七、初八前后的半圆月。

②山眼，月在山巅，有如山之眼目。

③海心，犹中天，海即李商隐《嫦娥》诗所谓"碧海青天"。

[义释]

以上《望夫石》、《对雨》、《晓晴》、《初月》、《雨后望月》五诗，由以下诸端，可以判定确为诗人少作。

其一，以诗体言，诸诗皆为五律，且格律严整，正可与杨天惠所说"大抵皆格律也"相印证。

其二，以题材言，《望夫石》系民间传说，或来自诗人之间接闻见；其馀皆写景之作，所写皆平居所见寻常景物，景物又被直接取为诗题。写作此类诗篇的目的，颇似进行五律技巧训练。

其三，语言平直浅近，甚至如晁公武所说"浅俗"。诗中多用习见典故，如"玉蟾"、"西园赏"、"团扇"、"湘女"、"楚妃"等。描写景物亦多用习见词，且重复率很高，如蟾、露、霭、海、山、云、水、风均出现两次以上。以上诸端无不休现"隐处少年所作"的特点。晁公武所称"其辞逸荡隽伟"，乃是诗人风格成熟后所显示的特征，固不可用以否定其少年之作。换个角度看，正因为这些诗篇稚嫩，所以不为诗人所重，故而未收入其文集，而仅在故邑流传。

参见薛天纬《李白出蜀漫议》，载《中国李白研究》1997 年集。

题江油尉厅

[题解]

此诗见于杨慎《全蜀艺文志》，王注录入"诗文拾遗"卷，题为《赠江油尉》。明·曹学佺尝云："予得诸碑刻，有题江油主簿厅，为米芾书。"（《万县西太白祠堂记》，见王注卷三十六"附录·外记"）江油李白纪念馆编"李白纪念馆丛刊之二"《李白留故里诗选注》载有米芾所书诗碑影印图片（碑藏江油李白纪念馆），题作《太白题江油尉厅》，末署"米元章书"。则诗题应作《题江油尉厅》。江油，据《元和郡县图志·剑南道下》，为龙州属县；李白之故里昌明县则为绵州属县。二州相邻，龙州在绵州北。《唐诗纪事》引《彰明逸事》谓白"隐居戴天大匡山，往来旁郡"，此诗或即来至"旁郡"龙州时作。

岚光深院里，傍砌水泠泠。野燕巢官舍，溪云入古厅[1]。日斜孤吏过，帘卷乱峰青。五色神仙尉①，焚香读道经。

［句校］

［1］"溪云"句，王注作"溪云入□厅"，据《李白留故里诗选注》补入"古"字。**丁稚鸿《李白留故里诗析疑》（载《唐代文学论丛》总第五辑）有详校。**

［句笺］

①"五色"句，用梅福典故，诸家注之已详。**朱金城释"五色"曰："《三国志》卷一《魏书·武帝纪》云：'除洛阳北部尉，迁顿丘令。'裴松之注引《曹瞒传》云：'太祖初入尉廨，缮治四门，造五色棒，县门左右各十余枚，有犯禁者，不避豪强，皆棒杀之'云云，则此'五色棒'也是县尉的典故。"（《双白簃读〈李白集〉札记续篇》，载《中国李白研究》1990年集·下）**纬按，此句连用二典，"五色"言其治绩，"神仙"言其高致。

［义释］

由结末二句可知，此江油尉亦道教信徒，与诗人好尚相同。由此显示了西蜀之地浓厚的道教氛围。

上李邕

[题解]

安注引《通鉴》开元六年冬十一月宋璟奏请除李邕渝州刺史一段文字，又引《金石萃编》卷七十一《修孔子庙碑》，碑末署“朝散大夫持节度渝州诸军事守渝州刺史江夏李邕文”、“开元七年十月十五日立”，因判定李邕开元七年任渝州刺史。李白曾往渝州谒见李邕，并作此诗，其时约在开元九年春。

大鹏一日同风起，抟摇直上九万里[①]。假令风歇时下来，犹能簸却沧溟水[②]。世人见我恒殊调，闻余大言皆冷笑。宣父犹能畏后生，丈夫未可轻年少。

[句笺]

①“大鹏”二句，与《大鹏赋》“激三千以崛起，向九万而迅征”二句意同。同风起，即时运到来。

②“假令”二句，与《大鹏赋》“猛势所射，馀风所吹，溟涨沸渭，岩峦纷披”数句意同。风歇，即时运消失。

[义释]

李白《古风五十九首》之三十三（北溟有巨鱼）借《庄子·逍遥游》之大鹏抒写不凡抱负，或与本年谒李邕事相关。李邕闻白大言，宜有劝诫之词，白颇不以为然而作此诗以回敬之。《上李邕》虽为李白早年之作，却已奠定了他怀抱终生的人生理想与信念。此理想与信念在出蜀后所作《大鹏赋》中有进一步宣达，其要义可以《大鹏赋》二语概括，即：“旷荡而纵适”“顺时而行藏”。

酬宇文少府见赠桃竹书筒

[题解]

桃竹书筒，丁稚鸿谓为桃枝竹篾编织而成（见《李白〈酬宇文少府见赠桃竹书筒〉中“桃竹书筒”解》，载《千年诗魂，蜀道李白》）。

桃竹书筒绮绣文，良工巧妙称绝群。灵心圆映三江月，彩质叠成五色云①。中藏宝诀峨眉去，千里提携长忆君。

[句笺]

①“灵心”二句，丁稚鸿曰：“书筒上编的是一幅颇具立体感的山水画。这幅画中，天空有明月一轮，有五彩云霓；地上有山岭蜿蜒，江河奔流。……‘彩质叠成五色云’……是彩漆所为之竹编织而成。……一个‘叠’字，便见其为一层层‘叠’上去的。”

春感诗

[题解]

此诗见于《唐诗纪事》卷十八引杨天惠《彰明逸事》：“太白从（赵蕤）学岁馀，去游成都，赋《春感》诗云：‘茫茫南与北……’益州刺史苏颋见而奇之。”

胡注编在“附录”卷，王注编在“诗文拾遗”卷。

茫茫南与北，道直事难谐。榆荚钱生树，杨花玉糁街。尘萦游子面，蝶弄美人钗。却忆青山上，云门掩竹斋。

［义释］

刘友竹认为李白是在谒见李邕而受到冷遇后，又往成都谒见益州刺史苏颋，并赋《春感》诗，“因所求未达，心绪不佳”（见《李白与李邕关系考》，载《中国李白研究》1990 年集·上）。李白《上安州裴长史书》曰：“前礼部尚书苏公出为益州长史，白于路中投刺，待以布衣之礼。因谓群寮曰：‘此子天才英丽，下笔不休，虽风力未成，且见专车之骨，若广之以学，可以相如比肩也。’”**陈钧谓苏颋于开元九年春入蜀，李白谒见苏颋即在其时，又云：“李白投献给苏颋的，主要是以《大猎赋》为代表的赋作，还有以《春感》为代表的诗作，很可能是即兴应景之作。”（《李白谒见苏颋年代考辨》，载《中国李白研究》1990 年集·上）**纬按，《春感》诗固与谒见苏颋事有关，然详诗意，似作于事后。盖青年李白虽获苏颋鼓励，但干谒毕竟无成，而况此前又有谒见渝州刺史李邕未果之事（参见本卷《上李邕》），故有“道直事难谐”之叹，且遵苏颋教诲，作归山掩门读书计。

明·杨慎《升庵集》数次提及苏颋荐举李白之事，如卷五十六“太白怀乡句”条：“苏颋《荐西蜀人才疏》云：‘赵蕤术数，李白文章。’”**林大志谓：“苏颋曾两度入蜀。其具体时间，当前研究界多认为一在开元九年春至开元十年秋，一在开元十一年秋至十二年夏。开元九年苏颋初入蜀，李白即投刺干谒。二人一见，颇感相契，苏颋对其天资、文才深为嘉许。……苏颋上疏的具体时间现已难确考。窃以为或在其第二次入蜀之后，即开元十一年秋之后。”（《李白自比相如及其与苏颋之关系》，载《中国李白研究》2009 年集）**

冬日归旧山

［题解］

此诗见于《文苑英华》卷一百六十，宋本李白集不载。胡注编在“附录”卷，王注编在“诗文拾遗”卷。曰“归旧山”，则此前当有出山之事。旧山，应指在故里隐处读书时的山居。**陈广福曰："旧山就是大匡山，因为当时当地称匡山为旧山。现存的《敕赐中和大明寺住持记》宋碑中就明显地载道：'太白旧山大明寺，靠戴天之山'**（纬按，此处引录碑文不甚准确，宜参看本卷《别匡山》诗'义释'所录碑文），**也就是匡山。"（《李白蜀中诗掇述》，载李白研究学会编《李白研究论丛》）**杜甫《不见》诗云："匡山读书处，头白好归来。"

未洗染尘缨，归来芳草平[①]。一条藤径绿，万点雪峰晴[②]。地冷叶先尽，谷寒云不行。嫩篁侵舍密，古树倒江横。白犬离村吠，苍苔上壁生。穿厨孤雉过，临屋旧猿鸣。木落禽巢在，篱疏兽路成。拂床苍鼠走，倒箧素鱼惊。洗砚修良策，敲松拟素贞[③]。此时重一去，去合到三清。

［句笺］

①芳草平，**陈广福曰："实指也是匡山。因'平'与'坪'相通，所以在《敕赐中和大明寺住持记》中载李白'后于此山读书，于乔松滴翠之平，有十载'。很显然，这其中的'平'字，就是匡山的代名词。"**

②雪峰晴，李白故里地处川西，望中可见雪山。

③"敲松"句，以松树拟人不染尘俗的品格，并有自励之意。

［义释］

诗应作于诗人青年时代在蜀中游历干谒归来后，可与本卷《春感》诗互参。青年李白既有用世热情，又深受道家思想影响，两者交互为用，此消彼长。诗中"洗砚"二句即是这种思想状况的反映，上句犹作用世的准备，下句却有贞节自守、不从流俗的打算，篇末更发为游仙之想，印证了其"十五游神仙，仙游未曾歇"（《感兴六首》）的自道之语。

登锦城散花楼

日照锦城头，朝光散花楼[①]。金窗夹绣户，珠箔悬银钩。飞梯绿云中，极目散我忧。暮雨向三峡，春江绕双流。今来一登望，如上九天游。

［句笺］

①散花楼，又见于《上皇西巡南京歌》其六："北地虽夸上林苑，南京还有散花楼。"

白微时募县小吏入令卧内尝驱牛经堂下令妻怒将加诘责白亟以诗谢云

［题解］

此诗宋本不载。源出《唐诗纪事》引《彰明逸事》。胡注编在附录之《少作四首》，题为《赋牵牛》。

素面倚栏钩，娇声出外头。若非是织女，何得问牵牛。

［义释］

阎琦曰："我以为联系李白出身富商，不得参加科举的规定推测，是说（纬按，指诗题所云'白微时募县小吏'）**是大致可靠的，因为唐代同时规定尝为县吏者亦不得预于科举。《旧唐书·宪宗纪》载元和二年禁令云：'进士举人，曾为官司科罚，曾任州县小吏，虽有辞艺，长吏不得选送，违者举送官停任，考试官贬黜。'同样内容的禁令也见于《新唐书·**

选举志》和《唐会要》卷七十六‘贡举’。”（《关于李白的户籍、婚姻及科举的余论》，载《中国李白研究》1992—1993年集）纬按，下篇《别匡山》引宋碑《敕赐中和大明寺住持记》，亦有白“少为当县小吏”的记载，其说似不诬。

别匡山

［**题解**］

此诗出于四川江油李白故里唐大明寺遗址所存北宋熙宁元年（1068）刻立的《敕赐中和大明寺住持记》碑，原无题，清编《彰明县志》、《江油县志》收录时加了《别匡山》的题目。诗于20世纪80年代初面世，首见于安旗《李白纵横探》（陕西人民出版社1981年版），继之，江油李白纪念馆编入1982年10月印行的《李白留故里诗选注》，1983年3月1日《光明日报》刊载了江油李白纪念馆研究人员陈广福撰《李白的〈别匡山〉诗考》。安注、詹注及陈尚君《全唐诗续拾》均收录此诗。

晓峰如画参差碧，藤影风摇拂槛垂。野径来多将犬伴，人间归晚带樵随。看云客依啼猿树，洗钵僧临失鹤池。莫怪无心恋清境，已将书剑许明时。

［**义释**］

从文献学角度看，此诗出于北宋碑石，就其原始性来说，应属可信。《敕赐中和大明寺住持记》碑刻立之熙宁元年，正当宋敏求编成《李太白文集》之年，其《李太白文集后序》明言“刻石所传”是收录李白诗的来源之一，设若敏求当时看到李白故里此碑，理宜录入此诗。兹录《敕赐中和大明寺住持记》原文如下（碑文录文系江油李白纪念馆副馆长丁颖提供，句读有所调整，纠正了个别明显的误字，仍多不可解处，尚待对照原石做进一步校勘）：

近乃疆里，秀境偏多。武城西北，奇纵不一。且太白旧山，大明古寺靠戴天之山，□松□□□门迹。□题之千年□厥韵，其上有□阶。侍御东岩不远，览景堪愿□，系寀真人□□□□，□幽可访。晴郊送目，郡城之飞阁连云；秋夕凭栏，县井之城楼入画。卜胜游则林泉爽垲，赏佳艺则川岳□齐。下瞰潮五色之波澜，绕涧旁兮平陙。两歧之稼穑盈畴，陟崔嵬□□□□□难过于百会。遇莽苍，而地连兽目；名兰雅，载于《陆经》。往来多好鸟珍禽，下生台兮略无悚惕。春夏足仙葩□□，临高槛兮适时路，春挂薜萝之老桧参天。泻瀑布之寒泓，浴日□兹□□。□□乃唐而兴建，鱼鼓喧阗；迄我宋而葺修，钟梵泓訇响。仅五百载星宿列张，历七八代焚点住持。古碑藓剥于是文，鸡根雉草；后辈同探于往事，孰资为堂。浮传虑涉其枝辞，约理□□□□□。昔贞观中，始祖法师，云不知姓氏，号长眉僧，骇智识以孤高，必资之加之品□。卜基创此，宅此乔林，跨谷凭危，界成梵苑。振当时之德望，为护法之宗师。腾芳于象末，千龄垂范，于本□□□□□岁之后。

唐第七主玄宗朝，翰林学士李白，字太白，少为当县小吏，后止此山，读书于乔松滴翠之平有十载。吟风之处，尔时星光灿烂，岂无人莫□□，仙客混尘世，无由则别。以至开元末，白奉诏金銮殿殊荣。脱白衣而入翰林，草檄蕃而喧紫禁。厥初，有题是寺诗云：

晓峰如画参差碧，藤影摇风拂槛垂。
野径来多将犬伴，人间归晚带樵随。
看云客依啼猿树，洗钵僧临失□□（鹤池）。
□□□（莫怪无）心恋清境，已将书剑许明时。

丁丑中内翰太原公禹□尝有谪仙序曰：

观谪仙之容，态秀姿清，融融春露，晓濯金茎。谪仙之奇，才俊气清，泠泠碧江，下寝秋石。□其翰林文集，率另□□□□□篇题异，今体盛行于世，此不复书。

中和三年癸卯，僖皇在蜀。邑人何宗敏诣阙进状，称当寺有观音泉，江流不断，迦叶盖足以长存。圣灯夜观，以堪□□□□□而可畏。萧洒宛成于界道，清幽迥隔于嚣纷。曾致请儒审二高士嗣续香灯，抑欲选名行十七员表和逓趍，虽彰寺号未稽，谨呼伏□□□□宸熙□后民生。果颁御旨，元副夙望，□□□□□奉敕赐“中和大明寺”额。山东十五里路，隈花镇院，目新兴事，扩一时敕题报国。作兹峰之頬辅，充下院之股肱。既而天子狩于蜀都，有随驾法师觉辉，大德即僧录，浮光之门第。真门□□□□□孙预内设殿，讲论长才。愿□万乘雨花大匠，愿迁象驭不弃旧游。寻访烟岚，检校功德，愧回凤阙。简在□□帝心，曾进状以朝天，悉应试而益善，过此以往来之□□□□□，郭头陀樊师失其名字，谅系彼名行僧十七人之数乎?

良以岁律悬深，圭晷□邈，莫得详而述之。建隆初，乃祖曰澄遂者，环琦状□勇锐情，曰双流为桑梓。非遥胄族，既琅琊不□□□□□三祀，蝉蜕而去。门人法号广，辞郡止兰陵。扶像运之法骖，荷空之天使，中兴□宛，类翰昙宗。是时有石马名家，晋阳茂族，东补巡检，景产嵩□，仰高风□□□□，乃裹□□□□□，捐万贯之金，同建五间之新殿。红梁辉奂，倏月窟于九霄；藻□鲜□，射星光于午夜。大宋乾德六年戊辰十二月三日立。讫塑释迦大像，放光庆喜香花二菩萨，及壁绘十七人之画相共一堂。感神璀璨，疑净土以移来；金壁玲珑，讶海宫而涌出。公咸平五稔，示疾归真，剃三弟子常回□□□□□，次日弘□不忍而丧。季白附惟绍清之美躅，□主事□□□□□，天圣五年丁卯起门楼五间、厨房三间，迨庆历年辛巳告成。度三元小师徒伦德、俊德主其思务，即次小师俊德干辖住持，恭勤整葺。星传晦朔，雪入眉豪，不知老之将至。于庆历甲申□□□□□终，即伦德继踵。近二年，又付智聪，颇周一载。尔后俊德公发奋，鲜克有以，贻伊戚以潜征，适他邦而不返。众议佥以智明承资知堂，幽志焚修，迢迢粗历于岁寒，亹亹聿彰于劳绩。自□□□□□治平甲辰，一纪将半，艰险备尝。入己巳春，丙丁列周而复始，无觉无偏。前寺主俊德公有四门人，即智聪、智满、智海、智原(纬按：“智原”二字，录文原缺，据下文“智原文堑五色”句臆补)。此四昆仲，聪公居长者，总持为道业。以般若印身心，韬楧□□，□□□之行；被褐怀王，见老成之功。景祐丙子，起观音堂七间，塑观音像，持手捧花。两菩萨颙昂梵相，晶耀金容。銮妆妙禅于宝陀，□不离于堪念。皇祐庚寅重建大殿，再揆深功，瓦叠□□□□□于之栋。檐张凤翅，橘榻于莲台。小师普周，禅优焚修。宛口勤恪，□殿宇诸不具陈。戊申熙宁改元，渐及纵心之岁，文铸蒲劳一架，创立璇玟一斤，俾古迹而今而后。若援芳□□□□□诸堂我法中，乃子乃孙，辞因心之考，无添尔所生。功不废捐，物有良□□。智海公旧置四大部景一藏，今添盘龙龛一座。纪纲吾道，羽翼法门。夙传江龙之宗，自得终南之趣。夫□□□□□窃佯于此运，亭台遥处其中。雅好福圣公万寿，添青遐想于南泉。殿塔立德，居其上端，的□□□□贤圣徒千秋。况乎受佛荫庥，适足履清凉田地。檀那共四事，赐僧行止。游心参解熙门庭，妙用拔九族。诗□□□□□聿修厥德，其斯之谓欤？

当寺名胜锦府，誉播神京。贤良赐放于虚渺，朝野屡资于谭柄。长郊澹澹，听孤猿彻暝之吟；峭壁峨峨，杳馀霞散成之绮。异哉，从根及地，始终强载于厥□，□□□□，前后弗遗于历世。此皆智聪大德欲永其久不昧于祖宗焉，智原文堑五色、语奖七襄耶！抉鄙怀以塞来命云尔。时熙宁元祀集戊申十月十日立，谨记。

当寺法春，师叔德伦，寺主沙门智明，师弟智福，藏主日海，住房比丘求普因，师侄重行智浦、智流、智元、元静、远进、元正。

敕赐香林院修造苾茁允之书，工雅、工絰刊宇。车匀当修造住持沙门智聪。

丁颖附记曰：碑文中“晓峰如画参差碧”，光绪版《江油县志》作“碧参差”。“洗钵僧临失□□”，缺二字，光绪版《江油县志》做“鹤池”。“□□□心恋清境”，缺三字，光绪版《江油县志》做“莫怪无”。

从诗中景物看，如峰、藤、径、犬、云、猿等均见于《冬日归旧山》诗，具有故里特征，可相互印证。结尾二句自明其志，与出蜀后所作《上安州裴长史书》中“以为士生则桑弧蓬矢，射乎四方，故知大丈夫必有四方之志，乃仗剑去国，辞亲远游”数语同一怀抱，正可互参。

李白出蜀前之时代，七律体在诗坛尚未流行。但唐代七律之作，乃是首先出现于乐府诗中，《乐府诗集》卷七十五“杂曲歌辞”所载沈佺期《独不见》（卢家少妇郁金堂），是唐诗史上第一首七律。李白精通乐府之学，从拟乐府的角度创作七律，以之抒写个人情怀，符合其创造性地写作乐府诗的规律。李白由此获得七律创作之先机，实亦不难理解之事。

峨眉山月歌

[题解]

出蜀途中作，其时约在开元十二年（724）秋。峨眉，峨眉山，李白出蜀前曾游，作有《登峨眉山》诗，可参看。

峨眉山月半轮秋①，影入平羌江水流②。夜发清溪向三峡③，思君不见下渝州④。

[句笺]

①峨眉山月，峨眉山上空之月。半轮秋，指上弦月。**张才良曰："农历每月初七或初八或初九……看到月亮呈右半边亮的半圆形，这种月相叫上弦……上弦月于日落时出现在中天，夜半时分落下山去。"（《李白咏月诗的月相研究》，载《中国李白研究》1990年集·下）**

②平羌江，即青衣江，流经峨眉山下。《元和郡县图志·剑南道·眉州·洪雅县》："青衣水，一名平羌水。"**据敬永谅考，"青衣江称平羌江是在东汉三国时期"（《不废平羌千古流》，载《中国李白研究》2008年集）。**或谓平羌江指"岷江流经今平羌三峡的一段江水"，**敬文辨之曰："唐《元和郡县志》卷三十一记'熊耳峡在（平羌）县东北三十一里'，宋《太平寰宇记》：'汉嘉有熊耳水，一名熊耳峡。'**（纬按，此处引文见《太平寰宇记》卷七十四，其'嘉州·平羌县'下记云：'熊耳水，一名熊耳峡。古老云武侯凿山开道，即是熊耳峡。'）**宋《舆地广记》：'平羌镇……有熊耳峡，诸葛武侯凿山开道，盖今湖峡云。'**［纬按，此处引文见《舆地广记》卷二十九，其'嘉州·龙游县（平羌县熙宁五年省入龙游）'下记云：'有熊耳峡，诸葛忠武凿山开道，盖今湖瀼峡云。'］**可见**

今平羌小三峡在唐宋仍称熊耳峡、湖峡（纬按，应为湖瀼峡），**这一段岷江自然不会叫平羌水的。”**二句意谓：入夜时分，舟行平羌江上，中天的月影倒映在江上，月影似与江水一起流动。

③清溪，指清溪驿。在犍为县南马边河入岷江处。**邓小军曰：“古人水陆旅行例在后半夜即拂晓前出发，故李白的诗言‘夜发’。诗言‘夜发清溪’，可知此前李白已到清溪宿，‘夜发清溪’是次日拂晓前从清溪出发。”（《李白〈峨眉山月歌〉释证》，载《北京大学学报》2006年第5期）**三峡，巴东三峡，即今长江三峡。**邓小军曰：“‘夜发清溪向三峡’之‘向三峡’，直指蜀中东大门三峡，乃是表示此行旨在出蜀。”**

④“思君”句，**杨义曰：“‘君’，就是峨眉山月，月亮是‘君’，想念你，看不到你，我就到渝州去了。”（《李白诗的生命体验和文化分析》，载《文学遗产》2005年第6期）**纬按，诗人于前一天入夜时分舟行平羌江上，有峨眉山月相伴；后一天，夜发清溪则为平明时分，上弦月早已落下，故曰“思君不见”。

[义释]

诗中明言“向三峡”、“下渝州”，可知作于出蜀途中。诗之主旨是抒写对故乡的留恋，“峨眉山月”则是故乡的象征。李白《峨眉山月歌送蜀僧晏入中京》诗有句：“我在巴东三峡时，西望明月忆峨眉。月出峨眉照沧海，与人万里长相随。”所忆正与当年出蜀时所作《峨眉山月歌》相关，二诗宜并读。

宿巫山下

[题解]

出蜀途中，经三峡时作，其时约在开元十三年（725）春三月。

昨夜巫山下，猿声梦里长。桃花飞渌水，三月下瞿塘。雨色风吹去，南行拂楚王。高丘怀宋玉，访古一沾裳。

［义释］

同时所作有《自巴东舟行经瞿塘峡登巫山最高峰晚还题壁》。此诗明言“三月下瞿塘”，又明言“昨夜巫山下”，二诗时令、记事均相合，据之可对李白出蜀途中这段历程得出明确判断。

自巴东舟行经瞿塘峡登巫山最高峰晚还题壁

［题解］

出蜀途中经三峡时，与《宿巫山下》先后之作。巴东，指巴东古郡，开元年间为夔州，州治奉节县（今属重庆）。

江行几千里，海月十五圆①。始经瞿塘峡，遂步巫山巅②。巫山高不穷，巴国尽所历③。日边攀垂萝，霞外倚穹石。飞步凌绝顶，极目无纤烟。却顾失丹壑，仰观临青天。青天若可扪，银汉去安在？望云知苍梧，记水辨瀛海。周游孤光晚，历览幽意多。积雪照空谷，悲风鸣森柯④。归途行欲曛，佳趣尚未歇。江寒早啼猿，松暝已吐月。月色何悠悠，清猿响啾啾。辞山不忍听，挥策还孤舟。

［句笺］

①“江行”二句，是对出蜀行程的简括回顾。几千里，概数。十五圆，见了月圆十五次，即经历了十五个月。开元十二年闰十二月。设想李白于二月离乡，到本年三月，恰为十五个月。

②“始经”二句，“始”有两重含义：其一即“才”，上接一、二句，意谓经历了如此漫长的行程和时间，今天才穿过瞿塘峡；其二为初始之义，即生平第一次。“遂”字又与“始”字相呼应，谓过了瞿塘峡，就到了巫山脚下，乃有登山之举。

③“巫山”二句，意谓登上山巅之际，忆起十五个月来的行程。巴国，即蜀地。“尽所历”，走遍了各地。李白出蜀途中行程缓慢，跨了两个年头，为他留下了在经行处任意流连的时间。其行程并无可靠史料记载，王注在“附录·外记”中记李白“遗迹”，征引有关方志、类书，汇集了若干传说资料：

磨针溪，在眉州象耳山下。世传李太白读书山中，未成弃去。过小溪，逢老媪，方磨铁杵，问之，曰：“欲作针。”太白感其意，还卒业。媪自言姓武，今溪旁有武氏岩。(《方舆胜览》)

读书台，在四川眉州象耳山，唐李白尝读书于此。上有石刻白词。宋杜光庭诗：“山中犹有读书台，风扫晴岚画嶂开。华月冰壶依旧在，青莲居士几时来?”(《一统志》)

李白，彰明人。周游四方，适宕渠，过南阳，有诗。(《四川通志》)

白云寺，在夔州奉节县治北。李白寓夔州，有《白云寺》诗，刻悬崖间。(《四川总志》)

太白岩，在夔州府万县西山，山有“绝尘龛”三字在石壁，有唐人诗刻，相传太白读书于此。(《潜确居类书》)

锦江山，在四川嘉定州北四十里。太白亭，在锦江山之巅，唐李白尝于此赋诗，宋黄庭坚因以名亭。(《一统志》)

太白亭，在嘉定州北十里锦冈山上，下即平羌峡。相传太白曾游此，黄庭坚建亭于山之绝顶，遂以太白名之。亭今废，尚有石斗、石鲸在荒址中。(《四川志》)

以上几则资料，涉及眉州（州治为今四川眉山）、宕渠（今四川渠县）、夔州奉节县（今属重庆）、夔州万县（今万州，属重庆）、嘉定州（州治为今四川乐山），除宕渠外，均在岷江、长江沿线，都可能是李白出蜀途中曾到处。**乔象钟、陈铁民主编《唐代文学史》“李白的生活经历”一节，对李白出蜀途中这段经历有如下记述：“因为这次出游的目的是为了进一步增长见识，广事交游，所以他一路走，一路游览，在有的地方便停留下来，以观览形胜，寻访人物。如到万州（今四川万县），便曾在山高云深之处，驻足读书，至今人称‘太白岩’”。**

④“积雪”二句　峡中天寒，故春三月有此景象。

［义释］

此诗如实记载了李白出蜀的一段途程，即顺江而下，经奉节，乘船过瞿塘峡，至巫山下（即巫峡），曾用一天时间登上巫山最高峰，天晚下山，回到船上。《宿巫山下》诗与此诗记事相关，宜并读。参见薛天纬《李白出蜀漫议》。

巴女词

巴水急如箭，巴船去若飞。十月三千里，郎行几岁归。

［义释］

刘友竹曰：“据《太平寰宇记》，距万州十里有‘新妇滩，岩石上有妇人容状，故名’。诗人当是见此岩石后有感而发。”（《李白在万州南浦县的游踪及作品》，载《中国李白研究》1995—1996年集）纬按，此处引文见《太平寰宇记》卷一百四十九，其“万州·南浦县”下记云：“新妇滩，东南岸十里，崖山石上有妇人容状。”

渡荆门送别

［题解］

出蜀途中作，其时约在开元十三年（725）春。**荆门，指荆门山，位于峡州宜都西北，为荆楚之门，说见张昕、王清《李白诗中地名考异》（载《中国李白研究》1991年集）。**送别，据诗意，实为“故乡水”送别自己。

渡远荆门外，来从楚国游。山随平野尽，江入大荒流。月下飞天镜，云生结海楼[①]。仍怜故乡水，万里送行舟。

[句笺]

①诗写入夜时分江上行船所见景色，月如明镜飞临，白云变幻形如楼台。

荆门浮舟望蜀江

[题解]

出蜀途中作，其时约在开元十三年（725）春。张昕、王清认为“诗成于江陵，已离荆门山很远，‘荆门’应泛指楚地”（《李白诗中地名考异》）。蜀江，即长江，因从蜀地流来，故称。

春水月峡来，浮舟望安极。正是桃花流，依然锦江色。江色绿且明，茫茫与天平。逶迤巴山尽，摇曳楚云行。雪照聚沙雁，花飞出谷莺。芳洲却已转，碧树森森迎。流目浦烟夕，扬帆海月生。江陵识遥火，应到渚宫城[①]。

[句笺]

①“江陵”二句，系诗人根据地理知识所作的判断，正显示其初次出峡对前景的向往之情。

本卷讨论的主要问题

1. 《别匡山》等故里诗作的真伪。
2. 《上李邕》的写作年代。
3. 《峨眉山月歌》的解读。

本卷所采撷论著

1. 蒋志：《李白在巴蜀的事迹、诗作及交游考》，载《李白与地域文化》。

2. 吴丹雨等：《李白蜀中诗掇述》，载李白研究学会编《李白研究论丛》。

3. 丁稚鸿：《李白留故里诗析疑》，载《唐代文学论丛》总第5辑。

4. 张才良：《李白咏月诗的月相研究》，载《中国李白研究》1990年集·下。

5. 朱金城：《双白簃读〈李白集〉札记续篇》，载《中国李白研究》1990年集·下。

6. 刘友竹：《李白与李邕关系考》，载《中国李白研究》1990年集·上。

7. 丁稚鸿：《李白〈酬宇文少府见赠桃竹书筒〉中“桃竹书筒”解》，载《千年诗魂，蜀道李白》。

8. 林大志：《李白自比相如及其与苏颋之关系》，载《中国李白研究》2009年集。

9. 阎琦：《关于李白的户籍、婚姻及科举的余论》，载《中国李白研究》1992—1993年集。

10. 陈广福等：《李白蜀中诗掇述》，载李白研究学会编《李白研究论丛》。

11. 陈广福：《李白的〈别匡山〉诗考》，载《光明日报》1983 年 3 月 1 日。

12. 敬永谅：《不废平羌千古流》，载《中国李白研究》2008 年集。

13. 邓小军：《李白〈峨眉山月歌〉释证》，载《北京大学学报》2006 年第 5 期。

14. 杨义：《李白诗的生命体验和文化分析》，载《文学遗产》2005 年第 6 期。

15. 刘友竹：《李白在万州南浦县的游踪及作品》，载《中国李白研究》1995—1996 年集。

16. 张昕、王清：《李白诗中地名考异》，载《中国李白研究》1991 年集。

17. 薛天纬：《李白出蜀漫议》，载《中国李白研究》1997 年集。

第二卷

酒隐安陆及初入长安之什

淮南卧病书怀寄蜀中赵征君蕤

［题解］

淮南，侯建凌以为指安州，曰："在李白诗文中，'淮南'作为地名出现过近十次，散见于六首诗、两篇文中。旧说认为，扬州是'淮南道'辖境内的大都督府，为淮南道的治所，故李白诗文中的'淮南'定指扬州。……可是在这些诗文中，却并不见以'淮南'称之，而比比皆见的却是'维扬'、'淮海'、'广陵'、'扬都'、'扬州'等。……在李白以'淮南'代指某一地方的诗文中，却有明显是指淮南道辖境内除扬州之外的其他地方，比如安州、寿州等地的。""诗是写于到安陆后不久，诗题中的'淮南'应是安陆的泛指。"（《李白诗文中的"淮南"考》，载《李白在安陆》）陈建平之说略同于此（见《李白在安陆十年诗文系年》，载《李白在安陆》）。

吴会一浮云，飘如远行客[①]。功业莫从就，岁光屡奔迫。良图俄弃捐，衰疾乃绵剧[②]。古琴藏虚匣，长剑挂空壁。楚冠怀钟仪，越吟比庄舄。国门遥天外，乡路远山隔。朝忆相如台，夜梦子云宅。旅情初结缉，秋气方寂历。风入松下清，露出草间白。故人不可见，幽梦谁与适。寄书西飞鸿，赠尔慰离析。

［句笺］

①"吴会"二句，侯建凌曰："吴本秦会稽郡，后汉分为吴、会稽二郡，后世指二浙之地通称吴会。"二句"应理解为从吴越之地漫游结束后到达淮南的某一地方"。纬按，其说是。据安注编年，李白在开元十四年前后曾有吴、越之游。

②"功业"四句，侯建凌将之与《上安州李长史书》中"白孤剑谁托，悲歌自怜。迫于恓惶，席不暇暖。寄绝国而何仰，若浮云而无依。南徙莫从，北游失路"数语相较，谓诗人"处在情绪低落的时期"。纬按，

“若浮云而无依”与诗之开首“吴会一浮云，飘如远行客”造语相同，皆以“浮云”自喻当时处境，可证诗、文系一时之作。况《上安州裴长史书》曰：“曩昔东游维扬，不逾一年，散金三十馀万，有落魄公子，悉皆济之。此则是白之轻财好施也。”可知在扬时李白生活阔绰放浪，与此诗所写困窘之状迥异。李白《醉后赠从甥高镇》有句：“黄金逐手快意尽，昨日破产今朝贫。”白之一生多有此种经历。

山中问答

［题解］

陈建平曰：“《安陆县志·金石》：‘李太白山中问答绝句碑，无年号，何宇度书，在白兆寺。’又《县志·人物》：‘明，何宇度，字仁伸，夔州别驾。’另，元代贯云石《桃花岩》诗云：‘桃花染雨入白兆……流水杳然心自闲。’盖从元明以来，皆认为此诗作于安陆白兆山。”（《李白在安陆十年诗文系年》）

问余何意栖碧山，笑而不答心自闲。桃花流水窅然去，别有天地非人间。

赠内

［题解］

赠内，赠许氏夫人。李白在安陆作《上安州裴长史书》，书中自述婚姻之事，曰：“许相公家见招，妻以孙女。”许相公，许圉师，高宗时为左相。朱玉麒《许圉师家族的洛阳聚居与李白安陆见招——大唐西市博物馆藏〈许肃之墓志〉相关问题考论》（载《唐研究》第十七卷）一文，以2007年始被博物馆收藏而尚未被学术界开发利用的《许肃之墓志》为切入点，以《唐两京城坊考》等历史地理著作为基本参照，辅以相关文献资料，全面考察了许圉师家族的兴衰史及其成员的个人状况，得出“许圉师家族确实定居两京、最后以洛阳为先茔所在”的结论，从而对李白自述婚姻状况的“许相公家见招，妻以孙女”之说做出了合理解读，指出“所谓的‘孙女’是许相公远房的亲戚”，李白“正当是从许圉师在安陆老家已经破落的他房孙辈中，获得了第一次婚姻”。

三百六十日，日日醉如泥。虽为李白妇，何异太常妻？

[义释]

诗歌反映了李白“酒隐安陆，蹉跎十年”（《秋于敬亭送从侄耑游庐山序》）时期家居无聊的状况。

安州应城玉女汤作

神女殁幽境，汤池流大川。阴阳结炎炭，造化开灵泉。地底烁朱火，沙旁歊素烟。沸珠跃明月①，皎镜函空天。气浮兰芳满，色涨桃花然。精览万殊入，潜行七泽连。愈疾功莫尚，变盈道乃全。濯濯气清泚，晞发弄潺湲。散下楚王国，分浇宋玉田。可以奉巡幸，奈何隔穷偏。独随朝宗水，赴海输微涓②。

[句笺]

①沸珠，《太平寰宇记》卷一百三十二“安州·应城县”下记云：“温泉在县西南三百二十里，人静则泉清，人闹则沸。”

②“独随”二句，自明心事，谓己虽处穷偏之地，但犹怀朝宗之心。独，犹也，尚也，训见徐仁甫《广释词》。

酬坊州王司马与阎正字对雪见赠

[题解]

稗山判定此诗为“李白第一次长安之行”的作品（见《李白两入长安辨》，载《中华文史论丛》第二辑，本章所引稗山文字均出此文）。安注定为开元十九年早春作。

游子东南来，自宛适京国。飘然无心云，倏忽复西北[①]。访戴昔未偶，寻嵇此相得。愁颜发新欢，终宴叙前识。阎公汉庭旧，沉郁富才力。价重铜龙楼，声高重门侧。宁期此相遇，华馆陪游息[②]。积雪明远峰[③]，寒城锁春色。主人苍生望，假我青云翼。风水如见资，投竿佐皇极[④]。

[句笺]

①“游子”四句，稗山曰：“这是说他从南阳来到长安，然后又到了坊州。”

②华馆，应指驿馆。

③远峰，指桥山。坊州今为陕西黄陵县，城倚桥山，《史记·五帝本纪》“黄帝崩，葬桥山”，即谓此山。

④“主人”四句，稗山认为，“李白集中的关内（包括长安、华州、邠州、坊州等地）诸诗”，在“思想感情方面”有一类“表现为穷愁潦倒、渴望遇合，显示出进身无门，彷徨苦闷的”，“这和他那些待诏金门、春风得意的作品，固然迥不相同，就是和那些受谗被放以后之作，也有严格的区别”，所举即有此四句。这成为稗山判断“李白不止一次到过长安”，即天宝初供奉翰林之前另有一次长安之行的作品依据（《李白两入长安辨》）。纬按，此四句纯系干谒之辞。

[义释]

稗山首倡李白“两入长安”之说，此诗是其立论的重要诗例之一。

关于“两入长安”说，朱金城先生在其《李白集校注·后记》中曰：“李白两入长安及游邠州、坊州问题，本书曾在《酬坊州王司马与阎正字对雪见赠》、《春陪商州裴使君游石娥溪》、《春归终南山松龙旧隐》等诗笺释中，对传统的论点提出了疑问，当时得到稗山同志的赞同。他不久就发表了《李白两入长安辨》（《中华文史论丛》第二辑），最先系统地提出了李白两次进长安的主张，初步解决了李白生平和作品编年中的重要关键问题。”瞿、朱注在《酬坊州王司马与阎正字对雪见赠》一诗的“按”中曰：“白之游邠州坊州必非在天宝初出京之后，说见卷二十《春陪商州裴使君游石娥溪》诗。”在《春陪商州裴使君游石娥溪》一诗的“按”中又曰：“揆诸情理，既放还山（不论出于自请，抑被放黜），似不得漫游以事干谒也。”

自稗山首倡李白“两入长安”之说后，第一位响应者是郭沫若。郭氏在《李白与杜甫》之“李白的家室索隐”一节叙述李白第一次入长安的经历曰：“他以开元十五年招赘于许家，结婚时已经二十七岁了。……就在这结婚后第三年开元十八年的春夏之交，他经由南阳第一次赴长安。到达长安后寓居终南山，靠着他自己的才华和许家的旧有势力，他结识了唐玄宗的妹子玉真公主（后赐号持盈法师）、贺知章、崔宗之等人。在长安住了不久，在同一年的秋末又西游邠州、坊州（纬按，坊州在长安直北，李白应是西游邠州过后，又北游至坊州），在那里度过了一个冬天。开元十九年的春间回到终南山。当年五月以猎取功名无着，乃离京泛舟黄河东下，中途遇风浪，遂在梁园（开封）留下了。”关于李白第一次入长安的年份，郭沫若定为开元十八年，其基本依据有二：第一，李白《与韩荆州书》曰：“三十成文章，历抵卿相。虽长不满七尺，而心雄万夫。王公大臣，许与义气。”郭氏曰：“开元十八年，李白三十岁。那时玄宗在西京。……李白在三十岁时要‘历抵卿相’与‘王公大臣’等交游，只有到西京去才有这样的可能。”第二，杜甫《饮中八仙歌》所列举的八人中有苏晋，“苏晋死于开元二十二年（见《唐书·苏珦传》)。如果李白仅于天宝初年去过一次长安，苏晋何以能预‘八仙’之游”。

关于第一次入长安的动机和直接原因，郁贤皓征引李白在安陆所作《上安州裴长史书》结尾处数语：“若赫然作威，加以大怒，不许门下，逐之长途”，“再拜而去，西入秦海，一观国风。永辞君侯，黄鹄举矣。何王公大人之门不可以弹长剑乎?”曰：“这里说的‘西入秦海，一观国

风'，也就是李白决定离开安陆，到长安去找政治出路。"（《李白两入长安及有关交游考辨》，原载《南京师范学院学报》1978 年第 4 期；又载《社会科学战线》编《中国古典文学研究论丛》第一辑，题为《李白初入长安事迹探索》；1980 年 10 月补充修改，收入《李白丛考》）郁贤皓又根据《上安州裴长史书》中"五岁诵六甲，十岁观百家，轩辕以来，颇得闻矣。常横经籍书，制作不倦，迄于今三十春矣"数语，曰："历来注家都认为这是李白三十岁时写的一篇文章。"从而进一步确定了李白初入长安为三十岁时事。纬按，《上安州裴长史书》以"何王公大人之门不可以弹长剑乎"作结，且出以强烈的反诘语气，表明了李白"一入长安"的直接目的，是要通过干谒"王公大人"的途径，寻求仕进之路，以实现自己在《代寿山答孟少府移文书》中所宣言的"申管、晏之谈，谋帝王之术。奋其智能，愿为辅弼，使寰区大定，海县清一"的功业抱负。

参见薛天纬《李白一入长安事迹之我见》，载《唐代文学论丛》总第三辑。

玉真公主别馆苦雨赠卫尉张卿二首

[题解]

开元十八年（730）秋，初入长安期间作。玉真公主，玄宗妹，字持盈，崇尚道教，为道士，进号上清玄都大洞三景师，《新唐书·诸帝公主》有传。玉真别馆，在终南山北麓之楼观，即今陕西周至县之楼观台，为道教胜地，东距长安百八十里。**郁贤皓引元·朱象先《古楼观紫云衍庆集》："今楼观南山之麓有玉真公主祠堂存焉。俗传其地曰邸宫，以为主家别馆之遗址也。"（《李白与张垍交游新证》，载《南京师范学院学报》1978 年第 1 期，修改稿编入《李白丛考》）**笔者 20 世纪 80 年代中期参加安旗师主持之《李白全集编年注释》写作组，曾往楼观台考察，于山前田野间亲见元代至元二年（1336）碑石一块，上镌楼观全图，图上地名有"玉真观"三字，当与唐代之玉真别馆相关。**安旗师后又考得玉真别馆遗址在今楼观台西南五里就峪乡延生观村之戴家梁，详见《李太**

白别传》第二章。卫尉张卿，郁贤皓据张九龄撰《故开府仪同三司行尚书左丞相燕国公赠太师张公（说）墓志铭并序》考知，系尚书左丞相张说次子张垍，开元十八年时官卫尉卿，尚宁亲公主，拜驸马都尉，为玄宗婿。（见《李白与张垍交游新证》）纬按，张垍其人，又见于魏颢《李翰林集序》记李白天宝初在朝事："许中书舍人，以张垍谗逐，游海岱间。"两处互参，可知张垍实为李白在长安求仕过程中最大的障碍设置者。

其一

秋坐金张馆，繁阴昼不开。空烟迷雨色，萧飒望中来。翳翳昏垫苦，沉沉忧恨催。清秋何以慰，白酒盈吾杯[①]。吟咏思管乐，此人已成灰。独酌聊自勉，谁贵经纶才。弹剑谢公子，无鱼良可哀[②]。

［句笺］

①"翳翳"四句，**是稗山所举出的思想感情"表现为穷愁潦倒、渴望遇合，显示出进身无门，彷徨苦闷的"诗例**。陕西关中地区秋季多雨，笔者20世纪60年代初在西安读书时，曾经历过秋雨连绵一月馀的天气。

②"弹剑"二句，须与《上安州裴长史书》之结尾"何王公大人之门不可以弹长剑乎"合读，可知李白与张垍之关系，乃白为门客，垍为主人，张垍正是李白干谒的对象，亦即李白意欲投靠之"王公大人"。公子，指对方在其家中的身份地位，此正与张垍切合。此时李白遭到冷遇，故有"无鱼"之叹。

其二

苦雨思白日，浮云何由卷。稷契和天人，阴阳乃骄蹇[①]。秋霖剧倒井，昏雾横绝巘。欲往咫尺途，遂成山川限。潨潨奔溜闻，浩浩惊波转。泥沙塞中途，牛马不可辨。饥从漂母食，闲缀羽陵简。园家逢秋蔬，藜藿不满眼。蟏蛸结思幽，蟋蟀伤褊浅。厨灶无青烟，刀机生绿藓。投箸解鹔鹴，换酒醉北堂。丹徒布衣者，慷慨未可量。何时黄金盘，一斛荐槟榔[②]。功成拂衣去，摇曳沧洲傍[③]。

［句笺］

①"稷契"二句，作反诘语气。乃，杨树达释曰："副词。顾也，却

也。王引之云：异之之词。”（《词诠》卷二）

②“丹徒”四句，以刘穆之自喻，以江氏兄弟喻张垍，仍为门客与主人的关系。

③“功成”二句，宣言自己的人生理想，与《代寿山答孟少府移文书》中“事君之道成，荣亲之义毕，然后与陶朱、留侯浮五湖，戏沧洲，不足为难矣”数句意同。

［义释］

此诗实写自己困处玉真公主别馆境况，对于确立李白“两入长安”说以及了解李白“一入长安”期间的经历具有十分重要的意义。李白“一入长安”怀抱着以干谒求仕进的目的，其初始设计的干谒对象，是尚书左丞相张说。**安旗在《李白纵横探》中写道：“凭借许圉师家在京的一些旧关系，李白走访了当朝宰相张说。张说是一个比较贤明的宰相，又是当时的文章巨公。但因老病，不能见客，吩咐他的二儿子张垍接待李白……他把李白安顿在终南山麓的玉真公主别馆，谁知这座贵族别墅才是一处无人居住的荒园。到处结满了蜘蛛网，床下也有了蟋蟀窝。厨房里没有烟火，案板上长满了青苔。李白一日三餐也无人料理，仅靠附近田家送来一点粗茶淡饭充饥。……李白日坐愁城，十分苦闷无聊，实在忍不住，便写了两首诗《玉真公主别馆苦雨赠卫尉张卿二首》送给张垍，借‘苦雨’发了一通牢骚，又借南朝刘穆之的故事把这位贵公子讽刺了一番。”**纬按，这段文字已揭明了张垍与李白之间的主、客关系。关于张说，《新唐书》本传曰：“说敦气节，立然许，喜推藉后进……善用人之长，多引天下知名士，以佐佑王化。”另有一层关系，即张说与苏颋有很深的故交。《新唐书》本传记：“雅与苏瓌善”，瓌为颋父。开元初年，张说被贬徙岳州，时颋在相位，张说作《五君咏五首》（见《全唐诗》卷八十六，其第二首为“苏许公瓌”），当苏瓌忌日，献给苏颋。颋“览诗呜咽，未几，见帝陈说忠謇有勋，不宜弃外，遂迁荆州长史”。张说既与苏颋有这层特殊关系，而李白早年在蜀中时曾干谒时为益州大都督府长史的苏颋，颋有“赵蕤术数，李白文章”的推许之辞。苏颋虽然已于开元十五年卒，但李白于三年后“一入长安”，仍可借重苏颋遗泽，将干谒对象定为张说。然开元十八年说已卧病，《旧唐书》本传曰：“十八年，遇疾。”当年十二月即卒。故而，李白实际上见到的是说之次子张垍。张垍对李白十分简慢，且把他送到远离长安的玉真别馆暂住（垍系玉真之侄婿，故能假玉真别馆安置李白）。李白困居于此，既找不到出路，又被连绵不绝的秋雨所苦，因而产生了“沉沉忧恨”，遂以门客身份向主人“卫尉张卿”赠诗，在抒写忧怀的同时，申明了不凡抱负，事实上是发泄不满乃至抗议。尤可注意者，是“弹剑谢公子，无鱼良可哀”二句，语极凄苦，这是李白“一入长安”前后第二次使用冯谖弹剑故事。与前引《上安州裴长史书》中“何王公大人之门不可以弹长剑乎”之语相较，李白之情绪由充分自信变为极度怨望，这正是李白“初入长安”经历的实录。参见薛天纬《李白一入长安事迹之我见》。

夜别张五

吾多张公子，别酌酣高堂。听歌舞银烛，把酒轻罗霜。横笛弄秋月，琵琶弹陌桑。龙泉解锦带，为尔倾千觞。

［义释］

郁贤皓曰：“除了张垍之外，李白与张垍的弟弟符宝郎张埱也有交往。集中现存《夜别张五》一诗……诗一开头即称公子，接着铺写奢侈生活，完全是一副豪贵家公子的气派。按杜甫有《赠翰林张四学士垍》诗，可知张垍在兄弟间排行第四，则其弟张埱自应为第五。所以岑仲勉先生在《唐人行第录》中疑此处张五乃张埱，我认为很有道理。”（《李白两入长安及有关交游考辨》）

秋山寄卫尉张卿及王征君

[题解]

后于《玉真公主别馆苦雨赠卫尉张卿二首》作，应作于开元十九年离开长安后某一秋日。

何以折相赠，白花青桂枝①。月华若夜雪，见此令人思。虽然剡溪兴，不异山阴时。明发怀二子，空吟招隐诗②。

[句笺]

①白花青桂枝，**陈建平曰："用束广微《补亡诗》之'白华，孝子之洁白也。'《楚辞·招隐士》之'攀援桂枝兮聊淹留。'分别借喻张垍和王征君。"又曰："查张九龄《张说墓志铭》，张说卒于开元十八年十二月，其妻元氏卒于开元十九年三月壬戌。"（《李白在安陆十年诗文系年》）**纬按，此为推定"卫尉张卿"即张垍提供了又一证据。

②"明发"二句，**郁贤皓译曰："通宵达旦怀念二位，但我现在不能像东晋王徽之那样吟着左思的《招隐诗》月夜访戴逵了。"并曰："语气也很有调侃的意味。"（《李白两入长安及有关交游考辨》）**

酬崔五郎中

[题解]

崔五郎中，即崔宗之。王注据崔祐甫《齐昭公崔府君集序》（见《全唐文》卷四百九）考知其为宰相崔日用之子，袭封齐国公，仕于开元中，为起居郎，再为尚书礼部员外郎，迁本司郎中。十年三入，终于右司郎中。又引《新唐书·崔日用传》，谓宗之“与李白、杜甫以文相知”。纬按，“十年三入”，《全唐文》作“十年三月”，岑仲勉《唐人行第录》从《全唐文》，以为宗之卒于开元十年三月。果然，则李白、杜甫均无缘与之交游。宜从王注作“十年三入”。王注成书于乾隆时，早于嘉庆时所编《全唐文》，其文字当另有所本。**郁贤皓据李白《上韩荆州书》、张九龄《贬韩朝宗洪州刺史制》考知，李白在开元二十二年前曾与崔宗之交游，“其时当即初入长安之时”（见《李白两入长安及有关交游考辨》）**。宗之有《赠李十二》诗，附见于宋蜀本《酬崔五郎中》之前。

朔云横高天，万里起秋色。壮士心飞扬，落日空叹息。长啸出原野，凛然寒风生。幸遭圣明时，功业犹未成。奈何怀良图，郁悒独愁坐[①]。杖策寻英豪，立谈乃知我。崔公生民秀，缅邈青云姿。制作参造化，托讽含神祇。海岳尚可倾，吐诺终不移。是时霜飙寒，逸兴临华池。起舞拂长剑，四座皆扬眉。因得穷欢情，赠我以新诗。又结汗漫期，九垓远相待。举身憩蓬壶，濯足弄沧海。从此凌倒景，一去无时还。朝游明光宫，暮入阊阖关。但得长把袂，何必嵩丘山。

［句笺］

①“幸遭”四句，**郁贤皓曰：“这里的意思是说：李白此番进京是希望能成‘功业’的，但这只是‘怀良图’，却没有找到机会，只能‘郁悒独愁坐’。”**

［义释］

此诗开头十句李白自抒怀抱，功业之心十分迫切，但建功立业的途径难觅。诗中抒情与“一入长安”境遇切合。

赠裴十四

[题解]

稗山认为作于“出游邠、坊时”（《李白两入长安辨》）。裴十四，无考。

朝见裴叔则，朗如行玉山，黄河落天走东海，万里写入胸怀间[①]。身骑白鼋不敢度，金高南山买君顾[②]。裴回六合无相知，飘若浮云且西去。

[句笺]

①“黄河”二句，以黄河为喻赞美裴之胸襟。

②“身骑”二句，意谓尚未觅得仕途出路，正期待着君王对自己的发现与赏识。南山，指终南山，属秦岭山脉，因在长安之南，秦人至今称之为“南山”。李白来到长安后，曾在终南山寓居，故云。

[义释]

此诗似作于诗人即将离开长安，西游邠州时。末句云“且西去”，将然之辞。

登新平楼

去国登兹楼[①]，怀归伤暮秋[②]。天长落日远，水净寒波流。秦云起岭树，胡雁飞沙洲。苍苍几万里，目极令人愁。

［句笺］

①去国，离开长安。

②怀归，怀抱着回归安陆的心思。

［义释］

诗应作于始到新平时，明言时令为“暮秋”。

赠新平少年

韩信在淮阴，少年相欺凌。屈体若无骨，壮心有所凭。一遭龙颜君，啸咤从此兴。千金答漂母，万古共嗟称。而我竟何为，寒苦坐相仍[①]。长风入短袂，内手如怀冰。故友不相恤，新交宁见矜。摧残槛中虎，羁绁鞲上鹰[②]。何时腾风云，搏击申所能。

［句笺］

①坐，甚辞，犹深也，殊也。张相《诗词曲语词汇释》“坐”下有此义项，举李白诗数首，然未及此篇。

②“摧残”二句，鲍照《代东武吟》：“昔如鞲上鹰，今似槛中猿。”白诗袭用其句而有所改造。

［义释］

稗山所举“怀着一种潦倒苦闷、渴望政治出路的心情”的诗例，有此诗“而我”四句及“摧残”四句。纬按，此诗以少年韩信的遭遇比喻自己目前的困窘景况，且赠予对象是“新平少年”，正说明李白当时年岁尚轻，与其三十岁时“一入长安”的经历基本符合。

豳歌行上新平长史兄粲

豳谷稍稍振庭柯，泾水浩浩扬湍波。哀鸿酸嘶暮声急，愁云苍惨寒气多。忆昨去家此为客，荷花初红柳条碧[①]。中宵出饮三百杯，明朝归揖二千石。宁知流寓变光辉，胡霜萧飒绕客衣。寒灰寂寞凭谁暖，落叶飘扬何处归[②]。吾兄行乐穷曛旭，满堂有美颜如玉。赵女长歌入彩云，燕姬醉舞娇红烛。狐裘兽炭酌流霞，壮士悲吟宁见嗟。前荣后枯相翻覆，何惜馀光及棣华。

［句笺］

①“忆昨”二句，**稗山谓“这里的‘此’是泛指当时的关内道，不是专指邠州”，意谓诗句是写“初入长安”事。又谓“其时是夏间六月”（《李白两入长安辨》）**。纬按，谓“六月”，应是以“荷花初红”为据。

②“宁知”四句，**稗山曰：“不难看出他是怀着一种潦倒苦闷、渴望政治出路的心情。”**

留别王司马嵩

［题解］

北游坊州离去时作。参见本卷《酬坊州王司马与阎正字对雪见赠》。

鲁连卖谈笑，岂是顾千金。陶朱虽相越，本有五湖心。余亦南阳子，时为梁甫吟。苍山容偃蹇，白日惜颓侵。愿一佐明主，功成还旧林。西来何所为，孤剑托知音。鸟爱碧山远，鱼游沧海深。呼鹰过上蔡，卖畚向嵩岑。他日闲相访，丘中有素琴。

［义释］

郁贤皓曰：“诗中清楚地表明了来到坊州是为了‘托知音’，主要目的是为了‘愿一佐明主’，这也就是李白初入长安的目的。”（《李白两入长安及有关交游考辨》）纬按，此诗以鲁连、陶朱为喻，又曰“愿一佐明主，功成还旧林”，在寻求知音相助的同时，要在申明自己功成身退、归向自然的人生理想。

春归终南山松龙旧隐

我来南山阳，事事不异昔。却寻溪中水，还望岩下石。蔷薇缘东窗，女萝绕北壁。别来能几日，草木长数尺。且复命酒樽，独酌陶永夕。

［义释］

稗山曰：“李白到长安后，大约即在终南山寓居。当时终南山是隐士和道流的胜地，李白既多这方面的朋友，自然可能以终南山为暂住之处。当然，李白不会真的隐居起来，而是经常到长安进行活动，以谋求政治上的出路。”又曰：“他在邠州和坊州度过了一个冬天，第二年春又回到终南山，所以说，‘我来南山阳，事事不异昔……蔷薇缘东窗，女萝绕北壁。别来能几日，草木长数尺。’完全是小别数月后的光景，和他这次的行踪是相符合的。”（《李白两入长安辨》）纬按，稗山发表《李白两入长安辨》时，研究者对《玉真公主别馆苦雨赠卫尉张卿二首》尚未得确解，对“卫尉张卿”其人也未考知。郁贤皓之考证，解决了卫尉张卿为谁这一关键问题，安旗等的研究进一步明确了李白以张说父子为干谒对象而遭遇张垍冷遇的景况。盖李白既在玉真别馆无法度日，当就近移居终南山中别处，其地或名“松龙”。游历邠州、坊州过后归至长安，重到终南山，乃有此作。

酬王补阙翼惠庄庙宋丞泚赠别

[题校]

宋蜀本题为《酬王补阙惠翼庄庙宋丞泚赠别》，王注："诗题疑有舛错。按，睿宗子申王㧑，开元八年薨，谥惠庄太子。宋泚必为惠庄太子陵庙丞者也，翼则王补阙之名耳。'惠翼'当作'翼惠'为是。"诗题依王注。

[题解]

谢思炜据《旧唐书》、《唐会要》、《通典》、《资治通鉴》等文献考得，"惠庄庙丞之职在开元二十二年之后就不存在了，李白这首诗必作于这以前。也就是说，李白在这之前到过长安"、"这首诗是他将要离开长安时所作"；且考得"李白初入长安的时间并不止一年，而是待了三年之久"（《李白初入长安的若干作品考索》，载《西北大学学报》1983年第3期）。陈建平据徐安贞《授王翼殿中侍御史等制》及《御史台精舍题名》复考得"王翼在开元十九年或二十年初由监察御史转殿中侍御史，于开元二十一年任补阙完全可能。……题称'赠别'，应在行将离开长安时。据王翼可能由殿中侍御史转补阙的时日，当在开元二十一年"（《李白诗〈酬王补阙惠翼庄庙宋丞泚赠别〉系年》）。

学道三十春①，自言羲皇人。轩盖宛若梦②，云松长相亲。偶将二公合，复与三山邻。喜结海上契，自为天外宾。鸾翮我先铩③，龙性君莫驯。朴散不尚古，时讹皆失真。勿踏荒溪波，朅来浩然津。薜带何辞楚，桃源堪避秦④。世迫且离别，心在期隐沦。酬赠非炯诫，永言铭佩绅。

[句笺]

①学道三十春，**谢思炜曰："如《安陆白兆山桃花岩寄刘侍御绾》中的'云卧三十年，好闲复爱仙'，《上安州裴长史书》中的'常横经籍书，**

制作不倦，迨于今三十春矣'，这些作品一般都肯定为李白三十岁左右时作。这首诗也是这样。"

②轩盖宛若梦，**谢思炜曰："讲自己请谒无所获，是瞻望而不及的口气。"**

③"鸾翮我先铩"及下"世迫且离别"，**谢思炜曰："这些语句都下得很重，可见李白初入长安是几乎碰得头破血流的，与他在天宝初离开长安时的那种失意，境遇不同，心情也完全不一样，在语气上是有区别的。"**

④"薜带"二句，**谢思炜谓"何辞楚"、"堪避秦""除了用典外，我以为还是切合着李白当时计划中的行程的，即离开长安，回到楚地安陆家中"。**

叙旧赠江阳宰陆调

泰伯让天下，仲雍扬波涛。清风荡万古，迹与星辰高。开吴食东溟，陆氏世英髦。多君秉古节，岳立冠人曹。风流少年时，京洛事游遨。腰间延陵剑，玉带明珠袍[①]。我昔斗鸡徒，连延五陵豪。邀遮相组织，呵吓来煎熬。君开万丛人，鞍马皆辟易。告急清宪台，脱余北门厄[②]。间宰江阳邑，翦棘树兰芳。城门何肃穆，五月飞秋霜。好鸟集珍木，高才列华堂。时从府中归，丝管俨成行。但苦隔远道，无由共衔觞。江北荷花开，江南杨梅熟。正好饮酒时，怀贤在心目。挂席拾海月，乘风下长川。多沽新丰醁，满载剡溪船。中途不遇人，直到尔门前。大笑同一醉，取乐平生年。

［句笺］

①"风流"四句，写陆调京洛之游。

②北门厄，**谢思炜曰："《旧唐书·王毛仲传》：'及玄宗为皇太子监国，因奏改左右万骑左右营为龙武军，与左右羽林为北门四军。'《通鉴》景云二年也载有'左右万骑与左右羽林为北门四军，使葛福顺等将之'。据此可知，自玄宗为太子时，北衙禁军确实是称作'北门'的。万骑诸**

将因助玄宗平韦氏，被称作‘唐元功臣’，骤然显赫，‘北门’之称可能就是这时叫响的……这段时间正是李白初入长安的时间，‘北门厄’应该就发生在这时。《王毛仲传》又载：‘长安良家子避征徭，纳资以求隶于其中，遂每军至数千人。’《新唐书·兵志》亦载：‘是时良家子避征戍者，亦皆纳资隶军，分日更上如羽林。’李白很可能即是受到这些隶于万骑的市井之徒的攻击。”（《李白初入长安的若干作品考索》）

［义释］

“我昔”八句，自述在长安与“斗鸡徒”、“五陵豪”的一次冲突，幸遇陆调相助，始得脱险。李白《行路难》（其二）有句：“羞逐长安社中儿，赤鸡白狗赌梨栗”，可与此诗相印证。盖李白“一入长安”期间，因仕进无门，遂有放浪之举，然缘此诗可知，仅仅浅尝辄止，并由此产生了对长安豪贵更为深切的恶感。

寄淮南友人

红颜悲旧国，青岁歇芳洲。不待金门诏，空持宝剑游①。海云迷驿道，江月隐乡楼。复作淮南客，因逢桂树留②。

［句笺］

①“不待”二句，**谢思炜将此视为李白开元年间初入长安的证据之一，曰：“二句明明是说在没有皇帝召见的情况下主动出游，结果一无所获。”（《李白初入长安的若干作品考索》）**

②“复作”二句，阎琦曰：**“谓其被许相公家见招。”又释曰：“唐时，安陆属淮南道，文中‘淮南’即指安陆。”（《李白在安陆、东鲁的亲族臆考》，载《中国李白研究》1991年集）**纬按，此与《忆旧游寄谯郡元参军演》“我向淮南攀桂枝”意同，皆以安陆为家。

长相思

长相思，在长安。络纬秋啼金井阑，微霜凄凄簟色寒。孤灯不明思欲绝，卷帷望月空长叹。美人如花隔云端[①]。上有青冥之长天，下有渌水之波澜。天长路远魂飞苦，梦魂不到关山难。长相思，摧心肝。

［句笺］

①美人，喻指唐玄宗。白居易《答崔侍郎钱舍人书问因继以诗》："帝乡远于日，美人高在天。"亦以"美人"喻指皇帝。

［义释］

安旗曰："李白这首《长相思》，一般都以为是爱情诗，实际上是政治抒情诗。……以'美人'比喻明君，以男女恋爱比喻君臣遇合，在中国诗歌史上，可谓源远流长。……当时的李白正处于他一生中第一个政治热情高潮时期，这首《长相思》便是这个高潮的标志。"（《〈长相思〉溯源》，载《李白诗新笺》）

行路难三首

［题解］

《行路难》，乐府旧题。胡震亨曰："行路难，叹世路艰难及贫贱离索之感。古辞亡后，鲍照拟作为多，白诗似全效照。"（《李诗通》）李白集中之《行路难》三首并非同时之作，仅以诗题相同而编于一处。第一首应作于"初入长安"出京之后，诗意与本卷《梁园吟》、《梁甫吟》相近，可视为前后之作。第二首作于“初入长安”干谒失败，决意离去时。第三首则似天宝初将出朝时作。

其一

金樽清酒斗十千，玉盘珍羞直万钱。停杯投箸不能食，拔剑四顾心茫然。欲渡黄河冰塞川，将登太行雪满山①。闲来垂钓碧溪上，忽复乘舟梦日边②。行路难，行路难，多歧路，今安在③？长风破浪会有时，直挂云帆济沧海④。

［句笺］

①“将登”句，与《拟古十二首》其一“世路今太行”句寓意相同。

②“闲来”二句，与《梁甫吟》“君不见，朝歌屠叟辞棘津”数语寓意相同。

③“多歧路”二句，歧路亦作“岐路”，即道路，此处指仕进之路。诗人因歧路难觅，发为呼喊，慨叹仕进无门、人间无路可行，所表达的意思与本题（其二）“大道如青天，我独不得出”二句同。

关于“歧路”一词，工具书及李白诗注家向无的解。如《汉语大词典》“岐路”条有五个义项，除第五义项指“江湖艺人”可忽略外，其馀四个义项是：其一“岔路”；其二“指离别分手处”；其三“比喻官场中险易难测的前途”；其四“不正当的途径”。“歧路”条有两个义项：其一“从大路上分出来的小路；岔路”。其二“错误的道路”。以上所有解释均不适用于李白诗。

其实，歧路（或作路歧，甚至单用一“歧”字）在唐诗中即作“道路”解，例证甚夥，如：

吴商皓：“歧路辛勤终日有，乡关音信隔年无。”（《宿山驿》）歧路，长年奔波之路。

张乔：“歧路在何处？西行心渺然。”（《将离江上作》）歧路，西行的道路。

杜荀鹤：“年华落第老，岐路出关长。”（《下第东归别友人》）歧路，出关后的道路。

李白：“我向秦人问路歧，云是王粲南登之古道。”（《灞陵行送别》）

路歧，眼前道路。

崔涂：“又指烟波算路歧，此生多是厌羁离。”（《途中秋晚送友人归江南》）路歧，友人归江南所走的路。

白居易：“在官有仁政，名不闻京师。身殁欲归葬，百姓遮路歧。”（《秦中吟·立碑》）路歧，大道。

罗邺：“霜白山村月落时，一声鸡后又登歧。”登歧，上路。

以上诗例中的“歧路”、“路歧”、“歧”都是指具体的地上之路。除此以外，“歧路”诸词又常常喻指求仕或仕宦之路。如：

骆宾王：“嗟为刀笔吏，耻从绳墨牵。歧路情难狎，人伦地本偏。”（《叙寄员半千》）

孟郊：“秋风白露沾人衣，壮心凋落夺颜色。少年出门将谁诉？川无梁兮路无歧。（这句可译为：要过河，没有桥；要行路，没有道。）”（《出门行》）

鲍溶：“万里歧路多，一身天地窄。”（《秋怀》）

曹邺：“歧路不在天，十年行不至。一旦公道开，青云在平地。”（《杏园即席上同年》）

崔涂：“白发生非早，青云去自迟。梦唯怀上国，迹不到他歧。”（《秋晚书怀》）

陈季卿：“谋身非不早，其奈命来迟。旧友皆霄汉，此身犹路歧。”（《别兄弟》）

李白《行路难》中的“歧路”，正与这些例子相同，指仕进之路。参见薛天纬《“歧路”解》，载《古典文学知识》1996年第2期。

④“长风”二句，用宗悫故事以明志。《宋书·宗悫传》：“悫年少时，炳（其叔父）问其志，悫曰：‘愿乘长风破万里浪。’”会，将然之辞，兼有希望与自信之意。沧海，大海。二句表达对前途之憧憬。参见薛天纬《李白诗四解》，载《李白学刊》第二辑。

［义释］

此诗作于李白在求仕之途受挫后。“欲渡”二句是对“行路难”，即仕进道路难行的形象性概括。然诗人在深深感慨“行路难”的同时，对仕进前景并未丧失信心，“忽复乘舟梦日边”即是憧憬日后时来运转。尤其结尾二句化用宗悫“愿乘长风破万里浪”语，表达了对实现人生宏愿的美好向往与坚定信念。这种失望与希望交织、痛苦中又能自我排解，在诗末拖一条“光明的尾巴”之抒情特征，屡屡出现在李白“一入长安”失意后的诗篇中。当时诗人年轻气盛而涉世未深，“一入长安”干谒王公大人虽遭失败，但尚未走近宫廷，因而对朝廷仍抱有希望。将此诗与《梁甫吟》《梁园吟》等合读，方能把握李白此期写作抒情诗的规律，并加深对这些诗篇的理解。

其二

大道如青天，我独不得出。羞逐长安社中儿，赤鸡白狗赌梨栗[①]。弹剑作歌奏苦声，曳裾王门不称情。淮阴市井笑韩信，汉朝公卿忌贾生[②]。君不见，昔时燕家重郭隗，拥篲折节无嫌猜。剧辛乐毅感恩分，输肝剖胆效英才。昭王白骨萦蔓草，谁人更扫黄金台[③]。行路难，归去来。

［句笺］

①“羞逐”二句，可与本卷《叙旧赠江阳宰陆调》诗中“我昔”数句参读。社中儿，指以斗鸡获玄宗宠信而致富贵的贾昌辈。

②“淮阴”二句，用韩信、贾谊年少时故事以自况，可知李白当时年岁亦相当。

③“昔时”六句，吟咏燕昭王求贤故事，暗寓对玄宗的失望情绪。

［义释］

“弹剑”二句，实为李白“一入长安”经历的总结。他怀着以干谒谋求仕进的目的而来，但遭到王门冷遇，愿望破灭，此行乃以失败告终。此处是李白“一入长安”前后所作诗文中第三次使用冯谖弹剑故事。联系他将赴长安之际所作《上安州裴长史书》中“何王公大人之门不可以弹长剑乎”的大言，以及《玉真别馆苦雨赠卫尉张卿二首》中“弹剑谢公子，无鱼良可哀”的苦声，则李白之“一入长安”由充满希望到产生怨望，直至最终失望的过程，乃从三次用典中清晰地呈现出来。

其三

有耳莫洗颍川水，有口莫食首阳蕨。含光混世贵无名，何用孤高比云月[①]。吾观自古贤达人，功成不退皆殒身。子胥既弃吴江上，屈原终投湘水滨。陆机雄才岂自保，李斯税驾苦不早。华亭鹤唳讵可闻，上蔡苍鹰何足道[②]。君不见，吴中张翰称达生，秋风忽忆江东行。且乐生前一杯酒，何须身后千载名。

［句笺］

①“有耳”四句，意谓勿邀取虚名。

②“吾观”八句，意谓勿留恋功名。

［义释］

结末“且乐”二句揭示一篇主旨，与《怀仙歌》中“尧舜之事不足惊，自余嚣嚣直可轻”、《梦游天姥吟留别东鲁诸公》中“世间行乐亦如此，古来万事东流水”同一指归。诗当作于天宝初离开朝廷不久时。

蜀道难

［题解］

敦煌写本唐诗选残卷题为《古蜀道难》。《蜀道难》，乐府旧题。唐·吴兢曰：“备言铜梁、玉垒之险。”（《乐府古题要解》卷下）宋·郭茂倩非之，曰：“铜梁、玉垒在蜀郡西南，今永康是也，非入蜀道，失之远矣。”（《乐府诗集》卷四十）《蜀道难》传统主题是表现由秦入蜀道路之难行，李白诗对传统主题有所继承。

噫吁嚱，危乎高哉[①]，蜀道之难难于上青天。蚕丛及鱼凫，开国何茫然。尔来四万八千岁，不与秦塞通人烟。西当太白有鸟道，可以横绝峨眉巅。地崩山摧壮士死，然后天梯石栈相钩连[②]。上有六龙回日之高标，下有冲波逆折之回川。黄鹤之飞尚不得过，猿猱欲度愁攀援。青泥何盘盘，百步九折萦岩峦。扪参历井仰胁息，以手抚膺坐长叹[③]。问君西游何时还，畏途巉岩不可攀。但见悲鸟号古木，雄飞雌从绕林间。又闻子规啼夜月，愁空山。蜀道之难难于上青天，使人听此凋朱颜。连峰去天不盈尺，枯松倒挂倚绝壁。飞湍瀑流争喧豗，砯崖转石万壑雷。其险也如此，嗟尔远道之人胡为乎来哉。剑阁峥嵘而崔嵬，一夫当关，万夫莫开。所守或匪亲，化为狼与豺④。朝避猛虎，夕避长蛇。磨牙吮血，杀人如麻⑤。锦城虽云乐，不如早还家[1]。蜀道之难难于上青天，侧身西望长咨嗟。

［句校］

［1］“锦城”二句，詹锳曰：“此二句复不见于敦煌唐写本诗选残卷，是否后人所加尚不可知。”

［句笺］

①噫吁嚱，胡俊曰：“《蜀道难》中的‘吁嚱’即是叹词‘呜呼’（‘於戲’）。由于语言文字使用中各种因素的影响，‘於戲’在被读作‘yū xī’后，又被写作‘于戲’，再经偏旁类化而形成了‘吁嚱’。据此，《蜀道难》的开篇应断作：‘噫！吁嚱（音 wū hū）！危乎高哉！’作者连发三感叹，惊讶于蜀地山川之高耸险峻。感叹之辞从一字到两字再到四字，声音急促而又有明显的层次感，表达出的感情则一次比一次强烈，从气势上来说，也远胜于‘噫吁嚱，危乎高哉’。”（《〈蜀道难〉中“噫吁嚱”之成因探析》，载《中国李白研究》2009 年集）

②石栈，敬永谅曰：“石栈就是凿山破石，以石为路的栈道”，而不同于“凿石架木为路”的栈道。又曰：“更值得注意的是在‘西当太白’被认为是‘鸟道’的褒斜道中，今陕西太白县王家楞乡红岩村附近的山崖上，至今还斜插着许多当年架栈的大石梁。”（《〈蜀道难〉之“石栈”小议》，载《千年诗魂蜀道李白》）

③“扪参”二句，以一系列动作凸显了诗人作为抒情主人公之存在。

④“一夫当关”四句，与本卷《梁甫吟》中“阊阖九门不可通。以额扣关阍者怒”二句意同。

⑤“朝避猛虎”四句，与《梁甫吟》中“猰貐磨牙竞人肉”句意同。《书情赠蔡舍人雄》有句：“猛犬吠九关，杀人愤精魂。”喻意亦同。

［义释］

詹锳曰：“苟能贯通全集并详考太白之身世，则此诗之背景亦可探悉。按太白有剑阁赋，题下自注云：‘送友人王炎入蜀。’赋中写剑阁之险，与此诗极为近似。如：

咸阳之南直望五千里，见云峰之崔嵬。前有剑阁横断，倚青天而中开。——诗：'西当太白有鸟道，可以横绝峨眉巅。''剑阁峥嵘而崔嵬'，又'连峰去天不盈尺'。

上则松风萧然瑟飒——诗：'枯松倒挂依绝壁。'

有巴猿兮相哀——诗：'猿猱欲度愁攀援。'又：'但见悲鸟号古木，雄飞雌从绕林间。'

旁则飞湍走壑，洒石喷阁，汹涌而惊雷——诗：'飞湍瀑流争喧豗，砯崖转石万壑雷。'

送佳人兮此去，复何时兮归来？——诗：'问君西游何时还？'

望夫君兮安极，我沉吟兮叹息。——诗：'侧身西望长咨嗟。'

又有送友人入蜀诗云：'见说蚕丛路，崎岖不易行。山从人面起，云傍马头生。芳树笼秦栈，春流绕蜀城。升沉应已定，不必问君平。'其中'见说蚕丛路'一联，与蜀道难'蚕丛及鱼凫，开国何茫然'同出一典。'山从人面起'一联，即极写蜀道之难也。'秦栈'为自秦入蜀之栈道，诗称'芳树笼秦栈'，可见送别之地当在秦中。末联则忠告友人之词，谓功名不可强求也。

意者剑阁赋：送友人入蜀及此诗俱是先后之作。蜀道难，敦煌唐写本诗选残卷作'古蜀道难'，则其本为规模古调可以想见。阴铿蜀道难云：'蜀道难如此，功名讵可要。'王炎入蜀，或为求取功名，而功名终不可得。其后太白自溧水哭王炎诗云：'逸气竟莫展，英图俄夭伤'，盖深惜之。今诗中称'其险也如此，嗟尔远道之人胡为乎来哉'，即取阴铿'蜀道难如此，功名讵可要'之意也。"

又曰："剑阁赋开首即称咸阳，而此诗亦有'不与秦塞通人烟'、'西当太白有鸟道'等语，似白之送王炎当在长安或咸阳。"又谓《蜀道难》作于李白"尚未得志"时（《李白蜀道难本事说》，见《李白诗论丛》）。

纬按，詹锳《李白〈蜀道难〉本事说》一文问世时，李白"两入长安"说未出，因之尚不能真正了解"太白之身世"，亦不能真正探悉"此诗之背景"。但确定了此诗"规模古调"的写作原则，认定其"取阴铿'蜀道难如此，功名讵可要'之意"，并将此诗与《剑阁赋》、《送友人入蜀》合勘，认为"送别之地当在秦中"，诗作于李白"尚未得志"时，已探索到了解读《蜀道难》的路径，得出了解读《蜀道难》的基本结论。

郁贤皓以李白开元年间“一入长安”为立足点，从两个方面解读《蜀道难》：其一，关于贺知章赞赏《蜀道难》的故事，孟启《本事诗·高逸》记载说：“李太白初自蜀至京师”云云，王定保《唐摭言》卷七也说：“李太白始自西蜀至京”云云，“现在我们知道李白在开元十八年曾去过长安，当时距李白出川仅五、六个年头，那么，说‘李白初自西蜀至京师’其实并没有错，只是从西蜀出来沿长江绕了一个圈子至京师罢了。”中唐诗人张祜《梦李白》诗云：“祜当听我言，我昔开元中。生时值明圣，发迹恃文雄。一言可否由贺老，即知此老心还公。朝廷大称我，我亦自超群。”张祜认为李白结识贺知章在“开元中”。杜甫《寄李十二白二十韵》说：“昔年有狂客，号尔谪仙人。笔落惊风雨，诗成泣鬼神。声名从此大，汩没一朝伸”云云，“由此可见，贺知章见李白时，应该是李白‘汩没’的阶段。这无疑地应该是开元十八年初入长安之时”。其二，中唐诗人姚合在《送李馀及第归蜀》诗中说：“……李白《蜀道难》，羞为无成归。子今称意行，所历安觉危！”“可见在中唐时就有人认为李白《蜀道难》寄寓着功业难成之意。”（《李白两入长安及有关交游考辨》）

安旗考察了李白以前和李白以后关于蜀道的诗，除前举阴铿、姚合诗外，又举出卢照邻《早度分水岭》：“丁年向蜀道，斑鬓向长安。徒费周王粟，空弹汉吏冠。……传语后来者，斯路诚最难。”认为末二句“显然语意双关，不仅指蜀道，亦兼指仕途”。雍陶《蜀道倦行因有所感》：“蹇步不唯伤旅思，此中兼见宦途情。”认为“此亦以蜀道蹇步，喻仕途艰难”。又曰：“《全唐诗》中，唐人入蜀诗或送人入蜀诗，数以百计。凡失意者，蜀道则难；凡得意者，蜀道则易。如岑参《送蒲秀才擢第归蜀》诗云：‘去马疾如飞，看君战胜归……向南风候暖，腊月见春辉。’姚合《送任畹及第归蜀》：‘子规啼欲死，君听固无愁。阙下声名出，乡中意气游。’”“可见，蜀道难易之感，关系仕途穷通甚明。亦可见，李白《蜀道难》主旨在中唐人心目中尚是一清二楚。中唐以后，异说蜂起，才逐渐掩盖了此诗本来面目。”安旗还举出明人高启《夜闻谢太史读李杜诗》：“前歌《蜀道难》，后歌《偪仄行》。商声激烈出破屋，林鸟夜起邻人惊。我愁寂寞正欲眠，听此起坐心茫然。高歌隔舍与相和，双泪迸落青灯前。”其“直感”以《蜀道难》为“商声”。清人陈沆《诗比兴笺》谓《蜀道难》为“失声横涕之什”。其结论是：“《蜀道难》是一首悲歌慷慨

的诗篇……它的主题有两层意义，表面上是写蜀道艰难，实质上是指仕途坎坷。它是李白在开元年间第一次入长安的产物，反映的是他此期屡遭蹭蹬的生活经历，抒发的是理想幻灭的痛苦，报国无门的悲哀，以及初次接触到社会阴暗面时的惊愕和愤慨。正由于要反映的生活内容丰富而又深刻，要抒发的思想感情强烈而又复杂，难以直言，因此诗人采取比兴手法曲尽其意。借蜀道之畏途巉岩，状其一入长安种种难写之景！借旅人之蹇步愁思，抒其明时失路种种难言之情。"（《〈蜀道难〉求是》，载《李白诗新笺》）纬按，近年研究者考定《诗比兴笺》作者并非陈沆，而是魏源。

纬按，欧阳修《太白戏圣俞》诗云："开元无事二十年，五兵不用太白闲。太白之精下人间，李白高歌蜀道难。蜀道之难难于上青天，李白落笔生云烟。千奇万险不可攀，却视蜀道犹平川。宫娃扶来白已醉，醉里诗成醒不记。……"诗之开首四句，是说盛唐时代产生了天才诗人李白，而《蜀道难》是诗人最天才的作品。五、六句赞叹《蜀道难》高超的艺术。七、八句陡然转折，"千奇万险"的蜀道在李白眼中蓦地变成了"平川"，此则何谓？原来李白已平步青云，直入宫廷。然则李白当初写蜀道之千奇万险，正可理解为欲以蜀道攀登之难表现仕进道路之难。诗云"开元无事二十年"，或可理解为欧阳修认为《蜀道难》作于开元二十年前后。参见薛天纬《也谈〈蜀道难〉寓意》，载《唐代文学论丛》1982年第1期。

送友人入蜀

［题解］

詹锳认为此诗与《剑阁赋》为先后之作，《剑阁赋》题下原注"送友人王炎入蜀"，则此诗所送之人亦王炎（见**《李白蜀道难本事说》**）。参见《蜀道难》"义释"。

见说蚕丛路，崎岖不易行。山从人面起，云傍马头生。芳树笼秦栈，春流绕蜀城。升沉应已定，不必问君平。

［义释］

末二句为一篇主旨，即詹锳所说“谓功名不可强求也”。

自溧水道哭王炎三首

［题解］

晚年之作。宋蜀本《剑阁赋》题下有注：“送友人王炎入蜀。”与此诗之王炎或为一人。若然，李白与王炎本系旧交。奚渭明据《唐故文安郡文安县尉太原王府君（即诗人王之涣）墓志铭并序》考知，王炎系王之涣长子（见《李白诗中的王炎》，载《中国李白研究》2001—2002年集）。

其一

白杨双行行，白马悲路傍。晨兴见晓月[①]，更似发云阳。溧水通吴关，逝川去未央。故人万化尽，闭骨茅山冈。天上坠玉棺，泉中掩龙章。名飞日月上，义与风云翔。逸气竟莫展，英图俄夭伤。楚国一老人，来嗟龚胜亡。有言不可道，雪泣忆兰芳。

［句笺］

①晓月，犹“残月”，夏历月末凌晨日出前现于东方。

其二

王公希代宝，弃世一何早。吊死不及哀，殡宫已秋草。悲来欲脱剑，挂向何枝好？哭向茅山虽未摧，一生泪尽丹阳道。

其三

王家碧瑶树，一树忽先摧。海内故人泣，天涯吊鹤来。未成霖雨用，先失济川材。一罢广陵散，鸣琴更不开。

梁园吟

［题解］

此诗见于敦煌写本唐诗选残卷，题为《梁园醉哥（歌）》。诗作于“一入长安”罢，东行至宋州（今河南商丘）时。

我浮黄河去京阙，挂席欲进波连山。天长水阔厌远涉，访古始及平台间①。平台为客忧思多，对酒遂作梁园歌②。却忆蓬池阮公咏，因吟渌水扬洪波。洪波浩荡迷旧国，路远西归安可得③。人生达命岂暇愁，且饮美酒登高楼。平头奴子摇大扇，五月不热疑清秋。玉盘杨梅为君设，吴盐如花皎白雪。持盐把酒但饮之，莫学夷齐事高洁④。昔人豪贵信陵君，今人耕种信陵坟。荒城虚照碧山月，古木尽入苍梧云⑤。梁王宫阙今安在，枚马先归不相待。舞影歌声散渌池，空馀汴水东流海。沉吟此事泪满衣，黄金买醉未能归⑥。连呼五白行六博，分曹赌酒酣驰晖。歌且谣，意方远。东山高卧时起来，欲济苍生未应晚⑦。

［句笺］

①“我浮”四句，实写出京后行进路线，即东出函谷关，进入河南境后，由黄河水路东下，又沿汴水至宋州。

②梁园歌，即诗题“梁园吟”之另一表达，可知“歌”、“吟”并无实质性区别。

③“洪波”二句，抒写对长安的眷恋。旧国，指长安。西归，谓归向长安。诗人刚刚经历了“一入长安”的人生失败，故有“路远西归安可得”之叹。

④“玉盘”四句，**胥洪泉、吴晓棠据《本草纲目》考知，“梅性酸，梅有消食解酒的功能”；又引《魏书·崔浩传》“太宗大悦，语至中夜，赐浩御缥醪酒十觚，水晶戎盐一两”等语，考知“这盐应是用来调理酒**

味的”。又曰：“盐也可用来调治梅子（用盐水浸泡等），这样可以中和梅酸，容易食用。”并引李白《题东溪公幽居》诗中“客到但知留一醉，盘中只有水晶盐”句为证（《试说李白〈梁园吟〉中的“盐”和“梅”》，载《伊犁师范学院学报》2000年第2期）。纬按，今苏州一带，食杨梅仍以盐佐之，谓可去酸。

⑤苍梧，**张昕、王清曰：“‘苍梧’的范围是很大的，至于究竟有多大，史书并无直接记载，就像古代的‘云梦’一样，我们根本无法判定其具体边缘位置。”又谓：“‘苍梧’或是代指南方。”（《李白诗中地名考异》，载《中国李白研究》1991年集）**

⑥“沉吟”二句，自道出长安后未能返回家园所在之安陆。

⑦“歌且谣”四句，抒写对未来的希望与信心，亦篇末“光明的尾巴”。

［义释］

诗之大部篇幅，即“人生”句以下，直至篇末，确如敦煌写本诗题所标示，均为“醉歌”。**安旗曰：“李白一入长安前夕《上安州裴长史书》中曾有大言放语：‘何王公大人之门，不可以弹长剑乎！’以为王公大人们都会待之如上宾，结果却是‘阊阖九门不可通，以额扣关阍者怒’。一事无成，无颜回家。因此东游梁、宋，流连在外，过着买醉遣愁的生活，直至次年春间始返安陆。”（《〈梁园吟〉考辨》，载《李白诗新笺》）**

将进酒

［题校］

此诗见于敦煌唐写本诗选残卷，题为《惜罇空》。

君不见，黄河之水天上来，奔流到海不复回。君不见，高堂明镜悲白发，朝如青丝暮成雪。人生得意须尽欢，莫使金樽空对月。天生我材必有用[1]，千金散尽还复来。烹羊宰牛且为乐，会须一饮三百杯。岑夫子，丹丘生，将进酒，杯莫停。与君歌一曲，请君为我侧耳听。钟鼓馔玉不足贵，但愿长醉不复醒。古来圣贤皆寂寞，惟有饮者留其名。陈王昔时宴平乐，斗酒十千恣欢谑①。主人何为言少钱，径须酤取对君酌。五花马，千金裘，呼儿将出换美酒，与尔同销万古愁②。

［句校］

［1］“天生”句，敦煌唐写本诗选残卷作“天生吾徒有俊才”。

［句笺］

①“陈王”二句，陈王谓曹植，其《名都篇》有句：“归来宴平乐，美酒斗十千。”平乐，观名，在洛阳，汉明帝所造。诗用陈王宴平乐故事，其作地或在洛阳。况洛阳地近黄河，故开篇有“黄河之水”的联想。

②“主人”六句，卢照邻《行路难》：“金貂有时须换酒，玉麈恒摇莫计钱。”白诗似扩展其意而成。

［义释］

《将进酒》唯写饮酒，或作于诗人“黄金买醉未能归”（《梁园吟》）之际。此诗是李白饮酒诗的代表，也是以李白为代表的中国古代“酒文化”的结晶。此所谓“酒文化”，从积极方面言之，包含了三层基本意义：其一，对精神享受的热情赞美。有论者概括此诗内容，第一条即“对于以喝酒为中心的享乐生活的赞颂和追求”（《中国文学史》上册，复旦大学出版社1997年版），似乎把李白的饮酒诗降低到了表现物质享受的层次，不免妨害对诗意的理解。我们读《将进酒》，即使“烹羊宰牛且为乐，会须一饮三百杯”这样直接写饮食的句子，也只是感到一股豪纵之气的喷涌，感到一种精神解放的快感，而绝不是口腹的享受。诗与非诗的区别，正在于此。其二，对人生前途的充分自信，即“天生我材必有用，千金散尽还复来”。饮酒使人处于精神亢奋状态，故有此豪语。其三，对现实痛苦的暂时消解，即“与尔同销万古愁”。诗中醉语，如“钟鼓馔玉不足贵，但愿长醉不复醒。古来圣贤皆寂寞，惟有饮者留其名”，皆出于一时消愁之精神需求。

参见薛天纬《一回拈出一回新——重读〈将进酒〉》，载《古典文学知识》2002年第1期。

冬夜醉宿龙门觉起言志

[题解]

“一入长安”出京后，当年冬作于洛阳。

醉来脱宝剑，旅憩高堂眠。中夜忽惊觉，起立明灯前。开轩聊直望，晓雪河冰壮。哀哀歌苦寒，郁郁独惆怅。傅说版筑臣，李斯鹰犬人。欻起匡社稷，宁复长艰辛[①]。而我胡为者，叹息龙门下。富贵未可期，殷忧向谁写。去去泪满襟，举声梁甫吟[②]。青云当自致，何必求知音[③]。

[句笺]

①“欻起”二句，与《梁甫吟》“大贤虎变愚不测，当年颇似寻常人”二句义同。

②“去去”二句，表明此诗与《梁甫吟》为同时之作，宜参读。

③“青云”二句，盖因“一入长安”，求知音不获，故作此等愤激语，然亦表明李白当时对前途仍十分自信。

梁甫吟

[题解]

《冬夜醉宿龙门觉起言志》有句：“去去泪满襟，举声梁甫吟。”则《梁甫吟》当与《冬夜醉宿龙门觉起言志》为一时之作。

长啸梁甫吟，何时见阳春。君不见，朝歌屠叟辞棘津，八十西来钓渭滨。宁羞白发照清水，逢时壮气思经纶。广张三千六百钓，风期暗与文王亲。大贤虎变愚不测，当年颇似寻常人。君不见，高阳酒徒起草中，长揖山东隆准公。入门不拜骋雄辩，两女辍洗来趋风。东下齐城七十二，指挥楚汉如旋蓬。狂客落魄尚如此，何况壮士当群雄。我欲攀龙见明主，雷公砰訇震天鼓，帝傍投壶多玉女。三时大笑开电光，倏烁晦冥起风雨。阊阖九门不可通，以额扣关阍者怒①。白日不照吾精诚，杞国无事忧天倾。猰貐磨牙竞人肉②，驺虞不折生草茎。手接飞猱搏雕虎，侧足焦原未言苦。智者可卷愚者豪，世人见我轻鸿毛。力排南山三壮士，齐相杀之费二桃。吴楚弄兵无剧孟，亚夫咍尔为徒劳。梁甫吟，声正悲。张公两龙剑，神物合有时。风云感会起屠钓，大人峴屼当安之③。

［句笺］

①“我欲”七句，实为对“一入长安”经历的回顾。其中“阊阖”二句犹《蜀道难》“一夫当关”四句之意。

②“猰貐”句，与《蜀道难》“磨牙吮血，杀人如麻”意同。

③“张公”四句，表达对未来的希冀与信心，在诗之结尾处拖一条“光明的尾巴”，与《行路难》其一结尾之“长风”二句同出一辙。

［义释］

瞿、朱注：“《龙门言志》诗有‘傅说版筑臣，李斯鹰犬人’之语，与此诗以太公郦生为喻，皆是未遇时之口吻。若已被召入京，即使遭谗被放，亦与未遇者不同。”此诗亦瞿、朱力倡“两入长安”说之例证。

春夜洛城闻笛

［题解］

“一入长安”离京之次年春作。

谁家玉笛暗飞声[①]，散入春风满洛城。此夜曲中闻折柳，何人不起故园情[②]。

［句笺］

①暗飞声，唐汝询曰：“不见其人而闻其声，故曰‘暗’。”（《唐诗解》卷二十五）

②故园，此指寓家之地安陆。

［义释］

李白于开元十八年春夏之际自安陆赴长安，历经三个年头，出长安当年又“黄金买醉未能归”，此期乃起故园之思。

江夏别宋之悌

［题解］

郁贤皓考，宋之悌系著名诗人宋之问弟、李白友人宋若思之父，诗之作时“当在开元十九年以后的一二年内”，“此时正当宋之悌从‘河东节度’‘左降朱鸢’，途经江夏，遇见了友人李白，李白就写了此诗赠送他”（《李白〈江夏别宋之悌〉诗系年辨误》，载《南京师范学院学报》1978年第3期）。纬按，据《旧唐书》本传，许圉师于高宗显庆二年迁黄门侍郎、同中书门下三品，龙朔中为相。《旧唐书·宋之问传》载，其父宋令文高宗时为左骁卫郎将、东台详正学士。许圉师与宋令文或有交谊，故而李白得与宋之悌相交。

楚水清若空，遥将碧海通[①]。人分千里外，兴在一杯中。谷鸟吟晴日，江猿啸晚风。平生不下泪，于此泣无穷。

［句笺］

①“楚水”二句，郁贤皓引《朝野佥载》卷六：“之悌后左降朱

茑”，曰：“‘楚水’当然是指江夏，‘碧海’则显然是指朱茑。”朱茑属交趾郡。

襄阳歌

[题解]

安注：“开元二十二年二月十九日初置十道采访使，以荆州长史韩朝宗兼判襄州及山南东道，治所在襄阳。本年春，白游襄阳，谒韩朝宗。时朝宗有令誉，所谓‘生不用封万户侯，但愿一识韩荆州’云云。然白求荐不遂，乃作此诗以抒愤懑。”纬按，李白往襄阳谒韩朝宗，或在韩任职于襄阳之第二年，即开元二十三年，说见下篇《赠孟浩然》“义释”。

落日欲没岘山西，倒著接䍦花下迷。襄阳小儿齐拍手，拦街争唱白铜鞮。傍人借问笑何事，笑杀山翁醉似泥。鸬鹚杓，鹦鹉杯。百年三万六千日，一日须倾三百杯。遥看汉水鸭头绿，恰似葡萄初酦醅。此江若变作春酒，垒曲便筑糟丘台。千金骏马换小妾，笑坐雕鞍歌落梅。车傍侧挂一壶酒，凤笙龙管行相催。咸阳市中叹黄犬，何如月下倾金罍。君不见，晋朝羊公一片石，龟头剥落生莓苔。泪亦不能为之堕，心亦不能为之哀。清风朗月不用一钱买，玉山自倒非人推。舒州杓，力士铛，李白与尔同死生。襄王云雨今安在，江水东流猿夜声。

[义释]

此诗实为醉中狂歌。盖李白谒韩朝宗，作《上韩荆州书》，初抱有极大期望，直陈心事曰：“今天下以君侯为文章之司命，人物之权衡，一经品题，便作佳士。而君侯何惜阶前盈尺之地，不使白扬眉吐气，激昂青云耶？”但干谒不果，一时情绪愤激而颓唐，故有此作。

忆襄阳旧游赠马少府巨

昔为大堤客，曾上山公楼。开窗碧嶂满，拂镜沧江流。高冠佩雄剑，长揖韩荆州①。此地别夫子，今来思旧游。朱颜君未老，白发我先秋。壮志恐蹉跎，功名若云浮。归心结远梦，落日悬春愁。空思羊叔子，堕泪岘山头。

［句笺］

①“高冠”二句，指在襄阳谒见韩朝宗事，其时作《与韩荆州书》及《襄阳歌》，宜参看。雄剑，个人才具的象征。李白诗文中的“剑”往往有此种象征意义，如《上安州裴长史书》：“以为士生则桑弧蓬矢，射乎四方，故知大丈夫必有四方之志，乃仗剑去国，辞亲远游。”仗剑，不仅写装束，而且是怀抱着才具。长揖，**安旗曰：“古时相见之礼，拱手弯腰谓之揖，拱手自上至极下谓之长揖，下跪叩首谓之拜。韩朝宗为三品大员，太白长揖不拜，有平交王侯之意。谒韩之后，有《与韩荆州书》，书中求荐之情甚切，并有句云：‘幸愿开张圣听，不以长揖见拒。’或竟终以长揖见拒，致干谒无成。”（《李太白别传》第三章）**

赠从兄襄阳少府皓

［题解］

此期游襄阳时作。

结发未识事，所交尽豪雄。却秦不受赏，击晋宁为功。小节岂足言，退耕春陵东。归来无产业，生事如转蓬。一朝乌裘敝，百镒黄金空。弹剑徒激昂，出门悲路穷[①]。吾兄青云士，然诺闻诸公。所以陈片言，片言贵情通。棣华倘不接，甘与秋草同。

［句笺］

①“弹剑”二句，回顾“一入长安”事，故再用“弹剑”典故。然也可能表达了在襄阳谒韩朝宗不果的内容。

赠孟浩然

吾爱孟夫子，风流天下闻。红颜弃轩冕，白首卧松云。醉月频中圣，迷花不事君。高山安可仰，徒此揖清芬。

［义释］

王士源《孟浩然诗集序》曰：“山南采访使太守昌黎朝宗，谓浩然闲深诗律，置诸周行，必咏穆如之颂。因如秦，与偕行，先扬于朝，约曰引谒。后期，浩然叱曰：‘业已饮矣，身行乐耳，遑恤其他。’遂毕久不赴，由是闻罢。既而浩然不之悔也，其好学忘名如此。”（引文据佟培基《孟浩然诗集笺注》）**佟培基《孟浩然诗集笺注·前言》谓孟浩然于开元二十二年再上长安求仕，不果返乡，有《岁晚归南山》诗，诗曰：“北阙休上书，南山归弊庐。不才明主弃，多病故人疏。白发催年老，青阳逼岁除。永怀愁不寐，松月夜窗虚。”**王士源《序》所纪事当发生于开元二十二年再上长安之后。设若李白于次年来谒韩朝宗，浩然上年在京之逸事必为白所闻，其风流亦为白所仰慕，故作此诗以赞之。诗云“白首”，切孟诗之“白发”；“中圣”，切浩然以饮酒行乐爽朝宗约事；“不事君”，切孟诗“北阙”句、“不才”句。其时李白用世之心正切，因而面对孟浩然之风流高格唯觉望尘莫及，故有“高山安可仰，徒此揖清芬”之叹。

大堤曲

汉水临襄阳，花开大堤暖。佳期大堤下，泪向南云满。春风无复情，吹我梦魂散。不见眼中人，天长音信断[1]。

［句校］

［1］此诗与《寄远十二首》“其五”相校：“汉水”三句，《寄远》作“远忆巫山阳，花明渌江暖。踌躇未得住”；末句“断”字《寄远》作“短”。其馀字句全同。

江夏行

［题解］

开元二十三年暮春作于江夏。参见下篇《黄鹤楼送孟浩然之广陵》“题解”。

忆昔娇小姿，春心亦自持。为言嫁夫婿，得免长相思。谁知嫁商贾，令人却愁苦。自从为夫妻，何曾在乡土。去年下扬州，相送黄鹤楼。眼看帆去远，心逐江水流①。只言期一载，谁谓历三秋。使妾肠欲断，恨君情悠悠。东家西舍同时发，北去南来不逾月。未知行李游何方，作个音书能断绝。适来往南浦②，欲问西江船。正见当垆女，红妆二八年。一种为人妻，独自多悲凄。对镜便垂泪，逢人只欲啼。不如轻薄儿，旦暮长相随。悔作商人妇，青春长别离。如今正好同欢乐，君去容华谁得知。

[句笺]

①“去年”四句，参见下篇《黄鹤楼送孟浩然之广陵》“义释”。

②南浦，詹注引《太平寰宇记》卷一百十二江南西道鄂州江夏县：“南浦在县南三里……商旅往来，皆于浦停泊。”刘友竹则以为非专用地名，而是泛指水之南岸，见第七卷《与诸公送陈郎将归衡阳并序》“题校”。纬按，南浦作为地名，或泛指，或专指，似不可一概而论，此诗咏江夏商人妇，南浦当为专指。

黄鹤楼送孟浩然之广陵

[题解]

开元二十三年暮春，李白于襄阳谒韩朝宗后来游江夏。据王辉斌撰《孟浩然年表》（载《孟浩然大辞典》），浩然因下江东此时也来到江夏，“与李白再会于黄鹤楼，李白即写了著名的《黄鹤楼送孟浩然之广陵》一诗以相送”。

故人西辞黄鹤楼，烟花三月下扬州。孤帆远影碧山尽，唯见长江天际流。

[义释]

阮堂明曰：“（《江夏行》）这首诗在描写怨妇送别作为商人的夫婿外出行贾时，有这样几句：‘去年下扬州，相送黄鹤楼。眼看帆去远，心逐江水流。’把这四句与《黄鹤楼送孟浩然之广陵》加以对照，不由得惊讶二者何其相似！……《黄鹤楼送孟浩然之广陵》与《江夏行》之间存在着非常明显的渊源关系，前者脱胎于后者的痕迹一目了然。因此，可以断言《黄鹤楼送孟浩然之广陵》一诗就是蹈袭《江夏行》而成。”（《一首被严重误读的诗——李白〈黄鹤楼送孟浩然之广陵〉重读》，载《唐代文学研究》第十二辑）纬按，此说不为无据。然二诗既出于一人之手，所写情事又是在同一地点送别行人，则思维与造语之相近，亦实有必然性焉。

本卷讨论的主要问题

1. 李白婚于许氏的事实。
2. 李白“一入长安”之经历。
3. 《蜀道难》、《行路难》等诗篇的解读。

本卷所采撷论著

1. 侯建凌：《李白诗文中的“淮南”考》，载《李白在安陆》。

2. 陈建平：《李白在安陆十年诗文系年》，载《李白在安陆》。

3. 朱玉麒：《许圉师家族的洛阳聚居与李白安陆见招——大唐西市博物馆藏〈许肃之墓志〉相关问题考论》，载《唐研究》第十七卷。

4. 稗山：《李白两入长安辨》，载《中华文史论丛》第二辑。

5. 郁贤皓：《李白与张垍交游新证》，载《南京师院学报》1978 年第 1 期，修改稿载《李白丛考》。

6. 郁贤皓：《李白两入长安及有关交游考辨》，载《南京师院学报》1978 年第 4 期，修改稿载《李白丛考》。

7. 谢思炜：《李白初入长安的若干作品考索》，载《西北大学学报》1983 年第 3 期。

8. 陈建平：《李白诗〈酬王补阙惠翼庄庙宋丞泚赠别〉系年》，载

9. 阎琦：《李白在安陆、东鲁的亲族臆考》，载《中国李白研究》1991 年集。

10. 安旗：《〈长相思〉溯源》，载《李白诗新笺》。

11. 胡俊：《〈蜀道难〉中“噫吁嚱”之成因探析》，载《中国李白研究》2009 年集。

12. 敬永谅：《〈蜀道难〉之“石栈”小议》，载《千年诗魂蜀道李白》。

13. 詹锳：《李白蜀道难本事说》，载《李白诗论丛》。

14. 安旗：《〈蜀道难〉求是》，载《李白诗新笺》。

15. 奚渭明：《李白诗中的王炎》，载《中国李白研究》2001—2002 年集。

16. 胥洪泉、吴晓棠：《试说李白〈梁园吟〉中的“盐”和“梅”》，载《伊犁师范学院学报》2000 年第 2 期。

17. 张昕、王清：《李白诗中地名考异》，载《中国李白研究》1991 年集。

18. 安旗：《〈梁园吟〉考辨》，载《李白诗新笺》。

19. 郁贤皓：《李白〈江夏别宋之悌〉诗系年辨误》，载《南京师范学院学报》1978 年第 3 期。

20. 阮堂明：《一首被严重误读的诗——李白〈黄鹤楼送孟浩然之广陵〉重读》，载《唐代文学研究》第十二辑。

21. 薛天纬：《李白一入长安事迹之我见》，载《唐代文学论丛》总第三辑。

22. 薛天纬：《李白诗四解》，载《李白学刊》第二辑。

23. 薛天纬：《“歧路”解》，载《古典文学知识》1996 年第 2 期。

24. 薛天纬：《也谈〈蜀道难〉寓意》，载《唐代文学论丛》1982 年第 1 期。

25. 薛天纬：《一回拈出一回新——重读〈将进酒〉》，载《古典文学知识》2002 年第 1 期。

第三卷

寓家东鲁之什

邺中赠王大劝入高凤石门山幽居

［题解］

王大，安旗曰："当系王昌龄。昌龄行大，同时诗人如王维、孟浩然、岑参等诗中皆以王大称之。"（《李诗札记》，载《李白研究》）詹锳举出诸人与王昌龄交往的诗篇有孟浩然《初出关旅亭夜坐怀王大校书》、《送王大校书》，王维《青龙寺昙壁上人兄院集序》，岑参《送王大昌龄赴江宁》、《送许子擢第归江宁拜亲因寄王大昌龄》（《李白〈邺中赠王大劝入高凤石门山幽居〉探微》，载《文学遗产》1992 年第 1 期）。邺中，詹锳谓"说明赠诗之地是在邺郡或其附近"。高凤石门山，詹锳引《嘉庆重修一统志·河南省南阳府一·山川》："西唐山在叶县西南六十里，一曰唐山，又名青山。《后汉书·高凤传》：'凤受业于西唐山中。'"杨明曰："盖王大劝李白入石门山，白乃作此诗赠之，其诗题格式与《醉后答丁十八以诗讥予捶碎黄鹤楼》、《酬张司马赠墨》相似：王大、丁十八、张司马为诗人'赠'、'答'、'酬'的对象，又是'劝'、'讥'、'赠墨'的主语。"（《读李琐记》，载《中国李白研究》1990 年集·下）

一身竟无托，远与孤蓬征。千里失所依，复将落叶并[①]。中途偶良朋，问我将何行[②]。欲献济时策，此心谁见明。君王制六合，海塞无交兵[③]。壮士伏草间，沉忧乱纵横[④]。飘飘不得意，昨发南都城。紫燕枥下嘶，青萍匣中鸣。投躯寄天下，长啸寻豪英[⑤]。耻学琅琊人，龙蟠事躬耕[⑥]。富贵吾自取，建功及春荣[⑦]。我愿执尔手，尔方达我情。相知同一己，岂惟弟与兄。抱子弄白云[⑧]，琴歌发清声。临别意难尽，各希存令名。

［句笺］

①"一身"四句，詹锳曰："笕久美子在《李白结婚考》中详细地考证了许夫人的家世，说明李白在安陆与许相国家孙女结婚后，可能过的是一种赘婿生活（《中国李白研究》1990 年集·下）。一旦妻子亡故，他就

无所依托，而不得不离开安陆了。……他这次远行，犹如孤蓬。‘将’，与也。‘落叶’暗指王昌龄，因为王昌龄贬谪岭南，开元二十七年才经过巴陵归来，到处飘零，形同落叶。”

②“中途”二句及“飘飘”二句，詹锳曰：“李白是前两天从南阳出发后，才中途偶遇王昌龄的。这次会面的地方可能是在从叶县到洛阳的途中，王昌龄刚刚游过高凤石门山，才劝李白入高凤石门山幽居。”

③“君王”二句，詹锳曰：“开元天宝之际版图：东至安东，西至安西，南至日南，北至单于府，是唐代建国以来最大的。”

④“壮士”二句，詹锳曰：“李白无用武之地，所以说‘壮士伏草间，沉忧乱纵横’。”

⑤“投躯”二句，詹锳曰：“决定再到东鲁去寻豪英。”

⑥“耻学”二句，詹锳曰：“李白刚从南阳来，本诗就利用琅琊人诸葛亮‘躬耕南阳’的典故，说自己‘耻学琅琊人，龙蟠事躬耕’。”

⑦建功及春荣，安旗认为此诗作于开元二十七年秋，“李白正值盛年”。

⑧抱子弄白云，詹锳曰：“孩子抱在怀里，大致是一两岁。”

［义释］

此诗似作于诗人自安陆移家东鲁途中，经过邺郡时。

五月东鲁行答汶上翁

［题解］

开元后期，移家东鲁之初作。具体年份无定说，安注定为开元二十八年（740）。汶上翁，汶上儒生，犹下篇之鲁儒。

五月梅始黄，蚕凋桑柘空。鲁人重织作，机杼鸣帘栊。顾余不及仕，学剑来山东①。举鞭访前途②，获笑汶上翁。下愚忽壮士，未足论穷通。

我以一箭书，能取聊城功。终然不受赏，羞与时人同[3]。西归去直道，落日昏阴虹[4]。此去尔勿言，甘心为转蓬[5]。

［句笺］

①“顾余”二句：顾，发语辞（训见元·卢以纬《助语辞》）。不及仕，尚未出仕，同时也包含了“不求小官，以当世之务自负”（刘全白《唐故翰林学士李君碣记》）的意思。学剑，“剑”在李白的抒情诗中是个人才具及功业理想的象征，此言“学剑”并非学习剑术，实际含义是怀抱不凡才具，来到山东寻求实现理想的机会。

②访前途，寻找实现理想之路。

③“我以”四句，以鲁仲连自许，表达了对人生最高理想的向往。可参读《古风》其十（齐有倜傥生）。

④“西归”二句，西归，即归向帝都长安。直道，大路。落日，暗喻朝廷。阴虹，暗喻遮蔽朝廷、排斥贤能的黑暗势力。二句包含了对“一入长安”经历的回忆。

⑤转蓬，喻漂泊的生活状况。当时李白刚由安陆来到山东，故以“转蓬”自况。

［义释］

此诗揭明了李白来山东之目的，即“访前途”，寻找实现功业理想的机会。关于李白移家东鲁，安旗认为，其时许氏夫人已病故，“所谓‘移家’，实则仅是携子女而去。女名平阳，子小名明月奴，后改名伯禽。姊弟二人，为许氏所生”（《李太白别传》第四章）。

嘲鲁儒

［题解］

初到东鲁时作。鲁儒，既是指东鲁的儒生，也包含了专指鲁学一派儒生的意思。

鲁叟谈五经，白发死章句。问以经济策，茫如坠烟雾[①]。足著远游履，首戴方山巾。缓步从直道，未行先起尘。秦家丞相府，不重褒衣人。君非叔孙通，与我本殊伦[②]。时事且未达，归耕汶水滨。

［句笺］

①“鲁叟”四句，汉代以来，山东儒学有齐学、鲁学之分，大体说来，鲁学好古而齐学趋时，鲁学重章句而齐学重世用。

②叔孙通，属齐学一派，汉高祖时曾为朝廷制定朝仪。事见《史记·刘敬叔孙通列传》。

［义释］

本篇似为《五月东鲁行答汶上翁》之继作，盖前诗意犹未尽，特针对鲁儒更作此诗。因知李白对于儒学的态度是以经世致用为标准，对不合世用的鲁儒持否定态度，而对通达时事、能为朝廷所用如叔孙通者，则引为同调。此及上篇参见薛天纬《漫说李白“学剑来山东”》，载《中国李白研究》1994 年集。

赠从弟冽

［题解］

冽，安旗曰：“冽出李氏姑臧大房，为右卫长史李防之子（见《新唐书·宰相世系表二上》），似为兖州（鲁郡）之佐吏。”（《李太白别传》第四章）

楚人不识凤，重价求山鸡[①]。献主昔云是，今来方觉迷。自居漆园北，久别咸阳西[②]。风飘落日去，节变流莺啼。桃李寒未开，幽关岂来蹊。逢君发花萼，若与青云齐。及此桑叶绿，春蚕起中闺。日出布谷鸣，田家拥锄犁。顾余乏尺土，东作谁相携[③]。傅说降霖雨，公输造云梯。羌戎事未息，君子悲涂泥[4]。报国有长策，成功羞执珪。无由谒明主，杖策还蓬藜。他年尔相访，知我在磻溪。

[句笺]

①“楚人”二句，**安旗曰：“以凤自喻，言己在安陆时不为人所识。”**

②“献主”四句，**安旗曰：“言初入长安事，已为时十年，故云‘久别’。”**漆园，王注谓指“曹州漆园”，庄子曾为漆园吏。“漆园北”指自己在东鲁的寓家之地。

③“顾余”二句，**安旗谓“求列置宅授田于东鲁”，并谓“列为其置住所一处于东鲁沙丘，又置田地一处于东鲁南陵”**。虽无实据，但颇在情理中。

④“傅说”四句，**谢思炜谓“傅说”句“显然是指宰相的某件‘德政’”，因而不会用来指天宝年间的宰相。羌、戎事“分指西、北边事。查《通鉴》二一四，开元二十五年张守珪破契丹于捺禄山，崔希逸破吐蕃于青海西。开元二十六年又载：‘初，仪凤中，吐蕃陷安戎城而据之，其地险要，唐屡攻之，不克。剑南节度使王昱筑两城于其侧，顿军蒲婆岭下，云资粮以逼之。吐蕃大发兵救安戎城，昱众大败，死者数千人。’很可能‘公输造云梯’就是指的王昱筑城这件事。结果大败，所以引起‘君子悲涂泥。’”（《李白初入长安的若干作品考索》，载《西北大学学报》1983 年第 3 期）。**

送萧三十一之鲁中兼问稚子伯禽

[题解]

天宝中漫游吴地时作，安注系于天宝八载。盖以诗有“我家寄在沙丘旁”句，对确定李白在东鲁的寓家之地至关重要，因编于此处。

六月南风吹白沙，吴牛喘月气成霞。水国郁蒸不可处，时炎道远无行车。夫子如何涉江路，云帆袅袅金陵去。高堂倚门望伯鱼，鲁中正是趋庭处。我家寄在沙丘旁[1]，三年不归空断肠。君行既识伯禽子，应驾小车骑白羊。

［句笺］

①沙丘旁，安旗曰：“乾隆《兖州府志》卷十九古迹志：‘沙丘，在城东二里，黑风口西……今地名沙堆社。’明万历《兖州府志》亦谓：‘沙丘，在宗鲁门外。’宗鲁门即兖州城东门。孔尚任《阙里志》亦云：‘西泗沂交汇处，拥沙如山，呼为沙丘。’据当地人士称，建国之初其地积沙犹高过屋顶。足证李白诗中之东鲁沙丘即此处。清之兖州府城即唐之兖州（鲁郡）治城瑕丘。瑕丘，东北距曲阜三十里，西南距任城六十里，今为山东兖州县。李诗既言‘我家寄在沙丘旁’，则其寓家之处当在瑕丘东门外二里许。”（《李白东鲁寓家地考》，载《李白研究》）。纬按，1994年8月，兖州李白研究界人士在中国李白研究会第四次年会上披露：1993年在兖州城东南泗河内出土北齐刻石一块，上有“以大齐河清三年，岁次实沉，于沙丘东城之内优婆夷、比丘尼之寺”字样，樊英民曰：“则沙丘即古兖州（瑕丘），此案遂定矣。”（《兖州出土北齐刻石考释》，载《中国李白研究》1994年集）从而印证了安旗此前的考证。瑕丘为兖州属县，亦州治所在。李白在东鲁寓家之地即瑕丘城，时称沙丘城。

寄东鲁二稚子

［题解］

与《送萧三十一之鲁中兼问稚子伯禽》为同年之作，送萧诗作于夏，此诗作于暮春。宋蜀本题下注“在金陵作”，当为曾巩所加。

吴地桑叶绿，吴蚕已三眠。我家寄东鲁，谁种龟阴田[1]。春事已不及，江行复茫然。南风吹归心，飞堕酒楼前。楼东一株桃，枝叶拂青烟[2]。此树我所种，别来向三年。桃今与楼齐，我行尚未旋。娇女字平阳[3]，折花倚桃边。折花不见我，泪下如流泉。小儿名伯禽[4]，与姊亦齐肩。双行桃树下，抚背复谁怜⑤。念此失次第，肝肠日忧煎。裂素写远意，因之汶阳川⑥。

［句笺］

①龟阴田，安旗曰：“‘龟阴田’并非实指田地在泗水东北的龟山之北，乃用《左传》语：‘鲁定公十年，齐人来归龟阴之田。’不过是说东鲁的田地。”（《李白东鲁寓家地考》）

②“南风”四句，据之可知，李白所构酒楼也在其寓家之沙丘城，即瑕丘。

③娇女字平阳，周勋初引王昌龄《春宫怨》“平阳歌舞新承宠”句，曰：“这里说的是汉武帝到他姊姊平阳公主家中遇到舞姬卫子夫的事。卫子夫以歌舞得宠，甚至做到了皇后，后世即以平阳歌舞指称能歌善舞的女子。……李白毕竟出身于一个由西域迁来的受胡族文化影响很深的家庭，音乐歌舞，成了他特殊的爱好……于是他为女儿命名时，也就采取‘平阳’这一罕见的名字了。”（《诗仙李白之谜·名字寓意：李白及其家人名字寓意之推断》）

④小儿名伯禽，周勋初谓：“明月奴的大名叫伯禽（纬按，魏颢《李翰林集序》曰：‘白始娶于许，生一女，一男曰明月奴。’）……‘奴’乃昵称，由贬词转来，是小名的后缀词。明月寓西方之意，二者合称，犹如说此儿乃是西方来的小家伙……伯禽一名暗寓‘李’字，和他的小名一样，还暗寓‘西方’之意，因为古时还有李出西方的说法。沈约《咏李诗》曰：‘青玉冠西海，碧石弥外区，化为中国实，其下成路衢。’可见李白给他的儿子取名时，寓有希望这一西方之宝来中国结实的用意。”

⑤“双行”二句，据之可知，平阳与伯禽之生母许氏早已故去，李白当时无妻室。

⑥汶阳川，安旗曰：“‘汶阳’，乃汉时鲁国县名，见《汉书·地理志》第八鲁国：‘县六：鲁、卞、汶阳、蕃、驺、薛。’汶阳故城，杜佑《通典》谓在泗水县东南，顾祖禹《读史方舆纪要》谓在曲阜县东北。隋时汶阳即曲阜，见《元和郡县志》卷十曲阜县：‘隋开皇三年罢郡，仍移汶阳县理此，属兖州。十六年改汶阳县为曲阜县。’可见，‘汶阳川’系指曲阜县郊。”

东鲁门泛舟二首

［题解］

安旗曰："此诗题之'东鲁门'一作'鲁东门'。""'东鲁门'或'鲁东门'是指瑕丘东门。"（《李白东鲁寓家地考》）

其一

日落沙明天倒开，波摇石动水萦回。轻舟泛月寻溪转，疑是山阴雪后来。

其二

水作青龙盘石堤，桃花夹岸鲁门西[①]。若教月下乘舟去，何啻风流到剡溪。

［句笺］

①鲁门西，安旗曰："据《元和郡县志》、《兖州府志》、《曲阜县志》、《滋阳县志》（清之滋阳即唐之瑕丘）等记载，泗水东自曲阜县界流入，经瑕丘城东五里黑风口，分支入郡城东墉，贯城西而出，西南流入任城界；其主流则经城东之金口坝，西南流亦入任城界。金口坝，在城东五里沂、泗之交，隋开皇中兖州刺史薛胄所建，积石为堰，遏水西流入黑风口，以灌农田。见《隋书·薛胄传》。此坝经历代修葺，至今犹存。在泗水流经的兖州诸县中，只有在瑕丘是既过城东又过城西。"

送韩准裴政孔巢父还山

［题解］

两《唐书》本传俱载李白与韩准、裴政、孔巢父、张叔明、陶沔隐居徂徕山，号“竹溪六逸”，系天宝初奉诏入朝前事。韩准，见于《新唐书·宰相世系表》：“准，洛阳令。”于韩休为曾孙辈，于韩滉为孙辈。《元和姓纂》卷四：“休—汯—卓—准，洛阳令。”裴政亦见于《新唐书·宰相世系表》：“政，行军司马。”于裴度为叔行。孔巢父，两《唐书》有传。还山，还徂徕山。徂徕山在兖州乾封县境，位于泰山之南，西南距兖州府城百馀里。**林东海《太白游踪探胜》记云，登上兖州古城南垣之上的“少陵台”，“可以看到徂徕山，看到邹县的峄山，也可以看到曲阜的孔庙”。**

猎客张兔罝，不能挂龙虎。所以青云人，高歌在岩户。韩生信英彦，裴子含清真。孔侯复秀出，俱与云霞亲。峻节凌远松，同衾卧盘石。斧冰漱寒泉，三子同二屐。时时或乘兴，往往云无心。出山揖牧伯，长啸轻衣簪。昨宵梦里还，云弄竹溪月。今晨鲁东门[①]，帐饮与君别。雪崖滑去马，萝径迷归人。相思若烟草，历乱无冬春。

［句笺］

①鲁东门，指鲁郡（兖州）治所瑕丘东门，**说见安旗《李白东鲁寓家地考》**。

赠别王山人归布山

［题解］

周郢谓布山为泰山支脉，在徂徕之西，今肥城市安庄镇境（见《李白徂徕之隐与泰山之游新探》，载《西安碑林920周年学术会议论文集》2007年）。又谓王山人或王希夷，见《大唐新语》卷十“隐逸”。

王子析道论，微言破秋毫。还归布山隐，兴入天云高。尔去安可迟，瑶草恐衰歇。我心亦怀归，屡梦松上月。傲然遂独往，长啸开岩扉。林壑久已芜，石道生蔷薇。愿言弄笙鹤，岁晚来相依。

鲁郡东石门送杜二甫

［题解］

鲁郡，指兖州（鲁郡）治所瑕丘。石门，徐本立曰：“就是《隋书·薛胄传》中所言‘薛胄石堰’，在今兖州城东泗河上，后人称其为金口坝或金口堰。”其主要证据是：“杜甫《刘九法曹郑瑕丘石门宴集》与李白诗《鲁郡东石门送杜二甫》，这两首诗中石门，为同一石门。根据诗题，石门就在兖州城东。李白那首诗中说，‘秋波落泗水，海色明徂徕’，前言置身泗水石门上的近景，后言天尽头的远景。……晚唐诗人吴融有诗曰《题兖州泗河中石床》。这石床，就是‘薛胄石堰’，即今金口坝。该诗题注‘李白杜甫皆此吟咏’，此指上述李杜诗。”（《李白山东寓家兖州考》，载《中国李白研究》1994年集）武秀提供实证曰：1993年春，在金口坝附近发现“北魏守桥石人”两尊，其背部铭文“记载了北魏延昌三年

（公元 514 年）兖州刺史元匡主持疏浚洙川（即泗河），修筑泗津桥堰之事。”功成之后，雕刻了四个石人置于桥的两侧作为守桥堰者。“其铭文中‘起石门于泗津之下’、‘书于四石人背’等字，清晰可辨。……说明了石门建造于泗河的渡口之上。……石门即现在的金口坝，坝上行人，坝口流水，所以李白在《送窦明府薄华还西京》中写‘石门喷作金沙潭’，在送杜甫诗中有‘何时石门路，重有金樽开’之句。”（《从兖州近年出土的四件文物看李白在山东寓家地点》，载《中国李白研究》1994 年集）

醉别复几日，登临遍池台。何时石门路，重有金樽开。秋波落泗水，海色明徂徕。飞蓬各自远，且尽手中杯①。

［句笺］

①“飞蓬”二句：杜甫将往长安求仕，李白则已由朝廷还山，当时所持人生取向不同，诗曰“各自远”，或有此含意。

［义释］

此诗应作于《沙丘城下寄杜甫》之前，同在秋季。此写送别，稍后即有思念之作，足见二人交谊之深厚。

沙丘城下寄杜甫

［题解］

沙丘城，指瑕丘城，兖州州治所在，李白在东鲁寓家之地，参见本卷《送萧三十一之鲁中兼问稚子伯禽》“句笺”。

我来竟何事，高卧沙丘城①。城边有古树，日夕连秋声。鲁酒不可醉，齐歌空复情。思君若汶水，浩荡寄南征。

［句笺］

①“我来”二句，明言寓家之地在“沙丘城”，即瑕丘城。

鲁东门观刈蒲

［题解］

鲁东门，安旗谓即瑕丘东门。说见《李白东鲁寓家地考》。

鲁国寒事早[①]，初霜刈渚蒲。挥镰若转月，拂水生连珠。此草最可珍，何必贵龙须。织作玉床席，欣承清夜娱。罗衣能再拂，不畏素尘芜。

［句笺］

①鲁国，指兖州。安旗曰：“在李白诗中，‘鲁’、‘东鲁’、‘鲁国’均指兖州（鲁郡），‘鲁门’、‘鲁邑’、‘鲁城’均指其治城瑕丘。”（《李白东鲁寓家地考》）

鲁郡尧祠送张十四游河北

［题解］

尧祠，安旗曰：“据《元和郡县志》卷十瑕丘县：‘尧祠在县东南七里，洙水之西。’《兖州府志》卷二十‘祠祀志’亦言‘尧祠在城东南七里。’”又曰：“尧祠遗址，今犹可见。自兖州县城东过金口坝，东南行五里许，有一章早村，村外有一高地，当地人呼为‘尧王坟’或‘尧王墓’者便是。”（《李白东鲁寓家地考》）张十四，郁贤皓曰：“据傅璇琮同志考证，张谓于开元二十一年北上蓟门（引者按，指《唐才子传校笺》“张

谓”条校笺），未知张十四是否张谓?”（《李白交游杂考》，载《李白丛考》）

猛虎伏尺草，虽藏难蔽身。有如张公子，肮脏在风尘。岂无横腰剑，屈彼淮阴人。击筑向北燕，燕歌易水滨。归来泰山上，当与尔为邻。

鲁城北郭曲腰桑下送张子还嵩阳

［题解］

张子，郁贤皓曰：“《唐才子传》谓张谓‘少读书嵩山’，计其时当在开元年间。……《鲁城北郭曲腰桑下送张子还嵩阳》诗云：‘谁念张仲蔚，还依蒿与蓬?’据《高士传》记载，张仲蔚乃隐士，所处蓬蒿没人。这里以张仲蔚比张子，可知张子亦是隐士。按张谓开元年间正隐嵩山尚未出仕，未知此子是否张谓?”（《李白交游杂考》）

送别枯桑下，凋叶落半空。我行懵道远，尔独知天风。谁念张仲蔚，还依蒿与蓬。何时一杯酒，更与李膺同。

早秋单父南楼酬窦公衡

［题解］

郁贤皓据《太平广记》、《古志新目》、《宝刻丛编》、《唐尚书省郎官石柱题名》等考知，窦公衡曾为越州剡县尉，开元二十三年曾应将帅科考试；天宝九载前已进士及第，天宝十三载前后到过山阴一带；约在天宝年间任户部员外郎（见《李白交游杂考》）。

白露见日灭，红颜随霜凋。别君若俯仰，春芳辞秋条。泰山嵯峨夏云在，疑是白波涨东海。散为飞雨川上来，遥帷却卷清浮埃。知君独坐青轩下，此时结念同所怀。我闭南楼看道书，幽帘清寂若仙居。曾无好事来相访，赖尔高文一起予。

酬中都小吏携斗酒双鱼于逆旅见赠

［题校］

敦煌写本唐诗选残卷题为《鲁中都有小吏逄七郎以斗酒双鱼赠余于逆旅因鲙鱼饮酒留诗而去》。

鲁酒若琥珀，汶鱼紫锦鳞。山东豪吏有俊气，手携此物赠远人。意气相倾两相顾，斗酒双鱼表情素[1]。双鳃呀呷鳍鬣张，跋刺银盘欲飞去。呼儿拂几霜刃挥，红肌花落白雪霏。为君下箸一餐饱，醉著金鞍上马归。

［句校］

［1］“意气”二句，敦煌写本唐诗选残卷作“酒来我为倾，鲙作别离处。”

游泰山六首

［题解］

宋蜀本题下注云：“天宝元年四月从故御道上泰山。”当为太白原注。

其一

四月上泰山，石平御道开。六龙过万壑，涧谷随萦回。马迹绕碧峰，于今满青苔。飞流洒绝巘，水急松声哀。北眺崿嶂奇，倾崖向东摧。洞门闭石扇，地底兴云雷。登高望蓬瀛，想象金银台。天门一长啸，万里清风来。玉女四五人，飘飖下九垓[1]。含笑引素手，遗我流霞杯[2]。稽首再拜之，自愧非仙才。旷然小宇宙，弃世何悠哉。

[句笺]

①“玉女”二句，当为中华玉女，参见“其四”注。

②流霞，土屋昌明曰：“‘流霞’是个在《皇天上清金阙帝君灵书紫文》上常见的道教词汇，表示太阳光线的精华。……李白所想象的是，玉女把上清金阙宫门内的流霞泉水打过来交给他。这是一种向阳光坐而取其生命力的道术。这种冥象必须通过想象神仙和生命象征的具体状态而实践。”（《李白之创作与道士及上清经》，载《四川大学学报》2006 年第 5 期）

其二

清晓骑白鹿，直上天门山。山际逢羽人，方瞳好容颜。扪萝欲就语，却掩青云关。遗我鸟迹书，飘然落岩间。其字乃上古，读之了不闲。感此三叹息，从师方未还。

其三

平明登日观，举手开云关。精神四飞扬，如出天地间。黄河从西来，窈窕入远山。凭崖览八极，目尽长空闲。偶然值青童，绿发双云鬟。笑我晚学仙，蹉跎凋朱颜。踌躇忽不见，浩荡难追攀。

其四

清斋三千日，裂素写道经。吟诵有所得，众神卫我形[1]。云行信长风，飒若羽翼生。攀崖上日观，伏槛窥东溟。海色动远山，天鸡已先鸣。银台出倒景，白浪翻长鲸。安得不死药，高飞向蓬瀛。

[句笺]

①“清斋”四句，《上清黄庭内景经》梁丘子注释叙：“《黄庭内景

经》者，东华之所秘也，诚学仙之要妙，羽化之根本。”务成子注叙：“《黄庭内景》者，一名《太上琴心文》，一名《大帝金书》，一名《东华玉篇》。当清斋九十日，诵之万遍。……万过既毕，自然洞观鬼神，内视肠胃，得见五脏。其时当有黄庭真人中华玉女，教子神仙焉。此不死之道也。”（《云笈七签》卷十一《三洞经教部》）由此可知，李白所诵当为《黄庭内景经》，所奉则为上清派。**李小荣曰：“‘清斋，表述的即是修道者诵经存思之前整洁身心的准备工作。梁丘子注《上清黄庭内景经》曰：‘师与弟子俱应洁斋，斋日多少，随其身事。若履涉世尘，宜须积日自洁；其山居清整者，三日便足也。’‘三千日’乃夸张之说，但李白显然是‘履涉世尘’者，自应多日洁斋才是。”（《联想与存思：李白诗歌与上清派关系探略》，载《福建师范大学学报》2007 年第 2 期）**

其五

日观东北倾，两崖夹双石。海水落眼前，天光遥空碧。千峰争攒聚，万壑绝凌历。缅彼鹤上仙，去无云中迹。长松入云汉，远望不盈尺。山花异人间，五月雪中白。终当遇安期，于此炼玉液。

其六

朝饮王母池，暝投天门关。独抱绿绮琴，夜行青山间。山明月露白，夜静松风歇。仙人游碧峰，处处笙歌发。寂静娱清晖，玉真连翠微。想像鸾凤舞，飘飖龙虎衣。扪天摘匏瓜，恍惚不忆归。举手弄清浅，误攀织女机。明晨坐相失，但见五云飞。

酬张卿夜宿南陵见赠

［题解］

许嘉甫以为诗题中“张卿”即与李白同隐于徂徕山的“竹溪六逸”之一张叔卿（见《李白酬赠张诗考释》，载《中国李白研究》1992—1993 年集）。南陵，李白在东鲁寓家之地，即《南陵别儿童入京》之南陵。关于南陵，诸家虽肯定其在兖州，然具体定位尚不一致。安旗云：“曲阜县南有陵城村，人称南陵”，并引乾隆《曲阜县志》有“陵城南庄”，谓“李白有田地在曲阜县南之陵城村，诗中之‘南陵’，即其田舍所在之地，亦即其酒楼所在之地”（《李白东鲁寓家地考》）。李子龙谓兖州城东有地名“南沙冈”者，“可能即是当年李白的寄家处，亦即其诗中所说的‘南陵’”（《李白寄家东鲁新考》，载《中国李白研究》1994年集）。葛景春则认为“‘南陵’就是兖州城东门外的沙丘”，“从实地考察来看，兖州旧城的东门外东南二里处，确实有一个高冈（即沙丘），现名南冈子街。……此沙丘因在李白家的南边，李白称其‘南陵’也是可能的”，并称“兖州的徐叶翎、王伯奇等先生”均持此看法（《“南陵”到底在哪里?》，载《中国李白研究》1994年集）。纬按，南陵具体地点究在何处，实已无关宏旨，要在确定此南陵即在东鲁，而非李白诗中曾见的宣州南陵。

月出鲁城东，明如天上雪。鲁女惊莎鸡，鸣机应秋节。当君相思夜，火落金风高。河汉挂户牖，欲济无轻舠。我昔辞林丘，云龙忽相见[①]。客星动太微，朝去洛阳殿。尔来得茂彦，七叶仕汉馀。身为下邳客，家有圯桥书。傅说未梦时，终当起岩野。万古骑辰星，光辉照天下。与君各未遇，长策委蒿莱。宝刀隐玉匣，锈涩空莓苔。遂令世上愚，轻我土与灰。一朝攀龙去，蛙黾安在哉。故山定有酒，与尔倾金罍。

［句笺］

①“我昔”二句　似指开元年间“初入长安”事，并在此时结识张卿。云龙，即“云间陆士龙”，褒誉语，此指张卿。敦煌卷子伯二五三七《褒誉篇》第二十六“日鹤、云龙”注：“晋书载此二人才艺，时人歌曰：‘日下荀鸣鹤，云间陆士龙。’”荀、陆故事又见《世说新语·排调》。

［义释］

详参诗意，当是张卿日前曾夜宿李白南陵之家，离去后作《夜宿南陵》诗寄赠李白，诗中抒写了思念之情，李白乃有此酬答之作。此诗可与《南陵别儿童入京》诗互证，从而确定李白是从东鲁奉诏入京。

南陵别儿童入京

[题解]

此诗在《河岳英灵集》中题作《古意》。韦庄《又玄集》、姚铉《唐文粹》亦题作《古意》，至宋刊本《李太白文集》始改题《南陵别儿童入京》。詹锳解释曰："把刘氏比为'会稽愚妇'（纬按，见'句笺'③），李白可能心有未安，于是用了《古意》这个诗题，表示这不是当时的事。而且这首诗里入京前的踌躇满志之情也表现得太露骨，题作《古意》，暗示是仿造古诗的用意来设想的，不是写实。所以殷璠在天宝十二载编成的《河岳英灵集》选入此诗，就题作《古意》。这是《古意》一题的来源。后来刘氏诀别而去，李白在交给魏颢和临终前授给李阳冰的诗稿里就不一定再忌讳这件事，于是将此诗改题为《南陵别儿童入京》，突出了对儿女的恋情，不再提'别内'了。韦庄《又玄集》、姚铉《唐文粹》是继《河岳英灵集》而来的，都题作《古意》。宋代乐史编《李翰林集》，宋敏求编《李太白文集》，是从李阳冰编的《草堂集》和魏颢的《李翰林集》来的，就题为《南陵别儿童入京》并注出'一云《古意》'了。"（《谈李白〈南陵别儿童入京〉》，载《文史知识》1987年第12期，又载《20世纪李白研究论文精选集》）

白酒新熟山中归①，黄鸡啄黍秋正肥②。呼童烹鸡酌白酒，儿女嬉笑牵人衣。高歌取醉欲自慰，起舞落日争光辉。游说万乘苦不早，著鞭跨马涉远道。会稽愚妇轻买臣③，余亦辞家西入秦。仰天大笑出门去，我辈岂是蓬蒿人。

[句笺]

①"白酒"句，葛景春、刘崇德曰："很可能就是李白奉诏之后，告别了徂徕山中的友人，从山中归家，与家人告别，然后入京。"又曰："李白赐金还山后写了《东武吟》一诗……此诗与卷十五《还山留别金门

知己》重出。《东武吟》本乐府旧题。左思《齐都赋》注云：‘东武、太山皆齐之土风，弦歌讴吟之曲名也。’由此可知，李白所吟之曲乃‘齐之土风’。李白所还之山，乃为齐鲁之山，当与李白旧隐徂徕山有关。”（《李白由东鲁入京考》，载《河北大学学报》1983年第1期，又载《20世纪李白研究论文精选集》）

②“黄鸡”句，葛景春、刘崇德曰：“黄鸡啄黍的情景应是中原风光。不似江南风物。黍属粟类，产在黄河流域。”“黍又名粘黄米，是北方造酒的主要原料。”

③会稽愚妇，郭沫若认为即魏颢《李翰林集序》所说“又合于刘，刘诀”之刘氏（见《李白与杜甫·李白的家室索隐》）。詹锳曰：“刘氏并不是正娶的妻，这在古人是很有区别的。本诗写时，刘氏未去，而对李白已有轻视之意，称她为‘会稽愚妇’是可以理解的。”

［义释］

葛景春、刘崇德曰：“我们可以初步设想，李白天宝元年四五月间还在游泰山，此后还徂徕山中。秋，在徂徕山接到诏书。然后回到任城家中与家人告别（纬按，‘任城家中’之说，应是作者当时看法，其后，作者即持李白寓家兖州说），由东鲁‘跨马扬鞭涉远道’（纬按，‘跨马扬鞭’四字当系作者一时误记），直接‘西入秦’，‘游说万乘’去了。”

本卷讨论的主要问题

1. 李白在东鲁的寓家之地“沙丘”所在。
2. 李白奉诏入京之地“南陵”所在。

本卷所采撷论著

1. 安旗：《李诗札记》，载《李白研究》。

2. 詹锳：《李白〈邺中赠王大劝入高凤石门山幽居〉探微》，载《文学遗产》1992 年第 1 期。

3. 杨明：《读李琐记》，载《中国李白研究》1990 年集·下。

4. 筧久美子：《李白结婚考》，载《中国李白研究》1990 年集·下。

5. 谢思炜：《李白初入长安的若干作品考索》，载《西北大学学报》1983 年第 3 期。

6. 安旗：《李白东鲁寓家地考》，载《李白研究》。

7. 樊英民：《兖州出土北齐刻石考释》，载《中国李白研究》1994 年集。

8. 周勋初：《诗仙李白之谜》。

9. 林东海：《李白游踪探胜》。

10. 周郢：《李白徂徕之隐与泰山之游新探》，载《西安碑林 920 周年学术会议论文集·2007》。

11. 徐本立：《李白山东寓家兖州考》，载《中国李白研究》1994 年集。

12. 武秀：《从兖州近年出土的四件文物看李白在山东寓家地点》，载《中国李白研究》1994 年集。

13. 郁贤皓：《李白交游杂考》，载《李白丛考》。

14. 何树瀛：《李白汶上诗作考》，载《中国李白研究》1990 年集·下。

15. ［日］土屋昌明：《李白之创作与道士及上清经》，载《四川大学学报》2006 年第 5 期。

16. 李小荣：《联想与存思：李白诗歌与上清派关系探略》，载《福建师范大学学报》2007 年第 2 期。

17. 许嘉甫：《李白酬赠张诗考释》，载《中国李白研究》1992—

1993 年集。

18. 李子龙：《李白寄家东鲁新考》，载《中国李白研究》1994 年集。

19. 葛景春：《“南陵”到底在哪里?》，载《中国李白研究》1994 年集。

20. 詹锳：《谈李白〈南陵别儿童入京〉》，载《文史知识》1987 年第 12 期。

21. 葛景春、刘崇德：《李白由东鲁入京考》，载《河北大学学报》1983 年第 1 期，又载《20 世纪李白研究论文精选集》。

22. 郭沫若：《李白与杜甫》。

23. 薛天纬：《漫说李白“学剑来山东”》，载《中国李白研究》1994 年集。

24. 薛天纬：《李白诗四解》，载《李白学刊》第二辑。

第四卷

供奉翰林之什

从驾温泉宫醉后赠杨山人

［题校］

宋蜀本题为《驾去温泉官后赠杨山人》，此从敦煌写本唐诗选残卷。

［题解］

杨山人，据许嘉甫考证，名杨播，其事迹见于两《唐书·杨炎传》，旧传载："杨炎，字公南，凤翔人。……父播，登进士第，隐居不仕。玄宗征为谏议大夫，弃官就养，亦以孝行祯祥表其门闾。肃宗就加散骑常侍，赐号玄靖先生，名在《逸人传》。""炎……号为小杨山人。""又，《新唐书·宰相世系表》载，杨播为华山公杨初之裔孙。"（《李白交游考录三题》，载《中国李白研究》1990年集·下）。纬按，许考可信。杨炎既号小杨山人，其父播宜有杨山人之号。《新唐书·宰相世系表》载，杨初为"华山郡公"，"初裔孙播，世居扶风"。据《新唐书·地理志》，凤翔府即扶风郡，属下又有扶风县。

少年落魄楚汉间，风尘萧瑟多苦颜。自言管葛竟谁许，长吁莫错还闭关。一朝君王垂拂拭，剖心输丹雪胸臆，忽蒙白日回景光，直上青云生羽翼，幸陪鸾辇出鸿都，身骑飞龙天马驹。王公大人借颜色，金璋紫绶来相趋。当时结交何纷纷，片言道合惟有君。待吾尽节报明主，然后相携卧白云。

［义释］

"一朝"以下八句，自述入朝之初的风光与感受。与此相类的，有晚年所作《赠从弟南平太守之遥二首》中一段回忆："汉家天子驰驷马，赤车蜀道迎相如。天门九重谒圣人，龙颜一解四海春。彤庭左右呼万岁，拜贺明主收沉沦。翰林秉笔回英眄，麟阁峥嵘谁可见。承恩初入银台门，著书独在金銮殿。龙驹雕镫白玉鞍，象床绮席黄金盘。当时笑我微贱者，却来请谒为交欢。”因知李白待诏翰林虽然并未实现从政的宏伟抱负，但在其心目中仍是最难遗忘的一段美好经历。

诗末二句，李白自道其人生理想。而杨山人竟弃官不仕，其人生态度又与李白有别，可知李白之自道实包含了希望对方理解自己的意思，表明就人生之最终归宿而言，自己与对方是一致的。

朝下过卢郎中叙旧游

［题解］

卢郎中，许嘉甫谓即卢弈，两《唐书》有传，天宝初为鄠县令、兵部郎中（见《李白交游考录三题》）。纬按，岑仲勉《郎官石柱题名新著录》之“户部郎中”亦有卢弈。许说可参。

君登金华省，我入银台门①。幸遇圣明主，俱承云雨恩。复此休浣时，闲为畴昔言。却话山海事，宛然林壑存。明湖思晓月，叠嶂忆清猿。何由返初服，田野醉芳樽。

［句笺］

①“我入”句，指供奉翰林事。银台门，《旧唐书·职官志》：“翰林院。天子在大明宫，其院在右银台门内。”

［义释］

此诗题旨，实即重申前诗“待吾尽节报明主，然后相携卧白云”二句之意。

侍从宜春苑奉诏赋龙池柳色初青听新莺百啭歌

［题解］

“龙池柳色初青听新莺百啭歌”应是玄宗御制诗题。

东风已绿瀛洲草，紫殿红楼觉春好。池南柳色半青青，萦烟袅娜拂绮城。垂丝百尺挂雕楹，上有好鸟相和鸣，间关早得春风情。春风卷入碧云去，千门万户皆春声。是时君王在镐京，五云垂晖耀紫清。仗出金宫随日转，天回玉辇绕花行。始向蓬莱看舞鹤，还过茝若听新莺。新莺飞绕上林苑，愿入箫韶杂凤笙。

［义释］

此及以下《宫中行乐词八首》、《春日行》、《清平调词三首》诸诗，对于了解李白供奉翰林之文学侍从身份和平日职事，具有重要意义。《旧唐书·职官志》：“翰林院。……其待诏者，有词学、经术、合炼、僧道、卜祝、术艺、书奕，各别院以廪之，日晚而退。其所重者词学。”李白所司正为词学，故为皇帝所重。

宫中行乐词八首

［题解］

敦煌写本唐诗选残卷录前三首，题作《宫中三章》，题下署“皇帝侍文李白”。**傅璇琮曰：“尽管历史上记载唐玄宗如何对他宠遇，却始终不**

给他一个官衔，实际上只不过把他当作一个陪同宴游的侍者。……敦煌抄件原卷题下所署作者姓名为‘皇帝侍文李白’。这是抄录者加的，但也可见当时确有人把李白仅仅视为皇帝的‘侍文’。”（《李白任翰林学士辨》，载《文学评论》2000年第5期）赖瑞和则曰：“李白真可说是个‘诗待诏’。”（《唐代待诏考释》，载香港中文大学《中国文化研究所学报》2003年新第12期）

吴相洲引孟启《本事诗·高逸第三》“玄宗闻之，召入翰林”一段文字（记玄宗命李白“为宫中行乐五言律诗十首”事）及《旧唐书·李白传》“玄宗度曲，欲造乐府新词，亟召白……顷之成十余章，帝颇嘉之”数语，谓：“可知《宫中行乐辞》八首，是李白所作乐府新辞，又没有固定的曲调，是新‘度曲’，应是新乐府辞。郭茂倩将其收入《近代曲辞》是错误的。”（《从李白翰林供奉的身份看其新乐府诗创作》，载《中国李白研究》2005年集）

其一

小小生金屋，盈盈在紫微。山花插宝髻，石竹绣罗衣。每出深宫里，常随步辇归。只愁歌舞散，化作彩云飞。

其二

柳色黄金嫩，梨花白雪香。玉楼巢翡翠，金殿锁鸳鸯。选妓随雕辇，征歌出洞房。宫中谁第一，飞燕在昭阳。

其三

卢橘为秦树，蒲萄出汉宫。烟花宜落日，丝管醉春风。笛奏龙吟水，箫鸣凤下空。君王多乐事，还与万方同。

其四

玉树春归日，金宫乐事多。后庭朝未入，轻辇夜相过。笑出花间语，娇来烛下歌。莫教明月去，留著醉姮娥。

其五

绣户香风暖，纱窗曙色新。宫花争笑日，池草暗生春。绿树闻歌鸟，青楼见舞人。昭阳桃李月，罗绮自相亲。

其六

今日明光里，还须结伴游。春风开紫殿，天乐下朱楼。艳舞全知巧，娇歌半欲羞。更怜花月夜，宫女笑藏钩。

其七

寒雪梅中尽，春风柳上归。宫莺娇欲醉，檐燕语还飞。迟日明歌席，新花艳舞衣。晚来移彩仗，行乐泥光辉[1]。

［句校］

［1］泥，宋蜀本作“好”，此从咸淳本。“泥”与上句诗意相接，义胜。

其八

水绿南薰殿，花红北阙楼。莺歌闻太液，风吹绕瀛洲。素女鸣珠佩，天人弄彩球。今朝风日好，宜入未央游。

春日行

深宫高楼入紫清，金作蛟龙盘绣楹。佳人当窗弄白日，弦将手语弹鸣筝。春风吹落君王耳，此曲乃是升天行。因出天池泛蓬瀛，楼船蹙沓波浪惊。三千双蛾献歌笑，挝钟考鼓宫殿倾，万姓聚舞歌太平。我无为，人自宁。三十六帝欲相迎，仙人飘翩下云輧。帝不去，留镐京。安能为轩辕，独往入窅冥。小臣拜献南山寿，陛下万古垂鸿名。

［义释］

李子龙曰：“安旗《李白全集编年注释》谓此诗写玄宗幸望春楼观广运潭庆典，系于天宝二年，可谓卓识。诗中‘佳人’当指杨妃，‘白日’

为玄宗皇帝。'弄'字耐人寻味。按诗意，杨妃在金龙盘楹的窗前弹筝，玄宗听出这是古曲《升天行》，于是为杨妃安排了广运潭盛会。又据王琦引《乐府古题要解》云：'《升天行》，曹植'日月何肯留'，鲍照'家世宅关辅'，皆伤人世不永，俗情险艰，当求神仙翱翔六合之外。'诗人巧妙地将杨妃之'伤'化解于广运潭庆会之中，最后代为玄宗立言：'安能为轩辕，独往入窅冥！'似乎后来的长生殿盟誓之言。此时的杨妃，在名分上仍是后宫道士，而李白在庆会的献诗中居然写出了她与玄宗的情思。这在李白，是其诗人的敏捷；而在玄宗，是否觉得李白有些过分的'聪明'？事情还不仅如此。关于这次广运潭盛会，还发生过陕县尉崔成甫'居前船唱《得宝歌》，使美妇百人盛饰而和之'的事。《得宝歌》系崔成甫根据民间《得体歌》改制。歌词是：'得宝弘农野，弘农得宝耶！潭里船车闹，扬州铜器多。三郎当殿坐，看唱得宝歌。'歌中所说的'得宝弘农野'，并非指桃林掘得'灵符'之事，因为那次得'宝'已经过去了一年零两个月的时间。美国学者艾龙认为'得宝'的寓意是指获得了另一珍宝玉环，因为杨玉环的家乡华阴东汉时属弘农地区（作诗用旧地名也是唐人的习惯）。"（《李白待诏翰林失败原因刍议》，载《中国李白研究》1992—1993年集）纬按，此说可成一家言。艾龙《李白诗中之谜——关于天宝丑闻的补充注释》、《史传"云封"诗谜情含"天宝"年号——李白为"许云封"取名涉及唐玄宗封禅大典和天宝艳闻考》二文，分载《李白学刊》第一、第二辑。安注"按"云："此篇实为太平盛世之颂辞，特以升仙事作衬，谓当今帝王不愿辞人间而入仙界也。"按语原出笔者，对诗意作正面解读，实亦可通。盖为帝王作颂辞，乃身为翰林待诏之李白本分也。

清平调词三首

［题解］

天宝二年春，待诏翰林期间作。《乐府诗集》编在"近代曲辞"，其"题解"曰："《唐书》曰'玄宗尝自度曲，欲造乐府新辞，亟招白。白已醉，卧于酒肆，召入，以水洒面，即令秉笔。顷之，成十数章'是也。"《乐府诗集》引《唐书》文字系综合《旧唐书·文苑列传》及《新唐书·文艺列传》相关文字而成。关于李白醉卧酒肆而被玄宗亟招事，与杜甫《饮中八仙歌》"李白斗酒诗百篇，长安市上酒家眠。天子呼来不上船，自称臣是酒中仙"数语相合，当不诬。关于李白奉诏造乐府新辞事，最早记载为《太平广记》卷二百四"李龟年"条所录《松窗录》（《松窗录》或作《松窗杂录》）文字，其作者或署韦叡，或署韦濬，或署李濬，**据《中国文学家大辞典·唐五代卷》陈尚君撰"李濬"条，此系"会昌间宰相李绅子，《新唐书·宰相世系表》漏收。乾符四年，自秘书省校书郎入直史馆……又撰《松窗杂录》一卷，录唐代逸闻佚事，为其早年闻于公卿间。其中所记李白作《清平调》三首以咏杨贵妃一则，颇为后世所传称。此书一署韦叡撰，疑误"。**《太平广记》文字如下："开元中，禁中初种木芍药，即今牡丹也。得四本，红紫浅红通白者。上因移植于兴庆池东沉香亭前。会花方繁开，上乘照夜白，太真妃以步辇从。诏特选梨园弟子中尤者，得乐十六部。李龟年以歌擅一时之名，手捧檀板，押众乐前，将歌之，上曰：'赏名花，对妃子，焉用旧乐词为?'遂命龟年持金花笺，宣赐李白，立进清平调辞三章。白欣然承旨，犹苦宿酲未解，因援笔赋之，辞曰（辞略）。龟年遽以辞进，上命梨园弟子约略调抚丝竹，遂促龟年以歌。太真妃持玻璃七宝盏，酌西凉州蒲桃酒，笑领歌，意甚厚。上因调玉笛以倚曲，每曲遍将换，则迟其声以媚之。"清平调，**李廷先曰："笔者最近曾向任二北先生请教这个问题，他说：王灼《碧鸡漫志》谓'明皇宣李白进《清平调》词，乃是令白于《清平调》中制词'之说是有根据的，所谓《清平调》就是低于'清调'、高于'平调'的新曲。"（《〈李白清平调词三首辨伪〉商榷》，载《文学遗产》1981年第4期）。吴相洲曰："清调、平调是古乐府的调类，而非具体调名，所以这三首也是乐府新词。"（《从李白翰林供奉的身份看其新乐府诗创作》）**

其一

云想衣裳花想容[①]，春风拂槛露华浓。若非群玉山头见，会向瑶台月下逢。

［句笺］

①“云想”句，王注：“琦按：蔡君谟书此诗，以‘云想’作‘叶想’。……”钱志熙曰：“《清平调》三首，现存宋真宗咸平元年乐史所撰《李翰林别集序》载其全文，第一句亦如通常版本，作‘云想’。如果乐史《李翰林别集序》未经后人涂改，我们可以说，北宋流传的版本，已经作‘云想衣裳花想容’。蔡襄（君谟）是北宋中期的人，他的生活年代虽然稍晚于乐史，但作为一个著名的文学家书写唐代大诗人李白的名作，将‘云’笔误为‘叶’，是难以想像的，他应该是另有版本依据。”（《李白〈清平调词〉新解——从“叶想衣裳花想容”说起》，《中国典籍与文化》第4期）纬按，首句以花喻人，作“叶想衣裳花想容”，花之形象更为完整，蔡君谟所书或为诗之本来文字。

其二

一枝秾艳露凝香，云雨巫山枉断肠。借问汉宫谁得似，可怜飞燕倚新妆[①]。

［句笺］

①“可怜”句，邝健行引李齐贤《栎翁稗说》后编：“薛司成文遇言：‘李白《清平调》：一枝红艳……可怜飞燕倚新妆。倚者赖也，谓赵后专宠汉宫，只赖脂粉耳。可怜者，嘲之之辞也。’”又引李睟光《芝峰类说》：“余谓倚犹恃也，如古诗‘依倚将军势’之倚，盖言其倚恃妆粉而矜夸自得之意。李诗又曰：‘自倚颜如花’，其义亦同。”邝文复云：“‘可怜’作‘嘲之之辞’，‘倚’作‘赖’或‘恃’解，正能道出古不及今之意。”（《韩国诗话中论李白的诗新义举隅评析》，载《中国李白研究》1991年集）

其三

名花倾国两相欢，长得君王带笑看。解释春风无限恨，沉香亭北倚阑干。

［义释］

注家咸引李濬《松窗杂录》文字为《清平调词三首》之本事。关于

此事之真实性，李廷先予以辨析，略谓：《旧唐书》卷五十一《杨贵妃传》：“（开元）二十四年，惠妃薨，帝悼惜久之，后庭数千，无可意者。或奏玄琰女姿色冠代，宜蒙召见。时妃衣道士服，号曰‘太真’。［纬按，据乐史《杨太真外传》记，‘（开元）二十八年十月，玄宗幸温泉宫，使高力士取杨氏女于寿邸，度为女道士，号太真，住内太真宫。’］**既进见，玄宗大悦。不期岁，礼遇如惠妃。太真姿质丰艳，善歌舞，通音律，智算过人。每倩盼承迎，动移上意。宫中呼为‘娘子’，礼数实同皇后……天宝初，进册贵妃。”又引《新唐书》卷七十六《杨贵妃传》：“（始为寿王妃。）开元二十四年，武惠妃薨，后廷无当帝意者。或言妃资质天挺，宜充掖廷，遂召内禁中，异之，即为自出妃意者，丐籍女官，号‘太真’，更为寿王聘韦昭训女，而太真得幸。善歌舞，邃晓音律，且智算警颖，迎意辄悟。帝大悦，遂专房宴，宫中号‘娘子’，仪体与皇后等。天宝初，进册贵妃。”由此得出结论：“杨玉环在册为贵妃之前，完全有可能出现对妃子、赏名花，令翰林学士李白进献新词的盛事。”**

纬按，“赏名花，对妃子”，乃三首诗咏歌之双重主题，然终以咏人为主。第一首之一、二句咏花，且以花喻人，三、四句以仙子喻人；第二首之第一句咏花兼喻人，第二句以下以巫山神女及赵飞燕作衬托以咏人；第三首合花与人为一体而咏之，使双重主题得以彰显。

上云乐

［题解］

《乐府诗集》“题解”引《古今乐录》曰：“《上云乐》七曲，梁武帝制”，又按曰：“《上云乐》又有老胡文康辞，周舍作，或云范云。”并载梁·周舍原辞。宋蜀本题下注云：“老胡文康词，或云范云及周舍作，今拟之。”似曾巩所加。李白诗拟周舍旧辞，诗中情景似为在朝所见者。

金天之西，白日所没。康老胡雏，生彼月窟。巉岩容仪，戌削风骨。碧玉炅炅双目瞳，黄金拳拳两鬓红。华盖垂下睫，嵩岳临上唇。不睹诡谲貌，岂知造化神。大道是文康之严父，元气乃文康之老亲。抚顶弄盘古，推车转天轮。云见日月初生时，铸冶火精与水银。阳乌未出谷，顾兔半藏身。女娲戏黄土，团作愚下人。散在六合间，濛濛若沙尘。生死了不尽，谁明此胡是仙真。西海栽若木，东溟植扶桑。别来几多时，枝叶万里长。中国有七圣[1]，半路颓洪荒。陛下应运起，龙飞入咸阳。赤眉立盆子，白水兴汉光。叱咤四海动，洪涛为簸扬。举足蹋紫微，天关自开张。老胡感至德，东来进仙倡。五色师子，九苞凤凰，是老胡鸡犬，鸣舞飞帝乡。淋漓飒沓，进退成行。能胡歌，献汉酒。跪双膝，立两肘。散花指天举素手。拜龙颜，献圣寿。北斗戾，南山摧。天子九九八十一万岁，长倾万岁杯。

［句笺］

①七圣，谓高祖、太宗、高宗、武后、中宗、睿宗、玄宗。李白《大猎赋》有句："总六圣之光熙。"王注："六圣者，高祖、太宗、高宗、武后、中宗、睿宗也。"可互参。

［义释］

历代论者均将此诗与安史之乱中时事并提，以为咏肃宗朝事。胡注："'龙飞咸阳'数语，似又谓此胡游肃宗朝者。"王注："'半路颓鸿荒'，喻禄山倡乱，两京覆没，有似鸿荒之世也。'陛下应运起'，谓肃宗即位于灵武，'龙飞入咸阳'，谓西京克复，大驾还都也。'赤眉立盆子'，谓禄山既死，群贼又立安庆绪为主也。'叱咤四海动，洪涛为簸扬'，喻天下震动，寰宇洗清也。'举足踏紫微'，喻践天子之位也。'天关自开张'，喻四远关塞悉开通出入，不事闭守也。"**詹锳先生也说："至德二载九月癸卯广平王复西京，此诗当是闻西京克复捷音以后而作。"（《李白诗文系年》）**按以两《唐书》之中宗、玄宗本纪，可知此诗乃追述玄宗即位的历史，而与肃宗朝时事无关。若咏肃宗朝事，则为"八圣"矣。《旧唐书·玄宗纪》："中宗末年，王室多故。"此即"半路颓鸿荒"，谓李唐王朝遭遇危机。景龙四年六月壬午，中宗暴崩；甲申，韦后临朝称制，改元唐隆。丁亥，殇帝李重茂即位，诗以刘盆子事喻之。王琦以为刘盆子喻安庆绪，非是。安庆绪非皇室，事与刘盆子异，而李重茂正可当之。"陛下"二句，谓玄宗举兵平韦后之乱。"白水"句，以汉光武中兴喻玄宗重振唐室。"举足"二句，谓玄宗践天子位。此诗乃李白供奉翰林之初为玄宗歌功颂德之作，或系为玄宗上寿之作，所以诗末云："拜龙颜，献圣寿。北斗戾，南山摧。天子九九八十一万岁，长倾万岁杯。"适有老胡文康来自西方朝见大唐皇帝，歌舞于朝堂，李白遂借机拟旧辞而作此颂歌。参见薛天纬《论李白诗研究中的泛政治化倾向》，载《李白学刊》第一辑。

君道曲

[题解]

宋蜀本题下注曰："梁之雅歌有五篇，今作一章。"似非太白自注。王注"题解"曰："按《乐府诗集》，《古今乐录》曰：梁有《雅歌》五曲，一曰《应王受图曲》，二曰《臣道曲》，三曰《积恶篇》，四曰《积善篇》，五曰《宴酒篇》。无《君道曲》，疑太白拟作者，即《应王受图曲》。琦谓：非也，盖后人讹'臣'字为'君'字耳。"安注曰："今按，梁《雅歌·臣道曲》唯言人臣至忠之道，白诗君臣并举而重在言君，则诗题固应作《君道曲》，太白自拟也。"纬按，李白拟古题乐府，常有将旧题变通的做法，如《登高丘而望远海》，王注"题解"即曰："此题旧无传闻。郭茂倩《乐府诗集》编是诗于相和曲中魏文帝《登山而远望》之后，疑太白拟此也，然文意却不类。"安注径曰"自创乐府新辞"。《君道曲》亦可视为自拟新题。

大君若天覆，广运无不至。轩后爪牙尝先太山稽，如心之使臂。小白鸿翼于夷吾，刘葛鱼水本无二。土扶可成墙，积德为厚地。

[义释]

此或为待诏翰林之初，得玄宗恩遇时作，表达对理想之君臣关系的看法。

胡无人

严风吹霜海草凋，筋干精坚胡马骄。汉家战士三十万，将军兼领霍嫖姚。流星白羽腰间插，剑花秋莲光出匣。天兵照雪下玉关，虏箭如沙射金甲。云龙风虎尽交回，太白入月敌可摧。敌可摧，旄头灭，履胡之肠涉胡血。悬胡青天上，埋胡紫塞傍。胡无人，汉道昌。陛下之寿三千霜，但歌大风云飞扬，安用猛士兮守四方[1]①。

[句校]

[1]“陛下”三句，敦煌写本唐诗选残卷无。

[句笺]

①“但歌”二句，苏子由曰：“汉高祖归丰沛，作歌曰：（略）高祖岂以文字高世者哉？帝王之度固然，发于中而不自知也。白诗反之曰：‘但歌大风云飞扬，安用猛士守四方。’其不达理如此。老杜赠白诗有细论文之句，谓此类也哉！”（《苏栾城集》）纬按，此诗结末“陛下”三句，反用《大风歌》成句，并无月旦汉高文字意，意在衬托大唐国威之盛耳。李白《大猎赋》云：“海晏天空，万方来同。虽秦皇与汉武兮，复何足以争雄！”正其例也。

[义释]

从唐代段成式起，就将此诗与“安史之乱”联系起来，释曰：“及禄山反，制《胡无人》，言‘太白入月敌可摧’。及禄山死，太白蚀月。”（《酉阳杂俎·前集》卷十二）计有功《唐诗纪事》卷十八录此诗，亦云：“此诗禄山反时作。禄山死，太白食月云。”以上二说，无异于视李白为占星家。萧士赟列举了史书中关于旄头星与太白星的有关记载，曰：“此诗必作于上元年间，据太史之占而言也。……自兹数年之后，安史相继灭亡，恢复两京。即此诗而验诸史，盖可知矣。”**詹锳在征引了两《唐**

书》中有关星相的记载后，曰："可见当时此类传说甚盛。即或'太白入月敌可摧'之说出于时人傅会，然此诗之作在禄山初反时，盖无庸致疑也。"（《李白诗文系年》）纬按，断此诗为安史乱中作，盖缘诗中多次出现"胡"字，并有"太白入月敌可摧。敌可摧，旄头灭"数语。但这些语词亦可泛言边地征战，并不专属"安史之乱"战事。如"旄头"，《史记·天官书》注云："胡星也。"李白诗中既用以指安史叛军，如"一箭落旄头"（《书怀赠江夏韦太守良宰》）、"所冀旄头灭"（《在水军宴赠幕府诸侍御》），也可用以他指，如《送族弟绾从军安西》："旄头已落胡天空。"《幽州胡马客歌》："旄头回光芒。"此二诗均与"安史之乱"无涉。而况诗中还有"天兵照雪下玉关"、"埋胡紫塞旁"等语，玉关、紫塞远离中原，绝非安史乱中战场所在，而为李白及唐人边塞诗中习用语。因此，此诗题旨当如王注所云："当是开元、天宝之间为征讨四夷而作。"**杨雄认为此诗当作于"开元、天宝之间"（《敦煌写本李白诗刍议》，载《敦煌研究》1986年第1期）**。此诗"以汉代唐"，泛咏"戎骑窥边，汉兵杀敌之事"（清·赵翼《瓯北诗话》卷一），宜作于供奉翰林前期。参见薛天纬《论李白诗研究中的泛政治化倾向》。

君子有所思行

紫阁连终南，青冥天倪色。凭崖望咸阳，宫阙罗北极①。万井惊画出，九衢如弦直②。渭水银河清，横天流不息。朝野盛文物，衣冠何翕赩。厩马散连山，军容威绝域。伊皋运元化，卫霍输筋力。歌钟乐未休，荣去老还逼。圆光过满缺，太阳移中昃。不散东海金，何争西辉匿。无作牛山悲，恻怆泪沾臆。

［句笺］

①北极，长安城最北部，唐朝廷宫阙均在这一区域。

②"万井"二句：长安有东西大街十四条，南北大街十一条，将城市划分成规整的"井"字形。可参看《唐两京城坊考》（中华书局1985

年版）所附《唐长安城复原图》。惊，表现诗人异常激动与亢奋的感情。

［义释］

诗之前半，诗人以终南山为立足点，凭崖北向而望，以全景描写展现了长安城的棋盘式图景。白居易《登观音台望城》亦有句："百千家似围棋局，十二街如种菜畦。"所写为长安城内皇城图景，可互参。

陌上桑

美女渭桥东，春还事蚕作。五马如飞龙，青丝结金络。不知谁家子，调笑来相谑。妾本秦罗敷，玉颜艳名都。绿条映素手，采桑向城隅。使君且不顾，况复论秋胡。寒螀爱碧草，鸣凤栖青梧。托心自有处，但怪旁人愚。徒令白日暮，高驾空踟蹰。

［义释］

此诗拟汉乐府《陌上桑》，较少创意。然诗已见于敦煌写本唐诗选残卷，则其真实性无可置疑。意者，或为李白在朝时自抒怀抱之作，以秦罗敷高自标置，显示其不合流俗、傲视群僚的品格。

塞下曲六首

其一

五月天山雪，无花只有寒。笛中闻折柳，春色未曾看。晓战随金鼓，宵眠抱玉鞍。愿将腰下剑，直为斩楼兰。

其二

天兵下北荒，胡马欲南饮。横戈从百战，直为衔恩甚。握雪海上餐，拂沙陇头寝。何当破月氏，然后方高枕。

其三

骏马似风飙，鸣鞭出渭桥。弯弓辞汉月，插羽破天骄。阵解星芒尽，营空海雾消。功成画麟阁，独有霍嫖姚①。

［句笺］

①“功成”二句，王注：“末言功成奏凯，图形麟阁者，止上将一人，不能遍及血战之士。太白用一‘独’字，盖有感乎其中欤？然其言又何婉而多讽也。”安注：“总观《塞下曲》诸诗，并无讽意，则此诗中‘功成’二句亦宜作赞美语读。言‘独有’者，盖谓其战功特出如霍嫖姚，而无与伦比者也。”纬按，独者，只此一人之谓也，然其内涵意义却可有两种不同的理解：或强调只此一人而他人无缘，意甚不平；或强调此一人之特立出众，卓异不群，极表赞叹。白诗宜作后者解。除此诗外，白诗尚有多例，如《东海有勇妇》：“岂如东海妇，事立独扬名。”《读诸葛武侯传书怀赠长安崔少府叔封昆季》：“毋令管与鲍，千载独扬名。”《赠从弟南平太守之遥》：“承恩初入银台门，著书独在金銮殿。”《赠僧行融》：“峨眉史怀一，独映陈公出。”《与元丹丘方城寺谈玄作》：“茫茫大梦中，唯我独先觉。”《题宛溪馆》：“却笑严湍上，于今独擅名。”诸诗中“独”字俱无讽意，而系赞美之辞。参见薛天纬《论李白诗研究中的泛政治化倾向》。

其四

白马黄金塞，云砂绕梦思。那堪愁苦节，远忆边城儿。萤飞秋窗满，月度霜闺迟。摧残梧桐叶，萧飒沙棠枝。无时独不见，流泪空自知。

［题校］

本首见于敦煌写本唐诗选残卷，题为《独不见》。**杨雄曰：“以从写本为是。”且以为应将此诗与李白另一首《独不见》（白马谁家子）“合而题作《独不见二首》”（《敦煌写本李白诗刍议》）**。纬按，此首与其馀各首旨趣不类，此为寻常征人思妇诗，似不应在组诗中。

其五

塞虏乘秋下，天兵出汉家。将军分虎竹，战士卧龙沙。边月随弓影，胡霜拂剑花。玉关殊未入，少妇莫长嗟。

其六

烽火动沙漠，连照甘泉云。汉皇按剑起，还召李将军。兵气天上合，鼓声陇底闻。横行负勇气，一战静妖氛。

[义释]

组诗的贯穿性主题，是歌颂将士立功报国的豪壮情怀。参见薛天纬《论李白诗研究中的泛政治化倾向》。

送程刘二侍御兼独孤判官赴安西幕府

[题解]

王注：“按《旧唐书·封常清传》开元末安西四镇节度使夫蒙灵詧判官有刘眺、独孤峻，盖其人也。程则无考。”郁贤皓谓“王说是”，并考知独孤峻为独孤文惠之子、独孤屿之兄，肃宗时官至越州都督、左金吾大将军；刘眺乃太宗时宰相刘思道曾孙、屯田员外郎敦行之子；程侍御疑名程千里，天宝六载为安西副都护（见《李白交游杂考》，载《李白丛考》）。

安西幕府多材雄，喧喧惟道三数公。绣衣貂裘明积雪，飞书走檄如飘风。朝辞明主出紫宫，银鞍送别金城空[1]。天外飞霜下葱海，火旗云马生光彩。胡塞尘清几日归，汉家草绿遥相待。

[句校]

[1]“银鞍”句，敦煌写本唐诗选残卷作“琼筵送别金樽空”。杨雄

以为当从写本（《敦煌写本李白诗刍议》）。

同族弟金城尉叔卿烛照山水壁画歌

[题解]

郁贤皓考得，金城即兴平县，“李叔卿乃工部侍郎李适之子，李季卿的二兄。其为金城尉，计其时当在天宝初。可知李白在长安供奉翰林时曾与他交往”（《李白交游杂考》）。

高堂粉壁图蓬瀛，烛前一见沧洲清。洪波汹涌山峥嵘，皎若丹丘隔海望赤城。光中乍喜岚气灭，谓逢山阴晴后雪。回溪碧流寂无喧，又如秦人月下窥花源。了然不觉清心魂，只将叠嶂鸣秋猿。与君对此欢未歇，放歌行吟达明发。却顾海客扬云帆，便欲因之向溟渤。

前有樽酒行二首

其一

春风东来忽相过，金樽渌酒生微波。落花纷纷稍觉多，美人欲醉朱颜酡。青轩桃李能几何，流光欺人忽蹉跎。君起舞，日西夕。当年意气不肯倾，白发如丝叹何益。

其二

琴奏龙门之绿桐，玉壶美酒清若空。催弦拂柱与君饮，看朱成碧颜始红。胡姬貌如花[①]，当垆笑春风。笑春风，舞罗衣，君今不醉欲安归。

［句笺］

①胡姬，当为诗人在长安市上所见。长安胡店多在西市，其间又多侍酒之胡姬。说详向达《唐代长安与西域文明》之“西市胡店与胡姬”一节。

［义释］

本诗所写为开、天年间长安市井饮乐情景，有如以文字绘成的风俗画，且可为《旧唐书·李白传》“白既嗜酒，日与饮徒醉于酒肆”的记载以及杜甫《饮中八仙歌》“长安市上酒家眠”等诗句提供佐证。

白鼻䯄

银鞍白鼻䯄，绿地障泥锦。细雨春风花落时，挥鞭直就胡姬饮[1]。

［句校］

［1］直，敦煌写本唐诗选残卷作“且”，盖以形近致异。

［义释］

宜与上篇《前有樽酒行》及下篇《少年行》并读。

少年行二首

其一

击筑饮美酒，剑歌易水湄。经过燕太子，结托并州儿。少年负壮气，奋烈自有时。因声鲁勾践，争博勿相欺。

其二

五陵年少金市东，银鞍白马度春风。落花踏尽游何处，笑入胡姬酒肆中。

［义释］

二诗似非同时之作。“其二”宜与《前有樽酒行》、《白鼻騧》并读。

子夜吴歌四首

春

秦地罗敷女，采桑绿水边。素手青条上，红妆白日鲜。蚕饥妾欲去，五马莫留连。

夏

镜湖三百里，菡萏发荷花。五月西施采，人看隘若耶。回舟不待月，归去越王家。

秋

长安一片月，万户捣衣声①。秋风吹不尽，总是玉关情。何日平胡虏，良人罢远征。

［句笺］

①捣衣，**朱金城曰：“‘捣衣’是捶打丝织品原料（帛，不是棉织品），使之松软，准备裁衣，不是捶打衣服。”并引谢惠连《捣衣诗》“纨素既已成，君子行未归。裁用笥中刀，缝为万里衣”，乔知之《从军行》“曲房理针线，平砧捣衣练。鸳绮裁衣成，龙乡信难见”，白居易《江楼闻砧》“江人授衣晚，十月始闻砧。一夕高楼月，万里故园心”、《秋霁诗》“月出砧杵动，家家捣秋练。独对多病妻，不能理针线。冬衣殊未制，夏服行将绽”，李贺《龙夜吟》“寒砧能捣百尺练，粉泪凝珠滴红线”**

等诗句为例，说明“‘捣衣’即‘捣练’、‘捣帛’，决不能理解为把衣服放在砧石上拍打”（《双白簃读〈李白集〉札记》，载《中国李白研究》1990年集·上）。纬按，传世唐·张萱《捣练图》（今藏美国波士顿博物馆）绘有女子捣练实景，练置槽中，女子持长杵上下捣之。

冬

明朝驿使发，一夜絮征袍。素手抽针冷，那堪把剪刀。裁缝寄远道，几日到临洮。

翰林读书言怀呈集贤诸学士

［题解］

翰林，翰林院。关于李白在朝期间的身份，有以下说法：

傅璇琮曰：“按《旧唐书·文苑传》说李白‘待诏翰林’，《新唐书·文艺传》说李白‘供奉翰林’，都未有‘翰林学士’一词。李白自己也只称‘翰林供奉李白’（《为宋中丞自荐表》），从来没有说自己做过翰林学士。他的友人，如杜甫、贾至、任华、独孤及、魏万等，在所作与李白交往的诗文中，也未称其为翰林学士。——这应当说是现存最原始的资料。”“中唐时，曾有几位翰林学士，根据他们在翰林院中所见到的壁上所书材料，详细载录自玄宗开元以后的翰林学士姓名。……元稹、韦执谊、丁居晦所记的翰林学士姓名，也是唐代有关这方面的原始材料，是可信的。……韦执谊《翰林院故事》所记玄宗朝的翰林学士，依次为（略）。丁居晦的《重修翰林壁记》，玄宗朝八人，与韦执谊所记同。……有关唐代翰林学士，其姓名记于学士院壁上而为唐代当时人著录并考述的，均无李白。”“以上应当说是确切可靠的证据，说明李白天宝初应诏入宫，只为翰林供奉，非为翰林学士。”又引《新唐书·百官志》“开元二十六年，又改翰林供奉为学士，别置学士院，专掌内命”、李肇《翰林志》“始别建学士院于翰林院之南”、韦执谊《翰林院故事》“由是遂建学士，俾专内命”等文字，曰：“开元二十六年起，选取一部分文学之士入学士院，‘专掌内命’，同时在翰林院中还是有供奉等人，并不是单纯地把所有的翰林院供奉改为学士。就是说，并非改名称，而是另选人。因此韦执谊《翰林院故事》在叙述学士院建立后，就说：‘其外有韩翃（应作汯）、阎伯玙、孟匡朝、陈兼、蒋镇、李白等，在旧翰林中，但假其名，而无所职。’所谓‘外’，即学士院之外。其意谓开元二十六年建学士院后，仍还有一部分人在过去的翰林院中（其中就有李白），不过‘假’翰林之‘名’，而未就学士之‘职’。”又曰：“无论开元时期，还是天宝及天宝以后，翰林学士以及翰林供奉（翰林待诏），都应该带有正式官衔……这是一个通例。但偏偏李白除了‘翰林供奉’外，什么也没有。”（《李白任翰林学士辨》）

李厚培亦引韦执谊《翰林院故事》中上述文字，又引“至德以后，军国务殷，其入直者并以文词共掌诰敕，自此北翰林院始无学士之名”一段文字，复引李肇《翰林志》“虽有其名，不职其事”等语，曰：“可见关于开元二十六以后，翰林院是否设‘翰林学士’一职，韦执谊和李肇都是肯定的。上引韦执谊的一段文字明确，在建学士院设学士一职‘其外’，在‘旧翰林’（即旧翰林院、北翰林院）李白等人‘但假其名而无所职’，这个‘名’就是‘翰林学士’；李肇文中也说李白等人当时‘虽有其名，不职其事’，这个‘名’也是指的‘翰林学士’，这是显而易见的。且韦执谊文中从时间上作了明确界定：‘至德以后……北翰林院始无学士之名’，这就告诉我们在开元二十六年（738）到至德（756）年间，翰林院也有‘学士’这一职名。……故韦文中‘但假其名而无所职’也好，李文中‘虽有其名，不职其事’也罢，都是一个意思，即空挂翰林学士的虚名，未干翰林学士‘专掌内命’的实事。”其结论是“李白乃翰林院学士，非学士院学士”。又说：“与学士院学士的职责相比，旧翰林院的学士供奉仍属待诏性质，其入直者各具特殊技艺，因皇帝个人喜好或宫廷生活需要供奉翰林，供皇帝驱使，为皇帝服务。……即如李白供奉翰林也不过是为最高统治者撰制乐章，与学士院学士的明显政治职能是不能相比的。”（《此学士非彼学士》，载《人文杂志》2003 年第 1 期）

赖瑞和将唐代的待诏区分为两类：“有功名、有本官的第一类待诏”，开元二十六年“学士院建立后，这些原称为‘翰林待诏’的，也就改为‘翰林学士’了”。“李白以布衣之身，没有科第功名，也没有以任何本官供奉玄宗，他正是我们所说的第二类待诏，性质和翰林院中那些没有功名

的画待诏、医待诏完全一样……李白之所以又被称为翰林学士，是因为从开元二十六年到至德年间，翰林院中的某些人，如韩翃……李白等，‘但假其名’（借用学士之名），‘而无所职’。李白是在天宝元年秋到天宝三载春之间出任翰林待诏的，正好落在韦执谊所说的这段时间内。”又指出，“学界过去一直没有细分翰林学士和翰林待诏，常把两者混淆。今人毛蕾的《唐代翰林学士》，是第一本清楚把翰林学士和翰林待诏区别开来的现代著作”（《唐代待诏考释》）。

纬按，关于唐代翰林学士制度的沿革演变情况，最早、最具原始性质因而也最可靠的记载，是德宗时翰林学士韦执谊于贞元二年冬十月所撰《翰林院故事》（见《全唐文》卷四百五十五，题为《翰林院故事记》）中的一段话。这段话上述诸家都有所征引，为备查考，兹更全文征引如下：

> 翰林院者，在银台门内、麟德殿西、重廊之后，盖天下以艺能伎术见召者之所处也。学士院者，开元二十六年之所置，在翰林院之南，别户东向。考视前代，即无旧名。贞观中，秘书监虞世南等十八人或秦府故寮，或当时才彦，皆以弘文馆学士会于禁中，内参谋猷，延引讲习，出侍舆辇，入陪宴私，十数年间，多至公辅，当时号为十八学士。其后，永徽中，黄门侍郎顾琮复有丽正之称。开元初，中书令张说等又有集仙之目，皆用讨论，未有典司。玄宗以四隩大同，万枢委积，诏敕文诰悉由中书，或虑当剧而不周，务速而时滞，宜有偏掌，列于宫中，承导迩言，以通密命。由是始选朝官有词艺学识者，入居翰林，供奉别旨，于是中书舍人吕向、谏议大夫尹愔首充焉。虽有密近之殊，然亦未定名，制诏书敕，犹或分在集贤。时中书舍人张九龄、中书侍郎徐安贞等迭居其职，皆被恩遇。至二十六年，始以翰林供奉改称学士，由是遂建学士，俾专内命。太常少卿张垍、起居舍人刘光谦等首居之，而集贤所掌，于是罢息。自后，给事中张埱、中书舍人张渐、窦华等相继而入焉。其外有韩翃（傅璇琮以为应作“汯”）、阎伯玙、孟匡朝、陈兼、蒋镇、李白等在旧翰林中，但假其名而无所职。至德以后，军国务殷，其入直者并以文词共掌诰敕，自此，北翰林院始无学士之名。……

这段话叙事颇明白，其要点有三：

1. 翰林院与学士院不是一回事。学士院是开元二十六年才设立的，其位置在“翰林院之南，别户东向”。李白天宝元年奉诏入朝时，翰林院与学士院已经分开，他进入的是翰林院，不是学士院。

2. 开元二十六年后，“翰林供奉改称学士”，但分两种情况：一种是“遂建学士，俾专内命”的新建学士，他们进了翰林院之南的学士院；另一种是“在旧翰林中，但假其名而无所职”的挂名学士，他们仍留在学士院之北的翰林院中，空有学士之名而无“专内命”的学士之职。李白即是后一种学士，他的名字被韦执谊直接说到了。

3. 至德以后，“北翰林院始无学士之名”，反过来，也就是说至德以前，居于北翰林院的人均有“学士之名”，李白亦其一焉。

关于李白在翰林院中为挂名学士的情况，李白研究者早有论及，如王注第三十一卷“附录”魏颢《李翰林集序》注文引《文献通考》关于翰林学士的记载，即有“李白等皆在翰林中，但假其名，而无所职”数语。**陶敏《李白〈送贺监归四明应制〉诗为伪作》（载《李白学刊》第二辑）曾写道：“李白在朝不过是‘虽有其名，不职其事’（李肇《翰林志》）的翰林学士。”**

李白自己对这个空头“学士”似乎并不看重，所以，在《为宋中丞自荐表》中只说自己是“前翰林供奉”。**朱玉麒《李白〈贞义女碑〉考辨》（载《中国李白研究》1995—1996年集）**引淳化宋刻拓本则题名为**“前翰林院内供奉学士陇西李白书”**。

呈集贤诸学士，**傅璇琮曰：“这时的集贤院学士，其职责主要也是校理经籍、编著目录，与开元中期‘分掌诏书敕’大为不同，因此李白与他们可以作心理上的沟通。”（《李白任翰林学士辨》）**

晨趋紫禁中，夕待金门诏。观书散遗帙，探古穷至妙。片言苟会心，掩卷忽而笑①。青蝇易相点，白雪难同调。本是疏散人，屡贻褊促诮。云天属清朗，林壑忆游眺。或时清风来，闲倚栏下啸。严光桐庐溪，谢客临海峤②。功成谢人间，从此一投钓。

［句笺］

①“观书”四句，**傅璇琮曰：“原来在院里他只不过看看一些散遗之书，相当寂寞。”竺岳兵曰：“这几句诗，与谢灵运《山居赋》‘谢子卧疾**

山顶，览古人遗书，与其意合，悠然而笑’联系起来读，就会发现，与李白‘会心’的正是谢公。”（《〈梦游天姥吟留别〉诗旨新解》，载《中国李白研究》1998—1999年集）

②“严光”二句，表明李白去朝前夕已有越中之游的打算，“谢客临海峤”指谢灵运《登临海峤初发彊中与从弟惠连见羊何共和之》诗，诗写游天姥山事，故而李白去朝后即有梦游天姥之作。

上之回

三十六离宫，楼台与天通。阁道步行月，美人愁烟空。恩疏宠不及，桃李伤春风。淫乐意何极，金舆向回中。万乘出黄道，千旗扬彩虹。前军细柳北，后骑甘泉东。岂问渭川老，宁邀襄野童。但慕瑶池宴，归来乐未穷。

［义释］

李子龙曰：“陈沆（纬按：应作魏源）**《诗比兴笺》云：此诗‘借汉武甘泉之幸，喻骊山荒宴之游也。无渭川襄野求贤访道之情，但耽王母瑶池、华清汤泉之乐。’揆之，当写天宝三载正月玄宗携杨妃幸骊山温泉之事。此次李白因被疏而未从幸，诗中直斥汤泉之乐为淫乐。”且引《侍从游宿温泉宫作》、《从驾温泉宫醉后赠杨山人》诗中“赞颂和自矜的诗句”作对比，指出“《上之回》中这一态度的遽变……其实是李白被疏冷遇后的思想反映。亦即被排斥于恩荣之外所产生的愤懑”（《李白待诏翰林失败原因刍议》）**。纬按，此说不为无见。玄宗之幸温泉宫，实与宠幸杨妃有密切关系。据《新唐书·玄宗纪》，开元二十七年之前，其幸温泉宫大体每年冬季一次，一般每次历时十天左右。且有一些年份无幸温泉宫记载。开元二十八年“十月甲子，幸温泉宫。以寿王妃杨氏为道士，号太真。……辛巳，至自温泉宫。”当时杨太真初入宫，即有陪玄宗幸温泉宫之事。继而，开元二十九年正月、十月、十一月玄宗三次幸温泉宫，设非杨妃相陪，断不能如此频繁。天宝元年“十月丁酉，幸温泉宫”，李白从驾即此次，“十一月己巳至自温泉宫”，计三十三天，历时之长前所未有。

二年“十月戊寅幸温泉宫。十一月乙卯至自温泉宫”，历时三十八天。三载正月“辛丑幸温泉宫”，“二月庚午至自温泉宫”；十月甲午至十一月丁卯又幸温泉宫。四载开始，每年幸温泉宫的时间更长，往往从十月至十二月，甚至次年正月。玄宗既沉溺此中，必定疏于朝政且疏远贤臣，即白居易《长恨歌》所谓“从此君王不早朝”。李白诗云“向回中”，正借汉武故事刺玄宗之幸温泉宫也。

乌栖曲

姑苏台上乌栖时，吴王宫里醉西施。吴歌楚舞欢未毕，青山欲衔半边日。银箭金壶漏水多，起看秋月坠江波。东方渐高奈乐何[①]。

［句笺］

①“东方”句，**杨明曰：“《宋书·乐志》载汉铙歌十八曲《有所思曲》：‘东方须臾高知之。’高，读若皜，白也。奈乐何，又见卷四《阳春歌》：‘圣君三万六千日，岁岁年年奈乐何！’即乐不可支之意。”（《读李琐记》，载《中国李白研究》1990年集·下）**

［义释］

诗含借古讽今之意，末句宜与下篇《阳春歌》结尾“圣君三万六千日，岁岁年年奈乐何”互参。

阳春歌

长安白日照春空，绿杨结烟桑袅风。披香殿前花始红，流芳发色绣户中。绣户中，相经过。飞燕皇后轻身舞，紫宫夫人绝世歌。圣君三万六千日，岁岁年年奈乐何。

[义释]

诗讽玄宗之沉湎淫乐，结末二句宜与上篇《乌栖曲》末句互参。

怨情

新人如花虽可宠，故人似玉犹来重。花性飘扬不自持，玉心皎洁终不移。故人昔新今尚故，还见新人有故时。请看陈后黄金屋，寂寂珠帘生网丝。

[义释]

李子龙以为此诗“讽君王喜新厌旧”，“花性”句“刺杨妃荡意难耐”（见《李白待诏翰林失败原因刍议》）。

长信宫

月皎昭阳殿，霜清长信宫。天行乘玉辇，飞燕与君同。更有欢娱处，承恩乐未穷。谁怜团扇妾，独坐怨秋风。

[义释]

李子龙曰：“这诗显然是李白（待诏翰林期间）依其所见所闻而感发。诗中借班婕妤被宠于后廷而不与成帝同辇之事，刺杨妃与玄宗同辇而无名臣在侧。‘怜团扇’也是对杨妃夺宠而发。所谓‘更有欢娱处，承恩

乐未穷’则更是状写杨妃的闺中之乐了。”（《李白待诏翰林失败原因刍议》）

枯鱼过河泣

白龙改常服，偶被豫且制。谁使尔为鱼，徒劳诉天帝。作书报鲸鲵，勿恃风涛势。涛落归泥沙，翻遭蝼蚁噬。万乘慎出入，柏人以为诫[①]。

［句笺］

①“万乘”二句，邝健行引车天辂《五山说林》：“《枯鱼过河泣》：‘万乘慎出入，柏人以为诫。’‘柏人’当作‘柏谷’。《史记·张耳传》：‘上从东垣还，过赵，贯高等乃壁人柏人，要之置厕。’此高祖非微行人。潘岳《西征赋》：‘长傲宾于柏谷，妻睹貌而献餐。’注：‘武帝微行夜至柏谷，亭长欲杀之’云云。”（《韩国诗话中论李白的诗新义举隅评析》）邝文复云：“‘柏人’，各注本无作‘柏谷’者。诗句是否即为‘柏谷’，不得而知。但‘柏谷’之义确较‘柏人’为长，值得注意。因为白诗首二句云：‘白龙改常服，偶被豫且制。’萧、王等注均引《说苑》卷九，提出白龙所以为豫且所制，因为它‘下清泠之渊，化为鱼’。这等于天子‘弃万乘之位而从布衣之士饮酒’。瞿、朱二氏注本诗后指出此诗有讥讽玄宗微行之意。但汉高祖过赵，赵臣贯高等虽埋伏甲士意欲加害，不过就高祖来说，他不是‘弃万乘之位’，所以车天辂说他‘非微行人’；……因而也不需因此而有所‘诫’。后来他‘欲过宿，心动，问曰：县名为何？曰柏人。柏人者，迫于人也，不宿而去。’还可以说是‘慎’之至。汉武帝到柏谷去的事则不然，潘岳《西征赋》说他‘厌紫极之闲敞，甘微行于游盘’。李善注引《汉武故事》把过程说得很清楚：‘帝即位为微行，尝至柏谷（下略）’汉武微行，只是厌倦了宫中的生活，想到外间游耍一下而已，没有什么迫切理由，其实是可去可不去的。他以帝王之尊，轻率微行，险些出事，这倒是要引以为诫了。”

月下独酌四首

[题解]

敦煌写本唐诗选残卷录“其一”、“其二”，但连为一首。

其一

花间一壶酒，独酌无相亲。举杯邀明月，对影成三人①。月既不解饮，影徒随我身。暂伴月将影，行乐须及春。我歌月徘徊，我舞影零乱。醒时同交欢，醉后各分散。永结无情游，相期邈云汉。

[句笺]

①“对影”句，盖由陶渊明“挥杯劝孤影”（《杂诗》）句化出。

其二

天若不爱酒，酒星不在天。地若不爱酒，地应无酒泉。天地既爱酒，爱酒不愧天①。已闻清比圣，复道浊如贤。贤圣既已饮，何必求神仙[1]。三杯通大道，一斗合自然。但得酒中趣，勿为醒者传。

[句校]

[1]“已闻”四句，敦煌写本唐诗选残卷无。

[句笺]

①“天若”六句，《艺文类聚·食物部·酒》载孔融《难魏武帝禁酒书》：“公初当来，邦人咸抃舞踊跃，以望我后。亦既至止，酒禁施行。天垂酒旗之曜，地列酒泉之郡，人有旨酒之德。尧非千钟，无以建太平；孔非百觚，无以堪上圣。”白诗句由此化出。

其三

二月咸阳城，千花昼如锦。谁能春独愁，对此径须饮。穷通与修短，造化夙所禀。一樽齐死生，万事固难审。醉后失天地，兀然就孤枕[①]。不知有吾身，此乐最为甚。

[句笺]

①兀然，**李红霞引《辞源》义项及刘伶、庾信、宋之问、李颀等诗文例句，谓“形容昏沉不知之貌，且多与醉酒之事并出”（《李白诗文札记一则》，载《陕西师范大学学报》2007年第1期）。**

其四

穷愁千万端，美酒三百杯。愁多酒虽少，酒倾愁不来。所以知酒圣，酒酣心自开。辞粟卧首阳，屡空饥颜回。当代不乐饮，虚名安用哉。蟹螯即金液，糟丘是蓬莱。且须饮美酒，乘月醉高台。

下终南山过斛斯山人宿置酒

暮从碧山下，山月随人归。却顾所来径，苍苍横翠微。相携及田家，童稚开荆扉。绿竹入幽径，青萝拂行衣。欢言得所憩，美酒聊共挥。长歌吟松风，曲尽河星稀。我醉君复乐，陶然共忘机。

[义释]

此诗反映了李白待诏翰林期间生活情况的一个方面。崇尚天真、爱好自然的本性，使他不被宫廷所限，而是尽可能地走向自然，亲近自然。待诏翰林后期，由于对宫廷生活的厌倦，这种倾向在诗人身上理应表现得更为明显。

来日大难

来日一身，携粮负薪。道长食尽，苦口焦唇。今日醉饱，乐过千春。仙人相存，诱我远学。海凌三山，陆憩五岳。乘龙天飞，目瞻两角。授以仙药，金丹满握。蟪蛄蒙恩，深愧短促。思填东海，强衔一木。道重天地，轩师广成。蝉翼九五，以求长生。下士大笑，如苍蝇声。

［义释］

李子龙曰：“李白在去朝离京的前夕，又作《来日大难》一首，状写了当时心情。说是去朝以后，将要过着‘携粮负薪’的日子，由于道路漫长，未免粮食吃尽，口苦唇焦。故而今日喝醉吃饱，正是乐过千春之事。对去朝之后可能出现的窘迫情况毫不掩饰。接着，李白在以去朝犹如游仙而进行自我调侃之后说，一旦离京，世俗之人未免会讥笑，但那只是如同苍蝇的声音。这在李白当然是一种无可奈何的自我安慰。”（《李白待诏翰林失败原因刍议》）

还山留别金门知己

［题解］

此诗与《东武吟》重出而异名。宋蜀本题下注云：“一本云《出金门后书怀留别翰林诸公》。”关于李白之去朝，李阳冰《草堂集序》的说法是“天子知其不可留，乃赐金归之”，范传正《李公新墓碑》的说法是“既而上疏请还旧山，玄宗甚爱其才……惜而遂之”。**赖瑞和曰：“赐金放还这种遣散方式，也显示玄宗对待诏的态度，及待诏和皇上的那种人身依**

附关系。李白‘名为朕知’时，玄宗可以诏征他前来。一旦觉得他不合用，又可以立即‘赐金归之’。若换成是朝官或翰林学士，那就不可能赐金放还，而是要贬官了。”（《唐代待诏考释》）

好古笑流俗，素闻贤达风。方希佐明主，长揖辞成功。白日在高天，回光瞩微躬。恭承凤凰诏，欻起云萝中。清切紫霄迥，优游丹禁通。君王赐颜色，声价凌烟虹。乘舆拥翠盖，扈从金城东。宝马骤绝景，锦衣入新丰。依岩望松雪，对酒鸣丝桐。方学扬子云，献赋甘泉宫。天书美片善，清芬播无穷①。归来入咸阳，谈笑皆王公。一朝去金马，飘落成飞蓬。宾客日疏散，玉樽亦已空。才力犹可倚，不惭世上雄。闲来东武吟，曲尽情未终。书此谢知己，扁舟寻钓翁②。

［句笺］

①“方学”四句，似李白自道在宫中曾有献赋之举，并得到玄宗称赏。

②“扁舟”句，《东武吟》作“吾寻黄绮翁”。**松原朗谓“有几分描绘这一过程（引者按，指李白离开长安时选择的路线，即经由商山道）之意。”（《李白〈灞陵行送别〉考》，载《中国李白研究》2001—2002年集）**

送杨山人归嵩山

［题解］

杨山人，杨播，详见《从驾温泉宫醉后赠杨山人》“题解”。

我有万古宅，嵩阳玉女峰。长留一片月，挂在东溪松①。尔去掇仙草，菖蒲花紫茸。岁晚或相访，青天骑白龙。

［句笺］

①“长留”二句，李小荣曰：“嵩山为唐代上清派的传道中心之一。杨山人去那儿，肯定也是修习上清道法。挂在东溪松树上的明月，对于两个道友而言，自然是他们生活中再也熟悉不过的存思对象，因此它成了两人心心相印的媒介物。”（《取象与存思：李白诗歌与上清派关系探略》，载《福建师范大学学报》2007 年第 2 期）

［义释］

杨山人既无意在朝而弃官归隐，李白乃作此相送，并表达追随其踪的意愿。

阴盘驿送贺监归越

［题校］

宋蜀本题为《送贺宾客归越》，此从敦煌写本唐诗选残卷。

［题解］

陶敏曰：“如果贺知章归越时李白正在长安，以他翰林供奉及贺知章密友的身份是应当参加长乐坡饯送这一盛大活动并应制作诗的。前已考知，《送贺监归四明应制》（纬按，见本书‘附录’）为伪作，这就使人不能不怀疑其时李白是否在长安，而唐写本唐诗残卷就正好提供了李白的行踪。”并据《水经注·渭水》、《太平寰宇记》考知，“阴盘驿当在京兆府昭应县东，也就是汉代的新丰，其地有阴盘城、阴盘原、阴盘水。而昭应正是贺知章取道洛阳归越所必经之地”；又曰：“这次昭应之行当是他‘赐金还山’前的一次短期出游。”（《李白〈送贺监归四明应制〉诗为伪作》）

镜湖流水漾清波，狂客归舟逸兴多。山阴道士如相见，应写黄庭换白鹅。

灞陵行送别

送君灞陵亭，灞水流浩浩。上有无花之古树，下有伤心之春草。我向秦人问路歧①，云是王粲南登之古道。古道连绵走西京，紫阙落日浮云生②。正当今夕断肠处，黄鹂愁绝不忍听。

[句笺]

①路歧，指眼前这条道路。

②“古道”二句，松原朗曰：“对去古道的关心并非与王粲的旅程合拍即去南方的荆襄之地，而是导引出‘古道连绵走西京，紫阙落日浮云生’诗句转向背后、相反的方向。”又曰：“‘天宝元年，以京师为西京’（《旧唐书》卷三十八，地理志一）。”（《李白〈灞陵行送别〉考》）

[义释]

松原朗谓“这首诗中被送行者虚无、形成‘空洞’，因此，基于‘作者与被送行者’之间的关系而产生的惜别之情也丝毫没有。简言之，《灞陵行送别》以缺少被送行者的面影为特征，与通常的送别诗的定式有着明显的区别。”又曰：此诗“是李白被朝廷逐放，来到灞陵时的作品。灞陵是西京长安来的路分为去洛阳的函谷路、去襄阳的商山路和去太原的蒲关路的交通的节点，所以，自古以来就是为离开长安去东边的人送行之地。此时，李白只得而且敢于效仿政治上的失意文人王粲，选择商山道，欲离长安而去。李白此刻站在此处为自己送行。并向西方、在浮云中渐渐失去身影的玄宗作最后的告别”。并谓“《七哀》（南登灞陵岸，回首望长安）是王粲自己告别长安的诗，而不是为他人送行的诗”。

春陪商州裴使君游石娥溪

[**题解**]

宋蜀本题下原有注："时欲东归，遂有此赠"，似为曾巩所加。天宝三载春去朝东归，道出商州时作。唐代商州，州治所在即今商镇，属丹凤县，位于今商州市东。裴使君，商州刺史，**郁贤皓考证疑即高祖时宰相裴世矩孙裴延庆，见《唐刺史考》卷二百四。**石娥溪，即丹江。

裴公有仙标，拔俗数千丈。澹荡沧洲云，飘飖紫霞想。剖竹商洛间，政成心已闲。萧条出世表，冥寂闭玄关。我来属芳节，解榻时相悦。褰帷对云峰[①]，扬袂指松雪。暂出东城边，遂游西岩前[②]。横天耸翠壁[③]，喷壑鸣红泉[④]。寻幽殊未歇，爱此春光发。溪傍饶名花，石上有好月。命驾归去来，露华生翠苔。淹留惜将晚，复听清猿哀。清猿断人肠，游子思故乡。明发首东路，此欢焉可忘。

[**句笺**]

①云峰，指今商州城西北之戴云山。

②"暂出"二句：暂出，张相《诗词曲语词汇释》："暂，犹偶也；适也。……《春陪商州裴使君游石娥溪》诗：'暂出东城边，遂游西岩前。'暂出，偶出也。"东城，指州城，在东；西岩，指仙娥峰，在西。

③横天耸翠壁，指仙娥峰，矗立于丹江西岸。"商州八景"有"仙娥削壁"，今所见景色仍旧。

④红泉，当地岩石呈暗红色，泉流石上，亦呈红色。然地名"红泉"者无考。

过四皓墓

［题解］

四皓墓，在今陕西丹凤县商镇，保存尚完好，唯馀三墓，且不知缺者为谁。

我行至商洛，幽独访神仙。园绮复安在，云萝尚宛然。荒凉千古迹，芜没四坟连。伊昔炼金鼎，何年闭玉泉。陇寒惟有月，松古渐无烟。木魅风号去，山精雨啸旋。紫芝高咏罢，青史旧名传。今日并如此，哀哉信可怜。

赠崔侍御

［题解］

崔侍御，郁贤皓据《有唐朝散大夫守汝州长史上柱国安平县开国男赠卫尉少卿崔公（暟）墓志》、《有唐通议大夫守太子宾客赠尚书左仆射崔孝公（沔）墓志》等考知，名成甫，崔沔长子，在同祖兄弟中小于孟孙、众甫、夷甫，排行第四，故称“崔四侍御”，曾官秘书省校书郎、冯翊尉、陕县尉，天宝初李白在朝时，崔成甫摄监察御史（《李白诗中崔侍御考辨》，载《文史哲》1979年第1期）。

长剑一杯酒，男儿方寸心。洛阳因剧孟，托宿话胸襟[①]。但仰山岳秀，不知江海深。长安复携手，再顾重千金。君乃輶轩佐，予叨翰墨林[②]。高风摧秀木，虚弹落惊禽。不取回舟兴，而来命驾寻。扶摇应借力，桃李愿成阴。笑吐张仪舌，愁为庄舄吟。谁怜明月夜，肠断听秋砧。

[句笺]

①“洛阳”二句，郁贤皓曰：“说明李白与崔成甫初次相见是在洛阳。成甫父亲崔沔开元年间当过东都副留守，家在洛阳，成甫未出仕前及崔沔卒后居丧期间，都应在洛阳生活。李白与他初次认识应在此期间。”

②“长安”四句，郁贤皓曰：“说明天宝初李白奉诏入京，与他第二次相见。当崔成甫摄监察御史时，李白也正供奉翰林。”

赠崔侍御

[题解]

参见上诗。二诗系一时之作。

黄河三尺鲤，本在孟津居。点额不成龙，归来伴凡鱼[①]。故人东海客，一见借吹嘘。风涛倘相因，更欲凌昆墟。何当赤车使，再往招相如[②]。

[句笺]

①“黄河”四句，概言自己奉诏入朝而志未得伸的经历。

②“风涛”四句，表明对东山再起的期望。

本卷讨论的主要问题

1. 李白在朝的身份，称其为“翰林学士”所指谓何。

2.《清平调词》是否李白所作。

本卷所采撷论著

1. 许嘉甫：《李白交游考录三题》，载《中国李白研究》1990年集·下。

2. 傅璇琮：《李白任翰林学士辨》，载《文学评论》2000年第5期。

3. 赖瑞和：《唐代待诏考释》，载香港中文大学《中国文化研究所学报》2003年新第12期。

4. 吴相洲：《从李白翰林供奉的身份看其新乐府诗创作》，载《中国李白研究》2005年集。

5. 李子龙：《李白待诏翰林失败原因刍议》，载《中国李白研究》1992—1993年集。

6. 艾龙：《李白诗中之谜——关于天宝丑闻的补充注释》，载《李白学刊》第一辑。

7. 艾龙：《史传"云封"诗谜情含"天宝"年号——李白为"许云封"取名涉及唐玄宗封禅大典和天宝艳闻考》，载《李白学刊》第二辑。

8. 陈尚君：《中国文学家大辞典·唐五代卷》。

9. 李廷先：《〈李白清平调词三首辨伪〉商榷》，载《文学遗产》1981年第4期。

10. 钱志熙：《李白〈清平调词〉新解——从"叶想衣裳花想容"说起》，载《中国典籍与文化》第4期。

11. 邝健行：《韩国诗话中论李白的诗新义举隅评析》，载《中国李白研究》1991年集。

12. 杨雄：《敦煌写本李白诗刍议》，载《敦煌研究》1986年第1期。

13. 郁贤皓：《李白交游杂考》，载《李白丛考》。

14. 向达：《唐代长安与西域文明》。

15. 朱金城：《双白簃读〈李白集〉札记》，载《中国李白研究》

1990 年集·上。

16. 李厚培:《此学士非彼学士》, 载《人文杂志》2003 年第 1 期。

17. 陶敏:《李白〈送贺监归四明应制〉诗为伪作》, 载《李白学刊》第二辑。

18. 朱玉麒: 《李白〈贞义女碑〉考辨》, 载《中国李白研究》1995—1996 年集。

19. 竺岳兵:《〈梦游天姥吟留别〉诗旨新解》, 载《中国李白研究》1998—1999 年集。

20. 杨明:《读李琐记》, 载《中国李白研究》1990 年集·下。

21. 李红霞: 《李白诗文札记一则》, 载《陕西师范大学学报》2007 年第 1 期。

22. 松原朗:《李白〈灞陵行送别〉考》, 载《中国李白研究》2001—2002 年集。

23. 李小荣、王镇宝:《取象与存思: 李白诗歌与上清派关系探略》, 载《福建师范大学学报》2007 年第 2 期。

24. 郁贤皓:《李白诗中崔侍御考辨》, 载《文史哲》1979 年第 1 期, 修改稿载《李白丛考》。

25. 薛天纬: 《论李白诗研究中的泛政治化倾向》, 载《李白学刊》第一辑。

第五卷

去朝十年之什

访道安陵遇盖寰为余造真箓临别留赠

［题解］

罗宗强曰："李白所接受的盖寰造的真箓，可能就是长生箓。"（《李白的神仙道教信仰》，载《中国李白研究》1991 年集）

清水见白石，仙人识青童。安陵盖夫子，十岁与天通。悬河与微言，谈论安可穷。能令二千石，抚背惊神聪。挥毫赠新诗，高价掩山东。至今平原客，感激慕清风。学道北海仙，传书蕊珠宫。丹田了玉阙，白日思云空[①]。为我草真箓，天人惭妙工。七元洞豁落，八角辉星虹。三灾荡璇玑，蛟龙翼微躬。举手谢天地，虚无齐始终[②]。黄金满高堂，答荷难克充。下笑世上士，沉魂北罗酆。昔日万乘坟，今成一科蓬。赠言若可重，实此轻华嵩。

［句笺］

①"学道"四句，李小荣曰："北海仙，是指盖寰的老师高如贵。""蕊珠、玉阙皆见于上清派的重要经典《上清黄庭内景经》。其《上清章第一》曰：'太上大道玉晨君，闲居蕊珠作七言。'梁丘子注曰：'蕊珠，上清境宫阙名也。'《肺部章第九》则曰：'肺部之宫似华盖，下有童子坐玉阙。'梁丘子注曰：'玉阙者，肾中白气，上与肺相连。'"（《取象与存思：李白诗歌与上清派关系探略》，载《福建师范大学学报》2007 年第 2 期）

②"为我"八句，罗宗强曰："是说盖寰书造的真箓神力无穷，可以消灾解厄，而达到长生不老，与天地齐寿的目的。"李小荣曰："'七元洞豁落'出于《上清金真玉光八景飞经》，经中载有一元豁落日精之符、二元豁落月精之符、三元豁落岁星之符、四元豁落太白星精符、五元豁落荧惑星精符、六元豁落辰星精符、七元豁落镇星精符。此'豁落七元之符，主致上真飞仙之官，通灵彻视，与神交言，制魔伏灵，威摄十方……行之九年，得乘玄舆，飞行上清'。此亦'举手谢天地，虚无齐始终'之所本。"

奉饯高尊师如贵道士传道箓毕归北海

[题解]

授受道箓，是加入道籍不可缺少的仪程。接受道箓，要实行斋戒。南朝陆修静在《洞玄灵宝五感文》中，对“众斋法”分列三类，共十二法：一曰“洞真上清之斋”，有二法；二曰“洞玄灵宝之斋”，有九法；三曰“三元涂炭之斋”，有一法。《唐六典》卷四记载，“斋有七名”，七斋中除“涂炭斋”外，其馀六斋均在陆修静所列“洞玄灵宝之斋”九法的名目之中。其中有“八节斋”，是“修生求仙之法”。李白入道本为升仙，其《草创大还赠柳官迪》诗有句：“吾求仙弃俗。”因知李白受道箓时应是实行“八节斋”。八节斋的斋法，据陆修静的说明，是“法以八节日，于斋堂内六时行道，礼谢十方也”。八节，即立春、春分、立夏、夏至、立秋、秋分、立冬、冬至。六时，似借佛教之说，分一昼夜为晨朝、日中、日没、初夜、中夜、后夜。十方，谓东、南、西、北、东北、西北、西南、东南、上、下。要之，这种斋法是较为简单易行的。参见薛天纬《道教与李白之精神自由》，载《20世纪李白研究论文精选集》。

道隐不可见，灵书藏洞天。吾师四万劫，历世递相传。别杖留青竹，行歌蹑紫烟。离心无远近，长在玉京悬。

草创大还赠柳官迪

[题解]

罗宗强曰：“这是一首写炼大还丹的诗。”又曰：“草创，就是初炼、粗炼，即是刚刚学炼的意思。”罗宗强认为此诗所写是炼内丹。其理由是：第一，比李白略早的孙思邈撰《太清丹经要诀》，列出大丹异名十三种，其中就有大还丹，但并未说明大还丹的具体烧炼方法，“就是说，在孙思邈的时代，大还丹的具体烧炼方法是不清楚的”。第二，“更重要的是诗中的描写，大量引用《周易参同契》的句意。与李白同时的刘知古，撰《日月玄枢论》，谓《参同契》为内丹之书”。第三，据李白《冬夜于随州紫阳先生餐霞楼送烟子元演隐仙城山序》，“李白曾经向胡紫阳学习内丹。胡紫阳师事李含光，李含光师事司马承祯，司马承祯师事潘师正，潘师正师事王远知，王远知师事陶弘景。是则李白之内丹修炼，来自茅山上清派”（《李白的神仙道教信仰》）。

天地为橐籥，周流行太易。造化合元符，交媾腾精魄。自然成妙用，孰知其指的。罗络四季间，绵微无一隙。日月更出没，双光岂云只。姹女乘河车，黄金充辕轭。执枢相管辖，摧伏伤羽翮。朱鸟张炎威，白虎守本宅。相煎成苦老，消铄凝津液[①]。仿佛明窗尘，死灰同至寂[②]。捣冶入赤色，十二周律历。赫然称大还，与道本无隔[③]。白日可抚弄，清都在咫尺。北酆落死名，南斗上生籍。抑予是何者，身在方士格。才术信纵横，世途自轻掷。吾求仙弃俗，君晓损胜益。不向金阙游，思为玉皇客。鸾车速风电，龙骑无鞭策。一举上九天，相携同所适。

［句笺］

①“朱鸟”四句，罗宗强引元·丘处机《大丹直指》相关文字，说“《大丹直指》以三田返复为大还丹。在三田返复的过程中，心气运行，就是烧炼的真火，掌握心火的多少是非常重要的”，认为这四句诗“说的似乎就是精气在三田返复的过程中，心火烧煅，而火候要掌握得恰到好处，使含有肺气之精华（白虎）的肾气（即金精、精气）始终稳定周流”。

②“仿佛”二句，罗宗强引《大丹直指》：“金精入顶，紧闭两耳，使肾气不出，并入天宫，造化金精下降，如淋灰相似。”谓“这大概就是李白在诗中所说的‘仿佛明窗尘，死灰同至寂’”。

③“捣冶”四句，罗宗强曰：“这是说，三田返复修炼大还丹，是与天地四时之运行一致的。《大还丹秘契图》也是内丹书，它把大还丹的炼

法分为十二章，就是用以象十二月。所以李白此处说大还丹的修炼‘与道本无隔’。”

东海有勇妇

［题解］

宋蜀本题下注：“代闺中有贞女，又作贤。”咸淳本题下注：“代闺中有贞女，又作贤女。”萧注本题下注：“代关中有贞女，又作贤女。”王注本题下注：“原注：代关中有贞女。”其“题解”曰：“按《晋书》，《关东有贤女》乃‘鞞舞’旧曲五篇之一，其辞已亡。《关中有贞女》当是《关东有贤女》之讹。”纬按，王说是。

《宋书·乐志》载“汉鞞舞歌五篇”，其一为“关东有贤女”。《晋书·乐志》亦记曰：“鞞舞，未详所起，然汉代已施于燕享矣。傅毅、张衡所赋，皆其事也。旧曲有五篇：一、关东有贤女……”汉乐府之古辞已亡。《宋书·乐志》载“魏陈思王《鞞舞歌五篇》”，其三曰《精微篇》，题下注：“当《关东有贤女》”，其辞曰：“精微烂金石，至心动神明。杞妻哭死夫，梁山为之倾。……关东有贤女，自字苏来卿。壮年报父仇，身没垂功名。……太仓令有罪，远征当就拘。自悲居无男，祸至无与俱。缇萦痛父言，荷担西上书。盘桓北阙下，泣泪何涟如。乞得并姊弟，没身赎父躯。汉文感其义，肉刑法用除。其父得以免，辩义在列图。多男亦何为，一女足成居。简女南渡河，津吏废舟船。执法将加刑，女娟拥棹前。妾父闻君来，将涉不测渊。长惧风波起，祷祝祭名川。备礼飨神祇，为君求福先。不胜醮祀诚，教令犯罚艰。君必欲加诛，乞使知罪愆。妾愿以身代，至诚感苍天。国君高其义，其父用赦原。《河激》奏中流，简子知其贤。归聘为夫人，荣宠超后先。……”篇中所咏杞妻、苏来卿、缇萦、简女故事，均见于李白此诗。可知李白此诗咏东海勇妇而兼有拟作性质。汉乐府原题之“关（關）”、“东”、“贤”三字，在宋蜀本李白集中误为“闺（閨）”、“中”、“贞”。

梁山感杞妻，恸哭为之倾。金石忽暂开，都由激深情。东海有勇妇，何惭苏子卿。学剑越处子，超然若流星。捐躯报夫仇，万死不顾生。白刃耀素雪，苍天感精诚。十步两躩跃，三呼一交兵。斩首掉国门，蹴踏五藏行。豁此伉俪愤，粲然大义明。北海李使君，飞章奏天庭。舍罪警风俗，流芳播沧瀛。名在列女籍，竹帛已光荣。淳于免诏狱，汉主为缇萦。津妾一棹歌，脱父于严刑。十子若不肖，不如一女英。豫让斩空衣，有心竟无成。要离杀庆忌，壮夫所素轻。妻子亦何辜，焚之买虚声。岂如东海妇，事立独扬名。

对雪献从兄虞城宰

［题解］

郁贤皓考，此“虞城宰”与《虞城县令李公去思颂碑》中的“虞城县令李公”为同一人。据《碑》可知，李公名锡，字元勋。“天宝四载冬李白游梁宋时来到虞城，结识虞城县令。”（《李白交游杂考》，载《李白丛考》）

昨夜梁园里，弟寒兄不知。庭前看玉树，肠断忆连枝。

对雪奉饯任城六父秩满归京

［题解］

许嘉甫据《新唐书·宰相世系表》等考知，任城六父为李琇，“行第为六，系出赵郡，实为长安人”，“与李白为同姓异支的叔侄关系”，天宝元年冬至天宝五载冬为任城令，白诗作于天宝五载冬李琇秩满归京时（《李白“任城六父”征略》，载《济宁师专学报》1995年第1期）。

龙虎谢鞭策，鹓鸾不司晨。君看海上鹤，何似笼中鹑。独用天地心，浮云乃吾身。虽将簪组狎，若与烟霞亲[①]。季父有英风，白眉超常伦。一官即梦寐[②]，脱屣归西秦。窦公敞华筵[③]，墨客尽来臻。燕歌落胡雁，郢曲回阳春。征马百度嘶，游车动行尘。踌躇未忍去，恋此四座人。饯离驻高驾，惜别空殷勤。何时竹林下，更与步兵邻。

［句笺］

①“龙虎”八句，赞六父为官之高致。

②“一官”即梦寐，谓做官就如做梦一样虚幻。

③窦公，即《鲁郡尧祠送窦明府薄华还西京》之瑕丘令窦薄华。

鲁郡尧祠送窦明府薄华还西京

［题解］

宋蜀本题下注云：“时久病初起作。”当是曾巩据开首数句之叙事所加。尧祠，在瑕丘城东南七里处，参见第三卷《鲁郡尧祠送张十四游河北》“题解”。窦明府薄华，瑕丘县令，安注谓与“《对雪奉饯任城六父秩满归京》诗中‘窦公敞华筵’句所称或为一人”。

朝策犁眉騧，举鞭力不堪。强扶愁疾向何处，角巾微服尧祠南。长杨扫地不见日，石门喷作金沙潭[①]。笑夸故人指绝境，山光水色青于蓝。庙中往往来击鼓，尧本无心尔何苦。门前长跪双石人[②]，有女如花日歌舞。银鞍绣毂往复回，簸林蹶石鸣风雷。远烟空翠时明灭，白鸥历乱长飞雪。红泥亭子赤阑干，碧流环转青锦湍。深沉百丈洞海底，那知不有蛟龙蟠。君不见，绿珠潭水流东海，绿珠红粉沉光彩。绿珠楼下花满园，今日曾无一枝在[③]。昨夜秋声阊阖来，洞庭木落骚人哀。遂将三五少年辈，登高远望形神开。生前一笑轻九鼎，魏武何悲铜雀台。我歌白云倚窗牖，尔闻其声但挥手。长风吹月渡海来，遥劝仙人一杯酒。酒中乐酣宵向分[④]，举觞酹尧尧可闻。何不令，皋繇拥篲横八极，直上青天挥浮云。高阳小饮真琐琐，山公酩酊何如我。竹林七子去道赊，兰亭雄笔安足夸。尧祠笑杀五湖水，至今憔悴空荷花。尔向西秦我东越，暂向瀛洲访金阙。蓝田太白若可期，为余扫洒石上月。

[句笺]

①石门，参见第三卷《鲁郡东石门送杜二甫》“题解”。

②门前长跪双石人，据武秀《从兖州近年出土的四件文物看李白在山东寓家地点》（载《中国李白研究》1994年集），1993年3月在（兖州城东）“金口坝以北的泗河中”出土一个“汉代跪石人”，“高1.35米，宽0.47米”，“从石人的艺术风格上看是汉代的作品”；“石人呈跪式，与李白描写的跪石人相吻合”；“从石人的造型大小上看是门前饰物”；“该石人出土于金口坝以北的泗河中，正是距离尧祠故址不远处”，因此判定此即白诗所写“双石人”之一。文章又称，据目睹者云，“与此相同的另一汉石人埋在坝南不远处的河中”。

③曾，魏耕原谓“具转折意味，义同表示转折的‘却’”（《李白诗口语疑难词考释》，载《千年诗魂，蜀道李白》）。

④宵向分，夜半为宵分，宵向分即时辰将进入夜半。

[义释]

据“尔向西秦我东越”句，此诗当作于李白将留别东鲁诸公往游越中时，稍后即作《梦游天姥吟留别东鲁诸公》（诗题从胡本，宋蜀本题为《梦游天姥吟留别》）。

单父东楼秋夜送族弟况之秦

[题解]

题下原注：“时凝弟在席。”应为李白所注。况，王本作沈。纬按，李白既已注曰“时凝弟在席”，在东鲁复作有《赠从弟冽》、《送族弟单父主簿凝……留饮赠之》，则况与冽、凝宜为兄弟，其名字之左偏旁亦宜同。作沈，应是形近致讹。

尔从咸阳来，问我何劳苦。沐猴而冠不足言，身骑土牛滞东鲁[①]。况弟欲行凝弟留，孤飞一雁秦云秋。坐来黄叶落四五，北斗已挂西城楼。丝桐感人弦亦绝，满堂送君皆惜别。卷帘见月清兴来，疑是山阴夜中雪。明日斗酒别，惆怅清路尘。遥望长安日，不见长安人。长安宫阙九天上，此地曾经为近臣。一朝复一朝，发白心不改。屈原憔悴滞江潭，亭伯流离放辽海。折翮翻飞随转蓬，闻弦虚坠下霜空。圣朝久弃青云士，他日谁怜张长公。

［句笺］

①“沐猴”二句，回答开首二句对方“何劳苦”的问讯，自陈眼前处境，实为自嘲之辞。沐猴而冠，《史记·项羽本纪》：“项王见秦宫室皆以烧残破，又心怀思欲东归，曰：‘富贵不归故乡，如衣绣夜行，谁知之者。’说者曰：‘人言楚人沐猴而冠耳，果然。’”司马贞索隐曰：“言猕猴不任久著冠带，以喻楚人性躁暴。”身骑土牛，《三国志·魏书·邓艾传》裴松之注引《世语》曰：司马宣王辟州泰，“至，三十六日，擢为新城太守。宣王为泰会，使尚书钟繇调泰：‘君释褐登宰府，三十六日拥麾盖，守兵马郡，乞儿乘小车，一何驶乎?’泰曰：‘诚有此。君，名公之子，少有文采，故守吏职，猕猴骑土牛，又何迟也。’众宾咸悦”。上句谓己不堪著冠带在朝供奉帝王，遂自请放还，正如项羽之不能久居咸阳而思东归一样。不足言，即不堪回首。下句谓回到寓家之地东鲁，遂陷于困顿之境，故曰“滞东鲁”。下句因承上而省略了主语“沐猴（猕猴)”。前人注解多以为白诗意在讽刺朝廷中人，如唐汝询云：“我想沐猴而冠者乌足道，宁骑土牛滞此耳，盖言朝士非人也。”（《唐诗解》卷十三）王注：“《史记》：说者曰：‘人言楚人沐猴而冠耳。’张晏曰：沐猴，猕猴也。《汉书》：‘蓼太子以为汉廷公卿列侯，皆如沐猴而冠耳。’言其虽著衣冠，但微似人形，无他才能也。”复旦大学古典文学教研组《李白诗选》释曰：“沐猴而冠，说猴子虽穿戴衣冠，有点象人形，但没有其他才能。……此处用以讽刺当代权贵的无能。”实误。参见薛天纬《李白诗四解》，载《李白学刊》第二辑。

［义释］

此诗“遥望长安日”以下，全力抒写怀念长安的心事，且对朝廷疏远自己有满腔怨望之情，因知李白当初之自请还山，乃迫不得已之举，实有苦衷在。

金乡送韦八之西京

客自长安来，还归长安去。狂风吹我心，西挂咸阳树。此情不可道，此别何时遇。望望不见君，连山起烟雾。

［义释］

此诗抒写去朝后对朝廷的怀念之情，与上诗同一指归。

鲁中都东楼醉起作

［题解］

安注系于天宝五载。中都，兖州属县，今为山东汶上县。何树瀛曰：“明代《汶上县志·营建志》载：‘太白赋诗楼即城东楼也。旧刻《东楼醉起诗》于上。’并云，明成化以后相继‘版筑’、‘修葺’的汶上城东门题额即为‘醉白’。”（《李白汶上诗作考》，载《中国李白研究》1990年集·下）

昨日东楼醉，还应倒接䍦。阿谁扶上马，不省下楼时。

[义释]

《乐府诗集》卷七十九至八十二有“近代曲辞”四卷，其卷八十载《醉公子》：“昨日春园饮，今朝倒接䍠。谁人扶上马，不省下楼时。”字句与李白此诗几同。“近代曲辞”解题曰：“近代曲者，亦杂曲也，以其出于隋、唐之世，故曰近代曲也。”李白之《清平调三首》、《宫中行乐辞八首》俱在其中。李白此诗与《醉公子》的关系，似可作两种推断：一、李白拟《醉公子》，纯为戏作；二、李白之《鲁中都东楼醉起作》在传唱过程中发生了少量文字变异，题目也被改为更便于在人口流传的“醉公子”。

梦游天姥吟留别东鲁诸公

[题校]

诗题从胡注。《河岳英灵集》题为《梦游天姥山别东鲁诸公》。宋蜀本题为《梦游天姥吟留别》，题下注云：“一作别东鲁诸公。”咸淳本题为《梦游天姥吟留别诸公》，题下注：“一作别东鲁诸公。”

宋蜀本诗题《梦游天姥吟留别》为后世所通行者。然此诗题之结撰方式颇不合李白歌行及唐诗歌行之常例。考李白诗乃至唐诗中，七言歌行之诗题中如有“歌辞性字样”（题为“××歌”、“××行”等），其结撰方式不外两种：或为无附加成分的歌行本题如《襄阳歌》、《玉壶吟》、《江夏行》，或在歌行本题后附加施与对象如《西岳云台歌送丹丘子》、《万愤词投魏郎中》、《峨眉山月歌送蜀僧晏入中京》。在歌行本题后缀以“留别”二字，除宋蜀本李白集之《梦游天姥吟留别》外，殆无第二例。由此可以判定，《梦游天姥吟留别》实为一误题，而非李白诗题之本来面目。胡震亨注《李诗通》，即氏所编纂《唐音统签》中之李白诗，编在“丙签”。胡震亨乃编纂“全唐诗”之开山祖师（**参见周勋初《叙〈全唐诗〉成书经过》，载《文史探微》**），收诗当有所本，李白此诗题目宜以胡氏《唐音统签》为据，作《梦游天姥吟留别东鲁诸公》。而且，依宋蜀本及咸淳本之“题下注”，诗题均为《梦游天姥吟留别东鲁诸公》。详参笔者所撰《〈梦游天姥吟留别〉诗题诗旨辨》（见《中国李白研究》1991年集）及《〈梦游天姥吟留别〉诗题辨误》（见《文学评论》2013年第2期）。诗之作年可从安注定为天宝五载。

施蛰存《唐诗百话》选此诗，诗题从《河岳英灵集》，曰："近代版本都已省作《梦游天姥吟留别》。"似对流行的诗题有所质疑，但曰"近代版本"则不确。

海客谈瀛洲，烟涛微茫信难求。越人语天姥，云霓明灭或可睹①。天姥连天向天横，势拔五岳掩赤城。天台四万八千丈，对此欲倒东南倾。我欲因之梦吴越，一夜飞度镜湖月。湖月照我影，送我至剡溪。谢公宿处今尚在，渌水荡漾清猿啼。脚著谢公屐，身登青云梯②。半壁见海日，空中闻天鸡。千岩万转路不定，迷花倚石忽已暝。熊咆龙吟殷岩泉，栗深林兮惊层巅③。云青青兮欲雨，水澹澹兮生烟。列缺霹雳，丘峦崩摧。洞天石扇，訇然中开。青冥浩荡不见底，日月照耀金银台。霓为衣兮风为马，云之君兮纷纷而来下。虎鼓瑟兮鸾回车，仙之人兮列如麻。忽魂悸以魄动，恍惊起而长嗟。惟觉时之枕席，失向来之烟霞。世间行乐亦如此，古来万事东流水④。别君去时何时还，且放白鹿青崖间，须行即骑访名山。安能摧眉折腰事权贵，使我不得开心颜。

［句笺］

①"越人"二句，**竺岳兵认为"'越人'就是谢灵运"，且引灵运诗句"暝投剡中宿，明登天姥岑。高高入云霓，还期那可寻"（《登临海峤初发彊中作与从弟惠连见羊何共和之》），以为"'云霞（霓）明灭或可睹'之'云霞（霓）'即'高高入云霓'之'云霓'"（见《〈梦游天姥吟留别〉诗旨新解》，载《唐代文学研究》第六辑，又载《中国李白研究》1998—1999年集）。**

②"身登"句，袭用谢灵运《登石门最高顶》句："共登青云梯。"

③"熊咆"二句，**竺岳兵以为"在景物的描写上"深受谢灵运《山居赋》"山下则熊罴豺虎……掷飞枝于穷崖……蹲谷底而长啸，攀木杪而哀鸣"数句影响。**

④"世间"二句，清·蘅塘退士曰："二句结穴，点明作诗之旨。"（《唐诗三百首》卷二）清·方东树曰："'世间'二句入作意，因梦游推

开，见世事皆成虚幻也（纬按，‘因梦游推开’二句乃方氏转用沈德潜语，见《唐诗别裁集》卷六）。不如此则作诗之旨无归宿。”（《昭昧詹言》卷十二）

［义释］

竺岳兵曰：“从梦的意境上分析，在‘欲雨’、‘生烟’这两句诗前和诗后，是迥然不同的。也就是说，梦有前梦与后梦之分。前梦记寻谢灵运芳躅过程，后梦是对供奉内廷经历的回顾。”纬按：李白去朝之后，曾宣言“不向金阙游，思为玉皇客”（《草创大还赠柳官迪》），即在从政失败后转向游仙，从人间金阙走向天上金阙，到仙国去寻找他在人间失落了的美景与乐事，从而得到一定程度的精神补偿。所以，他一度表现出对游仙学道的极度狂热。而当他天宝五载来游东越之际，已从去朝后一段时间内甚为痴迷的游仙梦幻中觉醒过来，从政与游仙的双重幻灭使他陷入了“仙宫两无从”（《留别曹南群官之江南》）的精神困境。竺岳兵所谓“后梦”，既是供奉内廷经历的折射，也是这段经历在梦游仙境时的短暂回忆。梦醒后发为慨叹：“世间行乐亦如此，古来万事东流水”，乃是对从政与游仙的双重否定。此时摆在诗人面前的出路只有一条，就是如谢灵运那样归向自然，放情山水，即诗中所云“且放白鹿青崖间，须行即骑访名山”，亦即竺岳兵所谓“前梦”对谢灵运遗踪的追寻。

丁督护歌

云阳上征去，两岸饶商贾。吴牛喘月时，拖船一何苦。水浊不可饮，壶浆半成土。一唱督护歌，心摧泪如雨。万人凿盘石，无由达江浒。君看石芒砀①，掩泪悲千古。

［句笺］

①石芒砀，**程千帆曰：“‘芒砀’是一个性状形容词，它以后置的方式与名词‘石’结合，成为‘石芒砀’这样一个主谓结构。它和杜甫**

《王兵马使二角鹰》诗‘悲台萧瑟石巃嵸’句中的‘石巃嵸’，苏轼《游金山寺》诗‘中泠南畔石盘陀’句中的‘石盘陀’，是完全一样的。”又引朱骏声《〈说文〉通训定声》“砀字下云：‘或云：芒砀，叠韵连语。’……芒、砀两字，有大、广、多、远、过、突这样一些相同、相通或相近的意义，它们又同属一个韵部，因而在构成一个叠韵连绵词的时候，自然也就具有同样的意义。李白在本诗中，以之形容石大且多，是很精确的”（《李白〈丁都护歌〉“芒砀”解》，见《古诗考索》）。纬按，诗云“君看石芒砀”，应是感物而起兴，联想到拖船之沉重如斯，故有“掩泪悲千古”之叹。

［义释］

《新唐书·食货志》：“唐都长安，而关中号称沃野，然其土地狭，所出不足以给京师、备水旱，故常转漕东南之粟。高祖、太宗之时，用物有节而易赡，水陆漕运，岁不过二十万石，故漕事简。自高宗已后，岁益增多，而功利繁兴，民亦罹其弊矣。”此诗正是对江淮漕运情形的真实描写。

答湖州迦叶司马问白是何人

青莲居士谪仙人①，酒肆藏名三十春②。湖州司马何须问，金粟如来是后身③。

［句笺］

①青莲居士，安旗曰：“李白之自号‘青莲居士’取义于佛经。古天竺盛产莲花，色有多种，而以青莲为贵。《智度论》卷二十七：‘一切莲花中，青莲为第一。’故诸经中或以之喻佛眼，或以之喻佛心。《维摩经·佛国品》：‘目净修广如青莲。’僧肇注：‘天竺有青莲花，其叶修而广，青白分明，有大人目相，故以为喻。’《华严经·离世间品》：‘菩提心者，犹如青莲花不染一切诸罪垢。’”可知李白自号“青莲居士”，兼取

其“有大人目相”及“不染一切诸罪垢”之义。安旗又曰：“李白自号‘青莲居士’不仅表示他是在家的佛教徒，而且表示决心离尘去垢，以期早日成佛。”（《李白有关佛教诗文系年选笺》，载《中国李白研究》1991年集）谪仙人，何剑平引李白《玉壶吟》“凤凰初下紫泥诏，谒帝称觞登御筵……世人不识东方朔，大隐金门是谪仙”一段，曰：“显然，李白在诗中自比谪仙东方朔，以此自喻身世。”并指出“除此篇外，李白尚有多篇自喻东方朔者”，“东方朔在（一）本为凡夫，（二）嗜酒，（三）太白星精，（四）傲弄王侯等方面都吻合了李白的性格特征及心理欲求”（《李白〈答湖州迦叶司马问白是何人〉诗考释》，载《中华文史论丛》第七十六辑）。

②酒肆藏名，何剑平曰：“鸠摩罗什译《维摩诘所说经》卷上《方便品第二》言维摩诘：‘入诸酒肆，能立其志。’……维摩诘过酒肆成为僧俗在现世中实现求道的典型方式——僧人即隐居以求其志，处凡流以持忍辱行；文士则深自策励、韬光隐晦。李白诗中的‘酒肆藏名’一语无疑具有后者的寓意。”

③金粟如来，安旗曰：“古佛名，相传维摩诘是金粟如来转世。”

［义释］

安旗曰：“此诗以‘青莲居士谪仙人’始，以‘金粟如来是后身’终，其意盖谓己：既如中国的谪仙人，暂降凡尘；又如天竺的维摩诘，权居人间。”何剑平曰：“太白将谪仙人与金粟如来并置的真正用意之所在：金粟如来出于让佛之因从佛国屈身降趾人间为白衣居士，东方朔由太上仙官降谪尘世做武帝侍郎。一为由佛而人者，一为由仙而人者，两种现象并列除了其对立之处外，更衬出两者的类似性，此即天台宗所谓‘本高迹下’。……而这种类似性，无意之间正好与太白离走长安的切身经验——自比谪仙而挫辱和失意于现世的心境——构成某种象喻的色彩。”

送杨燕之东鲁

关西杨伯起，汉日旧称贤。四代三公族，清风播人天。夫子华阴居，开门对玉莲。何事历衡霍[①]，云帆今始还。君坐稍解颜，为君歌此篇。我固侯门士，谬登圣主筵。一辞金华殿，蹭蹬长江边。二子鲁门东[②]，别来已经年。因君此中去，不觉泪如泉。

［句笺］

①衡霍，朱金城谓“即是霍山”，并引多种文献证之，如《初学记·地部上》：“衡山者，五岳之南岳也，其来尚矣。至于轩辕，乃以灊（潜）霍之山为其副焉。故《尔雅》云霍山为南岳，盖因其副焉。至汉武南巡，又以衡山辽远，道隔江汉，于是乃徙南岳之祭于庐江潜山，此亦承黄帝副义也。”《周礼·春官》贾公彦疏：“潜县霍山，一名衡阳山，则与衡岳异名同实也。”（《读〈李白集〉札记》，载《唐代文学论丛》1982 年第 2 期）

②鲁门东，安旗谓指瑕丘东门外，说见《李白东鲁寓家地考》（载《中国李白研究》1994 年集）。

酬崔侍御

［题解］

崔侍御，李白故交崔成甫，参见第四卷《赠崔侍御》（长剑一杯酒）“题解”。郁贤皓曰：“当时成甫已被贬黜，从潇湘来到金陵，终于遇到了李白，于是就诗酒唱和。”（《李白诗中崔侍御考辨》，载《文史哲》1979 年第 1 期）宋蜀本诗前附《赠李十二》：“我是潇湘放逐臣，君辞明主汉江滨。天外常求太白老，金陵捉得酒仙人。”题下署“摄监察御史崔成甫”。

严陵不从万乘游，归卧空山钓碧流。自是客星辞帝坐[①]，元非太白醉扬州。

［句笺］

①“严陵”三句，谓已供奉翰林复去朝的经历。

玩月金陵城西孙楚酒楼达曙歌吹日晚乘醉著紫绮裘乌纱巾与酒客数人棹歌秦淮往石头访崔四侍御

[题解]

崔四侍御，见上诗“题解”。

昨玩西城月，青天垂玉钩。朝沽金陵酒，歌吹孙楚楼。忽忆绣衣人，乘船往石头。草裹乌纱巾，倒被紫绮裘[①]。两岸拍手笑，疑是王子猷。酒客十数公，崩腾醉中流。谑浪棹海客，喧呼傲阳侯。半道逢吴姬，卷帘出揶揄。我忆君到此，不知狂与羞[②]。一月一见君，三杯便回桡[③]。舍舟共连袂，行上南渡桥。兴发歌绿水，秦客为之摇。鸡鸣复相招，清宴逸云霄。赠我数百字，字字凌风飙。系之衣裘上，相忆每长谣。

[句笺]

①紫绮裘，**房本文考曰：“李白诗中提到的‘紫绮裘’在特征上与上清道士法服相吻合，应该是一件紫表青里的绮制道帔。”又曰：“‘帔’正是一种披在肩上的无袖服饰。”（《李白“紫绮裘”考》，载《西北大学学报》2008年第6期）**

②“我忆”二句，似为吴姬揶揄之语。

③“一月”二句，似为李白之答语。双方均称对方为“君”，语带戏谑。

[义释]

据诗题及诗中叙事，李白诸人先在孙楚酒楼玩乐通宵，复继之以整日，天晚时又乘醉往石头访友，再作通宵之宴乐，至鸡鸣时犹未毕。由此可见其日常生活之放浪。

答王十二寒夜独酌有怀

[题解]

阎琦曰："此诗是酬答体，《寒夜独酌有怀寄（赠）李十二白》是王十二原诗应有的题目，惜乎王十二名字不详。"（《李白二、三次入越考》，载《中国李白研究》1995—1996年集）安注系此诗于天宝八载。

昨夜吴中雪，子猷佳兴发。万里浮云卷碧山，青天中道流孤月。孤月沧浪河汉清，北斗错落长庚明。怀余对酒夜霜白，玉床金井冰峥嵘。人生飘忽百年内，且须酣畅万古情。君不能狸膏金距学斗鸡，坐令鼻息吹虹霓。君不能学哥舒，横行青海夜带刀，西屠石堡取紫袍。吟诗作赋北窗里，万言不直一杯水。世人闻此皆掉头，有如东风射马耳。鱼目亦笑我，谓与明月同。骅骝拳跼不能食，蹇驴得志鸣春风。折杨皇华合流俗，晋君听琴枉清角。巴人谁肯和阳春，楚地由来贱奇璞。黄金散尽交不成，白首为儒身被轻。一谈一笑失颜色，苍蝇贝锦喧谤声。曾参岂是杀人者，谗言三及慈母惊。与君论心握君手，荣辱于余亦何有？孔圣犹闻伤凤麟，董龙更是何鸡狗。一生傲岸苦不谐，恩疏媒劳志多乖。严陵高揖汉天子，何必长剑拄颐事玉阶。达亦不足贵，穷亦不足悲。韩信羞将绛灌比，祢衡耻逐屠沽儿。君不见，李北海，英风豪气今何在；君不见，裴尚书，土坟三尺蒿棘居[①]。少年早欲五湖去，见此弥将钟鼎疏。

[句笺]

①"君不见"六句，**阎琦曰："李、裴均以谗言获罪而致死。诗中既是对李、裴冤死的呼号，对时政的抨击，也是对自己遭受谗言处境的描绘：困扰自己的谗言不但能造成如历史传说'曾参杀人'那样的误会，也能带来如当代李北海、裴尚书那样冤死的血淋淋的后果。"**

[义释]

阎琦曰："按酬答体应有之义，李白此诗在内容上必与原诗有契合、响应之处；王十二出于对李白的关怀和担心，先在寄（赠）诗中提及当时正在散布的某种与李白有关的谗言以及'谗言三及可以杀人'的事实，触及了李白的创痛，于是乃有李白的答诗。"纬按，诗中"人生飘忽百年内，且须酣畅万古情"二句以下，实为醉语，故能无所顾忌地嬉笑怒骂，尽情宣泄一腔怨愤。萧士赟谓"此篇造语叙事错乱颠倒，绝无伦次"，正以其为醉语故。此诗直言指斥权贵，抨击时政，其猛烈程度为白诗中仅见，其批判价值实不容低估。

雪谗诗赠友人

[题解]

阎琦曰："《雪谗诗》开首曰：'嗟予沉迷，猖獗已久。五十知非，古人尝有。'李白五十岁当天宝九载。是知此诗与《答王十二寒夜独酌有怀》相接，不但两诗所说的谗是同一件事，即《雪谗诗》所赠予的友人，也有可能就是王十二。"（《李白二、三两次入越考》）

嗟予沉迷，猖獗已久。五十知非，古人尝有。立言补过，庶存不朽。包荒匿瑕，蓄此顽丑。月出致讥，贻愧皓首。感悟遂晚，事往日迁。白璧何辜，青蝇屡前。群轻折轴，下沉黄泉。众毛飞骨，上凌青天。萋斐暗成，贝锦粲然。泥沙聚埃，珠玉不鲜。洪焰烁山，发自纤烟。沧波荡日，起于微涓。交乱四国，播于八埏。拾尘掇蜂，疑圣猜贤。哀哉悲夫，谁察予之贞坚。彼妇人之猖狂，不如鹊之彊彊。彼妇人之淫昏，不如鹑之奔奔。坦荡君子，无悦簧言。擢发续罪，罪乃孔多。倾海流恶，恶无以过。人生实难，逢此织罗。积毁销金，沉忧作歌。天未丧文，其如予何！妲己灭纣，褒女惑周。天维荡覆，职此之由。汉祖吕氏，食其在傍。秦皇太后，毐亦淫荒。螮蝀作昏，遂掩太阳。万乘尚尔，匹夫何伤！辞殚意穷，心切理直。如或妄谈，昊天是殛。子野善听，离娄至明。神靡遁响，鬼无逃形。不我遐弃，庶昭忠诚。

［义释］

安旗曰："诗中引证了一连串的'女祸'故事。'妲己灭纣'、'褒女惑周'，吕后和审食其之狼狈为奸，秦太后与嫪毐之荒淫无耻，都不是指普通人的家庭纠纷。'䗖蝀作昏，遂掩太阳。'明明是指当代的国家大事。虽然其下有一转语：'万乘尚尔，匹夫何伤！'但并非是侧重在匹夫，而是说：连万乘之尊都不免受其祸害，我一个布衣之士受其迫害算得什么呢！""这篇《雪谗诗》中李白痛骂的'妇人'，自然是妲己、褒姒、吕雉、秦皇太后之流的人——杨玉环。"（《李白纵横探》）

阎琦曰："范传正《李白新墓碑》谓白出朝云：'既而上疏请还旧山。玄宗甚爱其才，或虑乘醉出入省中，不能不言温室树，恐掇后患，惜而遂之。'我以为这段话最接近李白出朝的真实原因。……张垍或翰林院'同列'者、或高力士杨贵妃尝以李白'乘醉出入省中'、泄露宫廷机密之事为口实向玄宗进谗。以李白的嗜酒和酒醉之后加倍的诗人式的天真、昏秽，'言温室树'的可能是有的；即使未尝如此，以此为口实进谗，也最具蛊惑性，易于使玄宗相信。'不能不言温室树'，明白无误地证明了玄宗当时是相信了张垍等贵幸的谗言，只是因为'甚爱其才'而未予深究罢了。"又对洪迈"予味此诗，岂非贵妃与禄山淫乱，而太白曾发其奸乎？"（见安注引文）的说法表示赞同，曰："据《旧唐书》之《杨贵妃传》、《安禄山传》，杨贵妃与安禄山之私，约在天宝三载，正是李白待诏翰林之时。以李白的刚棱疾恶，在长安时微泄宫中秽闻；出朝之后，于酒酣耳热之际，继续昌言贵妃与禄山之私，当不是完全出于猜度之词。此类言论，在谙熟法律条文、又长于深文周纳者眼里，既可指为'漏泄大事应机密者'，亦可指为'指斥乘舆'之罪。按《唐律·职制律》'漏泄大事'条：'诸漏泄大事应密者，绞。''指斥乘舆'条：'诸指斥乘舆，情理切害者，斩；非切害者，徒二年。'"

僧伽歌

[题解]

安旗曰："僧伽，为梵语 samgha 之译音。……《智度论》卷三：'多比丘一处和合，是名僧伽。'即众僧之意，略作僧。中国称出家之佛教徒为僧，即源于此。"（《李白有关佛教诗文系年选笺》，载《中国李白研究》1991 年集）刘友竹曰："从'嗟予落魄江淮久'之句看，当作于天宝八、九载之间，其时李白正流落在金陵、扬州一带。"（《〈僧伽歌〉非伪作辨》，载《天府新论》1987 年第 5 期）

真僧法号号僧伽，有时与我论三车①。问言诵咒几千遍，口道恒河沙复沙。此僧本住南天竺，为法头陀来此国。戒得长天秋月明，心如世上青莲色②。意清净，貌棱棱。亦不减，亦不增③。瓶里千年舍利骨，手中万岁胡孙藤。嗟予落魄江淮久，罕遇真僧说空有④。一言忏尽波罗夷，再礼浑除犯轻垢⑤。

[句笺]

①三车，安旗曰："谓羊车、鹿车、牛车。佛教以之喻三乘：声闻乘（又称小乘）；缘觉乘（又称中乘）；菩萨乘（又称大乘）。三乘为佛教徒修行的三种境界。菩萨乘为最高境界。"

②"戒得"二句，安旗曰："凡欲达到上述最高境界者，不仅须具菩萨种性，而且须受菩萨戒。菩萨戒有十重戒，四十八轻戒（见《梵网经·菩萨心地戒品》）。二句意谓僧伽曾受菩萨戒，且已达到最高境界。'秋月明'、'青莲色'即此最高境界之形容。"

③"意清净"四句，安旗曰："不减不增，语出《般若心经》：'诸法空相，不生不灭，不垢不净，不增不减。'本指佛法，此处借指僧伽年龄。数句意谓：该僧不但心地清净，一尘不染；而且貌亦峻爽，不类凡俗。其寿不知几何，已是金刚不坏之身。故其下有'瓶里千年舍利骨，

手中万岁胡孙藤’之语。”

④空有，安旗曰：“佛经中或作‘有空’，即有与空。森罗万象谓之有，毕竟虚无谓之空，有空不二。即亦空亦有，非有非空。既不能执着于有，也反对执着于空。凡能于此二者之间透彻领悟，通达无碍者，是为入不二法门（见《维摩经·入不二法门品》）佛教有八万四千法门，此为最上。”

⑤“一言”二句，安旗曰：“忏，梵语忏摩之略，华言悔过之意。然华言悔过是自陈其过，示不再犯；梵语忏摩是请人宽恕，以求解脱。此处兼有二义。波罗夷，梵语波罗什迦之略，谓十重戒中之重罪，如杀人、偷盗、酗酒、淫欲等。礼，谓忏礼。……轻垢，谓四十八轻戒中之小过。二句意谓：僧伽深谙佛法精要，经他一指点，便觉大小罪过均已尽除，从而如释重负。”

与元丹丘方城寺谈玄作

[题解]

安旗曰：“方城寺当在方城山中，方城山在唐时都畿道叶县西南。大宝后期元丹丘隐于叶县城北石门山中，邀白来此。”（《李白有关佛教诗文系年选笺》，载《中国李白研究》1991 年集）

茫茫大梦中，惟我独先觉[①]。腾转风火来，假合作容貌[②]。灭除昏疑尽，领略入精要[③]。澄虑观此身，因得通寂照[④]。朗悟前后际，始知金仙妙[⑤]。幸逢禅居人，酌玉坐相召[⑥]。彼我俱若丧，云山岂殊调[⑦]。清风生虚空，明月见谈笑。怡然青莲宫，永愿恣游眺[⑧]。

[句笺]

①“茫茫”二句，安旗曰：“道释二家皆以人生如梦。《庄子·齐物论》：‘且有大觉，而后知此其大梦也。’《维摩经·方便品》：‘是身如梦，为虚妄见。’”李小荣曰：“佛典中，常以‘梦’与‘幻’比喻一切

法之非实有，如《金刚经》之‘一切有为法，如梦幻泡影’、《入楞伽经》卷四之‘诸凡夫痴心执着，堕于邪见，以不能知但是自心虚妄见故。……是故我说一切诸法如梦如幻，无有实体。’”（《李白释家题材作品略论》，载《文学遗产》2005年第2期）

②“腾转”二句，安旗曰：“佛教以此身为‘四大’（地、水、风、火）假合而成。《圆觉经》：‘（当）恒作此念：我今此身四大和合而成，所谓发毛爪齿……皆归于地，涕唾津液……皆归于水，暖气归于火，动转归于风。四大各离，妄身当在何处？’”

③“灭除”二句，安旗曰：“所谓昏疑，当指以梦幻为真，以假合为实。精要，当指佛法精要，即空有之义、不二法门等等。”

④“澄虑”二句，安旗曰：“寂照，语出《楞严经》卷六：‘净极光通达，寂照含虚空。’寂照即寂光所照。《大日经疏》：‘尔时行人为此寂光所照，无量智见自然开发，如莲花敷。’二句意谓：此期通过禅定而得以明心见性，已入寂光所照之境。”

⑤“朗悟”二句，安旗曰：“前后际，佛经谓过去为前际，未来为后际。二句承上，意谓：寂光所照，思理朗然，洞悉过去未来，始知佛法之妙。”

⑥“幸逢”二句，安旗曰：“禅居人，当是方城寺僧。观此二句，当是李白偕元丹丘游方城寺，与寺僧谈禅，而题云‘谈玄’者，盖佛教诸经典中亦以‘玄门’‘玄宗’‘玄道’称佛教。”

⑦“彼我”二句，安旗曰：“谓与寺僧谈禅，达到忘我境界。”

⑧“清风”四句，安旗曰：“俱写谈禅以后的愉悦感，即佛教所谓‘禅悦’。”

忆旧游寄谯郡元参军

忆昔洛阳董糟丘，为余天津桥南造酒楼。黄金白璧买歌笑，一醉累月轻王侯。海内贤豪青云客，就中与君心莫逆。回山转海不作难，倾情倒意无所惜。我向淮南攀桂枝[①]，君留洛北愁梦思。不忍别，还相随。相随迢迢访仙城，三十六曲水回萦。　溪初入千花明，万壑度尽松风声。银鞍金络到平地，汉东太守来相迎。紫阳之真人，邀我吹玉笙。餐霞楼上动仙乐，嘈然宛似鸾凤鸣。袖长管催欲轻举，汉中太守醉起舞。手持锦袍覆我身，我醉横眠枕其股。当筵意气凌九霄，星离雨散不终朝，分飞楚关山水遥。余既还山寻故巢，君亦归家度渭桥。君家严君勇貔虎，作尹并州遏戎虏。五月相呼度太行，摧轮不道羊肠苦。行来北京岁月深，感君贵义轻黄金。琼杯绮食青玉案，使我醉饱无归心。时时出向城西曲，晋祠流水如碧玉。浮舟弄水箫鼓鸣，微波龙鳞莎草绿。兴来携妓恣经过，其若杨花似雪何。红妆欲醉宜斜日，百尺清潭写翠娥。翠娥婵娟初月辉，美人更唱舞罗衣。清风吹歌入空去，歌曲自绕行云飞。此时行乐难再遇，西游因献长杨赋。北阙青云不可期，东山白首还归去[②]。渭桥南头一遇君，酂台之北又离群[③]。问余别恨知多少，落花春暮争纷纷。言亦不可尽，情亦不可极。呼儿长跪缄此辞，寄君千里遥相忆。

［句笺］

①我向淮南攀桂枝，**阎琦曰：“谓其隐于安陆山中。”（《李白在安陆、东鲁的亲族臆考》，载《中国李白研究》1991 年集）**纬按，攀桂枝，用汉·淮南小山《招隐士》：“攀援桂枝兮聊淹留”句意，意谓居家所在。

②“此时”四句，概括叙述自己北游太原后，曾奉诏西入长安，但政治理想未能实现而归去的经历。游太原系开元二十二年事（详安注），下距奉诏入朝尚有七年之久。然此诗专叙与元演分合经历，与己方无直接关系之事均宜概言之，故而叙事之时间跨度及跳跃较大，断不可理解为北游太原后紧接着即西入长安。

③“渭桥”二句，渭水在长安，酂台在酂县（地近今河南永城），唐时属谯郡（即亳州，州治谯县，今为安徽亳县）。“渭桥南头”与“酂台之北”相去甚远，断无旋遇旋别之可能。考宋蜀本于“渭桥南头”下注云“一作涡水桥南”，一作是。《文苑英华》作“渭水桥南”，句式与“涡水桥南”同。《元和郡县志》卷七：“涡水，在（谯）县西四十八里。”又，“酂县，上，西南至州七十里”。涡水自西北而东南流，过谯县境，复东南去，入淮河。盖李白自南来，经谯县，在渡过涡水桥的时候，于桥南与故友元演邂逅而遇（字面义如此。实则亦可理解为过谯郡而拜

访故人元演，“涡水桥南”只是一种诗意表达方式，以求与下句“酂台之北”在句式上呼应）。元演时为谯郡参军［按，据两《唐书》之《地理志》及《职（百）官志》，谯郡为望郡，郡守属官有录事参军事一人，六曹参军事各一人，参军事四人。元演所居当为其一］。二人短暂相聚，元演即送白北行七十里，进入郡辖之酂县境，于“酂台之北”依依而别。此即二句所写本来情事。盖以“涡”字与“渭”字形近，宋本遂误。参见薛天纬《李白诗四解》，载《李白学刊》第二辑。

［义释］

此诗记述与元演交游聚会，如《唐宋诗醇》所云“纯用叙事之法，以离合为经纬，以转折为节奏”，前后凡四，历历可数：第一次相遇洛阳，第二次重聚随州，第三次同游太原，第四次邂逅谯郡。谯郡别后，李白返至东鲁家中，次年暮春，忽生思念元演之情，因作此诗以寄之。

留别于十一兄逖裴十三游塞垣

［题解］

郁贤皓据元结《箧中集》、李颀《答高三十五留别便呈于十一》、独孤及《夏中酬于逖毕耀问病见赠》等考知，于逖开元年间即蛰居大梁，一生穷愁潦倒，“李白在天宝十载北上幽燕之前，以及从幽燕归来后，在梁宋与于逖、独孤及都有交往。”（《李白交游杂考》）纬按，据“悲吟雨雪动林木”、“拂尔裘上霜”句，诗当作于天宝十载之深秋。

太公渭川水，李斯上蔡门。钓周猎秦安黎元，小鱼䲡兔何足言。天张云卷有时节，吾徒莫叹羝触藩。于公白首大梁野，使人怅望何可论。既知朱亥为壮士，且愿束心秋毫里。秦赵虎争血中原，当去抱关救公子。裴生览千古，龙鸾炳天章。悲吟雨雪动林木，放书辍剑思高堂。劝尔一杯酒，拂尔裘上霜。尔为我楚舞，吾为尔楚歌[1]。且探虎穴向沙漠，鸣鞭走马凌黄河[②]。耻作易水别，临歧泪滂沱。

［句笺］

①“尔为”二句，**安旗曰：“分明使人感觉李白此时此际心情，竟如项羽在垓下之战前夕。”（《〈公无渡河〉抉隐》，见《李白诗新笺》）**

②“且探”二句，**安旗曰：“更给人以强烈的孤注一掷的印象。李白《送外甥郑灌从军》诗中有句：‘丈夫赌命报天子，当斩胡头衣锦回。’故知李白此行实为‘赌命’之举。”周勋初曰：“这时安禄山反迹未露，而声势煊赫，有志立功边陲者，对此亦易产生向慕之情。但安禄山的名字，即使在朝廷上，也有很多恶声，有人早就看出他与杨贵妃的暧昧关系，社会上也有很多流言。《资治通鉴》等史书中于此均有记载，高适等人的诗中也曾触及。李白在长安居住前后，或许也会有所闻知，因此他称这次东北之行为‘探虎穴’，心中颇为疑虑不定。”（《李白评传》第七章）**

［义释］

此诗作于天宝十载李白北游幽州、将渡黄河之时。北游幽州是李白继“两入长安”之后，又一次谋求政治前途的重大行动。诗人经“两入长安”，其直干人主而成就功业的愿望始终未能实现，故而转思另一条建功立业的途径，即赴边谋取军功。此亦当时的特殊时势使然。天宝十载，安禄山已兼领平卢、范阳（即幽州）、河东三镇节度使，在北地不断扩大武装，囤积资财，并广为罗致人才，发展势力。其时安禄山之反叛迹象尚潜匿未露，因此，众多士子为报国立功热情所驱使，一时竟形成应募赴边的热潮。杜甫《后出塞》其一：“男儿生世间，及壮当封侯。战伐有功业，焉能守旧丘。招募赴蓟门，军动不可留。千金装马鞭，百金装刀头。闾里送我行，亲戚拥道周。斑白居上列，酒酣进庶羞。少年别有赠，含笑看吴钩。”仇兆鳌注云：“上八，从军者喜于立功；下六，送别者壮其行色。”王嗣奭《杜臆》云：“召赴蓟门者，禄山也，势已盛而逆未露，且以重赏要士，故壮士喜功者，乐于从之。”李白赴边，正是怀着与《后出塞》中热血男儿一样的壮志。但此行实带冒险性质，故有“探虎穴”之慨。参见薛天纬《李白幽州之行探》，载西北大学学报丛刊《唐代文学》第一期。

魏郡别苏少府因

［题校］

宋蜀本题下注“北游”二字，应是曾巩所加。咸淳本作《魏郡别苏因》。王注作《魏郡别苏明府因北游》，改“少府”为“明府”，或以诗有“轩车若飞龙”等语，并将“北游”二字移入题中。

魏都接燕赵，美女夸芙蓉。淇水流碧玉，舟车日奔冲。青楼夹两岸，万室喧歌钟。天下称豪贵，游此每相逢。洛阳苏季子，剑戟森词锋。六印虽未佩，轩车若飞龙。黄金数百镒，白璧有几双。散尽空掉臂，高歌赋还邛。合从又连横，其意未可封。落拓乃如此[①]，何人不相从。远别隔两河，云山杳千重。何时更杯酒，再得论心胸。

［句笺］

①落拓，亦作落托，性情放浪，不拘小节（训据《唐五代语言词典》）。咸淳本、萧注、王注作“落魄”，非是。

自广平乘醉走马六十里至邯郸登城楼览古书怀

醉骑白花马，西走邯郸城。扬鞭动柳色，写鞚春风生。入郭登高楼，山川与云平。深宫翳绿草，万事伤人情。相如章华巅，猛气折秦嬴。两虎不可斗，廉公终负荆。提携袴中儿，杵臼及程婴。立孤就白刃，必死耀丹诚。平原三千客，谈笑尽豪英。毛君能颖脱，二国且同盟。皆为黄泉土，使我涕纵横。磊磊石子冈，萧萧白杨声。诸贤没此地，碑版有残铭。太古共今时，由来互衰荣。伤哉何足道，感激仰空名。赵俗爱长剑，文儒少逢迎。闲从博徒游，帐饮雪朝醒[①]。歌酣易水动，鼓震丛台倾。日落把烛归，凌晨向燕京。方陈五饵策，一使胡尘清。

［句笺］

①“帐饮”句，查屏球曰：“前言‘扬鞭动柳色，写鞚春风生’，‘深宫翳绿草’。据此，本诗当作于春天，然诗后又曰：‘帐饮雪朝醒。’雪朝，下雪天，如李商隐《梓州罢吟寄同舍》诗：‘不秉花朝与雪朝，五年从事霍嫖姚。’杨巨源《春雪题兴善寺广宣上人竹院》诗：‘皎洁青莲客，焚香对雪朝。’醒，酒醒。……诗人是在冬春交替之际写成此作，三月桃花雪，在北方也是常见的。故于春风柳色中也能见到雪景。”（《诗人之事与诗家之心——李白北上幽州动机考》，载《中华文史论丛》第七十六辑）

邯郸南亭观妓

［题解］

邯郸南亭，即邯郸驿。李德辉曰：“邯郸南亭即设在唐邯郸县城内的邯郸县驿，只因它坐落在县治之南，故李白使用了这么一个不是很正式的名称来指称它。就其性质、类别、用途而言，它是一个为往来使客、行人提供止宿、传递邮书的驿亭，属官营交通设施，建筑在唐代河北驿路上，地当太行山东麓的南北走廊大驿道。”又曰：“‘亭’是汉魏六朝对驿站的古称……唐朝建立了完善的馆驿制度，所有驿站不论新旧，驿名中都带有驿字。但文人却不愿意循规蹈矩，作诗也使用正式的驿名，而往往倾向于沿用前朝旧名，称之为亭。”（《李白诗中的“邯郸南亭”释证——兼论唐代驿站的娱乐场所性质与功能》，载《中国李白研究》2008年集）

歌鼓燕赵儿，魏姝弄鸣丝。粉色艳日彩，舞袖拂花枝。把酒顾美人，请歌邯郸词。清筝何缭绕，度曲绿云垂[①]。平原君安在，科斗生古池[②]。座客三千人，于今知有谁。我辈不作乐，但为后代悲。

［句笺］

①“歌鼓”八句，**李德辉曰：“在唐代，馆驿不仅是传递公文书信的通信机构和接待使客商旅的交通设施，还是重要的公共娱乐场所，地方官员、公私行客经常在这里举办各种饮宴聚会。”**

②古池，**李德辉谓“池”即驿池，是“驿舍的重要娱乐设施与活动场所。‘古池’则表明该驿是从北齐、北周、杨隋流传下来的一座古驿”。**

少年行

［题解］

少年行，《乐府诗集·杂曲歌辞》名。

击筑饮美酒，剑歌易水湄。经过燕太子，结托并州儿。少年负壮气，奋烈自有时。因声鲁句践，争博勿相欺。

［义释］

诗之前半连用与荆轲相关的典故，应作于北游经易州时。此时李白已非少年，唯借乐府旧题“少年行”抒写一时心态而已。尤应关注者，北游幽州期间，李白之诗多拟古题乐府而参以一己之情怀，从而形成这一时期独有的写作特征。

行行游且猎篇

[题解]

行行游且猎篇，《乐府诗集·杂曲歌辞》名。

边城儿，生年不读一字书，但将游猎夸轻趫。胡马秋肥宜白草，骑来蹑影何矜骄。金鞭拂雪挥鸣鞘，半酣呼鹰出远郊。弓弯满月不虚发，双鸧迸落连飞髇。海边观者皆辟易，猛气英风振沙碛。儒生不及游侠人，白首下帷复何益。

[义释]

诗曰“胡马秋肥”、“金鞭拂雪”，应作于天宝十一载秋初到幽州时。诗中对“边城儿”的艳羡及结末二句之轻视儒生而钦慕游侠，均为李白初到边地时的心情。

出自蓟北门行

[题解]

出自蓟北门行，《乐府诗集·杂曲歌辞》名。

虏阵横北荒，胡星耀精芒。羽书速惊电，烽火昼连光。虎竹救边急，戎车森已行。明主不安席，按剑心飞扬。推毂出猛将，连旗登战场。兵威冲绝幕，杀气凌穹苍。列卒赤山下，开营紫塞傍。孟冬风沙紧，旌旗飒凋伤。画角悲海月，征衣卷天霜。挥刃斩楼兰，弯弓射贤王。单于一平荡，种落自奔亡。收功报天子，行歌归咸阳。

［义释］

诗或写孟冬时节北方边地的一场战事，借以抒写立功边塞的壮怀。

幽州胡马客歌

［题解］

《乐府诗集·横吹曲辞》有《幽州马客吟歌辞》，李白稍加变通而拟之。

幽州胡马客，绿眼虎皮冠。笑拂两只箭，万人不可干。弯弓若转月，白雁落云端。双双掉鞭行，游猎向楼兰。出门不顾后，报国死何难。天骄五单于，狼戾好凶残。牛马散北海，割鲜若虎餐①。虽居燕支山，不道朔雪寒。妇女马上笑，颜如赪玉盘。翻飞射鸟兽，花月醉雕鞍②。旄头四光芒，争战若蜂攒。白刃洒赤血，流沙为之丹。名将古谁是，疲兵良可叹。何时天狼灭，父子得安闲③。

［句笺］

①“割鲜”句，实写“胡马客”之饮食习性。

②“妇女”四句，实写胡地妇女之容貌及骑射本领，“颜如赪玉盘”一句最有特征，非亲见而不能道。

③“名将”四句，诗人以代言者身份发出幽州民要求和平生活的呼声，并对边地之握军要者表示了不满和讽刺。

北风行

[题解]

北风行，《乐府诗集·杂曲歌辞》名。安注谓此诗“虽依古题，实则暗写幽州危机”。

烛龙栖寒门，光曜犹旦开[①]。日月照之何不及此，唯有北风号怒天上来[②]。燕山雪花大如席，片片吹落轩辕台[③]。幽州思妇十二月，停歌罢笑双蛾摧。倚门望行人，念君长城苦寒良可哀。别时提剑救边去，遗此虎文金鞞靫。中有一双白羽箭，蜘蛛结网生尘埃。箭空在，人今战死不复回。不忍见此物，焚之已成灰。黄河捧土尚可塞，北风雨雪恨难裁。

[句笺]

①“烛龙”二句，喻幽州形势。“烛龙栖寒门”而“光曜犹旦开”，则今之北地已光曜全无，陷于无边黑暗之中。

②“日月”二句，“日月”喻朝廷，“北风”喻边将。二句谓朝廷对北地已失去控制，唯见边将一手遮天，肆虐横行。

③“燕山”二句，既写北地大雪，亦喻北地形势。前句见边将势力之盛，后句见朝廷影响之式微。轩辕台，喻朝廷。

戏赠杜甫

[题解]

此诗初见于唐·孟启《本事诗·高逸》：“（李太白）尝言‘兴寄深

微，五言不如四言，七言又其靡也，况使束于声调俳优哉。’故戏杜曰：‘饭颗山头逢杜甫，头戴笠子日卓午。借问何来太瘦生，总为从前作诗苦。’盖讥其拘束也。”又见于五代·王定保《唐摭言》（四部备要本）卷十二“轻佻，戏谑嘲咏附”：“李白《戏赠杜甫》曰：‘饭颗坡前逢杜甫，头戴笠子日卓午。借问形容何瘦生，只为从来学诗苦。’”**安旗据清乾隆丙子（二十一年）雅雨堂本《摭言》移录此诗为：“长乐坡前逢杜甫，头戴笠子日卓午。借问形容何瘦生，只为从来学诗苦。”（《李太白别传》）**纬按，欧阳修《六一诗话》：“李白《戏杜甫》云：‘借问别来太瘦生，总为从前作诗苦。’‘太瘦生’，唐人语也，至今犹以为语助，如作么生、何似生之类是也。”可知此诗在宋初广为流传，即欧阳修亦深信其为白作，且对诗句细心揣摩。洪迈质疑此诗之真实性而谓“亦好事者所撰耳”（见《容斋四笔》卷三），实为妄测之语。

饭颗山头逢杜甫[1]①，头戴笠子日卓午。借问何来太瘦生[2]②，总为从前作诗苦。

［句校］

［1］饭颗山头，**安旗曰：“清乾隆丙子（二十一年）雅雨堂本《摭言》即径作‘长乐坡前’，所据为南宋官刻本。”并引嘉定四年（1211）郑昉跋，且曰：“郑跋之后，朱彝尊、王士祯又从而跋之，称为善本。从朱、王二人跋中并可得知该书即朱氏所藏，且经其校雠者。”（《长乐坡前逢杜甫》，载《李白诗秘要》）**

［2］何来，胡注作“别来”。

［句笺］

①“饭颗山”句，**安旗曰：“所谓‘饭颗山’者，实即其上有太仓之长乐坡也。太仓之米炊而为饭，长乐坡岂非饭颗山乎？故知‘饭颗山头逢杜甫’亦即‘长乐坡前逢杜甫’，二而一也。此一诗之两传者，集中多有之。”“长乐坡今犹在，在西安东北朝阳门外七公里。”其考证及实地勘察过程见《长乐坡前逢杜甫》。**

②“借问”二句，**郭沫若曰：“诗的后二句的一问一答，不是李白的独白，而是李杜两人的对话。再说详细一点，‘别来太瘦生’是李白发**

问，'总为从前作诗苦'是杜甫的回答。"（《李白与杜甫·李白与杜甫在诗歌上的交往》）

［义释］

安旗将此诗定为天宝十二载春李白"第三次长安之行"期间作，曰："只有这时，李杜二人同在长安；也只有这时，杜甫贫病交加，瘦骨伶仃，使李白为之发出'太瘦生'或'何瘦生'的惊叹。"

述德兼陈情上哥舒大夫

［题解］

安旗曰："述德，陈情，为唐时上权要诗习用语。哥舒大夫，即哥舒翰。……（天宝）八载，翰以攻取石堡之功，升赏有加，摄御史大夫。十一载（752）又加开府仪同三司。是冬，与安禄山俱入朝。……本年（十二载）春，翰当仍在朝中。"（《长乐坡前逢杜甫》）

天为国家孕英才，森森矛戟拥灵台。浩荡深谋喷江海[①]，纵横逸气走风雷[②]。丈夫立身有如此，一呼三军皆披靡。卫青谩作大将军，白起真成一竖子。

［句笺］

①"浩荡"句，安旗曰："用《后汉书·马援传》中'谋如泉涌'一语变化而成。"

②"纵横"句，安旗曰："拟哥舒为骏马，冀其急起奔驰，以赴国难。用《南齐书·丘巨源传》中'帝择逸翰，为罽罗之会'一事。"又引《易·贲》"白马翰如"及《礼记·檀弓》"殷人尚白……戎事乘翰"，解释哥舒翰之名，曰"李白以骏马拟之实属自然"。

[义释]

安旗以此诗为李白天宝十二载春“三入长安”之重要诗证。

远别离

远别离，古有皇英之二女，乃在洞庭之南，潇湘之浦。海水直下万里深，谁人不言此离苦。日惨惨兮云冥冥，猩猩啼烟兮鬼啸雨。我纵言之将何补，皇穹窃恐不照余之忠诚[①]。云凭凭兮欲吼怒，尧舜当之亦禅禹。君失臣兮龙为鱼，权归臣兮鼠变虎[②]。或言尧幽囚，舜野死，九疑联绵皆相似，重瞳孤坟竟何是。帝子泣兮绿云间，随风波兮去无还。恸哭兮远望，见苍梧之深山。苍梧山崩湘水绝，竹上之泪乃可灭。

[句笺]

①“我纵言之”二句，安注：“此处疑有错简，上下句次序互乙，以致失韵。前人以上句属上文，以下句属下文，恐未当。”纬按，余尝面聆安旗师讲此二句，认为“上、下倒过来，就全顺了”。余深然之。唯以无版本依据，只能存疑而已。

②“君失臣”二句，概言天宝末年朝廷政治形势。唯以李白自幽州归来后，对叛乱之将起有切肤之痛，诗句始能如此警竦。

留别曹南群官之江南

[题解]

曹南，毛水清曰：“即曹州，为唐通称，因县东二十里有曹南山而得名。……唐李吉甫《元和郡县图志·河南道》说：（济阴县）本汉定陶县之地，属济阴郡。隋开皇六年于此置济阴县，属曹州。皇朝因之。曹南山，在县东二十里，《诗》所谓‘荟兮蔚兮，南山朝隮’是也。”（《李白炼丹地点考》，载《中国李白研究》1991年集）

我昔钓白龙，放龙溪水傍。道成本欲去，挥手凌苍苍。时来不关人，谈笑游轩皇。献纳少成事，归休辞建章①。十年罢西笑，览镜如秋霜②。闭剑琉璃匣，炼丹紫翠房。身佩豁落图，腰垂虎鞶囊③。仙人驾彩凤，志在穷遐荒。恋子四五人，裴回未翱翔。东流送白日，骤歌兰蕙芳。仙宫两无从，人间久摧藏④。范蠡脱句践，屈平去怀王。飘飖紫霞心，流浪忆江乡。愁为万里别，复此一衔觞。淮水帝王州，金陵绕丹阳。楼台照海色，衣马摇川光。及此北望君，相思泪成行。朝云落梦渚，瑶草空高唐[1]。帝子隔洞庭，青枫满潇湘。怀君路绵邈，览古情凄凉。登岳眺百川，杳然万恨长。却恋峨眉去，弄景偶骑羊。

［句校］

［1］高唐，宋蜀本作“高堂”，据王注本改。“朝云”二句用宋玉《高唐赋》典。

［句笺］

①“时来”四句，回顾天宝初奉诏入朝经历，表明李白信守了《大鹏赋》所说“顺时而行藏”的处世原则。

②“十年”二句，李白自天宝三载去朝，至天宝十二载往游江南时适为十年。

③“身佩”二句，李小荣曰：“诗人受此图后，时刻不忘佩戴在身。其于天宝十二载所作《留别曹南群官之江南》即谓‘身佩豁落图，腰垂虎鞶囊’。可知李白真的按照要求，把豁落图戴了整整九年的时间。”（《取象与存思：李白诗歌与上清派关系探略》）参见本卷《访道安陵遇盖寰为余造真箓临别留赠》注②。

④“仙宫”二句，意为求仕与游仙两条路均走不通。

江上答崔宣城

［题解］

陈尚君考：崔宣城即《教坊记》作者崔令钦。李华作于天宝十一载之《润州天乡寺故大德云禅师碑》："礼部员外郎崔令钦常为丹徒。""崔令钦当系从丹徒令徙为宣城令。"（《李白崔令钦交游发隐》，载《复旦大学学报》1980 年第 4 期）

太华三芙蓉，明星玉女峰。寻仙下西岳，陶令忽相逢①。问我将何事，湍波历几重②。貂裘非季子，鹤氅似王恭。谬忝燕台召，而陪郭隗踪③。水流知入海，云去或从龙。树绕芦洲月，山鸣鹊镇钟。还期如可访，台岭荫长松。

［句笺］

①"太华"四句，似白自谓来宣城前曾登西岳华山。若然，则李白此前应有"三入长安"之事。乱起后李白作有《古风》（西上莲花山），与此四句的叙事恰相呼应。陶令，美言崔宣城。

②"湍波"句，谓幽州之行的历险。

③"谬忝"二句，概言幽州之行。安禄山所在即古燕国地，安禄山罗致人才的行为亦颇似当年燕昭王筑黄金台以招纳天下贤士的做法，自己北游幽州与郭隗亦类似。此处用典兼切实事。

自梁园至敬亭山见会公谈陵阳山水兼期同游因有此赠

[题解]

谢澍田曰："陵阳山，古时区域较广，据《江南通志》，其山脉自石台迤逦而来，直至宣州。今石台、青阳、太平、泾县、宣城等县，绵亘千山万峰，泛称陵阳山区。……以上五个县的志书上均有关于陵阳山的记载。"此诗题所称"陵阳山水，在宣城"。又曰："《舆地纪胜》：'陵阳山在宣城，一峰为叠嶂楼，一峰为郡谯楼，又一峰为景德寺。'《江南通志》、《宣城县志》称之为'陵阳三峰'。古宣城有陵阳山城之称。"（《李白游九华山事迹考辨》，载《中国李白研究》1990年集·上）

我随秋风来，瑶草恐衰歇。中途寡名山，安得弄云月。渡江如昨日，黄叶向人飞。敬亭惬素尚，弭棹流清辉。冰谷明且秀，陵峦抱江城。粲粲吴与史，衣冠耀天京。水国饶英奇，潜光卧幽草。会公真名僧，所在即为宝。开堂振白拂，高论横青云。雪山扫粉壁，墨客多新文。为余话幽栖，且述陵阳美①。天开白龙潭，月映清秋水。黄山望石柱，突兀谁开张②。黄鹤久不来③，子安在苍茫。东南焉可穷，山鸟飞绝处。稠叠千万峰，相连入云去。闻此期振策，归来空闭关。相思如明月，可望不可攀。何当移白足，早晚凌苍山。且寄一书札，令予解愁颜。

[句笺]

①"且述"句，指宣城陵阳山。

②"黄山"二句，谢澍田认为此"石柱"指石台（埭）县境之天柱石，亦即《石台县志》所载的"陵峰"，今名"陵山"，此山"南眺黄山，群峰拥翠，缥缈霄汉"。参看本卷《至陵阳登天柱石酬韩侍御见招隐黄山》诗。

③“黄鹤”句，谢澍田引《石台县志》，谓“陵峰”相传是陵阳县令窦子明炼丹地，西坞岩穴出“陵阳泉”，注入“丹井”，转流“黄鹤池”，旁有“白鹤墩”，传说子明飞升时，白鹤翔舞其上。

至陵阳山登天柱石酬韩侍御见招隐黄山

[题解]

王琦、詹锳、郁贤皓、安旗等俱怀疑此诗为李白作。郁贤皓考之甚详，见《李白交游杂考》之“韩仲卿韩云卿”条（载《李白丛考》）。

韩众骑白鹿，西往华山中。玉女千馀人，相随在云空。见我传秘诀，精诚与天通。何意到陵阳，游目送飞鸿。天子昔避狄，与君亦乘骢。拥兵五陵下，长策遏胡戎。时泰解绣衣，脱身若飞蓬。鸾凤翻羽翼，啄粟坐樊笼。海鹤一笑之，思归向辽东。黄山过石柱，巘崿上攒丛。因巢翠玉树，忽见浮丘公。又引王子乔，吹笙舞松风。朗咏紫霞篇，请开蕊珠宫。步纲绕碧落，倚树招青童①。何日可携手，遗形入无穷。

[句笺]

①“步纲”二句，李小荣曰：“‘步纲’……它表述的其实就是存星术中的奔北斗法。南北朝时所出《洞真上清太微帝君步天纲飞地纪金简玉字上经》谓行其法能‘一年辟非，二年辟兵，三年辟死，四年地仙。千害万邪，众莫敢犯。自此以往，福庆无端。致神使灵，骖驾飞龙。太极赐芝，玉帝给童。行之二七年，为上清真人’。‘倚树招青童’即是从经文‘玉帝给童’而来。”（《联想与存思：李白与上清派关系探略》）

题宛溪馆

［题解］

馆，驿馆。宛溪馆，李德辉谓为“宣州城东一水馆，杜牧《题宣州开元寺水阁》：‘鸟去鸟来山色里，人歌人哭水声中’正谓此地”（见《唐代馆驿制度与李白馆驿诗》，载《中国李白研究》2003—2004年集）。

吾怜宛溪好，百尺照心明。何谢新安水，千寻见底清。白沙留月色，绿竹助秋声。却笑严湍上，于今独擅名。

赠宣城宇文太守兼呈崔侍御

［题解］

崔侍御，李白故交崔成甫。郁贤皓曰：“从这些诗中描写的情景来看，当时崔成甫也是在宣城作客，他与宇文太守过从甚密。这位宇文太守原是九卿之一，所以李白在诗中一再说‘君从九卿来’，‘九卿天上落’。王维集中有《送宇文太守赴宣城》诗，当即此人。”（《李白诗中崔侍御考辨》）

白若白鹭鲜，清如清唳蝉。受气有本性，不为外物迁。饮水箕山上，食雪首阳巅。回车避朝歌，掩口去盗泉。岧峣广成子，倜傥鲁仲连。卓绝二公外，丹心无间然[①]。昔攀六龙飞，今作百炼铅。怀恩欲报主，投佩向北燕。弯弓绿弦开，满月不惮坚。闲骑骏马猎，一射两虎穿。回旋若流光，转背落双鸢。胡虏三叹息，兼知五兵权。枪枪突云将，却掩我之妍。多逢剿绝儿，先著祖生鞭。据鞍空矍铄，壮志竟谁宣。蹉跎复来归，忧恨坐相煎。无风难破浪，失计长江边[②]。危苦惜颓光，金波忽三圆。时游敬亭上，闲听松风眠。或弄宛溪月，虚舟信洄沿。颜公二十万，尽付酒家钱。兴发每取之，聊向醉中仙。过此无一事，静谈秋水篇。君从九卿来，水国有丰年。鱼盐满市井，布帛如云烟。下马不作威，冰壶照清川。霜眉邑中叟，皆美太守贤。时时慰风俗，往往出东田。竹马数小儿，拜迎白鹿前。含笑问使君，日晚可回旋。遂归池上酌，掩抑清风弦。曾标横浮云，下抚谢朓肩。楼高碧海出，树古青萝悬。光禄紫霞杯，伊昔忝相传。良图扫沙漠，别梦绕旌旃。富贵日成疏，愿言杳无缘。登龙有直道，倚玉阻芳筵。敢献绕朝策，思同郭泰船。何言一水浅，似隔九重天。崔生何傲岸，纵酒复谈玄。身为名公子，英才苦迍邅。鸣凤托高梧，凌风何翩翩。安知慕群客，弹剑拂秋莲。

[句笺]

①"岧峣"四句，概言己之人生理想，广成子谓仙道，鲁仲连谓功业。

②"怀恩"二十句，回顾北游幽州之经历，说明北游归来即南下宣城。坐，甚辞，犹深也；殊也。训见张相《诗词曲语词汇释》，举例有"蹉跎复来归，忧恨坐相煎"二句。

登敬亭北二小山余时送客逢崔侍御并登此地

送客谢亭北，逢君纵酒还。屈盘戏白马，大笑上青山。回鞭指长安，西日落秦关。帝乡三千里，杳在碧云间[①]。

［句笺］

①"回鞭"四句，为李白南游宣城期间心系朝堂之明证。

宣州九日闻崔四侍御与宇文太守游敬亭余时登响山不同此赏醉后寄崔侍御二首

［题解］

此诗题目极具写实与记事性，盖以李白对九日未被崔四侍御与宇文太守邀请一同登高，十分不快，故寄诗崔四侍御一抒郁闷。

其一

九日茱萸熟，插鬓伤早白。登高望山海，满目悲古昔。远访投沙人，因为逃名客。故交竟谁在，独有崔亭伯。重阳不相知，载酒任所适[①]。手持一枝菊，调笑二千石。日暮岸帻归，传呼隘阡陌。彤襜双白鹿，宾从何辉赫。夫子在其间，遂成云霄隔。良辰与美景，两地方虚掷。晚从南峰归，萝月下水壁。却登郡楼望，松色寒转碧。咫尺不可亲，弃我如遗舄[②]。

［句笺］

①"故交"四句，明显对身边仅有的故交崔四侍御有所不满，谓其"不相知"，犹今所说"不够朋友"。

②"咫尺"二句，抒写遭冷落的郁闷。

其二

九卿天上落，五马道傍来。列戟朱门晓，褰帏碧嶂开。登高望远海，召客得英才。紫绶欢情洽，黄花逸兴催。山从图上见，溪即镜中回。遥羡重阳作，应过戏马台。

[义释]

前诗寄崔侍御，极具写实性。后诗寄宇文太守，要在颂美。

独坐敬亭山

众鸟高飞尽，孤云独去闲。相看两不厌，只有敬亭山。

[义释]

可与上诗合读。李白或以重阳日未能与崔四侍御及宇文太守同游敬亭，事后乃有独坐敬亭之举，且感慨至深。

宣州谢朓楼饯别校书叔云

[题校]

詹锳曰：“日本影印静嘉堂文库藏宋本《李太白文集》在本诗题下注云：‘一作《陪侍御叔华登楼歌》’……《文苑英华》选录此诗，题目作《陪侍郎叔华登楼歌》……按两《唐书·李华传》俱未载李华任侍郎之职，‘郎’字与‘御’字形体近似，当是‘御’字之误。”(《李白〈宣州谢朓楼饯别校书叔云〉应是〈陪侍御叔华登楼歌〉》，载《文学评论》1983年第2期)

杨栩生、沈曙东曰：“《文苑英华》以‘陪侍郎叔华登楼歌’为题，以‘集作宣州谢朓楼饯别校书叔云’为注。……《文苑英华》校勘注中的‘集作某’、‘文粹作某’等，则应是周必大‘详注逐篇之下’的校勘结果，其‘集’则当是……由晏处善授之毛渐元丰三年镂版的《李太白文集》。在这个文集中，《宣州谢朓楼饯别校书叔云》题下注‘一作陪侍御叔华登楼歌'，这虽不能考知源自何本，但此题至少历经宋敏求、曾巩、晏处善、毛渐等人之手眼而并不曾被改移，可见在这些人看来这个题目是合理的。"（《李白〈宣州谢朓楼饯别校书叔云〉诗题辨识》，见《李白文化研究》2008）

纬按，咸淳本题为《于宣州谢朓楼饯别校书叔云》，与宋蜀本略同，"于"或为衍字。

弃我去者昨日之日不可留，乱我心者今日之日多烦忧。长风万里送秋雁，对此可以酣高楼。蓬莱文章建安骨，中间小谢又清发①。俱怀逸兴壮思飞，欲上青天览明月②。抽刀断水水更流，举杯销愁愁更愁。人生在世不称意，明朝散发弄扁舟。

［句笺］

①"蓬莱"二句，詹锳曰："'蓬莱文章建安骨，中间小谢又清发'正是李白与李华'论文'的内容。""'蓬莱文章'即指汉代文章。"又曰："《文苑英华》所载《陪侍御叔华登楼歌》'蓬莱'一作'蔡氏'，注云：'集作蓬莱。'……《文苑英华》的编者所以选用'蔡氏'二字，就是因为它表达的意思更明确，与李华的身份更切合。所谓'蔡氏文章'是指东汉末年碑版文字名家蔡邕的文章。"又曰："李白认为绮丽的诗风，到了梁、陈时代才艳丽轻薄达于极点，而中间的小谢（谢朓）做起诗来还是清新秀发的。……所谓'中间'就指从建安到唐朝之间。"杨栩生曰："以'蓬莱文章建安骨'之'蓬莱'这一汉时'学者称东观为老氏藏室，道家蓬莱山'点出李云校书郎的身份，夸李云的文章有'建安风骨'，以'中间小谢又清发'既自比为'小谢'，又点出饯别之地'谢朓楼'。"又曰："李华虽长于碑铭，但却并不闻名于李白之时。据《新唐书·李华传》载，'……晚岁浮图法。不甚著书，惟天下士大夫家传墓版及州县碑颂，时时赍金往请，乃强为应'。《全唐文》存录李华文一百零二篇其中碑铭二十三篇……可以考知的是作于天宝十二载至十五载间的两篇、作于至德二载贬官杭州到宝应元、二年隐居山阳以后的十八篇（其中有十三篇作于宝应元年以后）。这说明李华天宝以前尚未以擅碑铭闻于世……因而李白不可能以'蔡氏文章'比之李华的文章。"纬按，"蓬莱"句论汉魏文章，"中间"句论六朝文章，所论皆李白所激赏者。

②“俱怀”二句，詹锳曰：“这两句的解释应该是李白与李华登上谢朓楼，在酒酣耳热之际，细论汉魏六朝名家诗文，而陶醉于其中，于是逸兴湍发，壮思飞跃，直欲上九天揽明月，有摆脱尘世，一逞胸中豪气之感。”杨栩生曰：“以‘俱怀逸兴壮思飞’之‘俱’双贯主客，用‘逸兴壮思飞’写其‘饯别’‘酣高楼’酒兴之狂。”

饯校书叔云

少年费白日，歌笑矜朱颜。不知忽已老，喜见春风还。惜别且为欢，裴回桃李间。看花饮美酒，听鸟临晴山。向晚竹林寂，无人空闭关。

［义释］

杨栩生曰：“李白另有一首《饯校书叔云》，不仅明言‘不知忽已老’，其情感亦大别《宣州谢朓楼饯别校书叔云》；从季节时令上看，一是‘长风万里送秋雁’的秋天，一是‘喜见春风还’的春天；从命题上看，大凡有特定意义的名地名胜，在诗题中李白都是明确标出的。而《饯校书叔云》则不然，可见只是在一个一般地方的饯别。因此，两诗显然是两时两地之作。诗题中所称之‘校书’，或是旧时官职，李白用作时称。”（《李白〈宣州谢朓楼饯别校书叔云〉诗题辨识》）

赠宣城赵太守悦

［题解］

赵悦，即李白《为赵宣城与杨右相书》中之赵宣城及《赵公西侯新亭颂》中之赵公。天宝十四载四月自淮阴迁为宣城太守。郁贤皓考得

《唐御史台精舍题名》卷三监察御史有赵悦；又据《金石萃编》卷八十七《赵思廉墓志》考得悦曾任监察御史及江陵、安邑二县令（《李白交游杂考》）。

赵得宝符盛，山河功业存。三千堂上客，出入拥平原。六国扬清风，英声何喧喧。大贤茂远业，虎竹光南藩。错落千丈松，虬龙盘古根。枝下无俗草，所植唯兰荪。忆在南阳时，始承国士恩。公为柱下史，脱绣归田园①。伊昔簪白笔，幽都逐游魂。持斧冠三军，霜清天北门②。差池宰两邑，鹗立重飞翻③。焚香入兰台，起草多芳言④。夔龙一顾重，矫翼凌翔鹓。赤县扬雷声，强项闻至尊。惊飙摧秀木，迹屈道弥敦。出牧历三郡，所居猛兽奔⑤。迁人同卫鹤，谬上懿公轩。自笑东郭履，侧惭狐白温。闲吟步竹石，精义忘朝昏。憔悴成丑士，风云何足论。猕猴骑土牛，羸马夹双辕。愿借羲皇景，为人照覆盆。溟海不振荡，何由纵鹏鲲。所期玄津白，倜傥假腾骞。

［句笺］

①“忆在”四句，郁贤皓曰：“赵悦‘脱绣归田园’当在天宝四载之前。李白在天宝三载春被赐金还山时走商洛大道出京，当到过南阳。其时赵悦当已‘归田园’，李白与他结识当在此时。”

②“伊昔”四句，郁贤皓曰：“赵悦曾以监察御史的身份到过幽州。”

③“差池”二句，郁贤皓曰：“也就是《赵公西侯新亭颂》说的‘鸣琴二邦’。”

④“焚香”二句，郁贤皓曰：“指入御史台和进尚书省两事。”即《为赵宣城与杨右相书》所谓“衣绣霜台，含香华省”。

⑤“惊飙”四句，郁贤皓曰：“由于‘惊飙摧秀木’，大约是朝臣的嫉妒，他接着就被‘出牧历三郡’。这‘三郡’已可考知的乃淮阴郡、宣城郡两郡，在牧淮阴郡之前当已出牧一任太守，惜其地无考。”

秋日登扬州西灵塔

［题解］

朱金城曰："考扬州大明寺建于南朝宋孝武帝大明（457—464）年间，所以称为大明寺。因寺在隋宫以西，故又称西寺。隋文帝仁寿元年（601）建塔于西寺，即大明寺建塔的开始。见明罗玘《重修大明寺碑记》及《增修甘泉县志》。唐代诗人大都称塔为栖（西为栖的古字）灵寺塔，可知大明是寺名，栖灵是塔名，由于寺和塔混淆不清，于是栖灵寺就逐渐流传，成了大明寺的别称。……据日本淡水真人元开《唐大和上东征传》记载，鉴真和尚曾在扬州龙兴、崇福、大明、延光等寺受戒讲律，其中大明寺尤为著名，是鉴真广传戒律和筹备东渡的重要场所，我认为李白《秋日登扬州西灵塔》这首诗应该和他的好友晁衡与鉴真一同东渡的时间有必然的联系。"（《双白簃读〈李白集〉札记》，载《中国李白研究》1990年集·上）

宝塔凌苍苍，登攀览四荒。顶高元气合，标出海云长。万象分空界，三天接画梁。水摇金刹影，日动火珠光。鸟拂琼檐度，霞连绣栱张。目随征路断，心逐去帆扬。露浩梧楸白，霜催橘柚黄。玉毫如可见，于此照迷方。

［义释］

朱金城曰："李白这首诗作于天宝十二载秋天的可能性最大。《唐大和上东征传》记载说：'天宝十二载，次癸巳十月十五日壬午，日本国大使特进藤原朝臣清河、副使银青光禄大夫光禄卿大伴宿弥胡麻吕、副使银青光禄大夫秘书监吉备朝臣真备、卫尉卿安倍（按，当作阿倍）朝臣朝衡等，来至延光寺，白大和上云：弟子等早知大和上五回渡海向日本国，将欲传教，故今亲奉颜色，顶礼欢喜。弟子等先录大和上尊名，并持律弟子五僧，已奏闻主上，向日本传戒。……'可知天宝十二载十月十五日

以前朝衡与李白在扬州会面。”纬按，朱金城先生似认为李白当时是与朝衡一起登塔，稍后朝衡等即东渡回国，故诗中有“目随征路断，心逐去帆扬”之句，寄寓送别之情。

送王屋山人魏万还王屋

[题解]

诗前有序曰：“王屋山人魏万，云自嵩、宋沿吴相访，数千里不遇。乘兴游台、越，经永嘉，观谢公石门，后于广陵相见。美其爱文好古，浪迹方外，因述其行而赠是诗。”

仙人东方生，浩荡弄云海。沛然乘天游，独往失所在。魏侯继大名，本家聊摄城。卷舒入元化，迹与古贤并。十三弄文史，挥笔如振绮。辩折田巴生，心齐鲁连子。西涉清洛源，颇惊人世喧。采秀卧王屋，因窥洞天门。朅来游嵩峰，羽客何双双。朝携月光子，暮宿玉女窗。鬼谷上窈窕，龙潭下奔潨。东浮汴河水，访我三千里。逸兴满吴云，飘飖浙江汜。挥手杭越间，樟亭望潮还。涛卷海门石，云横天际山。白马走素车，雷奔骇心颜。遥闻会稽美，一弄耶溪水。万壑与千岩，峥嵘镜湖里。秀色不可名，清辉满江城。人游月边去，舟在空中行。此中久延伫，入剡寻王许。笑读曹娥碑，沉吟黄绢语。天台连四明，日入向国清。五峰转月色，百里行松声。灵溪恣沿越，华顶殊超忽。石梁横青天，侧足履半月。眷然思永嘉，不惮海路赊。挂席历海峤，回瞻赤城霞。赤城渐微没，孤屿前峣兀。水续万古流，亭空千霜月。缙云川谷难，石门最可观。瀑布挂北斗，莫穷此水端。喷壁洒素雪，空濛生昼寒。却思恶溪去，宁惧恶溪恶。咆哮七十滩，水石相喷薄。路创李北海，岩开谢康乐。松风和猿声，搜索连洞壑。径出梅花桥，双溪纳归潮。落帆金华岸，赤松若可招。沈约八咏楼，城西孤岧峣。岧峣四荒外，旷望群川会。云卷天地开，波连浙西大。乱流新安口，北指严光濑。钓台碧云中，邈与苍岭对。稍稍来吴都，裴回上姑苏。烟绵横九疑，漭荡见五湖。目极心更远，悲歌但长吁。回桡楚江滨，挥策扬子津。身著日本裘，昂藏出风尘。五月造我语，知非佁儗人[①]。相逢乐无限，水石日在眼。徒干五诸侯，不致百金产。吾友扬子云，弦歌播清芬。虽为江宁宰，好与山公群。乘兴但一行，且知我爱君。君来几何时，仙台应有期。东窗绿玉树，定长三五枝。至今天坛人，当笑尔归迟。我苦惜远别，茫然使心悲。黄河若不断，白首长相思。

［句笺］

①“身著”四句：宋蜀本“身著”句下有注：“裘则朝卿所赠，日本布为之。”**朱金城曰：“朝衡天宝十二载任秘书监兼卫尉卿。据此**（纬按，指《秋日登扬州西灵塔》诗）**可以推定，李白和朝衡在扬州相见是天宝十二载秋末冬初之际，朝衡赠布**（纬按，‘布’字排印有误，应为‘裘’或‘布裘’）**给李白大概也在此后，而《送王屋山人魏万还王屋》诗又云‘五月造我语，知非佁儗人’，则此诗必系天宝十三载五月以后所作无疑。”（《双白簃读〈李白集〉札记》）**

寄上吴王三首

［题解］

吴王，李祇。**郁贤皓曰：“乃太宗第三子吴王李恪之孙、张掖郡王李琨之子、袭封嗣吴王。”李祇“在天宝十四载之前的官历史籍失载，李白的诗正可补其阙”。又谓此诗约作于天宝十二载，“吴王李祇为庐江守，征召李白。李白即由宣城来到庐江”（《李白交游杂考》）。**

其一

淮王爱八公，携手绿云中。小子忝枝叶，亦攀丹桂丛。谬以词赋重，而将枚马同。何日背淮水，东之观土风。

其二

坐啸庐江静，闲闻进玉觞。去时无一物，东壁挂胡床。

其三

英明庐江守，声誉广平籍[①]。洒扫黄金台，招邀青云客。客曾与天通，出入清禁中[②]。襄王怜宋玉，愿入兰台宫。

［句笺］

①“声誉”句，郁贤皓曰：“当是用晋代郑袤为广平太守深受百姓爱戴的典故，比喻李祇在庐江的政绩。”

②“客曾”二句，郁贤皓据此谓“诗作于‘赐金还山’以后”。

同吴王送杜秀芝赴举入京

［题解］

郁贤皓谓与前诗为同时之作（见《李白交游杂考》）。

秀才何翩翩，王许回也贤。暂别庐江守，将游京兆天。秋山宜落日，秀水出寒烟。欲折一枝桂，还来雁沼前。

口号吴王美人半醉

［题解］

郁贤皓谓与前诗为同时之作，并曰：从诗中看，“当时李白与吴王的关系是极为密切的”（《李白交游杂考》）。

风动荷花水殿香，姑苏台上宴吴王。西施醉舞娇无力，笑倚东窗白玉床。

庐江主人妇

孔雀东飞何处栖，庐江小吏仲卿妻。为客裁缝君自见[①]，城乌独宿夜空啼[②]。

[句笺]

①“为客”句，杨明曰：“出《玉台新咏》卷一《艳歌行》：‘故衣谁当补？新衣谁当绽？赖得贤主人，览取为吾绽。夫婿从门来，斜倚西北眄。语卿且勿眄，水清石自见。’”（《读李琐记》，载《中国李白研究》1990年集·下）

②“城乌”句，杨明曰：“由南朝乐府《乌夜啼》生发。无名氏《乌夜啼》有‘生离无安心，夜啼至天曙’之句，拟作者多言思妇独宿，如萧纲云：‘羞言独眠枕下泪，托道单栖城上乌。’庾信云：‘讵不自惊长泪落，到头啼乌恒夜啼。’”

[义释]

杨明曰：“李白此诗，当以调侃庐江某良人外出之少妇而作。”

哭晁卿衡

[题解]

朱金城引日本《阿倍仲麻吕及其时代》、杉本直次郎《安南与朝衡》以及淡水真人元开《唐大和上东征传》等文的记载，晁衡与日本遣唐大

使藤原等东渡归国，于天宝“十二载十二月六日行至琉球海面，遇风，晁衡所乘船漂流到安南驩州沿岸，又遇到海盗的抢劫，同船死者一百七十多人，只有晁衡与藤原辗转回到长安，已经是天宝十四载六月了”。谓李白与晁衡天宝十二载秋曾在扬州同游，见《秋日登扬州西灵塔》诗。此后，晁衡即东渡。李白风闻晁衡海上遇难，应是天宝十三载事（见《双白簃读〈李白集〉札记》）。

日本晁卿辞帝都，征帆一片绕蓬壶。明月不归沉碧海，白云愁色满苍梧[①]。

［句笺］

①“白云”句，以舜之二妃死于苍梧之野的悲凄故事，表达闻讯后的悲痛心情。

秋浦歌十七首

［题解］

天宝十三载秋游皖南作。秋浦，指秋浦河，在池州。

其一

秋浦长似秋，萧条使人愁。客愁不可度，行上东大楼[①]。正西望长安，下见江水流。寄言向江水，汝意忆侬不。遥传一掬泪，为我达扬州[②]。

［句笺］

①东大楼，大楼山。**丁育民曰：“据明《嘉靖池州府志》记载：大楼山位于贵池城南40里，‘为府治之面，孤撑碧落，若空中楼阁自象’。”又谓大楼山即今大龙山（《李白游秋浦》第二章《李白游踪寻访纪实》）。**

②“遥传”二句，本年五月诗人曾游扬州，并与魏万（即魏颢）相遇。诗句寄寓了对友人的怀念。

［义释］

松浦友久云：“‘秋浦——秋——愁’的联想是整个组诗十七首的基调。”（《关于李白〈秋浦歌〉注释的几个问题》，载《李白学刊》第一辑）纬按，“正西望长安”一语，乃李白之愁结所在，实即政治抱负不得实现而心怀郁愁。

其二

秋浦猿夜愁，黄山堪白头①。清溪非陇水②，翻作断肠流。欲去不得去，薄游成久游。何年是归日，雨泪下孤舟。

［句笺］

①黄山，**丁育民曰：“秋浦‘黄山’早已改名‘小黄山’，今称‘黄山岭’……清《贵池县志》卷三特别为此加了说明：‘按，贵池城南有黄山岭，与虾湖近。李白《宿虾湖》诗‘鸡鸣发黄山’，当指此。旧志载黄山，无‘小’字，《（池州）府志》加‘小’字以别之。”（《李白秋浦诗地名考》，载《中国李白研究》1992—1993年集）**

②清溪，**松浦友久谓“秋浦河的支流——清溪河”**。

其三

秋浦锦驼鸟，人间天上稀。山鸡羞渌水，不敢照毛衣。

［义释］

“锦驼鸟”写实景而兼有自喻之意，且与“山鸡”相比而寄寓了不同凡俗的情怀。

其四

两鬓入秋浦，一朝飒已衰。猿声催白发，长短尽成丝。

[义释]

此处已写到白发，因知下文再写白发亦势之必然。

其五

秋浦多白猿，超腾若飞雪。牵引条上儿，饮弄水中月。

其六

愁作秋浦客，强看秋浦花。山川如剡县，风日似长沙。

其七

醉上山公马，寒歌甯戚牛。空吟白石烂，泪满黑貂裘。

[义释]

组诗唯此首与秋浦风物无关而单纯抒写愁情，宣泄对个人遭际的悲慨。

其八

秋浦千重岭，水车岭最奇①。天倾欲堕石，水拂寄生枝。

[句笺]

①水车岭，**丁育民曰："经追踪寻访，方知水车岭就是坐落在桃坡乡乌石村村西把口龙舒河畔的一座小山崖。据《池州府志》卷三记载：水车岭离城'西南六十里，峭壁临渊，奔流冲激若桔槔声'，故而得名。水车岭实际只有海拔198公尺高，而临龙舒河一边的峭崖绝壁，却十分陡险。……后人为了纪念李白，特将水车岭的主峰（海拔484公尺）尊为'翰林山'。"**

其九

江祖一片石①，青天扫画屏。题诗留万古，绿字锦苔生。

[句笺]

①"江祖"句，见"其十一"注。

其十

千千石楠树，万万女贞林。山山白鹭满，涧涧白猿吟。君莫向秋浦，猿声碎客心。

其十一

逻人横鸟道，江祖出鱼梁[①]。水急客舟疾，山花拂面香。

［句笺］

①“逻人”二句，松浦友久引清·张士范等撰修《池州府志》卷七《池州山川》中有关记载：“万罗山，在城南20里，与江祖石隔溪对峙。上有逻人石。李白《秋浦歌》所谓‘逻人横鸟道，江祖出鱼梁’是也。”松浦复释曰：“‘逻人’是隔着清溪河与‘江祖石’相对的‘万罗山’的突出山腹的巨石。这就是说，‘江祖石’由于从清溪河岸边的水面直接地高耸着，因此，李白将此歌咏为‘江祖出鱼梁’（一种捕鱼设置）的水面突出出来。另一方的‘逻人石’由于在俯视清溪河的万罗山上的山腹突出出来，因此歌吟为‘逻人横鸟道’——逻人石犹如阻挡鸟道似的横着。”丁育民释之亦详：“江祖石，位于清溪河北岸，今属城关区里山乡里山村，巨岩陡峭，高数十丈，直落清溪河中，明《嘉靖池州府志》云：‘形似古渡江神’而得‘江祖’之名。至今，江祖石背靠的小山叫作‘江祖山’，江祖石深涉的清溪河水域称‘江祖潭’。……逻人石，位于清溪河之南岸，今城关区清溪乡罗峰村境内万罗山北山腰上，巨岩陡立，高数十丈，直插云空，与江祖石隔溪峙立，遥相呼应。”

其十二

水如一匹练，此地即平天[①]。耐可乘明月[②]，看花上酒船。

［句笺］

①平天，松浦友久曰：“在《池州府志》（卷七《池州山川》下）可以找到如下的记载：平天湖，在城西南十里。本清溪之水，由江祖潭、上洛岭以下，潴而为湖，李白《秋浦歌》所云‘水如一匹练，此地即平天’者是也。”并记曰：“平天湖被填起来了，现已成为平地。”

②耐可，魏耕原、魏景波谓“即‘正好’的意思”，并引高适《广陵别郑处士》句“溪水堪垂钓，江田耐插秧”、杜甫《洗兵马》句“青春复随冠冕入，紫禁正耐烟花绕”等为例（《李白诗口语疑难词考释》，载《千年诗魂，蜀道李白》）。

其十三

渌水净素月，月明白鹭飞。郎听采菱女，一道夜歌归。

其十四

炉火照天地，红星乱紫烟。赧郎明月夜[①]，歌曲动寒川。

［句笺］

①赧郎，杨玉忠引元·杨维桢《西湖竹枝歌》：“鹿湖船头唱赧郎，船头不宿野鸳鸯。为郎歌舞为郎死，不惜珍珠成斗量。”（《〈秋浦歌〉第十四首新探》，载《西南师范大学学报》1998 年第 1 期）。

［义释］

诗写秋浦所见冶炼情景。丁育民曰：“秋浦采矿、冶炼的历史悠久，西汉始建石城县时就设有‘铜官’，统管采矿和冶炼工业；到唐朝，秋浦的冶炼业更为发达。六峰山在当时就是一个具有相当规模的采矿工业基地。……相传，古代全盛时期有一百多座炼银炉，故称‘百炉庄’。至今六峰山麓铜子坑内的‘小牛形’一带，尚有十几丈高，约十多亩面积的炼银炉渣遗址。”（《李白游秋浦》）

其十五

白发三千丈，缘愁似个长[①]。不知明镜里[②]，何处得秋霜。

［句笺］

①“白发”二句，邝健行引李瀷《星湖僿说》云：“其第一首云：‘秋浦长似秋，萧条使人愁。’据此必有秋浦之所以得名者也。第二首云：‘秋浦猿夜鸣，黄山堪白头。’山未有白头之理，而谓之白头，则亦必有所指者矣。第八首云：‘秋浦千重岭，水车岭最奇。天倾欲堕石，水拂寄

生枝。’据此则所谓水车者危峻如此，而又必泉瀑交泻，风冽气冷，冰雪不解，常若白头者也。如是而映在水中，如发照镜里，故曰彼发之白，亦若缘愁而得者，即‘黄山堪白头’之意也。又有《游秋浦白笴陂》诗云：‘山光摇积雪，猿影挂寒枝。’此亦可以旁证。”庐文复释之曰：“《贵池县志》载秋浦水长八十余里，阔三十里，这便是‘秋浦长似秋’的具体说明。山雪下映，恍似明镜里的秋霜，而又延续不断，于是引起白发三千丈的感觉。诗人进一步推想，白发这么长，自是因愁而生，所谓‘缘愁似个长’。山头所以愁生，那是听了夜猿哀啼之故。另一方面，诗人心中本有抑郁，因秋感兴，觉得心中之愁也像三千丈白发般绵延不断；这便把外景内情交叠为一，所谓‘萧条使人愁’者。”(《韩国诗话中论李白的诗新义举隅评析》，载《中国李白研究》1991年集）纬按，“白发三千丈”亦可理解为诗人的白发倒映在清溪河中，影子随河水动荡的景象，水流无尽，白发之长亦似无尽。此前数首已屡屡写到愁绪，此诗更将愁绪极言之也。

②明镜，指清溪河，松浦友久谓“‘明镜’……是被歌咏为‘人行明镜中’，被歌咏为‘回作玉镜潭’的清溪河的水镜的光亮”。

其十六

秋浦田舍翁，采鱼水中宿。妻子张白鹇，结罝映深竹。

其十七

桃波一步地[①]，了了语声闻。暗与山僧别，低头礼白云[②]。

［句笺］

①桃波，丁育民引明·刘城栖《游桃波记》曰：“桃波见于太白歌，余爱其名，故数至焉。……传谓三月桃花水。”

②白云，丁育民引刘城栖《游桃波记》云：“白云，即寺名。”复曰：“经查访，在今桃坡、清溪、双桥三乡交界的桥顶山西南山脚下，果有一个千年古刹——白云寺，且与桃坡紧连，相距很近……隔水讲话的声音都听得清清楚楚，故而有‘桃波一步地，了了语声闻’的诗句。”

清溪行

清溪清我心，水色异诸水。借问新安江，见底何如此。人行明镜中，鸟度屏风里[①]。向晚猩猩啼，空悲远游子。

［句笺］

①“人行”二句，**松浦友久曰：“这《清溪行》里的‘明镜’才是在《秋浦歌》其十五中所咏的‘明镜’。”（《〈秋浦歌〉“明镜”新解释所不可缺少的两个论据》，载《中国李白研究》2001—2002年集）**纬按，二句分写清溪之水及岸边之江祖石，《秋浦歌》有句：“不知明镜里”、“青天扫画屏”，宜并读。

游秋浦白笴陂二首

［题解］

丁育民曰：“白笴陂就是距贵池城南80里棠溪乡的曹村，位于舒龙河的上游，九华山的西麓。因舒龙河拐弯处有一座秀雅玲珑、笴竹丛生的白笴山（俗称‘狮形’）而得名。”又曰白笴山岩穴石壁上今可见摩崖大字“太白长啸处”及“太白石床”，传说出自晚唐池州刺史杜牧之手（《李白游秋浦》）。

其一

何处夜行好，月明白笴陂。山光摇积雪，猿影挂寒枝。但恐佳景晚，小令归棹移。人来有清兴，及此有相思。

其二

白笴夜长啸，爽然溪谷寒。鱼龙动陂水，处处生波澜。天借一明月，飞来碧云端。故乡不可见，肠断正西看。

宿虾湖

［题解］

虾湖，丁育民曰："虾湖距（池州）城南60里，今梅街区刘街乡姚南村。古时因盛产白虾而得名。从今日姚街的地形地貌来看古虾湖遗址，仍可看出古时虾湖的轮廓来。"又曰："根据'虾湖村'《姚氏宗谱》记载，元末明初，姚贤三和姚浚六俩兄弟'自建德杨河口迁家至此，于虾湖荡落户'，被称为'虾湖村'。……据当地老人追忆，村上姚氏宗祠大门上曾有一副对联曰：虾涝春渚富，湖霭水云高。上、下联的第一字嵌进了'虾湖'之名，足见姚街就是虾湖遗址。"（《李白秋浦诗地名考》）

鸡鸣发黄山[①]，暝投虾湖宿。白雨映寒山，森森似银竹。提携采铅客，结荷水边沐。半夜四天开，星河烂人目。明晨大楼去，冈陇多屈伏。当与持斧翁，前溪伐云木。

［句笺］

①黄山，丁育民谓指池州之小黄山，曰："根据《贵池县志》卷三记载：'小黄山，府志在城南九十里，高百余丈。'并特别加了按语予以说明。文曰：'按：贵池城南有黄山岭，与虾湖近。李白《宿虾湖》诗'鸡鸣发黄山'，当指此。"（《李白游秋浦》）

与周刚清溪玉镜潭宴别

[**题解**]

宋蜀本题下注云："潭在秋浦桃树陂下，予新名此潭。"应为李白自注。**丁育民曰："南宋周必大《泛舟游山录》中，关于清溪玉镜潭的描述：'从江祖兴道院，至石边（即江祖石），攀缘而下，得小舟，泛清溪，水正碧色，下浅滩数里，至玉镜潭，水自南来，触岸西折，湾环可喜，潭深才二、三尺。证以李白诗叹为实录。'（见《康熙池州府志》）"又曰："今潘桥村官冲口外，就是清溪玉镜潭故址了。"（《李白游秋浦》）**

康乐上官去，永嘉游石门。江亭有孤屿，千载迹犹存。我来游秋浦，三入桃陂源。千峰照积雪，万壑尽啼猿。兴与谢公合，文因周子论。扫崖去落叶，席月开清樽。溪当大楼南，溪水正南奔。回作玉镜潭，澄明洗心魂。此中得佳境，可以绝嚣喧。清夜方归来，酣歌出平原。别后经此地，为予谢兰荪。

赠汪伦

[**题解**]

宋蜀本题下注云："白游泾县桃花潭，村人汪伦常酝美酒以待白。伦之裔孙至今宝其诗。"注语之由来不明，或亦曾巩次第白诗时所加。**李子龙据《汪氏续修支谱》（清道光六年修）及《汪渐公谱》（清同治十一年修）考出汪氏谱系，谓汪伦系唐高祖所封越国公汪华之五世孙，名凤林，又名伦，曾为泾县令，居桃花潭，其父为汪仁恭（见《关于汪伦其人》，**

载《李白学刊》第二辑)。

李白乘舟将欲行，忽闻岸上踏歌声。桃花潭水深千尺，不及汪伦送我情。

过汪氏别业二首

[题解]

李子龙曰:“据《宁国府志》所载胡定安先生《石壁诗序》，李白《过汪氏别业二首》诗题亦作《题泾川汪伦别业二章》。”又曰:“李白诗中的‘汪生’究竟是否汪伦?窃以为应当是。”理由是:一、据推算，“汪伦当与李白年龄相差无几”故可称其为“汪生”;二、“汪伦治泾县，较有身份”(《关于汪伦其人》)。

其一

游山谁可游，子明与浮丘。叠岭碍河汉，连峰横斗牛。汪生面北阜，池馆清且幽。我来感意气，捶炰列珍羞。扫石待归月，开池涨寒流。酒酣益爽气，为乐不知秋。

其二

畴昔未识君，知君好贤才。随山起馆宇，凿石营池台。星火五月中，景风从南来。数枝石榴发，一丈荷花开。恨不当此时，相过醉金罍。我行值木落，月苦清猿哀。永夜达五更，吴歈送琼杯。酒酣欲起舞，四座歌相催。日出远海明，轩车且徘徊。更游龙潭去，枕石拂莓苔。

答杜秀才五松山见赠

［题解］

宋蜀本题下注云："五松山在南陵铜坑西五六里。宣城"似为曾巩所加。

昔献长杨赋，天开云雨欢。当时待诏承明里，皆道扬雄才可观[①]。敕赐飞龙二天马，黄金络头白玉鞍。浮云蔽日去不返，总为秋风摧紫兰。角巾东出商山道，采秀行歌咏芝草[②]。路逢园绮笑向人，两君解来一何好。闻道金陵龙虎盘，还同谢朓望长安。千峰夹水向秋浦，五松名山当夏寒。铜井炎炉歊九天，赫如铸鼎荆山前。陶公矍铄呵赤电，回禄睢盱扬紫烟。此中岂是久留处，便欲烧丹从列仙。爱听松风且高卧，飕飕吹尽炎氛过。登崖独立望九州，阳春欲奏谁相和。闻君往年游锦城，章仇尚书倒屣迎。飞笺络绎奏明主，天书降问回恩荣。肮脏不能就珪组，至今空扬高蹈名。夫子工文绝世奇，五松新作天下推。吾非谢尚邀彦伯，异代风流各一时。一时相逢乐在今，袖拂白云开素琴，弹为三峡流泉音。从兹一别武陵去，去后桃花春水深。

［句笺］

①"昔献"四句，以扬雄故事借言己之待诏翰林。李白诗言"献赋"、"献书"，如《温泉侍从归逢故人》："子云叨侍从，献赋有光辉。"《金门答苏秀才》："献书入金阙，酌醴奉琼筵。"《忆旧游寄谯郡元参军》："此时行乐难再遇，西游因献长杨赋。"均指己之待诏入朝。

②"角巾"二句，谓出朝后经商山道，意在追步四皓，走向隐逸。参见第四卷《春陪商州裴使君游石娥溪》。

姑熟十咏

［题解］

这组诗之真实性自苏轼以来，即颇遭质疑，详见詹注“总评”。詹锳《李白诗文系年·存疑之作》曰：“《姑孰十咏》之见于《文苑英华》者，有《姑孰溪》、《谢公宅》、《陵歊台》、《慈姥竹》、《望夫山》、《牛渚矶》、《灵墟山》、《天门山》共八首，则其来源已久。惟八首分置各卷，一似了无关涉者。或者《姑孰十咏》之名乃后人所加，未可知也。”李子龙曰：“大体可以断定，《姑孰十咏》之题名最早出自宋敏求于北宋熙宁元年所编的《李翰林集》中”，是“有关当涂十首山水组诗的总题”。又曰：“姑孰是隋代所设当涂县的治所，而非县名。既然是县治之所，它只能是一座城的名称。……宋代，已将姑孰作为一地域之名……形同当涂县域之地，它与李白《姑孰十咏》中‘姑孰’的地理概念几乎是一致的。”（《李白诗中的姑孰、牛渚考》，载《中国李白研究》2005 年集）

姑熟溪

爱此溪水闲，乘流兴无极。漾楫怕鸥惊，垂竿待鱼食。波翻晓霞影，岸叠春山色。何处浣纱人，红颜未相识。

丹阳湖

湖与元气连，风波浩难止。天外贾客归，云间片帆起。龟游莲叶上，鸟宿芦花里。少女棹归舟，歌声逐流水。

谢公宅

青山日将暝，寂寞谢公宅。竹里无人声，池中虚月白。荒庭衰草遍，废井苍苔积。惟有清风闲，时时起泉石。

陵歊台

旷望登古台，台高极人目。叠嶂列远空，杂花间平陆。闲云入窗牖，野翠生松竹。欲览碑上文，苔侵岂堪读。

桓公井

桓公名已古，废井曾未竭。石甃冷苍苔，寒泉湛孤月。秋来桐暂落，春至桃还发。路远人罕窥，谁能见清澈。

慈姥竹

野竹攒石生，含烟映江岛。翠色落波深，虚声带寒早。龙吟曾未听，凤曲吹应好。不学蒲柳凋，贞心常自保。

望夫山

颙望临碧空，怨情感离别。江草不知愁，岩花但争发。云山万重隔，音信千里绝。春去秋复来，相思几时歇。

牛渚矶

绝壁临巨川，连峰势相向。乱石流洑间，回波自成浪。但惊群木秀，莫测精灵状。更听猿夜啼，忧心醉江上。

灵墟山

丁令辞世人，拂衣向仙路。伏炼九丹成，方随五云去。松萝蔽幽洞，桃杏深隐处。不知曾化鹤，辽海归几度。

天门山

迥出江山上，双峰自相对。岸映松色寒，石分浪花碎。参差远天际，缥缈晴霞外。落日舟去遥，回首沉青霭。

本卷讨论的主要问题

1. 《梦游天姥吟留别东鲁诸公》诗题、诗旨之辨。
2. 李白的幽州之行。
3. 《戏赠杜甫》及李白之“三入长安”。
4. 《宣州谢朓楼饯别校书叔云》诗题之辨。
5. 组诗《秋浦歌》的解读。

本卷所采撷论著

1. 罗宗强：《李白的神仙道教信仰》，载《中国李白研究》1991年集。

2. 李小荣：《取象与存思：李白诗歌与上清派关系探略》，载《福建师范大学学报》2007年第2期。

3. 郁贤皓：《李白交游杂考》，载《李白丛考》。

4. 许嘉甫：《李白“任城六父”征略》，载《济宁师专学报》1995年第1期。

5. 武秀：《从兖州近年出土的四件文物看李白在山东寓家地点》，载《中国李白研究》1994年集。

6. 魏耕原：《李白诗口语疑难词考释》，载《千年诗魂，蜀道李白》。

7. 何树瀛：《李白汶上诗作考》，载《中国李白研究》1990年集·下。

8. 周勋初：《叙〈全唐诗〉成书经过》，载《文史探微》。

9. 竺岳兵：《〈梦游天姥吟留别〉诗旨新解》，载《唐代文学研究》第六辑。

10. 程千帆：《李白〈丁都护歌〉“芒砀”解》，载《古诗考索》。

11. 安旗：《李白有关佛教诗文系年选笺》，载《中国李白研究》1991年集。

12. 何剑平：《李白〈答湖州迦叶司马问白是何人〉诗考释》，载《中华文史论丛》第七十六辑。

13. 朱金城：《读〈李白集〉札记》，载《唐代文学论丛》1982年第2期。

14. 安旗：《李白东鲁寓家地考》，载《中国李白研究》1994年集。

15. 郁贤皓：《李白诗中崔侍御考辨》，载《文史哲》1979年第1期。

16. 房本文：《李白“紫绮裘”考》，载《西北大学学报》2008年第6期。

17. 阎琦：《李白二、三次入越考》，载《中国李白研究》1995—1996年集。

18. 刘友竹：《〈僧伽歌〉非伪作辨》，载《天府新论》1987年第5期。

19. 李小荣：《李白释家题材作品略论》，载《文学遗产》2005年第2期。

20. 阎琦：《李白在安陆、东鲁的亲族臆考》，载《中国李白研究》1991年集。

21. 安旗：《〈公无渡河〉抉隐》，载《李白诗新笺》。

22. 查屏球：《诗人之事与诗家之心——李白北上幽州动机考》，载《中华文史论丛》第七十六辑。

23. 李德辉：《李白诗中的“邯郸南亭”释证》，载《中国李白研究》2008年集。

24. 安旗：《长乐坡前逢杜甫》，载《李白诗秘要》。

25. 毛水清：《李白炼丹地点考》，载《中国李白研究》1991年集。

26. 陈尚君：《李白崔令钦交游发隐》，载《复旦大学学报》1980年第 4 期。

27. 谢澍田：《李白游九华山事迹考辨》，载《中国李白研究》1990 年集·上。

28. 李德辉：《唐代馆驿制度与李白馆驿诗——兼论唐代驿站的娱乐场所性质与功能》，载《中国李白研究》2003—2004 年集。

29. 詹锳：《李白〈宣州谢朓楼饯别校书叔云〉应是〈陪侍御叔华登楼歌〉》，载《文学评论》1983 年第 2 期。

30. 杨栩生、沈曙东：《李白〈宣州谢朓楼饯别校书叔云〉诗题辨识》，载《李白文化研究》。

31. 朱金城：《双白簃读〈李白集〉札记》，载《中国李白研究》1990 年集·上。

32. 杨明：《读李琐记》，载《中国李白研究》1990 年集·下。

33. 丁育民：《李白游秋浦》，黄山书社 1989 年版。

34. 松浦友久：《关于李白〈秋浦歌〉注释的几个问题》，载《李白学刊》第一辑。

35. 丁育民：《李白秋浦诗地名考》，载《中国李白研究》1992—1993 年集。

36. 魏耕原、魏景波：《李白诗口语疑难词考释》，载《千年诗魂，蜀道李白》。

37. 杨玉忠：《〈秋浦歌〉第十四首新探》，载《西南师范大学学报》1998 年第 1 期。

38. 邝健行：《韩国诗话中论李白的诗新义举隅评析》，载《中国李白研究》1991 年集。

39. 松浦友久：《〈秋浦歌〉“明镜”新解释所不可缺少的两个论据》，载《中国李白研究》2001—2002 年集。

40. 李子龙：《关于汪伦其人》，载《李白学刊》第二辑。

41. 李子龙：《李白诗中的姑孰、牛渚考》，载《中国李白研究》2005 年集。

42. 薛天纬：《道教与李白之精神自由》，载《20 世纪李白研究论文精选集》。

43. 薛天纬：《梦游天姥吟留别诗题诗旨辨》，载《中国李白研究》1991 年集。

44. 薛天纬：《李白幽州之行探》，载西北大学学报丛刊《唐代文学》第一期。

45. 薛天纬：《李白诗四解》，载《李白学刊》第二辑。

46. 薛天纬：《〈梦游天姥吟留别〉诗题辨误》，载《文学评论》2013 年第 2 期。

第六卷

安史乱中与从璘之什

经乱后将避地剡中留赠崔宣城

[题解]

崔宣城，据陈尚君考，即宣城令崔令钦。李白于天宝十四载所作《赵公西侯新亭颂》中提到共建新亭之人中有“宣城令崔钦”，即崔令钦，“疑编李白集的人以为既已称为‘宣城令’，不应再称‘崔令钦’，将‘崔令钦’视为崔令名钦，误指‘令’字为衍文而删去”（《李白崔令钦交游发隐》，载《复旦大学学报》1980年第4期，并载于《唐代文学丛考》）。

双鹅飞洛阳，五马渡江徼。何意上东门，胡雏更长啸。中原走豺虎，烈火焚宗庙。太白昼经天，颓阳掩馀照。王城皆荡覆，世路成奔峭。四海望长安，颦眉寡西笑。苍生疑落叶，白骨空相吊。连兵似雪山，破敌谁能料。我垂北溟翼，且学南山豹。崔子贤主人，欢娱每相召。胡床紫玉笛，却坐青云叫[①]。杨花满州城，置酒同临眺。忽思剡溪去，水石远清妙。雪尽天地明，风开湖山貌。闷为洛生咏，醉发吴越调。赤霞动金光，日足森海峤。独散万古意，闲垂一溪钓。猿近天上啼，人移月边棹。无以墨绶苦，来求丹砂要。华发长折腰，将贻陶公诮。

[句笺]

①“崔子”四句，陈尚君考：崔令钦即《教坊记》作者。崔在《教坊记序》中自述：“开元中，余为左金吾，仓曹武官十二三是坊中人。每请禄俸，每加访问，尽为余说之。”“崔令钦任左金吾时，了解到音乐机关教坊中许多珍闻，从《教坊记》看，他对音乐、舞蹈有很深造诣。诗中的描述，正反映了他的音乐特长。”

赠溧阳宋少府陟

[**题解**]

宋陟，安注、詹注均以为即李白《溧阳濑水贞义女碑铭并序》所署“县尉广平宋陟”。**奚渭明据清嘉庆《溧阳县志》及民国五年德厚堂刻印《溧阳宋氏宗谱》考曰：“宋陟，字齐丘，祖籍广平（今河北省广平县）。唐名相宋璟之孙，其父为曾任谏议大夫、太子谕德的宋浑。天宝年间，任溧阳尉。……墓在溧阳储庄，后裔分布于储庄、下梅、崇庄巷等地。”（《宋陟何许人》，载《中国李白研究》2005年集）**

李斯未相秦，且逐东门兔。宋玉事襄王，能为高唐赋。常闻绿水曲，忽此相逢遇。扫洒青天开，豁然披云雾。葳蕤紫鸾鸟，巢在昆山树。惊风西北吹，飞落南溟去①。早怀经济策，特受龙颜顾。白玉栖青蝇，君臣忽行路②。人生感分义③，贵欲呈丹素。何日清中原，相期廓天步。

[**句笺**]

①“葳蕤”四句，**奚渭明引《新唐书·宋璟传》关于宋浑天宝中“以赃败”、“流高要”的记载，认为诗句“暗喻其父辈东窗事发，宋陟也就避嫌南下”。**

②“早怀”四句，概言天宝初年供奉翰林事。白玉，自喻。行路，分手。诗人将他与玄宗之间关系的疏远，归结于小人的谗毁，正如李阳冰《草堂集序》所云：“丑正同列，害能成谤，格言不入，帝用疏之。”

③分义，人伦之义，此指臣下对君主之知遇的报答之情。

[**义释**]

此诗应作于“安史之乱”爆发后，白尚奔走于江南寻找报国的机会时。

扶风豪士歌

［题解］

扶风豪士，何静认为李白《溧阳濑水贞义女碑铭并序》所言及的“主簿扶风窦嘉宾”即扶风豪士（见《“扶风豪士”是谁?》，载《唐代文学论丛》1982 年第 1 期）。安旗据李白《地藏菩萨赞并序》所云“弟子扶风窦滔，少以英气豪迈，结交王侯，清风豪侠”，判定“赞中之‘扶风窦滔’与歌中之‘扶风豪士’，郡望既同，性格亦同，当为一人”（见《李白有关佛教诗文系年选笺》，载《中国李白研究》1991 年集）。

洛阳三月飞胡沙，洛阳城中人怨嗟。天津流水波赤血，白骨相撑如乱麻。我亦东奔向吴国，浮云四塞道路赊。东方日出啼早鸦，城门人开扫落花。梧桐杨柳拂金井，来醉扶风豪士家。扶风豪士天下奇，意气相倾山可移。作人不倚将军势，饮酒岂顾尚书期。雕盘绮食会众客，吴歌赵舞香风吹。原尝春陵六国时，开心写意君所知。堂中各有三千士，明日报恩知是谁。抚长剑，一扬眉，清水白石何离离。脱吾帽，向君笑。饮君酒，为君吟。张良未逐赤松去，桥边黄石知我心。

［义释］

吴增辉曰：“本诗可分三部分内容，前四句描述安史之乱的现实，最后两句含蓄表达用世之志。主体则是第二部分，描述南国城市的宁静祥和及自己与‘扶风豪士’宴饮游乐的生活。……诗人极力恭维扶风豪士的奇士风采，诸如倾动山岳的意气，鄙弃权势的傲岸，宴饮宾客的慷慨，都使李白深为赞许，并表示来日要报答扶风豪士的知遇之恩。这类内容是典型的盛世文化，与眼前的战乱简直是风马牛不相及。……对扶风豪士形象的塑造一定意义上也是对自我形象的刻画，寄寓着诗人豪迈飘逸的个性气质，也流露出诗人对盛世文化的眷恋与回味，然而在战乱汹涌、盛世倾塌的背景下，这种对旧梦的重温难以掩饰其悲剧意味。”（《李白安史之乱后诗歌及心态的文化解析》，载《李白文化研究》2008）

猛虎行

朝作猛虎行，暮作猛虎吟。肠断非关陇头水，泪下不为雍门琴。旌旗缤纷两河道，战鼓惊山欲颠倒。秦人半作燕地囚，胡马翻衔洛阳草。一输一失关下兵，朝降夕叛幽蓟城。巨鳌未斩海水动，鱼龙奔走安得宁。颇似楚汉时，翻覆无定止，朝过博浪沙，暮入淮阴市。张良未遇韩信贫，刘项存亡在两臣。暂到下邳受兵略，来投漂母作主人。贤哲栖栖古如此，今时亦弃青云士。有策不敢犯龙鳞，窜身南国避胡尘。宝书玉剑挂高阁，金鞍骏马散故人。昨日方为宣城客，掣铃交通二千石。有时六博快壮心，绕床三匝呼一掷。楚人每道张旭奇，心藏风云世莫知①。三吴邦伯皆顾盼，四海雄侠两追随。萧曹曾作沛中吏，攀龙附凤当有时。溧阳酒楼三月春，杨花茫茫愁杀人。胡雏绿眼吹玉笛，吴歌白纻飞梁尘。丈夫相见且为乐，槌牛挝鼓会众宾。我从此去钓东海，得鱼笑寄情相亲②。

［句笺］

①“楚人”二句，**刘崇德考知句中张旭非“草圣”吴人张旭，“草圣张旭”卒于天宝十载以前，其生前未遇安史之乱。并曰：二句“已经道出此南窜避胡，客居宣城，与李白在溧阳酒楼宴别者，乃楚人张旭。从诗中看，此张旭是一个‘心藏风云’交结雄侠的扶风豪士者流。断非草圣、吴人张旭”（《李白〈猛虎行〉、〈草书歌行〉新考》，载《文学遗产》1992 年第 3 期）。**

②“我从”二句，**阎琦曰：“‘钓东海’、‘得鱼’的所指，就是徐王延年。明确地说，就是要鼓动延年以李唐宗室、当今天子从兄弟的身份，招集东南军事力量，北上勤王，挽救行将倾颓的唐室天下。而李白，则可以在这次宏伟的政治、军事行动中建立奇勋，实现其平生抱负。”（《李白二、三次入越考》，载《中国李白研究》1995—1996 年集）。**参见下篇《感时留别从兄徐王延年从弟延陵》。

感时留别从兄徐王延年从弟延陵

[题解]

安注系于至德元载秋初、杭州作。徐王延年，唐宗室，高祖第十子元礼曾孙，开元二十六年嗣封徐王，至德初为余杭郡司马，未几卒。事见《旧唐书·徐王元礼传》。延陵，其弟。

天籁何参差，噫然大块吹。玄元包橐籥，紫气何逶迤。七叶运皇化，千龄光本支。仙风生指树，大雅歌螽斯。诸王若鸾虬，肃穆列藩维。哲兄锡茅土，圣代罗荣滋。九卿领徐方，七步继陈思。伊昔全盛日，雄豪动京师。冠剑朝凤阙，楼船侍龙池。鼓钟出朱邸，金翠照丹墀。君王一顾盼，选色献蛾眉。列戟十八年，未曾辄迁移。大臣小喑呜，谪窜天南垂。长沙不足舞，贝锦且成诗。佐郡浙江西，病闲绝驱驰。阶轩日苔藓，鸟雀噪檐帷。时乘平肩舆，出入畏人知。北宅聊偃憩，欢愉恤茕嫠。羞言梁苑地，烜赫耀旌旗。兄弟八九人，吴秦各分离。大贤达机兆，岂独虑安危。小子谢麟阁，雁行忝肩随。令弟字延陵，凤毛出天姿。清英神仙骨，芬馥茝兰蕤。梦得春草句，将非惠连谁。深心紫河车，与我特相宜。金膏犹罔象，玉液尚磷缁。伏枕寄宾馆，宛同清漳湄①。药物多见馈，珍羞亦兼之。谁道溟渤深，犹言浅恩慈。鸣蝉游子意，促织念归期。骄阳何火赫，海水烁龙龟。百川尽凋枯，舟楫阁中逵。策马摇凉月，通宵出郊圻。泣别目眷眷，伤心步迟迟。愿言保明德，王室伫清夷。掺袂何所道，援毫投此辞。

[句笺]

①“伏枕”二句，安注：“刘桢《赠五官中郎将》：‘余婴沉痼疾，窜身清漳滨。’二句用刘桢诗意，谓其病也。”纬按，李商隐《崇让宅东亭醉后沔然有作》有句：“如何此幽胜，淹卧剧清漳。”冯浩注引刘桢诗。《夜饮》又有句：“谁能辞酩酊，淹卧剧清漳。”可见唐人习于以刘桢诗句代指卧病。

[义释]

阎琦谓李白于至德元载往杭州见本年初移官余杭郡（即杭州）司马的徐王延年，“就是要鼓动延年以李唐宗室、当今天子从兄弟的身份，招集东南军事力量，北上勤王，挽救行将倾颓的唐室天下。而李白，则可以在这次宏伟的政治、军事行动中建立奇勋，实现其平生抱负”；但“作为一个李唐宗室，李延年政治的活力和肉体的活力都接近死亡。面对枯木朽株般的李唐宗室，李白即使有所欲言，也只能三缄其口了”（《李白二、三次入越考》）。

赠王判官时余归隐居庐山屏风叠

昔别黄鹤楼，蹉跎淮海秋。俱飘零落叶，各散洞庭流。中年不相见，蹭蹬游吴越。何处我思君，天台绿萝月。会稽风月好，却绕剡溪回。云山海上出，人物镜中来。一度浙江北，十年醉楚台。荆门倒屈宋，梁苑倾邹枚①。苦笑我夸诞，知音安在哉。大盗割鸿沟，如风扫秋叶②。吾非济代人，且隐屏风叠。中夜天中望，忆君思见君。明朝拂衣去，永与海鸥群。

[句笺]

①“荆门”二句，张昕、王清曰：“屈原、宋玉一为秭归人、一为鄢人，均仕于楚都郢城（今湖北江陵），又因邹阳、枚乘均曾在宋州同为梁孝王座上客，相偕游梁苑，所以此处‘荆门’与‘梁苑’对举。同时，‘荆门倒屈宋’直承‘十年醉楚台’，是对安陆十年生活的概括。唐代安州属淮南道，安州为古楚地，所以‘荆门’应为楚地的泛称。”（《李白诗中地名考异》，载《中国李白研究》1991年集）

②“如风”句，据《旧唐书·玄宗本纪》，天宝十四载十一月，安禄山反，陷河北诸郡；十二月丁亥，陷灵昌郡；辛卯，陷陈留郡；癸巳，陷荥阳郡；丁酉，陷东京；十五载正月壬戌，陷恒山郡，又陷邺、广平等九郡；六月辛卯，陷潼关、上洛郡；己亥，陷京师。叛军攻城略地之势，真如秋风扫落叶。

赠韦秘书子春

［题解］

韦子春，郭沫若考曰：“《唐书·玄宗纪》，天宝八载四月，‘著作郎韦子春贬端溪尉，李林甫陷之也。’又见《宋高僧传》卷十七《唐越州焦山大历寺神邑（纬按，邑当作邕）传》，‘著作郎韦子春，有唐之外臣也，刚气而赡学。’查《唐书·职官志二》，在秘书监之下有二局：一曰著作，二曰太史；著作局中有著作郎二人。故‘著作郎’韦子春又可以称为‘秘书’。”（《李白与杜甫·李白的家室索隐》）郁贤皓考曰：“韦子春天宝八载前在著作郎任。李白于天宝初供奉翰林时可能与他有过交往。又考元结编的《箧中集》收王季友《寄韦子春》诗云：‘出山秋云曙，山木已再春。食我山中药，不忆山中人。山中谁余密？白发惟相亲。’可知韦子春曾隐居过，与李白赠诗意合。大约韦子春被李林甫陷害贬端溪尉以后，即隐居不仕。”“《新唐书·永王璘传》：‘璘生宫中，于事不通晓，见富且强，遂有窥江左意，以薛镠、李台卿、韦子春、刘巨鳞、蔡驷为谋主。’明说韦子春确是永王璘谋主之一。”（《李白交游杂考》，载《李白丛考》）

谷口郑子真，躬耕在岩石。高名动京师，天下皆籍籍。斯人竟不起，云卧从所适①。苟无济代心，独善亦何益②。惟君家世者，偃息逢休明。谈天信浩荡，说剑纷纵横。谢公不徒然，起来为苍生。秘书何寂寂，无乃羁豪英。且复归碧山，安能恋金阙。旧宅樵渔地，蓬蒿已应没。却顾女几峰，胡颜见云月。徒为风尘苦，一官已白发。气同万里合，访我来琼都。披云睹青天，扪虱话良图。留侯将绮季，出处未云殊。终与安社稷，功成去五湖③。

［句笺］

①“谷口”六句，谓韦子春此前之隐居事。

②“苟无”二句，**郭沫若曰：“就是这位韦子春的广舌把李白说动了，使白在诗中宣告：‘苟无济代心，独善亦何益！’而终于下了庐山。”**

③“气同”八句，**郭沫若曰：“把韦子春比为张良，把自己比为商山四皓中的绮里季。为了保卫汉惠帝是张良建议把商山四皓请下山来的，这典故用的很明显。‘琼都’就是庐山。《郡国志》：‘庐山迭嶂九层，崇岩万仞。《山海经》所谓‘三天子都’，亦曰‘天子障’也。”**纬按，“留侯”谓用世，即“出”；“绮季”谓避世，即“处”。“留侯”四句意谓自己避地庐山或下山入军幕，行为虽异，但心志并无不同，都是为了实现最终人生理想，即“终与安社稷，功成去五湖”，亦即功成身退。

别内赴征三首

其一

王命三征去未还，明朝离别出吴关。白玉高楼看不见[①]，相思须上望夫山。

其二

出门妻子强牵衣，问我西行几日归。归时傥佩黄金印，莫见苏秦不下机[②]。

其三

翡翠为楼金作梯，谁人独宿倚门啼。夜坐寒灯连晓月[③]，行行泪尽楚关西[④]。

［句笺］

①“白玉”句及“翡翠”句，**郭沫若曰：“是道家的惯用辞令，以金玉比坚贞洁白，正合乎宗氏的信仰。”（《李白与杜甫·李白的家室**

索隐》)

②"归时"二句，郭沫若曰："这是反用苏秦的故事来作回答。……诗意是说：'如果我佩着黄金印回来，你不要看到我这个庸俗的苏秦而不肯理睬吧。'这就透露了宗氏的不同意，而是勉强让他去从永王东巡的。"

③"夜坐"句，郭沫若曰："李白随韦子春下庐山应在十二月下半月，已是冬末，故《别内赴征》第三首中有'夜坐寒灯连晓月'句。"纬按，句谓通宵未眠，与宗氏夫人对坐直至天亮。"晓月"于月末拂晓出，故知李白下山在十二月末。

④"行行"句，郭沫若曰："他是被聘请去江陵的，故有'行行泪尽楚关西'句。……但到李白下山时，永王的楼船已经到了九江了，在这样的情况下，李白便匆匆忙忙地上了楼船。"

[义释]

郭沫若曰："这三首诗是至德元年（即天宝十五年）应永王璘的征聘时所作的。李白有《与贾少公书》，说到了'王命三征'的实际。

> 白绵疾疲苶，去(纬按：郭书误为'长')期恬退。才微识浅，无足济时。虽中原横溃，将何以救之？王命崇重，大总元戎，辟书三至，人轻礼重。严期迫切，难以固辞。扶力一行，前观进退。

'中原横溃'显然是指安禄山的叛变，当时东西二京都陷没了，正是安禄山的毒焰不可一世的时候。'大总元戎'显然是指永王璘东巡。故'王命崇重……辟书三至'，不就是'王命三征'的实际吗?"

乔象钟亦引《与贾少公书》中语，谓："李白之从永王，受强力的胁迫，是一个很重要的原因；其次，李白也有藉此尽一点自己能力，促使形势好转的报国心愿。"又曰："(李白）向贾少公说明自己此去的心愿，是在于'报国荐贤，持以自免'，这是多么光明磊落的心思，而且从这句话和前面的'扶力一行，前观进退'的语意看来，李白原无长留永王幕中的打算。"(《李白从璘事辨》，载《文学遗产增刊》第7辑)

纬按，李白一生受征召从政之经历凡二：第一次是玄宗征召入宫，第二次是永王征召入幕。两次都有诗作纪其事：第一次是《南陵别儿童入京》，第二次是《别内赴征》。诗题即诗旨，至为显豁直白。

在水军宴韦司马楼船观妓

[题解]

郭沫若曰："韦司马可能就是韦子春，秘书是旧职，司马是新官。"（《李白与杜甫·李白在政治活动中的第二次大失败》）

摇曳帆在空，清流顺归风。诗因鼓吹发，酒为剑歌雄。对舞青楼妓，双鬟白玉童。行云且莫去，留醉楚王宫。

在水军宴赠幕府诸侍御

月化五白龙，翻飞凌九天。胡沙惊北海，电扫洛阳川。虏箭雨宫阙，皇舆成播迁。英王受庙略，秉钺清南边[①]。云旗卷海雪，金戟罗江烟。聚散百万人，弛张在一贤。霜台降群彦，水国奉戎旃。绣服开宴语，天人借楼船。如登黄金台，遥谒紫霞仙。卷身编蓬下，冥机四十年。宁知草间人，腰下有龙泉。浮云在一决，誓欲清幽燕。愿与四座公，静谈金匮篇。齐心戴朝恩，不惜微躯捐。所冀旄头灭，功成追鲁连。

[句笺]

①"英王"二句，谓永王奉玄宗制置诏，详见下篇《永王东巡歌十一首》"题解"。此称永王为"英王"，犹《永王东巡歌》中称之为"贤王"。

［义释］

李白入永王幕之初，受军中气氛感染，以为立功报国的愿望即将实现，所以一时情绪颇高涨。

永王东巡歌十一首

［题解］

至德二载（757）正月作于丹阳（今江苏镇江），时初入永王军。永王李璘，玄宗第十六子。上年七月丁卯（十五日），玄宗幸蜀途中在汉中郡从宰相房琯议颁发制书，任命永王为江陵大都督，山南东道、黔中道、岭南道、江南西道节度都使，并遣永王赴江陵（今湖北荆州）。十二月甲辰（二十五日），永王引兵沿江而下，向广陵（今江苏扬州）进发，是为“东巡”。邓小军更指出：“至德元载七月玄宗入蜀途中曾经有对永王璘的第二次任命：江淮兵马都督、扬州节度大使；十二月永王璘率水军下扬州时玄宗诰命完全合法，并早已提前通报肃宗并获得认可。”所据史料为《旧唐书》卷一百九十下《文苑列传·李白传》：“禄山之乱，玄宗幸蜀，在途以永王璘为江淮兵马都督、扬州节度大使，白在宣州谒见，遂辟从事。”《册府元龟》卷七百三十《幕府部·连累》：“李白，天宝末为永王璘江淮兵马都督从事。”且引《旧唐书·文苑列传》序“爰及我朝，挺生贤俊”等语，证明《旧唐书》之《李白传》“系五代史臣照抄唐朝史臣所撰《国史·文苑列传》，因而是保存了‘重大历史真相’的‘原始文献’”（《永王璘案真相——并释李白〈永王东巡歌十一首〉》，载《文学遗产》2010年第5期）。

其一

永王正月东出师，天子遥分龙虎旗[①]。楼船一举风波静，江汉翻为雁鹜池[②]。

［句笺］

①“永王”二句，意谓永王东巡是遵玄宗之命。正月，实指写作此诗的时间，当时永王引兵东巡已至丹阳。天子，谓唐玄宗。遥分龙虎旗，指上年七月玄宗颁发制书事，制书在任命永王的同时，又以太子李亨为天下兵马元帅，领朔方、河东、河北、平卢节度都使，以盛王琦为广陵郡大都督，统江南东路、淮南、河南等路节度大使，丰王珙为武威郡都督，领河西、陇右、安西、北庭等路节度大使。因为该制书同时任命太子及诸王，所以诗中用“分”字。龙虎旗，指统兵之权。**邓小军曰：“永王璘本来是以至德元载十二月二十五日‘东出师’，诗言‘正月’者，乃是特意用《春秋》隐公元年‘元年春，王正月’及《公羊传》‘何言乎王正月，大一统也’之典，言永王璘以唐肃宗至德二载正月率领唐朝水军沿长江东下扬州，执行唐玄宗所发布之维护大唐一统天下之命令，乃是获得肃宗之认可。”**

②“楼船”二句，意谓永王大军过处兵祸消弭，连江、汉这样的大江大河都变得像雁鹜留驻的池塘一样平静。鹜，野鸭。翻为，犹言“竟变成”。梁·王筠《和吴主簿诗六首·春月二首》：“日照鸳鸯殿，萍生雁鹜池。”南唐·徐铉《题梁王旧园》：“门前不见邹枚醉，池上时闻雁鹜愁。”可知“雁鹜池”指皇家或王公园林中的池塘。

［义释］

《永王东巡歌十一首》旨在赞颂永王，各首诗均围绕这一题旨展开。第一首揭明永王出师的正义性质，谓其是奉玄宗诏命行事。事实上肃宗已于上年玄宗颁诏前的七月甲子（十二日）在灵武即位，但李白诗中仍以玄宗为“天子”，这正表现出他对玄宗的特殊感情，也反映出他对朝廷中事的缺乏敏感。这一立场倒与玄宗本人有暗合之处，玄宗在册命肃宗的制文中说：“四海郡国事，皆先取皇帝进止，仍奏朕知。俟克服上京，朕不复预事。”（《通鉴》卷二百十八）可见玄宗当时也未放弃一切权力，并不承认自己退出政治舞台。组诗诸首的解读，参见薛天纬《李白与唐肃宗》（载《学林漫录》十一集）

其二

三川北虏乱如麻，四海南奔似永嘉。但用东山谢安石，为君谈笑静胡沙[①]。

［句笺］

①“但用”二句，以谢安石喻永王，谓其既为朝廷所用，必能于谈笑间平定安史叛乱。此二句与第十一首开首“试借”二句意同，且互为呼应。注家多以此二句为李白自况，实未妥。李白诗中固然屡见对谢安石的仰慕之辞，但均用于平素之个人抒情，以寄托对宏大功业的向往。此诗作于永王军中，李白断不能无视主帅而自夸如此。永王当时拥兵江表，正堪以谢安石方之。唐汝询曰：“一说太白尝卧东山，此云安石当是自况，若然，置永王于何地？青莲亦不应放荡至此。”（《唐诗解》卷二十五）谓诗以安石喻永王而非自况，甚是。

［义释］

第二首肯定朝廷（实即玄宗）重用永王为得计，并以谢安石赞许永王。

其三

雷鼓嘈嘈喧武昌，云旗猎猎过寻阳[①]。秋毫不犯三吴悦，春日遥看五色光[②]。

［句笺］

①“雷鼓”二句，概言永王水师自江陵出发，沿江东巡所过之地。

②五色光，谓瑞云。《初学记》卷一：“《西京杂记》曰：瑞云曰庆云，曰景云。云五色曰庆。”

［义释］

第三首写永王东巡之路线。

其四

龙蟠虎踞帝王州，帝子金陵访古丘。春风试暖昭阳殿，明月还过鳷鹊楼。

[义释]

第四首写永王东巡以占据金陵为其战略目标。金陵属江南东道，按照玄宗诏命，系盛王管辖范围，但盛王并未出阁，故而永王能有占据金陵的战略意图。

其五

二帝巡游俱未回[①]，五陵松柏使人哀。诸侯不救河南地[②]，更喜贤王远道来。

[句笺]

①二帝，玄宗与肃宗。组诗中仅此一处提到肃宗，但仍将其与玄宗并列，表明李白心目中实缺乏肃宗乃当今皇帝的正统意识。

②河南地，中心战场所在。

[义释]

第五首从平叛战争全局着眼，突出永王肩负的重大使命。**乔象钟曰："他对永王的希望是很明白的，他想用'二帝'的被迫巡游和宗庙陵寝的受辱来打动永王的心，希望永王不像其他诸侯一样，能去解救陷入水深火热的中原一带人民。"（《李白从璘事辨》）**

其六

丹阳北固是吴关，画出楼台云水间。千岩烽火连沧海，两岸旌旗绕碧山。

[义释]

第六首实写永王大军东巡抵达丹阳景象。

其七

王出三江按五湖，楼船跨海次扬都[①]。战舰森森罗虎士，征帆一一引龙驹。

［句笺］

①扬都，即扬州，与丹阳郡隔江相望。

［义释］

第七首谓永王大军抵达扬州。

其八

长风挂席势难回，海动山倾古月摧[①]。君看帝子浮江日，何似龙骧出峡来。

［句笺］

①古月，二字合为“胡”。

［义释］

第八首须与下首连作一气读，此首谓永王军沿江东下，势不可当。

其九

祖龙浮海不成桥，汉武寻阳空射蛟。我王楼舰轻秦汉，却似文皇欲渡辽。

［义释］

第九首紧接上首，谓永王军非止沿江东下，且将渡海而征。**瞿、朱注：“第九首最为一篇之警策，其主张永王用舟师泛海直取幽燕，意已昭然可睹，然欲行此策，必以金陵为根本，故第十首有‘更取金陵作小山’之语也。”**

纬按，萧注：“合十一篇而观，此篇用事非伦，句调鄙俗，别是一格，伪赝无疑，识者必能辨之。”郭沫若也说此首“比拟得不伦不类，和其他十首也不协调，前人以为伪作，是毫无疑问的。《东巡歌》应该只有十首，其后不久作的《上皇西巡南京歌》也只有十首，显然是仿效大小《雅》以十首为一‘什’的办法。第九首无疑是永王幕中人所增益，但却为永王提供了一个罪状，便是有意争夺帝位，想做皇帝了”。萧、郭判定此诗为伪作，仅据阅读感受而无文献依据，故不可遽从。

其十

帝宠贤王入楚关，扫清江汉始应还。初从云梦开朱邸，更取金陵作小山。

［义释］

第十首谓永王从江陵发兵，即将抵达金陵，实现此次东巡的直接目的。

其十一

试借君王玉马鞭，指挥戎虏坐琼筵①。南风一扫胡尘静，西入长安到日边②。

［句笺］

①“试借”二句，谓永王奉玄宗诏命领兵出征，必能如谢安石一样，于琼宴间从容克敌制胜，其意与《在水军宴赠幕府诸侍御》诗中“英王受庙略，秉钺清南边”二句同。注家或以此二句为李白自许之辞，而以“君王”指永王，大谬。盖“君王”一词，屡见于唐诗人笔下，无不指皇帝。李白诗中用“君王”一词不下二十处，均指玄宗皇帝，如：“君王赐颜色，声价凌烟虹。”（《东武吟》）“春风吹落君王耳，此曲乃是升天行。”（《春日行》）“君王多乐事，何必向回中。”（《宫中行乐词》）“君王虽爱蛾眉好，无奈宫中妒杀人。”（《玉壶吟》）“一朝君王垂拂拭，剖心输丹雪胸臆。”（《从驾温泉宫醉后赠杨山人》）“谁道君王行路难，六龙西幸万人欢。”（《上皇西巡南京歌》）兹不一一例举。永王固可称“贤王”、“英王”或径称为“王”，而断不可称“君王”。

②“南风”二句，谓永王定能克敌制胜于南方，西入长安向朝廷复命。

［义释］

第十一首总收，且回应第一、第二首。总观组诗，其旨唯在颂美永王，同时肯定了玄宗对永王的任命。如以第二首及第十一首为李白自我抒情，则游离于组诗之外，其说实不可取。

南奔书怀

[题解]

宋蜀本题下注云："一作自丹阳南奔道中作。"纬按，"一作"云云似曾巩所加注语，而非诗题。

遥夜何漫漫，空歌白石烂。甯戚未匡齐，陈平终佐汉。欃枪扫河洛，直割鸿沟半[①]。历数方未迁，云雷屡多难。天人秉旄钺，虎竹光藩翰。侍笔黄金台，传觞青玉案。不因秋风起，自有思归叹[②]。主将动谗疑，王师忽离叛。自来白沙上，鼓噪丹阳岸。宾御如浮云，从风各消散。舟中指可掬，城上骸争爨[③]。草草出近关，行行昧前算。南奔剧星火，北寇无涯畔[④]。顾乏七宝鞭，留连道傍玩[⑤]。太白夜食昴，长虹日中贯[⑥]。秦赵兴天兵，茫茫九州乱[⑦]。感遇明主恩，颇高祖逖言[⑧]。过江誓流水，志在清中原[⑨]。拔剑击前柱，悲歌难重论[⑩]。

[句笺]

①"欃枪"二句，言战局。李白以"鸿沟"典故写安史乱中战局，无非显示叛军势力之炽盛及国家形势之危急，绝无将朝廷与叛军等齐视之而失却立场之意。此二句为一例，《赠王判官时余归隐居庐山屏风叠》中"大盗割鸿沟"亦一例。

②"不因"二句，化用晋张翰思归故事，**乔象钟曰："我们于此可以明白李白不仅在入幕之前有'前观进退'的打算，就是稍后，李白的去志也是深蓄于心的。"（《李白从璘事辨》）**

③"主将"八句，**乔象钟曰："按《通鉴》及新旧唐书所载两军相持以至交战时的情况，简略说来是这样的：当璘迫至当涂又击杀丹徒太守阎敬之之后，江东采访使李希言部将元景曜及淮南采访使李成式部将李承庆皆降于璘，江淮大震。李希言由丹阳退守吴郡，李成式与河南招讨判官李铣合兵讨璘。铣军数千屯扬子，成式以广陵卒三千据瓜步洲，与璘军隔江**

相峙，广张旗旆，耀于江津。璘与子偒登陴望之，有惧色。其将季广琛、浑维明、冯季康知事不济，各率众亡走。季奔广陵，璘使骑追蹑之，不得；浑奔江宁，冯奔白沙，璘军势顿削。是夕铣军燃苇束，人执二炬以疑之，璘军又以火应之。璘以为官军已渡江，携家属及部下遁去。及明复入城，收兵具舟楫，使偒驱众趋晋陵（常州）。成式军渡江进至新丰。璘使偒将兵击之，官军迎战，璘兵溃。璘与偒收余众南逃。……由于诗中所描写的正是璘军和官军隔江相峙，将士慕僚东西奔亡，璘军在丹徒城时内部骚乱非常的情况，可知李白是永王在新丰战败前，季广琛等逃亡时或稍后逃出永王幕的。……《新唐书》的记载：'璘起兵，逃还彭泽。'是指璘称兵构乱，白即逃归，并非兵败而逃，是切近事实的说法。"

④"南奔"二句，将个人处境（仓促奔亡）与国家形势（安史叛军气焰尚炽）对举，表明极端无奈和痛愤的心情。北寇，谓安史叛军，犹《永王东巡歌》曰"北虏"。此言"北寇无涯畔"，亦犹《永王东巡歌》曰"三川北虏乱如麻"。或谓李白将朝廷兵马称为"北寇"，差之远甚。

⑤"顾乏"二句，用晋明帝逃脱王敦追击故事，萧注已详，见《晋书·明帝纪》。王敦本为逆贼，二句上承"北寇"句，感慨自己于国难当头之际无退敌之策。

⑥"太白"二句，语出《汉书·邹阳传》，详安注。二句表明自己在平叛中为国效力的精诚之心。

⑦"秦赵"二句，**郭沫若曰："何以标出'秦赵'？旧时注家未得其解。今按《史记·赵世家》云：'赵之先与秦共祖。'中衍之后飞廉有子二人，其一曰恶来，其后为秦；恶来弟曰季胜，其后为赵。故秦与赵乃兄弟之国。'秦赵兴天兵'即'参商寻天兵'。'秦'自指肃宗集团，'赵'则喻永王军势。李白是反对打内战的，然而李亨和李璘毕竟把'北寇'丢在一边以干戈相见，而李璘已一败涂地。"（《李白与杜甫·李白在政治活动中的第二次大失败》）**纬按：天兵，朝廷之兵。在李白看来，征讨永王的大军以及永王军都是朝廷所派遣，值此国难当头（即"北寇无涯畔"）之际却互相攻杀，给战乱频仍的九州更添了几多乱象，故云"茫茫九州乱"。此为李白所大不解者。《上留田行》有句"参商无乃寻天兵"，与"秦赵兴天兵"意同。

⑧"感遇"二句，诗人自明其志。明主，谓玄宗。

⑨"过江"二句，自道其入永王幕的初衷。

⑩“拔剑”二句，极写痛心疾首、悲愤莫名的心情。难重论，痛不欲言。

［义释］

此诗作于永王兵乱，李白仓皇奔亡之际。诗人当时对时局之骤变仍心存不解，而报国理想已破灭，故而悲慨莫名。诗中对自己入永王军的心迹全作真实表白，不似后来诗中为自我解脱而有所掩饰。诗可分为三节：开首八句总写国运时局，并以甯戚、陈平为喻，抒写报国之志。“天人”以下十六句，实写从璘经过及永王兵败情形。“南奔剧星火”句承上，并切题中“南奔”二字；“北寇无涯畔”句启下，并切题中“书怀”二字。“顾乏”以下重申报国情怀以及壮志难酬的悲慨。最可注意者，是李白在永王已然兵败之后，仍未看清肃宗剿灭永王的实质，所以诗中仍称永王为“天人”，称玄宗为“明主”。李白对朝廷中政治斗争之毫无警觉，一至于斯！

君马黄

君马黄，我马白。马色虽不同，人心本无隔。共作游冶盘，双行洛阳陌①。长剑既照曜，高冠何赩赫。各有千金裘，俱为五侯客。猛虎落陷阱，壮夫时屈厄②。相知在急难，独好亦何益③。

［句笺］

①“共作”二句，**李子龙曰：“正切天宝三载李白与高适、杜甫的梁宋之游。”（《李白与高适的政治得失刍议》，载《中国李白研究》1990年集·上）**

②“猛虎”二句，谓自己被下狱事。

③“相知”二句，指责对方之辞。

［义释］

李子龙谓李白因从璘事陷浔阳狱时，曾希望得到高适的援手，但高适并没有理会李白，“李白对于高适的不理会态度极为义愤”，此诗即斥责高适之作。《箜篌谣》亦为此而作。

箜篌谣

攀天莫登龙，走山莫骑虎。贵贱结交心不移，唯有严陵及光武。周公称大圣，管蔡宁相容。汉谣一斗粟，不与淮南舂。兄弟尚路人，吾心安所从。他人方寸间，山海几千重。轻言托朋友，对面九疑峰。开花必早落，桃李不如松。管鲍久已死，何人继其踪。

［义释］

李子龙以为此诗与《君马黄》为同时之作。李白下浔阳狱后，曾向故人高适求援，高适不予理会，李白愤而作诗斥之。“揆之此诗，言贵贱之交，喻管蔡生死，正切李白、高适现状；谈自己被陷而轻托朋友，因方寸相隔而叹管鲍无继，也正切李白、高适之交往。”（《李白与高适的政治得失刍议》）

上留田

行至上留田，孤坟何峥嵘。积此万古恨，春草不复生。悲风四边来，肠断白杨声。借问谁家地，埋没蒿里茔。故老向余言，言是上留田，蓬科马鬣今已平。昔之弟死兄不葬，他人于此举铭旌。一鸟死，百鸟鸣。一兽走，百兽惊。桓山之禽别离苦，欲去回翔不能征。田氏仓卒骨肉分，青天白日摧紫荆。交让之木本同形，东枝憔悴西枝荣。无心之物尚如此，参商胡乃寻天兵[①]？孤竹延陵，让国扬名。高风缅邈，颓波激清。尺布之谣，塞耳不能听。

［句笺］

①参商胡乃寻天兵，意同《南奔书怀》诗中“秦赵兴天兵”句，均指朝廷军的内斗。

［义释］

胡注：“白诗有‘寻天兵’‘尺布谣’等语，似又指肃宗之不容永王璘而作。”其说是。此时李白对肃宗攻伐永王的实质已有清醒认识，然而退一步言：即使肃宗是为提防永王争夺其帝位而攻伐之，在李白看来，难道当此关头就不能稍稍效法“孤竹延陵，让国扬名”的高风吗？李白本意，当然不是以为肃宗应该把帝位让给永王，而是认为肃宗为了帝位而残杀骨肉，未免太无兄弟情分。

上崔相百忧章

［题解］

至德二载（757）春作于寻阳狱中。宋蜀本题下注：“四言，时在寻阳狱。”应是曾巩所加。崔相，即崔涣，系扈从玄宗入蜀之重臣，《旧唐书》本传载，“天宝十五载七月，玄宗幸蜀，涣迎谒于路，抗词忠恳，皆究理体，玄宗嘉之，以为得涣晚。宰臣房琯又荐之，即日拜黄门侍郎、同中书门下平章事，扈从成都府。肃宗灵武即位，与左相韦见素、同平章事房琯、崔圆同赍册赴行在。时未复京师，举选绝路，诏涣充江淮宣谕选补使，以收遗逸”。**郁贤皓引《相国崔公（涣）墓志铭》记崔涣经历更详，谓“李白系寻阳狱时，正是崔涣一生中最得意的时候；‘仗节督护河南、山南、江南、淮南之地’，‘外攘四封，内叙多士’”（《李白交游杂考》）。**李白上此诗，正当崔涣任江淮宣谕选补使期间。同时作有《狱中上崔相涣》、《系寻阳上崔相涣三首》，宜并读。

共工赫怒，天维中摧。鲲鲸喷荡，扬涛起雷。鱼龙陷人，成此祸胎。火焚昆山，玉石相硊。仰希霖雨，洒宝炎煨。箭发石开，戈挥日回。邹衍恸哭，燕霜飒来。微诚不感，犹縶夏台。苍鹰搏攫，丹棘崔嵬。豪圣凋枯，王风伤哀。斯文未丧，东岳岂颓。穆逃楚难，邹脱吴灾。见机苦迟，二公所咍[①]。骥不骤进[②]，麟何来哉[③]。星离一门，草掷二孩。万愤结缉，忧从中催。金瑟玉壶，尽为愁媒。举酒太息，泣血盈杯。台星再朗，天网重恢。屈法申恩，弃瑕取材。冶长非罪，尼父无猜。覆盆倘举，应照寒灰。

［句笺］

①“穆逃”四句，用汉代穆生及邹阳故事。穆生事见《汉书·楚元王传》：元王刘交封于楚，以穆生、白生、申公为中大夫。“穆生不嗜酒，元王每置酒，常为穆生设醴。”及王戊即位，忘设焉，穆生退曰：“可以逝矣。醴酒不设，王之意怠，不去，楚人将钳我于市。”称疾卧。申公、白生强起之，曰：“独不念先王之德欤?”穆生曰：“先王之所以礼吾三人者，为道之存故也。今而忽之，是忘道也。忘道之人，胡可与久处。”遂谢病去。申公、白生独留，终于成了王戊的阶下囚。后王戊也因从吴王刘濞乱而身死。邹阳事见《汉书·荆燕吴传》及《汉书·贾邹枚路传》：吴王刘濞与汉文帝有隙，但文帝尚能宽容，抚之以德。景帝即位，用晁错谋，削其地，濞反，卒被诛。邹阳初仕吴，后见机离去。注家咸谓此诗以王戊、刘濞喻永王，盖以其卒死之结局与永王等，李白则自悔未能如穆生、邹阳及早见机而脱离永王。此种解释固有一定道理，但却忽略了两个典故的前半段内容，即：元王与王戊之易位，文帝与景帝之易位。李白诗用穆生故事，实寓有以“先王”喻玄宗而以王戊刺肃宗的意思，诗人自己在“先王”时受礼遇，及“忘道”之肃宗即位，本该见机而退，今也未能，故自贻其祸；邹阳故事，亦寓有以文、景喻玄、肃的意思，若无玄、肃易位，则永王何“灾”之有，李白也何由获罪焉。要之，此处连用两个意义相近的典故，实含有暗喻时事的意思。参见薛天纬《李白与唐肃宗》。

②骥不骤进，出宋玉《九辩》第五章，此章以骐骥、凤凰喻贤士，

抒写其高举远去时悲愁郁结的心情，辞曰："骥不骤进而求服兮，凤亦不贪餧而妄食。君弃远而不察兮，虽愿忠其焉得？欲寂漠而绝端兮，窃不敢忘初之厚德。"仅着眼"骥不骤进"四字，似乎只是李白对从璘行动的追悔；数句连读，则知诗人之追悔还有更深婉的意思："君弃远而不察"，指当下之肃宗；"初之厚德"指当年之玄宗。诗人所悔是不该在"君弃远而不察"的情势下，贸然躁进而自取其咎。参见薛天纬《李白与唐肃宗》。

③麟何来哉，用孔子语。《家语·辩物》载，叔孙氏之车士于大野获麟焉，折其前左足，叔孙氏弃之郭外。孔子往观之，曰："麟也，胡为来哉！胡为来哉！"涕泣沾襟。子贡问之，孔子曰："麟之至为明王，出非其时而见害，吾是以伤焉。"李白以麟喻己，自伤从璘犹如麟之"出非其时而见害"，诗句隐含有肃宗非"明王"的意思。参见薛天纬《李白与唐肃宗》。

［义释］

李白获罪于肃宗，而期待玄宗的救援。此诗向崔相涣鸣冤，实因崔为玄宗所器重，李白始有为己洗雪的冀望。

狱中上崔相涣

胡马渡洛水，血流征战场。千门闭秋景，万姓危朝霜。贤相燮元气，再欣海县康。台庭有夔龙，列宿粲成行。羽翼三元圣，发辉两太阳[①]。应念覆盆下，雪泣拜天光。

［句笺］

①两太阳，指玄宗、肃宗。李白将玄、肃并提，盖以崔涣为玄宗旧臣故。

系寻阳上崔相涣三首

其一

邯郸四十万，同日陷长平。能回造化笔，或冀一人生。

其二

毛遂不堕井，曾参宁杀人。虚言误公子，投杼惑慈亲。白璧双明月，方知一玉真。

其三

虚传一片雨，枉作阳台神。纵为梦里相随去，不是襄王倾国人。

[义释]

刘克庄曰："此言迫胁而行，非其腹心上客。而或注云'此一首恐非上崔相'，误矣。"（《后村诗话·续集》）说是。此篇乃李白委曲剖白之辞，意谓己虽在永王幕中，但并未获其重用。

李白被营救出狱不久，旋又下狱。崔涣也被罢相，理由是"惑于听受，为下吏所鬻，滥进者非一，以不称职闻"（《旧唐书》本传）。崔涣之"滥进者"应包括了李白。

赋得鹤送史司马赴崔相公幕

[题校]

此诗载于《文苑英华》卷二百六十九，题为《送史司马赴崔相公幕》。胡注编入“附录”卷，题为《赋得鹤送史司马赴崔相公幕》。

［**题解**］

胡注：“严沧浪吟卷以此为太白逸诗，不然亦盛唐人之作。今考白系寻阳尝上崔相涣诗求释，此云珍禽在罗网，又云愿托周周羽，似又望史为之地也，宜其以为白诗。但今岑参集亦有之，未知孰是。”**郁贤皓曰：“诗云：‘珍禽在罗网，微命若游丝。愿托周周羽，相衔汉水滨。’乃托史司马为之向崔涣求救之诗，与岑参经历不合，而与李白事迹完全相符，当是李白所作。”（《李白交游杂考》）**

峥嵘丞相府，清切凤凰池。羡尔瑶台鹤，高栖琼树枝。归飞晴日好，吟弄惠风吹。正有乘轩乐，初当学舞时。珍禽在罗网，微命若游丝。愿托周周羽，相衔汉水湄。

万愤词投魏郎中

［**题解**］

至德二载春作于寻阳狱中。魏郎中，或为魏少游，时任右司郎中（见《旧唐书·房琯传》）。

海水渤潏，人罹鲸鲵。蓊胡沙而四塞，始滔天于燕齐。何六龙之浩荡，迁白日于秦西。九土星分，嗷嗷栖栖。南冠君子，呼天而啼。恋高堂而掩泣，泪血地而成泥[①]。狱户春而不草，独幽怨而沉迷。兄九江兮弟三峡，悲羽化之难齐。穆陵关北愁爱子，豫章天南隔老妻。一门骨肉散百草，遇难不复相提携。树榛拔桂，囚鸾宠鸡。舜昔授禹，伯成耕犁。德自此衰，吾将安栖[②]。好我者恤我，不好我者何忍临危而相挤[③]。子胥鸱夷，彭越醢醢[④]。自古豪烈，胡为此繄。苍苍之天，高乎视低。如其听卑，脱我牢狴。傥辨美玉，君收白珪。

[句笺]

①“恋高堂”二句，萧注：“高堂，喻朝廷也。”王注更引《汉书·贾谊传》“人主之尊譬如堂”等语，曰：“萧氏以‘高堂’为喻朝廷，其说近是。”纬按，此处“高堂”宜特指玄宗，而不包括肃宗。此二句实承“何六龙”二句而来。参见薛天纬《李白与唐肃宗》。

②“舜昔授禹”四句，《庄子·天地》：“尧治天下，伯成子高立为诸侯。尧授舜，舜授禹，伯成子高辞为诸侯而耕”，禹往见之，问曰：“……舜授予，而吾子辞为诸侯而耕，敢问其何故也?”子高曰：“昔尧治天下，不赏而民劝，不罚而民畏。今子赏罚而民且不仁，德自此衰，刑自此立，后世之乱自此始矣。”诗中“舜昔授禹”喻指玄、肃易代，诗人从自身被罪的遭遇中，对肃宗的捐德用刑强烈不满，也感到个人处境的艰危，因而发为“吾将安栖”的慨叹。参见薛天纬《李白与唐肃宗》。

③不好我者，李子龙谓指高适，因为“李白陷浔阳狱后，曾希望得到高适的援手……但是高适并没有理会李白”（见《李白与高适的政治得失刍议》）。

④“子胥”二句，子胥为吴王所杀，彭越为刘邦所杀。诗的怨愤对象实为与吴王、刘邦地位相当的肃宗。

[义释]

李白陷寻阳狱时，援救者为崔涣及宋若思。白有向崔涣求援诗数首，而无直接向宋若思求援者。意者，《万愤词投魏郎中》或即间接致宋若思。《旧唐书·房琯传》载，至德元载十月，房琯自请将兵收复京师，并请自选参左，有“右司郎中魏少游”者，与宋若思同被选为判官。陈涛斜兵败，琯等皆获宥。及至德二载宋若思率吴兵赴河南时，魏少游或在其幕中，故李白可投《万愤词》于魏而转致于宋。据两《唐书·职（百）官志》，右司郎中为尚书右丞之副，辅佐右丞管辖刑部，举正稽违，乃是其职分内事，故李白得投词求救而望其“脱我牢狴”焉。

中丞宋公以吴兵三千赴河南军次寻阳脱余之囚参谋幕府因赠之

［**题解**］

中丞宋公，宋若思。郁贤皓考曰："宋若思乃宋之悌之子。宋之悌，李白亦与之交游，有《江夏别宋之悌》可证。……宋若思于天宝十五载为御史中丞，至德二载为江南西道采访使兼宣城郡太守。"又曰："《为宋中丞祭九江文》云：'今万乘蒙尘，五陵惨黩……宇宙倒悬，欃枪未灭。'当时两京尚未收复，时在至德二载九月以前。"（《李白交游杂考》）

独坐清天下，专征出海隅。九江皆渡虎，三郡尽还珠。组练明秋浦，楼船入郢都①。风高初选将，月满欲平胡。杀气横千里，军声动九区。白猿惭剑术，黄石借兵符。戎虏行当剪，鲸鲵立可诛。自怜非剧孟，何以佐良图②。

［**句笺**］

①"组练"二句，郁贤皓曰："知李白入宋若思幕府后，还跟宋若思一起身行上武昌。"

②"自怜"二句，诗人以"参谋幕府"者的身份作自谦语，亦感戴之语。

陪宋中丞武昌夜饮怀古

清景南楼夜，风流在武昌。庾公爱秋月，乘兴坐胡床①。龙笛吟寒水，天河落晓霜。我心还不浅，怀古醉馀觞。

［句笺］

①胡床，宋·高承曰：“《搜神记》曰：‘胡床，戎翟之器也。’《风俗通》曰：‘汉灵帝好胡服，景师作胡床。’此盖其始也，今交椅是也。”（《事物纪原》卷八）**冉休丹引宋·程大昌《演繁露》卷十四“交床”云：“今之交床，制出塞外，其始名胡床。桓伊下马据胡床、取笛三弄是也。隋以谶有胡，改名交床，胡瓜亦改黄瓜。唐柴绍击西戎，据胡床，使两女子舞，则唐史臣追本语以书之。唐穆宗长庆二年十二月，见群臣于紫宸殿，御绳床，则又名绳床矣。”又引宋·陶穀《清异录》卷下“逍遥座”：“胡床施转关以交足，穿便绦以容坐。转缩须臾，重不数斤。相传明皇行幸颇多，从臣或待诏野顿扈驾，登山不能跂立，欲息则无以寄身，遂创意如此。当时称逍遥坐。”（《李白〈静夜思〉别解》，载《文史知识》2010年第4期）**

赠何七判官昌浩

［题解］

咸晓婷考：2005年5月，河南首阳山镇南蔡庄出土《唐故邓州司户参军何府君墓志铭并序》（原载于周剑曙、赵振华、王竹林《偃师新出土唐代墓志跋五题》，《河洛文化论丛》第3辑），墓主即何昌浩。墓志记：“……移邓州司户参军。无何，二京覆没，遂潜迹江表，为宣歙采访使宋若思辟署支使。……以永泰二年薨，春秋五十二。”“唐人有以判官泛指幕僚的习惯……其中包括支使。……李白称何昌浩为判官与何昌浩在使府中的实际职务为支使并不矛盾。”“宋若思天宝十五载六月为御史中丞，是年十月参与策划了房琯收复两京的战役，他以御史中丞的身份出任宣歙采访使兼宣城郡太守应该在至德二载（757）。……宋若思是李白故人宋之悌之子，二人私交甚深。至德二载，李白因永王璘事而身陷囹圄，幸先后经崔涣及宋若思出力解救，方得脱狱。……不仅将李白解救出狱，

而且将其收归幕下，让李白参谋幕府。李白与何昌浩应该就是在这期间认识的，他的《赠何七判官昌浩》诗应作于与何昌浩初识不久。”（《李白赠何昌浩诗系年》，载《文学遗产》2010年第2期）

有时忽惆怅，匡坐至夜分。平明空啸咤，思欲解世纷。心随长风去，吹散万里云。羞作济南生，九十诵古文[①]。不然拂剑起，沙漠收奇勋。老死阡陌间，何因扬清芬[②]。夫子今管乐，英才冠三军。终与同出处，岂将沮溺群[③]。

［句笺］

①“羞作”二句，“济南生”既指传今文《尚书》之伏生，亦泛指皓首穷经而不达时事、无所作为的儒生。可参读第三卷《嘲鲁儒》。

②“老死”二句，至德二载时李白五十七岁，故有“老死”之叹。

③“终与”二句，**咸晓婷曰：“即指李白参谋幕府，而何昌浩任支使事。”**将，与也。

［义释］

据诗意，李白似向新结识的友人剖白心事，倾吐自己怀抱终生的功业理想，实即从璘的初衷。

泾溪南蓝山下有落星潭可以卜筑余泊舟石上寄何判官昌浩

［题解］

咸晓婷曰：“李白在离开宋若思幕府之后，‘逃难’卧病宿松，并向张镐赠诗求援，有《赠张相镐二首》，到年底，终被判长流夜郎。不过现在看来，李白在卧病宿松之前，尚有泾溪之行，《泾溪南蓝山下有落星潭可以卜筑余泊舟石上寄何判官昌浩》即作于此时，尔后才从泾溪前往宿

松避难，到宿松时已是深秋或以后，且已卧病。”（《李白赠何昌浩诗系年》）

蓝岑竦天壁，突兀如鲸额。奔蹙横澄潭，势吞落星石。沙带秋月明，水摇寒山碧。佳境宜缓棹，清辉能留客。恨君阻欢游，使我自惊惕。所期俱卜筑，结茅炼金液。

［义释］

此诗情绪与前诗迥异，由急切用世转为消极避世。因知李白某一时期之人生态度完全取决于现实处境。现实中出现一线希望时，会激发用世热情；希望消失时，即转而投向自然山水，甚至向道家炼丹中寻找一时精神慰藉。

避地司空原言怀

南风昔不竞，豪圣思经纶。刘琨与祖逖，起舞鸡鸣晨。虽有匡济心，终为乐祸人①。我则异于是，潜光皖水滨②。卜筑司空原，北将天柱邻。雪霁万里月，云开九江春③。俟乎泰阶平，然后托微身。倾家事金鼎，年貌可长新。所愿得此道，终然保清真。弄景奔日驭，攀星戏河津。一随王乔去，长年玉天宾。

［句笺］

①“南风”六句，意谓国家有难之际，正是“刘琨与祖逖”辈实现其匡济天下之志的机会，换言之，是国家之“祸”成就了志士之“心”，故曰“乐祸”。

②“我则”二句，承上表明自己当此国难当头之际并无匡济天下之大志。此为李白避地司空原时的真实心境，当时唯以全身避难为虑，不复奢望建立功业。盖李白被崔涣与宋若思营救出寻阳狱后，一度对前景抱有乐观之想，乃至草有《为宋中丞自荐表》，期盼朝廷重新任用。但此后的

实际形势使他意识到自己并未摆脱危机，故有避地司空原之事。

③“雪霁”二句，“雪霁”应是实景，“云开九江春”则是对幸运的希冀。九江即寻阳狱所在，李白避地之宿松县在九江北数十里，司空原又在宿松北约百里，故以“云开九江春”表明对不致再次被拘入狱的冀望。

赠张相镐二首

[题解]

宋蜀本题下注云：“时逃难病在宿松山作。”似为曾巩据诗中“卧病宿松山”句所加。又注：“后一首亦作《书怀重寄张相公》。”咸淳本同。张镐，玄、肃二朝重臣，两《唐书》有传。玄宗幸蜀时，徒步扈从。肃宗即位，玄宗遣镐至凤翔行在所，官中书侍郎、同中书门下平章事。至德二载八月，兼河南节度使、都统淮南等道诸军事。至德二载十月两京收复后，加银青光禄大夫，封南阳郡公，诏以本军镇汴州，招讨残孽。诗当作于此期。

其

神器难窃弄，天狼窥紫宸。六龙迁白日，四海暗胡尘。昊穹降元宰，君子方经纶。澹然养浩气，欻起持大钧。秀骨象山岳，英谋合鬼神。佐汉解鸿门，生唐为后身。拥旄秉金钺，伐鼓乘朱轮。虎将如雷霆，总戎向东巡。诸侯拜马首，猛士骑鲸鳞。泽被鱼鸟悦，令行草木春。圣智不失时，建功及良辰[①]。丑虏安足纪，可贻帼与巾。倒泻溟海珠，尽为入幕珍。冯异献赤伏，邓生倏来臻。庶同昆阳举，再睹汉仪新。昔为管将鲍，中奔吴隔秦。一生欲报主，百代思荣亲。其事竟不就，哀哉难重陈。卧病宿松山，苍茫空四邻。风云激壮志，枯槁惊常伦。闻君自天来，目张气益振。亚夫得剧孟，敌国空无人。扪虱对桓公，愿得论悲辛。大块方噫气，何辞鼓青蘋。斯言倘不合，归老汉江滨[②]。

[句笺]

①“拥旄”十句，《通鉴》至德二载十月：“张镐闻睢阳围急，倍道亟进，檄浙东、浙西、淮南、北海诸节度及谯郡太守闾丘晓，使共救之。”“东巡”似指当时军事行动。

②“闻君”十句，似有请求入幕之想。

其二

本家陇西人，先为汉边将。功略盖天地，名飞青云上。苦战竟不侯，当年颇惆怅。世传崆峒勇，气激金风壮。英烈遗厥孙，百代神犹王。十五观奇书，作赋凌相如。龙颜惠殊宠，麟阁凭天居。晚途未云已，蹭蹬遭谗毁[①]。想像晋末时，崩腾胡尘起。衣冠陷锋镝，戎虏盈朝市。石勒窥神州，刘聪劫天子。抚剑夜吟啸，雄心日千里。誓欲斩鲸鲵，澄清洛阳水。六合洒霖雨，万物无凋枯。我挥一杯水，自笑何区区。因人耻成事，贵欲决良图。灭虏不言功，飘然陟蓬壶。惟有安期舄，留之沧海隅。

[句笺]

①“龙颜”四句　指天宝初待诏翰林，继而被谗去朝事。

[义释]

张镐为玄宗旧臣，故而李白在诗中能向其尽情披露心胸，并在崔涣、宋若思之救助已经无力的情势下，转向权位更重的张镐，求其施以援手。

本卷讨论的主要问题

1. 《永王东巡歌》的解读。
2. 陷寻阳狱时诗作的解读。

本卷所采撷论著

1. 陈尚君：《李白崔令钦交游发隐》，载《复旦大学学报》1980 年第 4 期。

2. 奚渭明：《宋陟何许人》，载《中国李白研究》2005 年集。

3. 何静：《“扶风豪士”是谁?》，载《唐代文学论丛》1982 年第 1 期。

4. 安旗：《李白有关佛教诗文系年选笺》，载《中国李白研究》1991 年集。

5. 吴增辉：《李白安史之乱后诗歌及心态的文化解析》，载《李白文化研究》2008。

6. 刘崇德：《李白〈猛虎行〉、〈草书歌行〉新考》，载《文学遗产》1992 年第 3 期。

7. 阎琦：《李白二、三次入越考》，载《中国李白研究》1995—1996 年集。

8. 张昕、王清：《李白诗中地名考异》，载《中国李白研究》1991 年集。

9. 郭沫若：《李白与杜甫·李白的家室索隐》。

10. 郁贤皓：《李白交游杂考》，载《李白丛考》。

11. 乔象钟：《李白从璘事辨》，载《文学遗产增刊》第 7 辑。

12. 郭沫若：《李白与杜甫·李白在政治活动中的第二次大失败》。

13. 邓小军：《永王璘案真相——并释李白〈永王东巡歌十一首〉》，载《文学遗产》2010 年第 5 期。

14. 李子龙：《李白与高适的政治得失刍议》，载《中国李白研究》1990 年集·上。

15. 冉休丹：《李白〈静夜思〉别解》，载《文史知识》2010 年第 4 期。

16. 咸晓婷：《李白赠何昌浩诗系年》，载《文学遗产》2010 年第 2 期。

17. 薛天纬：《李白与唐肃宗》，载《学林漫录》十一集。

第七卷

长流夜郎之什

上皇西巡南京歌十首

［题解］

至德二载（757）十二月末作于寻阳狱中。上皇，唐玄宗。西巡，指玄宗为避“安史之乱”逃蜀事。南京，谓成都。本年九月，官军光复长安。十月壬戌（十八日）收复东都洛阳。丁卯（二十三日），肃宗入长安，“百姓出国门奉迎，二十里不绝，舞跃呼万岁，有泣者”。十二月丙午（初三日），玄宗由蜀中返至咸阳，“父老在仗外。欢呼且拜。上令开仗，纵千馀人入谒上皇，曰：‘臣等今日复睹二圣相见，死无恨矣。’”（以上引文见《资治通鉴》卷二百二十）十二月戊午（十五日），肃宗御丹凤门，下制大赦，广封功臣，“以蜀郡为南京，凤翔郡为西京，西京为中京”，并“溥天下赐酺五日”（事见两《唐书·肃宗本纪》，赦令即《收复两京大赦文》，载《全唐文》卷四十四）。唐制，赦书日行五百里（见《全唐文》卷六十三唐宪宗于元和十四年七月所颁《上尊号赦文》）。据《旧唐书·地理志》，“（寻阳）在京师东南二千九百四十八里”，赦书应于六天左右到达，此时距离年终尚有一旬时日。此诗乃作于诗人闻知朝廷大赦令后，其时应在至德二载十二月下旬。同时作有《流夜郎闻酺不预》，宜并读。

其一

胡尘轻拂建章台①，圣主西巡蜀道来。剑壁门高五千尺，石为楼阁九天开。

［句笺］

①“胡尘”句，指安史叛军攻占长安。此言“轻拂”，似刻意淡化长安陷落这一重大事件，实则因为诗写于长安光复之后，诗人是怀着庆幸的心情回顾上年发生之事，故而能用“轻拂”二字，以见“胡尘”之本不足畏。

[义释]

此首写上皇入蜀，并道出西巡之缘由，犹组诗之总序。

其二

九天开出一成都，万户千门入画图。草树云山如锦绣，秦川得及此间无？

[义释]

此首至第六首铺写成都风光，且处处与长安作比，表明此地堪当南京。

其三

华阳春树似新丰，行入新都若旧宫。柳色未饶秦地绿，花光不减上阳红。

其四

谁道君王行路难，六龙西幸万人欢。地转锦江成渭水，天回玉垒作长安。

其五

万国同风共一时，锦江何谢曲江池。石镜更明天上月，后宫亲得照蛾眉[1]。

[句校]

[1] 蛾，宋蜀本作“娥”，据咸淳本改。

其六

濯锦清江万里流，云帆龙舸下扬州①。北地虽夸上林苑，南京还有散花楼。

［句笺］

①“濯锦”二句，谓锦江水流万里，可直达扬州。

其七

锦水东流绕锦城，星桥北挂象天星。四海此中朝圣主，峨眉山下列仙庭。

［义释］

此首写玄宗在蜀时，成都的帝王气象。

其八

秦开蜀道置金牛，汉水元通星汉流[①]。天子一行遗圣迹，锦城长作帝王州[②]。

［句笺］

①“秦开”二句，金牛道为秦惠王所开，是自秦入蜀的咽喉，汉水发源地潘冢山在其东。按以《旧唐书·玄宗本纪》，玄宗入蜀路线是：扶风—陈仓—散关—河池郡（凤州）—益昌—普安郡（剑州），所经正为金牛道，可知此二句实写玄宗幸蜀路程。

②“天子”二句，包含了成都被命为南京的意思。

［义释］

此首写玄宗西巡给锦城带来的永久光荣。

其九

水绿天青不起尘，风光和暖胜三秦。万国烟花随玉辇，西来添作锦江春。

［义释］

此首写玉辇西来增添了蜀地春色，是对西巡的回顾。

其十

剑阁重关蜀北门，上皇归马若云屯。少帝长安开紫极[①]，双悬日月照乾坤[②]。

［句笺］

①少帝，谓肃宗。

②双悬日月，谓玄宗与肃宗。

［义释］

此首写上皇还京，与第一首相呼应，犹组诗之尾声。

前人解释组诗，或指摘，或曲读，均未语其旨。唯明·唐汝询《唐诗解》间有所得，但亦有自相抵牾之处。解读组诗，须设身处地，始能体会诗人之感情与用心。这组诗作于长安光复、玄宗返京，举国上下欢庆平叛战争重大胜利的特定背景下，诗人又处于被朝廷判流夜郎的特定境遇中。他暂时将一己的不幸置之度外，怀着激动感奋的心情与朝野一起欢庆这一胜利。但诗人欢庆胜利的具体感受和表达方式又有个人特征。首先，他怀有对玄宗的特殊系念之情，并且对玄宗抱有希冀，内心实企望经由玄宗的干预改变自己的命运，所以，他以满腔热情歌颂玄宗返京。同时，李白又是以蜀人身份，怀着蜀人的特有心理，着眼于蜀地与国家命运的特殊联系，回顾“上皇西巡”这段刚刚过去的历史。因而，解读组诗的内容须把握以下要点：

其一，以庆幸胜利的心情，赞颂上皇西巡。上皇西巡其实是“虏箭雨宫阙，皇舆成播迁”（《在水军宴赠幕府诸侍御》），绝非盛事，但上皇西巡而终于返回长安，却是一时最大的盛事，所以，可以赞颂出之，即唐汝询所说：“至是而乘舆无恙，喜而作歌。”（《唐诗解》卷二十五）

其二，盛陈成都之美，且谓其不让长安，表明“蜀中山水无异京师，庶可安我君矣”（唐汝询语）的欣慰之情。

其三，标榜上皇西巡给蜀地带来的历史机遇，表达诗人作为蜀人感受到的一份荣耀。

参见薛天纬《〈上皇西巡南京歌〉诗旨考索》，载《唐代文学论丛》第 9 期。

流夜郎闻酺不预

[**题解**]

至德二载（757）十二月作于寻阳狱中。当年九月、十月，长安、洛阳相继光复，十月丁卯（二十三日）肃宗入长安。十二月丁未（初四日）玄宗返长安。戊午（十五日），肃宗御丹凤门，下制大赦，并“溥天下赐酺五日”。当时李白已被朝廷判流夜郎，身为罪人，“闻酺不预”，即没有资格参与普天同庆的活动。

《唐律疏议·名例四》：“流刑三：二千里（赎铜八十斤），二千五百里（赎铜九十斤），三千里（赎铜一百斤）。”夜郎（今贵州桐梓县），唐属珍州，《元和郡县图志》卷三十载，该州“本徼外蛮夷之地”，“东北至上都五千五百五十里，东北至东都四千五百四十五里”，夜郎县在州之近侧。由此可知，李白被判为流刑中最重的一等。两《唐书》本传用了“长流夜郎”的说法，“长流”正指流放途程之远。

北阙圣人歌太康①，南冠君子窜遐荒。汉酺闻奏钧天乐，愿得风吹到夜郎②。

[**句笺**]

①“北阙”句，肃宗在大赦令（即《收复两京大赦文》，见《全唐文》卷四十四）中称：“宜宏肆眚之典，共喜以康之福。可大赦天下，常赦所不免者，咸赦除之。”诗句似直接针对赦文而发，“歌太康”即“共喜以康之福”。

②“汉酺”二句，在“闻酺不预”的情况下，表达自己作为被流夜郎之人的怨望情绪。不可理解为诗人当时已到达夜郎。

[**义释**]

肃宗之大赦，范围极广，据赦文，其所不赦免者，唯“与安禄山同谋反逆支党，及李林甫、王𫟹、杨国忠等一房并不在免限”。李白绝非“不在免限”之人，但仍被判流，故而情极怨愤。此诗宜与《上皇西巡南京歌》并读，二诗虽为一时之作，但情绪迥异，彼则为国家、朝廷之命运而喜，此则为一己之命运而悲。参见薛天纬《〈上皇西巡南京歌〉诗旨考索》。

公无渡河

黄河西来决昆仑，咆哮万里触龙门①。波滔天，尧咨嗟。大禹理百川，儿啼不窥家。杀湍湮洪水，九州始蚕麻。其害乃去，茫然风沙②。被发之叟狂而痴③，清晨临流欲奚为。旁人不惜妻止之④，公无渡河苦渡之。虎可搏，河难凭，公果溺死流海湄。有长鲸白齿若雪山⑤，公乎公乎挂罥于其间⑥，箜篌所悲竟不还。

［句笺］

①“黄河”二句，**郁贤皓曰：“以黄河咆哮喻安禄山叛乱为害极大。”（《李白诗文选评》，载《李白与唐代文史考论·李白论稿》）** 纬按，郁贤皓明言其关于此诗的解释取自郭沫若《李白与杜甫》。唯以郁说对诗句的解释更为明晰，故引郁说。

②“波滔天”八句，**郁贤皓曰：“以尧比拟玄宗在安禄山叛乱中没有办法，以大禹比拟玄宗之孙——天下兵马元帅广平王李俶。以大禹尽心尽力治理洪水比喻广平王在肃宗至德二载十月率主力军收复两京。”**

③被发之叟，**郁贤皓曰：“是李白自喻。”**

④妻，**郁贤皓曰：“指《别内赴征》中的妻子宗氏夫人。”**

⑤长鲸白齿，**郁贤皓曰：“比喻当时对李白的谗言嚣张，即杜甫《不见》诗中的‘世人皆欲杀’。”**

⑥挂罥于其间，**郁贤皓曰：“比喻入寻阳狱和长流夜郎。”**

［义释］

郁贤皓谓关于此诗诗旨的解释，“唯郭沫若《李白与杜甫·李白的家室索隐》所析甚为精辟”。曰：“此诗当是流放夜郎告别宗夫人时所作，其时未料到一年多以后会中途遇赦，所以此诗最后有‘箜篌所悲竟不还’之语。全诗用比喻象征手法，前半首隐括上古时期大禹治水的形象，后半首则形象描写《古今注》所载《公无渡河》的本事，以神话传说故事为喻体，凭借丰富想象，展现生动感人的感受，这是李白乐府诗的重要特点。”

流夜郎永华寺寄寻阳群官

［题解］

宋蜀本题下有“流夜郎”三字，当为曾巩所加。诗作于流途首日，宿于永华寺之夜。

朝别凌烟楼，暝投永华寺①。贤豪满行舟，宾散予独醉[1]。愿结九江流，添成万行泪。写意寄庐岳，何当来此地②？天命有所悬，安得苦愁思。

［句校］

［1］“朝别”四句，胡本作“朝别凌烟楼，贤豪满行舟。暝投永华寺，宾散予独醉”，且曰：“一本以暝投句为第二，贤豪句为第三，似误。”《全唐诗》从之。纬按，四句次序应依宋蜀本，盖寺、醉、泪、地、思诸字同韵。如以“贤豪”句为第二，则舟字与以下不同韵，不符合五言古体的一般用韵规律。

［句笺］

①“朝别”二句，记当日行程。凌烟楼在寻阳，鲍照有《凌烟楼铭并序》，详见安注。永华寺宜在凌烟楼之西。

②“何当”句，表达重返此地的期盼。何当，何时，询问未来之事，训见《唐五代语言词典》。

［义释］

此为李白踏上流途的第一首诗。由“贤豪”句可知，自寻阳首途时，送行之人颇多，表明李白遭流放曾获得不少人的同情，而杜甫《不见》诗所云“世人皆欲杀”，只是事情的另一个方面。此后在流途，行到处不乏接待者，盖与此同理。

流夜郎至西塞驿寄裴隐

［题解］

宋本题下有“上峡”二字，当为曾巩所加。曾氏在《李太白文集后序》中叙李白流夜郎之始末，曰：“乾元元年，终以污璘事长流夜郎，遂泛洞庭，上峡江，至巫山，以赦得释。”此诗题下曰“上峡”，犹“上峡江”，非谓西塞驿在三峡附近。诗作于乾元元年暮春，流途江行始至西塞山时。西塞山在鄂州武昌县（今鄂城）东八十五里，见《元和郡县图志》卷二十七。西塞驿，当为西塞山下滨临长江的驿馆。

扬帆借天风，水驿苦不缓。平明及西塞，已先投沙伴[①]。回峦引群峰，横蹙楚山断。砯冲万壑会，震沓百川满。龙怪潜溟波，俟时救炎旱。我行望雷雨，安得沾枯散[②]。鸟去天路长，人愁春光短[③]。空将泽畔吟，寄尔江南管。

［句笺］

①“扬帆”四句，实写至西塞驿的一段行程。因有风力相助，舟行“苦不缓”，即甚快，但诗人的主观意愿却并不希望船行太快。**李德辉《唐代流人制度与李白的流放》（载《中国李白研究》2005年集）述及流人行程，引《唐六典》卷三：“水行之程，舟之重者，溯河日三十里，江**

四十里，余水四十五里。”又引《元和郡县图志》卷二十八：江州“西至鄂州五百九十三里”。纬按，以此计算，李白自江州至鄂州应经半月天气。其自寻阳首途之具体日期未能详，估计应在二、三月之际，而于三月中抵达鄂州之西塞驿。

②“我行”二句，表达对朝廷赦免自己的企望。**乔长阜《李白流夜郎获赦原因及地点、时间辨证》（载《中国李白研究》2001—2002年集）据《册府元龟》卷八十七录《乾元元年二月丁未御丹凤门大赦诏》（即《册太上皇尊号赦文》）：“改至德三年为乾元元年起，二月五日已前大辟罪，无轻重常赦所不免者，咸赦除之。”**纬按，李白在流途或曾获知此大赦诏，故而对遇赦有所期盼。

③人愁春光短，据此可知，李白到达鄂州之时令为暮春。

与史郎中钦听黄鹤楼上吹笛

［题解］

乾元元年五月作于江夏。史郎中钦，无考。江夏县为鄂州州治所在，据《元和郡县图志》卷二十七，东距武昌县一百七十里。黄鹤楼，在江夏黄鹤山，“黄鹤山，在县东九里”。

一为迁客去长沙，西望长安不见家。黄鹤楼中吹玉笛，江城五月落梅花。

［义释］

据《流夜郎至西塞驿寄裴隐》，李白于本年暮春时节到达武昌县之西塞驿；据本诗，五月在江夏县。西塞驿在武昌县东八十五里，武昌县又在江夏县东一百七十里，合计二百五十五里，李白在流途走完这段路程耗时一月馀。按照江行每日四十里的规定，已超时很多。诗人且行且住，留连不进，时时“西望长安”，无非是期待着从长安传来改变自己命运的消息。

张相公出镇荆州寻除太子詹事余时流夜郎行至江夏与张公去千里公因太府丞王昔使车寄罗衣二事及五月五日赠余诗余答以此诗

[题解]

据诗题之纪事，张公五月五日自千里之外有寄罗衣及赠诗事（赠诗不传），则李白之答诗应作于当月之下旬。张公时任太子詹事（**詹锳指出，诗题中“太子詹事”为“太子宾客”之误，见《李白诗文系年》**）。据《元和郡县图志》，江夏“西北至东都一千四百里”，诗题曰“千里”，举其成数。张镐事迹参见第六卷《赠张相镐》诗“题解”。

张衡殊不乐，应有四愁诗①。惭君锦绣段，赠我慰相思。鸿鹄复矫翼②，凤凰忆故池③。荣乐一如此，商山老紫芝④。

[句笺]

①“张衡”二句，指张镐本年出镇荆州事。

②“鸿鹄”句，指张镐寻被征为太子宾客事。

③“凤凰”句，指张镐对任职中书省的怀念。中书侍郎位高而权重，不似东宫官之闲散。

④“荣乐”二句，是对张镐的规劝，谓荣乐已复如此，当效商山四皓而不复以仕途进退为意。

[义释]

李白被判流前，至德二载卧病宿松期间作有《赠张相镐二首》。今在流途滞留于江夏，张镐闻知后又从千里之外赠罗衣及诗，可知二人交谊之深。其间干系，当与张镐为玄宗旧臣有关。

流夜郎赠辛判官

昔在长安醉花柳，五侯七贵同杯酒。气岸遥凌豪士前，风流肯落他人后。夫子红颜我少年，章台走马著金鞭。文章献纳麒麟殿，歌舞淹留玳瑁筵。与君自谓长如此，宁知草动风尘起。函谷忽惊胡马来，秦宫桃李向胡开[1]①。我愁远谪夜郎去，何日金鸡放赦回。

[句校]

[1] 向胡开，咸淳本、萧本、王本俱作“向明开”。胡、明形近，在句中含义俱不明朗。

[句笺]

①“秦宫”句，**詹注：“杨注：‘桃李，指公卿归禄山也。’可见杨本原作‘向胡开’。萧注：‘太白诗意是指同时侪类如辛判官之辈，因兵兴之际，不次被用，为人桃李，我独遭谪也。向明者，向阳花木之义。’朱注：‘秦宫，长安也。桃李喻贤臣，向明而开者，喻新君即位，而贤才效用也。’胡本作胡，并云：‘杨注以为指当时受禄山伪署诸人。萧注以为世乱，唐朝士不次被用。皆非也。详其语意，似斥宫掖，第非所宜言耳。’《选集》（指郁贤皓《李白选集》）作‘明’，但并引萧、胡两家注，未作判断。安注作‘胡’，以为‘明字于义不妥’，似乎支持杨注。按各家均系此诗于乾元元年，是时两京已收复，玄宗亦自蜀返京。如作‘向胡开’，无论如杨注或胡注所解，均非当时所宜言，且与下两句不相连贯，故仍当作明，以萧、朱二氏所解为是。”**

[义释]

诗之末句曰“何日金鸡放赦回”，是破解诗意的关键。《放后遇恩不沾》诗有句：“独弃长沙国，三年未许回。”李白固知其流放期限为三年，此诗却云“何日金鸡放赦回”，显然是期盼流期未满时即遇赦而回，则此诗必作于某次获知朝廷之赦令而己身却不在免限时。按以两《唐书》肃宗纪，乾元元年朝廷屡有大赦事：二月“丁未，御丹凤门，大赦天下，改至德三载为乾元元年”；四月“乙卯，大赦”；六月戊午诏：“三司所推劾受贼伪官等，恩泽频加，科条递减，原其事状，稍近平人，所推问者，并宜释放。”李白之诗很可能缘此次诏令而发。赦令专对“受贼伪官”而发，此等人实即“向胡”者，今俱受朝廷恩泽而获释，岂非“秦宫桃李向胡开”？然诗人自身却不在免限，朝廷之不公，于此为甚，其心怀怨望实属有因，诗末二句即抒写当时心情。若然，则诸家争论之“胡”、“明”二字，乃以“胡”是。

流夜郎至江夏陪长史叔及薛明府宴兴德寺南阁

［题解］

长史，应为鄂州长史。明府，应为江夏县令。二人名字不详。

绀殿横江上，青山落镜中。岸回沙不尽，日映水成空。天乐流香阁，莲舟飏晚风①。恭陪竹林宴，留醉与陶公。

［句笺］

①“莲舟”句，所写为夏日六月景象。

［义释］

此为受地方官款待的宴乐之作，可知李白在流途生活状况之一斑。

望鹦鹉洲怀祢衡

［题解］

流途作于江夏。据《元和郡县志》卷二十七，鹦鹉洲在江夏县西南二里，黄祖杀祢衡处。

魏帝营八极，蚁观一祢衡[①]。黄祖斗筲人，杀之受恶名。吴江赋鹦鹉，落笔超群英。锵锵振金玉，句句欲飞鸣。鸷鹗啄孤凤，千春伤我情。五岳起方寸，隐然讵可平。才高竟何施，寡识冒天刑[②]。至今芳洲上，兰蕙不忍生。

［句笺］

1. “魏帝”二句，以祢衡自比，而以魏帝喻肃宗，以发泄对肃宗加罪于己的怨愤情绪。《后汉书·祢衡传》记，魏武帝尝言：“祢衡竖子，孤杀之犹雀鼠耳。”“犹雀鼠”即“蚁观”。

2. “才高”二句，亦以祢衡自况。李白上年被宋若思、崔涣营救出狱后所作《为宋中丞自荐表》尝自谓“怀经济之才，抗巢由之节，文可以变风俗，学可以究天人”，即“才高”之注脚。寡识，实际是李白悔恨自己从璘之际对朝廷内部的争斗毫无警觉，陷寻阳狱获释后，又对肃宗抱有不切实际的幻想。《为宋中丞自荐表》中恳请朝廷“收其希世之英，以为清朝之宝”，即“寡识”之注脚。天刑，朝廷的刑罚，实指自己被判流夜郎。

［义释］

高步瀛曰：“此以正平自况，故极致悼惜，而沉痛语以骏快出之，自是太白本色。起二句言正平轻魏武。鸷鹗比黄祖，孤凤比正平，才高寡识，用孙登谓嵇康之言，乃痛惜相怜之词，激起末句言芳草亦不忍生也。”（《唐宋诗举要》卷一）纬按，高氏“以正平自况”说甚可取，但谓“起二句言正平轻魏武”则未得正解。参见薛天纬《李白与唐肃宗》，载《学林漫录》十一集。

泛沔州城南郎官湖

[题解]

诗有长序：“乾元岁秋八月，白迁于夜郎，遇故人尚书郎张谓出使夏口，沔州牧杜公、汉阳宰王公，觞于江城之南湖，乐天下之再平也。方夜水月如练，清光可掇，张公殊有胜概，四望超然，乃顾白曰：‘此湖，古来贤豪游者非一，而枉践佳境，寂寥无闻。夫子可为我标之嘉名，以传不朽。’白因举酒酹水，号之曰郎官湖，亦由郑圃之有仆射陂也。席上文士辅翼、岑静以为知言，乃命赋诗纪事，刻石湖侧，将与大别山共相磨灭焉。”纬按，今武汉市犹有郎官湖。

《唐才子传》卷四有张谓传，记其“少读书嵩山”，郁贤皓曰：“李白于开元二十二年前后曾从元丹丘隐嵩山，未知是否于此时结识张谓。”(《李白交游杂考》，见《李白丛考》)。郁考又疑李白诗《鲁城北郭曲腰桑下送张子还嵩阳》、《鲁郡尧祠送张十四游河北》之“张子”、“张十四”是否即为张谓。又曰：“《唐诗纪事》卷二十五‘张谓’条云：‘谓，登天宝二年进士第。’其时，李白正在长安供奉翰林，当与张谓有过交往。因此，乾元元年秋八月在夏口遇见张谓，称之为‘故人’是很自然的了。”

沔州，州治汉阳县。据《元和郡县图志》卷二十七，自汉阳“东渡江至鄂州七里”。因知李白往来于江夏与汉阳之间颇为近便。

张公多逸兴，共泛沔城隅。当时秋月好，不减武昌都。四坐醉清光，为欢古来无。郎官爱此水，因号郎官湖。风流若未减，名与此山俱。

[义释]

诗序曰“乾元岁秋八月”，是李白自述其流途岁月的确凿记载。自三月间到达西塞驿，李白在武昌、江夏、汉阳一带已滞留半年之久，似全然不顾流人在途的程限。这首宴游诗仅“序”言及“白迁于夜郎”，诗中几将眼前流放遭遇置之度外，唯写月下泛舟之逸兴，与他时所作宴游诗篇的情调略无二致。而同游者“沔州牧杜公、汉阳宰王公”，系当地州、县两级最高地方官，其接待流途中之诗人亦全无避忌。**李德辉《唐代流人制度与李白的流放》对此论之甚详，曰：“倘若根据唐朝对待流人的政策来衡量李白的流放，会发现，李白赴流所，严重违越了法律条文规定的程限。”“《唐律疏议》卷三：‘诸流配人在道会赦，计行程过限者，不得以赦原。谓从上道日，总计行程有违者。’‘行程依令：马日七十里，驴及步人五十里，车三十里。其水程，江、河、馀水沿溯，程各不同。’《唐六典》卷三：‘水行之程，舟之重者，溯河日三十里，江四十里，馀水四十五里。’”“李白乾元元年春出发西行……他的行程严重违越了程限，不在赦限，可他竟然也遇赦放归，怎么来解释这一现象呢?”“合理的解释只能是：在流贬的实行过程中，各地政府并未严格依照唐代法令的规定去对待像李白那样的身无官品的流人，普遍较为宽容，并不是因为李白是大名士，就对他格外开恩，而是当时大致如此。……《唐会要》卷四一‘左降官与流人’称，诸色流贬之人常常‘在路多作逗遛，郡县阿容，许其停滞’，尽管朝廷三令五申，此类现象还是未能杜绝。稍微留意就会发现，唐代流贬人未按期到达的例子多的是，不惟李白如此。如沈佺期长流驩州，其《初达驩州》‘自昔闻铜柱，行来向一年’之句就是一个直接证据。查《元和郡县志》卷三八，驩州东北至东都六千六百一十五里，走了将近一年，也远未达到标准。”并引《册府元龟》卷六十三：“(天宝五载）七月，诏曰：‘应流贬人，皆负罪谴，其中或舍其殊死，全彼馀生，将宽尝（常）法，示有惩戒。如闻在路多作逗遛，郡县阿容，许其停滞，是何道理?’”**纬按，既然唐初及天宝初年已见流人在途逗留停滞的情况，则安史乱中政令之执行必定更为松弛，此种情况出现于李白身上实非不可理解之事。而况李白乃大诗人、大名士，流途中遇到地方官的特殊关照，亦情理中事。如本诗所写诗人与州牧、县令一同宴游，并应出使当地之尚书郎所请，为其命名“郎官湖”，其文采风流全不似在途流人。李白事迹可为唐代法律之执行情况并不严密提供一个颇为典型的例证。

送郄昂谪巴中

［题解］

郄昂，郁贤皓据《元和姓纂》、《唐尚书省郎官石柱题名》等考知，即郗昂，开元二十二年进士，乾元元年贬清化尉，清化属巴州，“李白诗称巴中”（《李白交游杂考》）。

瑶草寒不死，移植沧江滨。东风洒雨露，会入天地春。予若洞庭叶，随波送逐臣。思归未可得，书此谢情人①。

［句笺］

①情人，朱金城曰：“唐人称挚友为‘情人’，屡见不鲜。”并举此诗例（《读〈李白集〉札记》，载《唐代文学论丛》1982年第2期）。

［义释］

郁贤皓曰：“李白送郗昂当在乾元元年秋天，时李白正在流放途中，大约在江夏至江陵一带遇郗昂，写下此诗。”

寄王汉阳

南湖秋月白①，王宰夜相邀。锦帐郎官醉②，罗衣舞女娇。笛声喧沔鄂，歌曲上云霄。别后空愁我，相思一水遥。

[句笺]

①南湖，即《泛沔州城南郎官湖》诗之“城南郎官湖”。

②郎官，指尚书郎张谓。

[义释]

此诗盖继《泛沔州城南郎官湖》而作，系泛湖过后寄王汉阳。诗中对泛湖乐事描写更为详尽。

醉题王汉阳厅

我似鹧鸪鸟，南迁懒北飞[①]。时寻汉阳令，取醉月中归。

[句笺]

①“我似”二句：南迁，指流放夜郎事。懒北飞，即无意于北飞、将北返不放在心上。王注：“张华《禽经注》：《广志》云：鹧鸪似雌雉，飞但徂南而不北也。《异物记》云：鹧鸪白黑成文，其鸣自呼，象小雉，其志怀南不北徂也。”纬按，诗句表明李白一时心情，当流途在汉阳沉湎于眼前饮乐时，对遭流放之事竟漠然处之而不复为怀。

放后遇恩不沾

[题解]

詹锳云：“《新唐书·肃宗纪》乾元元年‘十月甲辰大赦’。《通鉴》乾元元年‘十月甲辰册太子’。下考异引《实录》云：‘可大赦天下。……其天下见禁囚徒以下罪，一切放免。’遇恩不沾者，疑指此次大

赦而言。"(《李白诗文系年》) 纬按，上《流夜郎赠辛判官》诗［义释］引乾元六月戊午诏："三司所推劾受贼伪官等，恩泽频加，科条递减，原其事状，稍近平人，所推问者，并宜释放。"本诗或亦缘此而发。

天作云与雷，霈然德泽开。东风日本至，白雉越裳来。独弃长沙国，三年未许回[①]。何时入宣室，更问洛阳才。

［句笺］

①"独弃"二句，表明李白判流夜郎以三年为期。**张才良推断李白所判为加役流，曰："《唐律疏议·名例二十四》：'诸犯流应配者，三流俱役一年。(本条称加役流者，流三千里，役三年。)《疏议》曰：犯流，若非官当、收赎、老疾之色，即是应配之人。三流远近虽别，俱役一年为例。加役流者，本法既重，与常流理别，故流三千里，居役三年。'"关于加役流，"《唐律疏议·名例十一》：其加役流，《疏议》曰：'加役流者，旧是死刑。武德年中，改为断趾。国家惟刑是恤，恩弘博爱，以刑者不可复属，死者务欲生之，情轸向隅，恩覃祝网，以贞观六年奉制，改为加役流。'"(《李白流夜郎的法律分析》，载《中国李白研究》1992—1993年集)** 纬按，《新唐书·刑法志》："特流者三岁纵之。"李白或属"特流者"，故预知"三年"之期。

赠别郑判官

［题解］

詹锳云："当是流夜郎至洞庭时作。王谱系乾元元年下，今从之。"(《李白诗文系年》)郑判官，无考。

窜逐勿复哀，惭君问寒灰。浮云本无意，吹落章华台[①]。远别泪空尽，长愁心已摧。三年吟泽畔[②]，憔悴几时回。

［句笺］

①章华台，**詹注引《通典》卷一百八十三复州监利县："春秋时，楚章华台在城内。"监利县地滨洞庭湖，在其北约百里。**

②"三年"句，自谓流期为三年。

［义释］

据《元和郡县志·地理志》卷二十七，岳州"东北至鄂州五百五十里"，江行按每日四十里计，行程约需半月。

留别龚处士

［题解］

流途将进入三峡时作，其地应在江陵。龚处士，名不详。李白青年时代出蜀后，再过三峡唯遭流放时，故可断此诗作于流途。

龚子栖闲地，都无人世喧。柳深陶令宅，竹暗辟疆园。我去黄牛峡，遥愁白帝猿[①]。赠君卷施草，心断竟何言。

［句笺］

①"我去"二句，谓前程即将经过三峡。黄牛峡，在今宜昌市西北八十里江上。

［义释］

据《元和郡县图志·地理志》卷二十七，岳州"西北至江陵府五百七十里"，江行约需半月光景。

上三峡

[题解]

流途过三峡之黄牛峡作。其时应入乾元二年。

巫山夹青天，巴水流若兹。巴水忽可尽，青天无到时。三朝上黄牛，三暮行太迟。三朝又三暮，不觉鬓成丝。

[义释]

诗写三峡中逆水行船之艰难迟缓，且与人之愁苦心情相表里。

自汉阳病酒归寄王明府

[题解]

乾元二年，流夜郎遇赦还至江夏作。王汉阳，沔州汉阳县令，参见《泛沔州城南郎官湖》诗“题解”。

去岁左迁夜郎道，琉璃砚水长枯槁。今年敕放巫山阳，蛟龙笔翰生辉光。圣主还听子虚赋，相如却与论文章[2]。愿扫鹦鹉洲，与君醉百场。啸起白云飞七泽，歌吟渌水动三湘。莫惜连船沽美酒，千金一掷买春芳。

[句笺]

①巫山阳，或谓指长江三峡中巫山之南这一特定区段，此为第一说；或以巫山为地域分界，谓巫山阳指巫山以南的广大地区，此为第二说。

②“圣主”二句：圣主，谓唐肃宗。还，又、复。却，正、偏，表示强调（训见《实用全唐诗词典》）。二句是对肃宗起用自己的期待，反映了李白初遇赦时的心情。

［义释］

此诗对讨论李白被流放是否到达夜郎至关重要，解读此诗的关键又在对“巫山阳”的解释。兹就“巫山阳”的不同解释辨析如下：

曾巩《李太白文集后序》云：“乾元元年，终以污璘事长流夜郎，遂泛洞庭，上峡江，至巫山，以赦得释。……其始终所更涉如此，此白之诗书所自叙可考者也。”曾氏明言，其依据是李白作品自叙，“至巫山，以赦得释”之所据应即此诗“今年敕放巫山阳”句。王琦《李太白年谱》云：“乾元元年终以永王事长流夜郎，遂泛洞庭，上三峡，至巫山。乾元二年，未至夜郎，遇赦得释。”所举作品中有《自汉阳病酒归寄王明府》，并引“去岁左迁夜郎道”、“今年敕放巫山阳”二句，可知诗句为其判定李白巫山遇赦的依据。后世研究者多从曾、王之说而王之影响尤巨。是为巫山遇赦说，亦即未至夜郎说。

与之相反的是确至夜郎说。此说系清·黎庶昌所倡，其《拙尊园丛稿》卷四有《李白至夜郎考》一文，曰：“以巫山指夜郎，犹夫以三湘指夜郎也，不得执为即在巫山奉敕令之据。”纬按，黎文解释“巫山”，应是针对本诗中“巫山阳”一语。检索《全唐诗》，除本诗外，使用“巫山阳”一词而可资参考者尚有四例：陈子昂《感遇》有句：“朝发宜都渚，浩然思故乡。故乡不可见，路隔巫山阳。”张说《和朱使欣道峡似巫峡之作》有句：“江如晓天净，石似暮霞张。征帆一流览，宛若巫山阳。”此二例之“巫山阳”均指长江三峡中巫山之南这一江段。李白《寄远十二首》其五开首云：“远忆巫山阳，花明绿江暖。”论者咸以《寄远》为寄内之作，但无论许氏或宗氏均未尝寓居巫山县，许氏当年居安陆，宗氏曾居豫章（今南昌），两地似均可称“巫山阳”。刘禹锡《送华阴尉张苕赴邕府使幕》有句：“分野穷禹画，人烟过虞巡。不言此行远，所乐相知新。雨起巫山阳，鸟鸣湘水滨。离筵出苍茫，别曲多愁新。”**陶敏注云：“元和十年早春在朗州作。”（《刘禹锡全集编年校注》）**因知刘禹锡是将位于湘水之滨的朗州（今湖南常德）称“巫山阳”。然则李白如在夜郎遇赦，亦未尝不可曰“今年敕放巫山阳”。因而关于“巫山阳”的解释，乃不可必于一说。

流夜郎半道承恩放还兼欣克复之美书怀示息秀才

[题解]

王琦《李太白年谱》云："乾元二年，已亥。未至夜郎，遇赦得释。"所列诗作有本篇。后之从王说者，均以此诗题中"半道"二字指流途半道行至巫山。首倡李白流放确至夜郎说之黎庶昌，则在《李白至夜郎考》一文中曰："半道犹言中间也。盖白本是长流不赦之人（纬按，'长流不赦'的说法系对李白流放时限的误解，论见前《放后遇恩不沾》诗'句笺'[①]），今中间得释，故云如此，不定作为行路解也。"（见《拙尊园丛稿》卷四）意谓"半道"是指时间，而不一定解为行路之半。

纬按，在李白诗作中寻找内证以判定李白流放是否到达夜郎，有两处关键：一是对于《自汉阳病酒归寄王明府》诗"今年敕放巫山阳"句中"巫山阳"的解释，二是对于此诗题中"半道"一词的解释。查李白诗，"半道"一词的出现，尚有四例：其一，《闻李太尉大举秦兵百万出征东南懦夫请缨冀申一割之用半道病还留别金陵崔侍御十九韵》诗题及诗中"半道谢病还，无因东南征"句，两处"半道"俱应解释为行路之半途，盖下文有"还"故也。其二，《送侄良携二妓赴会稽戏有此赠》有句："携妓东山去，春光半道催。""半道"谓途中。其三，《玩月金陵城西孙楚酒楼达曙歌吹日晚乘醉著紫绮裘乌纱巾与酒客数人棹歌秦淮往石头访崔四侍御》有句："酒客十数公，崩腾醉中流。谑浪棹海客，喧呼傲阳侯。半道逢吴姬，卷帘出揶揄。我忆君到此，不知狂与羞。""半道"谓舟行秦淮河途中。其四，《春于姑孰送赵四流炎方序》有句："冀白日回照，丹心可明。巴陵半道，坐见还吴之棹，令雪解而松柏振色，气和而兰蕙开芳。""半道"谓前往巴陵的中途。李白之外，王昌龄《送郑判官》有句："英僚携出新丰酒，半道遥看骢马归。"韩愈《幽州节度判官赠给事中清河张君墓志铭》有句："发半道，有诏以君还之。"两例之"半道"亦指行进途中。总观以上诸例，“半道”均以行程言。因之，李白此诗题中“半道”亦应指前往夜郎的途中。若然，则未至夜郎。

综观以上关于本诗及《自汉阳病酒归寄王明府》诗中关键词的讨论，很难得出此是而彼非的结论。**刘友竹《李白长流夜郎放还问题研究综述》（载《中国李白研究》2000年集）曾指出，“李白流放究竟是‘已至’还是‘未至’夜郎，迄今尚难达成统一认识”。**因之，关于李白流放是否到达夜郎的问题，似以二说并存为妥。

黄口为人罗，白龙乃鱼服。得罪岂怨天，以愚陷网目。鲸鲵未翦灭，豺狼屡翻覆。悲作楚地囚，何由秦庭哭。遭逢二明主，前后两迁逐。去国愁夜郎，投身窜荒谷。半道雪屯蒙①，旷如鸟出笼。遥欣克复美，光武安可同。天子巡剑阁，储皇守扶风。扬袂正北辰，开襟揽群雄。胡兵出月窟，雷破关之东。左扫因右拂，旋收洛阳宫。回舆入咸京，席卷六合通。叱咤开帝业，手成天地功。大驾还长安，两日忽再中。一朝让宝位，剑玺传无穷。愧无秋毫力，谁念矍铄翁。弋者何所慕，高飞仰冥鸿。弃剑学丹砂，临炉双玉童。寄言息夫子，岁晚陟方蓬。

［句笺］

①半道雪屯蒙，与诗题中“半道承恩放还”同义。

与诸公送陈郎将归衡阳并序

［题校及题解］

诗有序曰：“仲尼旅人，文王明夷。苟非其时，贤圣低眉。况仆之不肖者？而迁逐枯槁，固非其宜。朝心不开，暮发尽白，而登高送远，使人增愁。陈郎将义风凛然，英思逸发。来下曹城之榻，去邀才子之诗。动清兴于中流，泛素波而径去。诸公仰望不及，连章祖之。序惭起予，辄冠名贤之首；作者嗤我，乃为抚掌之资乎？”**詹锳《李白诗文系年》校曰：“《文苑英华》、《唐文粹》选录此诗序文，俱题作《春于南浦与诸公送陈**

郎将归衡岳序》，集本盖有脱误。”刘友竹认为集本的要害是“漏掉‘春于南浦’四字”，更校之曰：“其一，英华本‘而迁逐枯槁，固其宜耶?’王注本作‘而迁逐枯槁，固非其宜’。前者是反诘语气，乃自慰之词，而后者的肯定语气则与前文显得不相连属。所以王琦说：‘非字疑当作亦。’安旗主编《李白全集编年注释》根据咸淳本改作‘固诚其宜’。其二，英华本‘来下专城之榻’，王注本作‘来下曹城之榻’。‘下榻’，即徐稚下陈蕃之榻，见《后汉书·徐稚传》。‘专城’，指郡守。这句是说陈郎将是万州刺史的贵宾。‘专城’与下文‘才子’相对。而‘曹城’则不通。安旗主编《李白全集编年注释》云：‘按，曹城殊不可解。曹字当为专字之误，以其形似也。专城，郡守也，与下榻之典合，与下句才子相对。’其三，英华本‘横素波而遥去’，王注本作‘泛素波而径去’。按‘遥去’与上文‘中流’相对。‘径去’则显得俚俗不文。其四，英华本‘辄冠名篇之首’，王注本作‘辄冠名贤之首’。按‘名篇’，指‘诸公’之作。‘名贤’，欠妥。可见，前者保存着文章的本来面貌，而后者则颇多讹误，不仅仅是漏掉‘春于南浦’几个字而已。”(《李白在万州南浦县的游踪及作品》，载《中国李白研究》1995—1996年集)

关于“南浦”，刘文释曰：“浦者，水滨也。南浦，即南岸。古诗文中写到‘南浦’，比比皆是，不胜枚举。如《离骚》：‘送美人兮南浦。’江淹《别赋》：‘送君南浦，伤如之何?’王勃《滕王阁序》：‘画栋朝飞南浦云，珠帘暮卷西山雨。’等等。”又引杜甫“西山白雪三城戍，南浦清江万里桥”、“北风黄叶下，南浦白头吟”，李白“革侯遁南浦，常恐楚人闻”、“水入北湖去，舟从南浦回”等诗句，说明“南浦”并非专用地名。

衡山苍苍入紫冥，下看南极老人星。回飙吹散五峰雪，往往飞花落洞庭。气清岳秀有如此，郎将一家拖金紫。门前食客乱浮云，世人皆比孟尝君。江上送行无白璧，临歧惆怅若为分。

［义释］

依刘友竹说，诗作于万州南浦（今万州），白于流途已过三峡。

窜夜郎于乌江留别宗十六璟

［题解］

关于“乌江”，有两种解释：王注引《太平寰宇记》引《寻阳记》云：“九江在寻阳，去州五里，名曰乌江，是大禹所疏。知此诗所谓乌江者，指寻阳江耳。”**刘友竹复考之，引《太平寰宇记》卷一百一十一“九江”条：“《寻阳记》云：九江在寻阳，去州五里，名白马江，是大禹所疏治。”又云：“关于这个问题还可以找到其他佐证资料，《舆地纪胜》：白马江条云：‘《晏公类要》云：九江一名白马江，按《寻阳记》，去州五里。’这白马江倒是颇为有名的，杜甫《送韩十四江东省觐》云：‘黄牛峡静滩声转，白马江寒树影稀。’仇兆鳌注云：‘黄牛、白马，出峡所经，兼写冬日之景。’所以，王琦于此处难免有擅改古籍并使之曲从己意之嫌。”刘友竹认为“乌江即涪陵江”，并引顾祖禹《读史方舆纪要》“涪陵水（江）”条云：“以来自黔中，亦名黔江，其水渊澄清澈，可见（鉴）毛发，盖即乌江下流矣。”又引《明史·地理志》：遵义县“东有乌江，即涪陵江上源，中有九节滩，其南有乌江关”（《乌江·李渡·夜郎天——李白留别宗璟时地考辨》，载《成都大学学报》1993年第3期）。**

君家全盛日，台鼎何陆离。斩鳌翼娲皇，炼石补天维。一回日月顾，三入凤凰池。失势青门傍，种瓜复几时。犹会众宾客，三千光路歧。皇恩雪愤懑，松柏含荣滋。我非东床人，令姊忝齐眉。浪迹未出世，空名动京师。适遭云罗解，翻谪夜郎悲。拙妻莫邪剑，及此二龙随[①]。惭君湍波苦，千里远从之。白帝晓猿断，黄牛过客迟。遥瞻明月峡，西去益相思[②]。

［句笺］

①“拙妻”二句，**刘友竹曰：“看来宗氏夫人曾临别赠剑，以壮行色，加上李白自己常佩的剑，他这时是二剑随身，故曰‘二龙随’。当**

然，其言外之意，则是赞美宗氏之于自己，就像莫邪之于干将一样，能患难与共，生死不渝。”

②“白帝”四句，刘友竹曰：“他回顾来程，已作过黄牛峡之过客，听断白帝城之晓猿；遥瞻去路，渝州明月峡已经在望。”（《李白在万州南浦县的游踪及作品》）

[义释]

依刘友竹说，此诗作于涪州。据《元和郡县图志》卷三十，涪州“东至江陵府水路一千七百里”，江行因溯三峡而上，行程迟缓，如按耗时两月计算，行到涪州当入乾元二年。

赠从弟南平太守之遥二首

[题解]

宋蜀本、咸淳本题下俱注云：“时因饮酒过度贬武陵，后诗故赠。”刘友竹认为此诗作于李白贬夜郎途中“到渝州南平郡”时。关于题下自注南平“时因饮酒过度贬武陵”，刘文肯定了詹锳早年在《李白诗文系年》中的说法：“诗中既称之遥为南平太守，则是时之遥尚未去职，太白赠诗之地当在南平或去南平不远之处，则此诗盖亦太白流放夜郎途中作。”针对有论者将此诗与李白《江夏赠韦南陵冰》中“赖遇南平豁方寸，况兼夫子持清论”二句相联系，认为“这两处提到‘南平’之诗均为在江夏（今武汉市）的‘同时之作’”，刘文辩之曰：“首先，如果李白在江夏遇李之遥而赠之以诗，其时李之遥已被贬离任，不得仍称‘南平太守’。其次，李之遥贬武陵（今湖南常德市），他赴贬所当由洞庭湖溯沅江而上，不可能去江夏。第三，‘赖遇南平’之说是他遇赦返至江夏后对在南平会晤李之遥时的回顾。”（见《李白在万州南浦县的游踪及作品》）纬按，依刘说，此诗作于李白流途到达渝州（今重庆）时，其时应在乾元二年春。然诗中说到个人生平遭际，却不及流放事，则与流途所作诸诗异，因此，关于此诗之作时作地尚可存疑。

其一

少年不得意，落魄无安居。愿随任公子，欲钓吞舟鱼。常时饮酒逐风景，壮心遂与功名疏。兰生谷底人不锄，云在高山空卷舒。汉家天子驰驷马，赤车蜀道迎相如。天门九重谒圣人，龙颜一解四海春。彤庭左右呼万岁，拜贺明主收沉沦。翰林秉笔回英眄，麟阁峥嵘谁可见。承恩初入银台门，著书独在金銮殿。龙驹雕镫白玉鞍，象床绮席黄金盘。当时笑我微贱者，却来请谒为交欢。一朝谢病游江海，畴昔相知几人在。前门长揖后门关，今日结交明日改。爱君山岳心不移，随君云雾迷所为。梦得池塘生春草[①]，使我长价登楼诗。别后遥传临海作，可见羊何共和之。

[句笺]

①“梦得”句，似非单纯用典，亦切时令。

其二

东平与南平，今古两步兵。素心爱美酒，不是顾专城。谪官桃源去，寻花几处行。秦人如旧识，出户笑相迎。

[义释]

据《元和郡县图志》卷三十三，渝州“东北至涪州水路三百四十里”，水路行程约需十天。

流夜郎题葵叶

惭君能卫足，叹我远移根。白日如分照，还归守故园。

[义释]

味诗意，葵系生长于夜郎之物，诗人感物而咏之。诗似作于夜郎。据《元和郡县图志》卷三十三及三十，江津县“在渝州西一百二十里，县南陆路至溱州三百六十里”，溱州“正南微东至珍州二百四十里”。以上总计七百二十里。自渝州至夜郎所在之珍州，陆路行程约需半月。

望木瓜山

［题解］

王注：“《一统志》：木瓜山在常德府城东七里，李白流夜郎过此，有诗云云。又，《江南通志》木瓜山在池州青阳县木瓜铺，杜牧求雨处，今尚有庙。二处皆太白尝游之地。未知孰是。”**黎庶昌《李白至夜郎考》：“考唐之夜郎县，在今桐梓县夜郎里；而夜郎里有木瓜庙，当为白贬至之所。”**纬按，如确定李白流放曾至夜郎，木瓜山亦当指位于夜郎者。**参见孙运伦《李白诗〈望木瓜山〉考释》（载《中国李白研究》1994年集）。**

早起见日出，暮见栖鸟还。客心自酸楚，况对木瓜山①。

［句笺］

①“客心”二句：客，迁客，即流放之人。与《江夏赠韦南陵冰》“夜郎迁客带霜寒”句中“迁客”同。《本草纲目》卷三十“木瓜”条下曰：“木瓜味酸。”故云。

［义释］

首二句有起兴意，由“栖鸟”之还勾起人不能还的悲感。

南流夜郎寄内

夜郎天外怨离居，明月楼中音信疏。北雁春归看欲尽[①]，南来不得豫章书[②]。

[句笺]

①“北雁”句，意谓春天将尽。

②豫章书，指宗氏夫人书信，其时宗氏寓居豫章（今湖南长沙）。

[义释]

此诗读来似实写，而非想象之辞。据《新唐书·玄宗纪》，乾元二年三月丁亥（二十一日），以旱降死罪，流以下原之。时在暮春。诗有“北雁”句，时令与朝廷大赦时日相合。如谓李白曾至夜郎，则此诗应作于闻知大赦令前。

忆秋浦桃花旧游时窜夜郎

[题解]

如谓李白曾至夜郎，则此诗应为乾元二年春作。

桃花春水生，白石今出没。摇荡女萝枝，半摇青天月。不知旧行径，初拳几枝蕨。三载夜郎还[①]，于兹炼金骨。

［句笺］

①“三载”句，谓流放之期限，参见前《放后遇恩不沾》诗“句笺”。

早发白帝城

［题校］

咸淳本题作“白帝下江陵”。

朝辞白帝彩云间，千里江陵一日还。两岸猿声啼不尽，轻舟已过万重山。

［义释］

遇赦东还，抵江陵时作。顺水行舟之快，恰与诗人心情之欢快相表里。杜甫《最能行》有句：“朝发白帝暮江陵。顷来目击信有征。”可知李白诗并非因抒情作夸饰之词，而是行程之实写。

江夏赠韦南陵冰

［题解］

郁贤皓据《元和姓纂》考知：“韦冰乃韦景骏之子、韦述之弟、韦渠牟之父。”又考曰：“权德舆《左谏议大夫韦公（渠牟）诗集序》：‘初，君年十一，尝赋《铜雀台》绝句，右拾遗李白见而大骇，因授以古乐府之学，且以瑰琦轶拔为己任。’可见李白不但与韦冰有过交游，而且还在写诗方面培养过他的儿子韦渠牟，把自己的专长授给他。”又据《韦渠牟墓志》考知，“渠牟十一岁时正当乾元二年，也正是李白遇赦回到江夏”的时候（《李白暮年若干交游考索》，见《李白丛考》）。

胡骄马惊沙尘起，胡雏饮马天津水。君为张掖近酒泉，我窜三巴九千里。天地再新法令宽，夜郎迁客带霜寒。西忆故人不可见，东风吹梦到长安。宁期此地忽相遇，惊喜茫如堕烟雾。玉箫金管喧四筵，苦心不得申长句。昨日绣衣倾绿尊，病如桃李竟何言。昔骑天子大宛马，今乘款段诸侯门。赖遇南平豁方寸，复兼夫子持清论。有似山开万里云，四望青天解人闷。人闷还心闷，苦辛长苦辛。愁来饮酒二千石，寒灰重暖生阳春。山公醉后能骑马，别是风流贤主人。头陀云月多僧气，山水何曾称人意。不然鸣笳按鼓戏沧流，呼取江南女儿歌棹讴。我且为君槌碎黄鹤楼，君亦为吾倒却鹦鹉洲。赤壁争雄如梦里，且须歌舞宽离忧。

经乱离后天恩流夜郎忆旧游书怀赠江夏韦太守良宰

［题解］

流夜郎遇赦后，乾元二年八月作于江夏。乱离，指从永王军的一段经历。韦太守良宰，詹锳据《新唐书·宰相世系表》考知即“韦氏彭城公房有名良宰者”（见《李白诗文系年》），郁贤皓复据《元和姓纂》卷二进一步坐实，并考知此韦良宰即韦行佺之子，韦利见之兄（《李白暮年若干交游杂考》）。郁贤皓又将此诗与李白《天长节使鄂州刺史韦公德政碑》并读，指出“此文写于乾元年间秋八月，文中的鄂州刺史韦公当即诗中的韦太守良宰”。

天上白玉京，十二楼五城。仙人抚我顶，结发受长生。误逐世间乐，颇穷理乱情。九十六圣君，浮云挂空名。天地赌一掷，未能忘战争。试涉霸王略，将期轩冕荣。时命乃大谬，弃之海上行。学剑翻自哂，为文竟何成。剑非万人敌，文窃四海声。儿戏不足道，五噫出西京。临当欲去时，慷慨泪沾缨。叹君倜傥才，标举冠群英。开筵引祖帐，慰此远徂征。鞍马若浮云，送余骠骑亭。歌钟不尽意，白日落昆明。十月到幽州，戈铤若罗星。君王弃北海，扫地借长鲸。呼吸走百川，燕然可摧倾。心知不得语，却欲栖蓬瀛。弯弧惧天狼，挟矢不敢张。揽涕黄金台，呼天哭昭王。无人贵骏骨，绿耳空腾骧。乐毅倘再生，于今亦奔亡。蹉跎不得意，驱马还贵乡。逢君听弦歌，肃穆坐华堂。百里独太古，陶然卧羲皇。征乐昌乐馆，开筵列壶觞。贤豪间青娥，对烛俨成行。醉舞纷绮席，清歌绕飞梁。欢娱未终朝，秩满归咸阳。祖道拥万人，供帐遥相望。一别隔千里，荣枯异炎凉。炎凉几度改，九土中横溃。汉甲连胡兵，沙尘暗云海。草木摇杀气，星辰无光彩。白骨成丘山，苍生竟何罪。函关壮帝居，国命悬哥舒。长戟三十万，开门纳凶渠。公卿如犬羊，忠谠醢与菹。二圣出游豫，两京遂丘墟。帝子许专征，秉旄控强楚。节制非桓文，军师拥熊虎。人心失去就，贼势腾风雨。惟君固房陵，诚节冠终古[①]。仆卧香炉顶，餐霞漱瑶泉。门开九江转，枕下五湖连。半夜水军来，寻阳满旌旃。空名适自误，迫胁上楼船。徒赐五百金，弃之若浮烟。辞官不受赏，翻谪夜郎天。夜郎万里道，西上令人老。扫荡六合清，仍为负霜草。日月无偏照，何由诉苍昊。良牧称神明，深仁恤交道。一忝青云客，三登黄鹤楼。顾惭祢处士，虚对鹦鹉洲。樊山霸气尽，寥落天地秋。江带峨眉雪，川横三峡流。万舸此中来，连帆过扬州。送此万里目，旷然散我愁。纱窗倚天开，水树绿如发。窥日畏衔山，促酒喜得月。吴娃与越艳，窈窕夸铅红。呼来上云梯，含笑出帘栊。对客小垂手，罗衣舞春风。宾跪请休息，主人情未极。览君荆山作，江鲍堪动色。清水出芙蓉，天然去雕饰。逸兴横素襟，无时不招寻。朱门拥虎士，列戟何森森。剪凿竹石开，萦流涨清深。登台坐水阁，吐论多英音。片辞贵白璧，一诺轻黄金。谓我不愧君，青鸟明丹心。五色云间鹊，飞鸣天上来。传闻赦书至，却放夜郎回。暖气变寒谷，炎烟生死灰[②]。君登凤池去，忽弃贾生才[③]。桀犬尚吠尧，匈奴笑千秋。中夜四五叹，常为大国忧。旌旆夹两山，黄河当中流。连鸡不得进，饮马空夷犹。安得羿善射，一箭落旄头。

［句笺］

①"帝子"八句，郁贤皓将之与《天长节使鄂州刺史韦公德政碑》中"曩者永王以天人授钺，东巡无名，利剑承喉以胁从，壮心坚守而不动。房陵之俗，安于太山。休弈列郡，去若始至。帝召岐下，深嘉直诚"并读，认为"李白对韦良宰的这件事加以歌颂，对自己从璘之事自有悔恨之意"。

②"五色"六句，写流夜郎遇赦事。"夜郎"，既可理解为地名夜郎，亦可理解为被流夜郎之事。

③"君登"二句，郁贤皓曰："李白希望韦良宰回到朝廷时能推荐他，他还想在垂暮之年为国家为苍生作一番事业呢！"

江夏使君叔席上赠史郎中

［题解］

流夜郎遇赦后作于江夏。使君叔，或即《流夜郎至江夏陪长史叔及薛明府宴兴德寺南阁》诗题中之"长史叔"，盖前为长史，今为郡守，与《经乱离后天恩流夜郎忆旧游书怀赠江夏韦太守良宰》并读可知，韦良宰去职后，此"族叔"或即其继任。史郎中，即前《与史郎中钦听黄鹤楼上吹笛》之史郎中。

凤凰丹禁里，衔出紫泥书。昔放三湘去，今还万死馀。仙郎久为别，客舍问何如。涸辙思流水，浮云失旧居。多惭华省贵，不以逐臣疏。复如竹林下，叨陪芳宴初。希君生羽翼，一化北溟鱼。

本卷讨论的主要问题

1. 《上皇西巡南京歌》的解读。
2. 李白被流是否到了夜郎。

本卷所采撷论著

1. 郁贤皓：《李白诗文选评》，载《李白与唐代文史考论》第二卷《李白论稿》。

2. 李德辉：《唐代流人制度与李白的流放》，载《中国李白研究》2005年集。

3. 乔长阜：《李白流夜郎获赦原因及地点、时间辨证》，载《中国李白研究》2001—2002年集。

4. 高步瀛：《唐宋诗举要》。

5. 郁贤皓：《李白交游杂考》，载《李白丛考》。

6. 朱金城：《读〈李白集〉札记》，载《唐代文学论丛》1982年第2期。

7. 张才良：《李白流夜郎的法律分析》，载《中国李白研究》1992—1993年集。

8. 黎庶昌：《李白至夜郎考》，载《拙尊园丛稿》卷四。

9. 刘友竹：《李白长流夜郎放还问题研究综述》，载《中国李白研究》2000年集。

10. 刘友竹：《李白在万州南浦县的游踪及作品》，载《中国李白研究》1995—1996年集。

11. 刘友竹:《乌江·李渡·夜郎天——李白留别宗璟时地考辨》，载《成都大学学报》1993 年第 3 期。

12. 孙运伦:《李白诗〈望木瓜山〉考释》，载《中国李白研究》1994 年集。

13. 郁贤皓:《李白暮年若干交游考索》，载《李白丛考》。

14. 薛天纬:《〈上皇西巡南京歌〉诗旨考索》，载《唐代文学论丛》总第九期。

15. 薛天纬:《李白与唐肃宗》，载《学林漫录》十一集。

第八卷

晚年之什

寄韦南陵冰余江上乘兴访之遇寻颜尚书笑有此赠

［题解］

颜尚书，颜真卿。郁贤皓从詹锳说，系此诗于上元元年，谓“此诗应写于遇赦回江夏后的第二年春天”，并考得“颜真卿乃韦冰的侄女婿”（《李白暮年若干交游考索》，载《李白丛考》）。

南船正东风，北船来自缓。江上相逢借问君，语笑未了风吹断。闻君携伎访情人，应为尚书不顾身①。堂上三千珠履客，瓮中百斛金陵春。恨我阻此乐，淹留楚江滨。月色醉远客，山花开欲燃。春风狂杀人，一日剧三年。乘兴嫌太迟，焚却子猷船。梦见五柳枝，已堪挂马鞭。何日到彭泽，长歌陶令前。

［句笺］

①“闻君”二句，君指韦冰。情人，朱金城曰：“唐人称挚友为‘情人’，屡见不鲜。……诗中‘情人’指颜尚书（真卿）。”（《读〈李白集〉札记》，载《唐代文学论丛》1982年第2期）

峨眉山月歌送蜀僧晏入中京

［解题］

两《唐书·肃宗本纪》载，至德二载（757）十二月戊午（十五日），肃宗御丹凤门，下制大赦，广封功臣，“以蜀郡为南京，凤翔郡为西京，西京为中京”。此诗应作于遇赦归来后。

我在巴东三峡时，西看明月忆峨眉[①]。月出峨眉照沧海，与人万里长相随。黄鹤楼前月华白，此中忽见峨眉客[②]。峨眉山月还送君，风吹西到长安陌。长安大道横九天，峨眉山月照秦川[③]。黄金狮子乘高座，白玉麈尾谈重玄。我似浮云滞吴越[④]，君逢圣主游丹阙。一振高名满帝都，归时还弄峨眉月。

[句笺]

①“我在”二句，回忆青年时代出蜀时所作《峨眉山月歌》，参见第一卷。

②“黄鹤”二句，说明是在江夏遇蜀僧晏。

③“长安大道”二句，是诗人对长安的回忆。其《单父东楼秋夜送族弟沉之秦》诗有句：“长安宫阙九天上，此地曾经为近臣。”情怀正同。

④“我似”句，**杨明曰：“曹丕《杂诗》云：‘西北有浮云……适与飘风会。吹我东南行，行行至吴会。吴会非我乡，安得久留滞?’太白用其意。”（《读李琐记》，载《中国李白研究》1991年集·下）**

[义释]

李白早岁及晚岁分别作《峨眉山月歌》及本诗，二诗实有内在联系，须并读。早岁之作，唯抒写对故乡的留恋；晚岁之作，借“蜀僧晏”寄托故乡之思，同时以送蜀僧晏入中京为媒触，勾起对长安的记忆，抒写仕途失意的感慨。

巴陵赠贾舍人

[题解]

贾舍人，贾至。**郁贤皓据两《唐书》本传、吴缜《新唐书纠缪》、贾至《虙子贱碑颂》等考知，“李白天宝元年奉诏进京时，贾至正在秘书省**

校书郎任。其时当结识交游”，又考知贾至乾元二年由中书舍人贬岳州司马，秋天九月抵岳州，“其时李白已从流放遇赦归来，正游洞庭，与贾至在江上相逢”（《李白交游杂考》，载《李白丛考》）。

贾生西望忆京华，湘浦南迁莫怨嗟。圣主恩深汉文帝，怜君不遣到长沙。

陪族叔刑部侍郎晔及中书贾舍人至游洞庭五首

［题解］

刑部侍郎晔，郁贤皓据《新唐书·宗室世系表》、《资治通鉴》等考知，李晔系大郑王房淮安郡公、宗正卿李琇之第四子，曾官刑部侍郎，“乾元二年被贬岭下尉，秋天到达洞庭，与李白同游”（《李白交游杂考》）。

其一

洞庭西望楚江分，水尽南天不见云。日落长沙秋色远，不知何处吊湘君。

其二

南湖秋水夜无烟，耐可乘流直上天[①]。且就洞庭赊月色，将船买酒白云边。

［句笺］

①耐可，魏耕原谓“即‘正好’”（《李白诗口语疑难词考释》，载《千年诗魂，蜀道李白》）。参见第五卷《秋浦歌》其十二“句笺”。

其三

洛阳才子谪湘川，元礼同舟月下仙。记得长安还欲笑，不知何处是西天。

其四

洞庭湖西秋月辉，潇湘江北早鸿飞。醉客满船歌白苎，不知霜露入秋衣。

其五

帝子潇湘去不还，空馀秋草洞庭间。淡扫明湖开玉镜，丹青画出是君山。

陪侍郎叔游洞庭醉后三首

[题解]

侍郎叔，即上诗之李晔。

其一

今日竹林宴，我家贤侍郎。三杯容小阮，醉后发清狂。

其二

船上齐桡乐，湖心泛月归。白鸥闲不去，争拂酒筵飞。

其三

刬却君山好，平铺湘水流。巴陵无限酒，醉杀洞庭秋。

[义释]

“其三”纯为醉语。

赠卢司户

[题解]

郁贤皓考得，卢司户即卢象，乾元二年贬永州司户，“是年李白游洞庭后即赴零陵，贾至有《洞庭送李十二赴零陵》诗可证。零陵即永州。可知李白《赠卢司户》诗乃乾元二年秋于永州所作。这是李白与卢象第三次交往”。又考得李白与卢象第一次交往是天宝初李白供奉翰林时，卢在京为司勋员外郎；第二次交往是天宝四载夏李白与杜甫、高适在济南会见北海太守李邕时，卢时为齐州司马（《李白交游杂考》）。

秋色无远近，出门尽寒山。白云遥相识，待我苍梧间。借问卢耽鹤，西飞几岁还。

草书歌行

[题解]

刘崇德据《舆地纪胜》考知怀素为零陵人，此诗作于乾元二年（《李白〈猛虎行〉〈草书歌行〉新考》，《文学遗产》1992年第3期）。

少年上人号怀素[①]，草书天下称独步。墨池飞出北溟鱼，笔锋杀尽中山兔。八月九月天气凉，酒徒词客满高堂。笺麻素绢排数箱，宣州石砚墨色光。吾师醉后倚绳床，须臾扫尽数千张。飘风骤雨惊飒飒，落花飞雪何茫茫。起来向壁不停手，一行数字大如斗。怳怳如闻神鬼惊，时时只见龙蛇走。左盘右蹙如惊电，状同楚汉相攻战。湖南七郡凡几家，家家屏障书题遍。王逸少，张伯英，古来几许浪得名。张颠老死不足数，我师此义不师古。古来万事贵天生，何必要公孙大娘浑脱舞。

［句笺］

①“少年”句，刘崇德据马云奇《怀素师草书歌》（见《全唐诗补编》第61页）考知，怀素生于开元十三年（725），乾元二年（759）为二十四岁，故可称“少年上人”。

庐山谣寄卢侍御虚舟

［题解］

卢侍御，卢虚舟。郁贤皓据贾至《授卢虚舟殿中侍御史制》及《新唐书·贾至传》考知，“卢虚舟为侍御史当在至德元载以后”，并从詹锳说将此诗系于上元元年白流放归来，自江夏来庐山时（《李白交游杂考》）。

我本楚狂人，凤歌笑孔丘。手持绿玉杖，朝别黄鹤楼。五岳寻仙不辞远，一生好入名山游。庐山秀出南斗傍，屏风九叠云锦张，影落明湖青黛光。金阙前开二峰长，银河倒挂三石梁。香炉瀑布遥相望，回崖沓嶂凌苍苍。翠影红霞映朝日，鸟飞不到吴天长。登高壮观天地间，大江茫茫去不还。黄云万里动风色，白波九道流雪山。好为庐山谣，兴因庐山发。闲窥石镜清我心，谢公行处苍苔没。早服还丹无世情，琴心三叠道初成[①]。遥见仙人彩云里，手把芙蓉朝玉京。先期汗漫九垓上，愿接卢敖游太清[②]。

［句笺］

①“琴心”句，李小荣曰：“化用《黄庭内景经》中‘琴心三叠舞胎仙’之句，梁丘子注之曰：‘琴，和也。三叠，三丹田，谓与诸宫重叠也。胎仙，即胎灵大神，亦曰胎真，居明堂中。所谓三老，君为黄庭之主，以其心和则神悦，故舞胎仙也。’”（《取象与存思：李白诗歌与上清派关系探略》，《福建师范大学学报》2007年第2期）

②“遥见”四句，李小荣曰：“正因为诗人存思身神，初见成效，才会出现仙人来迎、同登太清的幻境。这就是诗人的真实的宗教体验，形之于诗，飘逸之感便油然而生。”

[义释]

全诗作出世语，正反映李白流放归来后心情。

三山望金陵寄殷淑

[题解]

郁贤皓据颜真卿《玄静先生广陵李君（含光）碑》考知，殷淑系道士，李含光弟子，道名中林子。曾与韦渠牟交游，“略长于韦渠牟”（《李白暮年若干交游考索》）。

三山怀谢朓，水澹望长安。芜没河阳县，秋江正北看。卢龙霜气冷①，鳷鹊月光寒。耿耿忆琼树，天涯寄一欢。

[句笺]

①卢龙，胡注：“金陵城西北有狮子山，临大江，晋中宗以形势同塞上卢龙，易名卢龙山。白诗卢龙用此也，诸家注通未拈出。”

送殷淑三首

[题解]

殷淑，见上篇“题解”。

其一

海水不可解，连江夜为潮。俄然浦屿阔，岸去酒船遥。惜别耐取醉，鸣榔且长谣[1]。天明尔当去，应有便风飘。

[句笺]

①耐，表示意愿之辞，训见《唐五代语言词典》，诗例引李白“惜别”二句。

其二

白鹭洲前月，天明送客回。青龙山后日，早出海云来。流水无情去，征帆逐吹开。相看不忍别，更进手中杯。

其三

痛饮龙筇下，灯青月复寒。醉歌惊白鹭，半夜起沙滩。

夜泊黄山闻殷十四吴吟

[题解]

黄山，指当涂之小黄山。殷十四，郁贤皓据诗中“朝来果是沧洲逸，酤酒提盘饭霜栗”二句判曰：“显然是个道隐者流，此人倒很可能是殷淑。”（《李白暮年若干交游考索》）纬按，若然，则殷淑与李白不仅在金陵相交，且曾同游于当涂。

昨夜谁为吴会吟，风生万壑振空林。龙惊不敢水中卧，猿啸时闻岩下音。我宿黄山碧溪月，听之却罢松间琴。朝来果是沧洲逸，酤酒提盘饭霜栗。半酣更发江海声，客愁顿向杯中失。

天马歌

天马来出月支窟，背为虎文龙翼骨。嘶青云，振绿发，兰筋权奇走灭没。腾昆仑，历西极，四足无一蹶。鸡鸣刷燕晡秣越，神行电迈蹑恍惚。天马呼，飞龙趋，目明长庚臆双凫。尾如流星首渴乌，口喷红光汗沟朱。曾陪时龙蹑天衢，羁金络月照皇都。逸气棱棱凌九区，白璧如山谁敢沽？回头笑紫燕，但觉尔辈愚。天马奔，恋君轩，駷跃惊矫浮云翻。万里足踯躅，遥瞻阊阖门。不逢寒风子，谁采逸景孙[①]？白云在青天，丘陵远崔嵬。盐车上峻坂[②]，倒行逆施畏日晚。伯乐翦拂中道遗，少尽其力老弃之。愿逢田子方，恻然为我悲。虽有玉山禾，不能疗苦饥。严霜五月凋桂枝[③]，伏枥衔冤摧两眉。请君赎献穆天子，犹堪弄影舞瑶池。

［句笺］

①“不逢”二句，**阎琦云：“是较工整的对仗，‘寒风子’对‘逸景孙’。”（《读〈李白集〉丛札》，载《李白学刊》第一辑）**纬按，其说是。寒风是古之善相马者，逸景是良马名，诸家俱已注明。然言“寒风子”“逸景孙”，则出于李白之新创，“逸景孙”自拟，“寒风子”指后世之善相马者，意谓生逢当今之世，自己的才具只能被埋没。

②“白云”三句，萧注、王注、瞿朱注断句为“白云在青天，丘陵远崔嵬。盐车上峻坂”，安注、詹注断句为“白云在青天，丘陵远，崔嵬盐车上峻坂”。纬按，此处断句当从萧注等，“崔嵬”一词只可形容“丘陵”，如形容“盐车”则不伦。

③“严霜五月”句，用邹衍故事。《初学记·天部·霜》：“淮南子曰：邹衍事燕惠王尽忠，左右谮之，王系之，仰天而哭，夏五月，天为之下霜。”《古风》其三十七：“燕臣昔恸哭，五月飞秋霜。”亦用此事。

豫章行

胡风吹代马，北拥鲁阳关。吴兵照海雪，西讨何时还。半渡上辽津，黄云惨无颜[①]。老母与子别，呼天野草间。白马绕旌旗，悲鸣相追攀。白杨秋月苦，早落豫章山。本为休明人，斩虏素不闲。岂惜战斗死，为君扫凶顽。精感石没羽，岂云惮险艰。楼船若鲸飞，波荡落星湾。此曲不可奏，三军鬓成斑。

［句笺］

①“胡风”六句，**郁贤皓曰：“据《通典·州郡十二》记载：豫章郡建昌县有上辽津。可知此诗在豫章写的。……《元和郡县志》卷二十三记载：‘鲁阳关在（邓州向城）县北八十里，今邓、汝二州于此分境。’可知《豫章行》中的‘鲁阳关’在今河南鲁山县附近。”（《刘长卿别李白事迹小辨》，载《李白丛考》）**

［义释］

郁贤皓曰：“按《新唐书·来瑱传》：‘上元二年春，破史思明余党于鲁山，俘贼渠，又战汝州，获马牛橐驼。’证知上元二年春天之前，鲁阳关一带确曾为安史乱军控制。因此，李白《豫章行》当是上元元年在豫章写的实况：当时，安史乱军在鲁阳关一带猖狂活动，朝廷又在江南征兵。李白亲眼目睹豫章一带人民应征入伍，赴西方前线作战。由此也可证明：李白到豫章一带乃是在流放遇赦回来以后的上元元年。”

独漉篇

［题解］

张瑞君曰："《汉书·五帝纪》服虔注：'独鹿，山名也……在涿郡逎（纬按，古遒字）**县北界也。'今独鹿山，在河北省涿鹿县西。涿郡一带是安禄山的大本营。李白化用乐府古辞来暗喻险恶的政治环境。"（《李白〈独漉篇〉解》，载《李白学刊》第一辑）**纬按，王注曰："上谷郡涿州有地名独鹿，一名浊鹿者是也。"张瑞君解此诗似受王注之启发。又，蒋礼鸿解"独漉"曰："独漉即鹿独、落度、落拓之倒文。……疲困不能自振之义也。"（《义府续貂》），其说可参。

独漉水中泥，水浊不见月[①]。不见月尚可，水深行人没[②]。越鸟从南来，胡雁亦北渡。我欲弯弓向天射，惜其中道失归路[③]。落叶别树，飘零随风。客无所托，悲与此同[④]。罗帏舒卷，似有人开。明月直入，无心可猜[⑤]。雄剑挂壁，时时龙鸣。不断犀象，绣涩苔生。国耻未雪，何由成名[⑥]。神鹰梦泽，不顾鸱鸢[⑦]。为君一击，鹏抟九天[⑧]。

［句笺］

①"独漉"二句，**张瑞君曰："喻安禄山的预谋反叛，使涿郡一带生灵涂炭，以及安禄山的专宠使玄宗昏庸不堪。"**

②"不见"二句，**张瑞君曰："痛定思痛之言。安史之乱已使国家疮痍满目，而乱后李唐王朝兄弟之间的争斗，更把国家搅得残破不堪。"**

③"我欲"二句，**张瑞君曰："李白回忆从永王璘时的情景，同时也在自我表白。'天'指天狼星，喻安史叛军。"又曰：《经乱离后天恩流夜郎忆旧游书怀赠江夏韦太守良宰》"弯弓惧天狼，挟矢不敢张"二句"正是'我欲'二句最好的注脚"。"永王璘起兵，李白有了为国效力的机会。……然而李璘兵败，'惜其中道失归路'，非但不能立功，而且欲归不能。"**

④“落叶”四句，张瑞君曰：“运用比兴手法，回忆流放和飘泊的困苦生活。”

⑤“罗帏”四句，张瑞君曰：“此时诗人有希望入李光弼幕，故前两句的含意应是：自己又找到为国效力的机会，然而由于李白自身曾被定罪下狱和长期流放，数次入他人幕府而不得志，诗人在这两句中曲折地表现自己的彷徨心境和对能否建立功业的担忧。后两句，诗人表达自己的诚心，‘明月直入’可以照吾之精诚，我心至诚，只是为了清除叛贼。”

⑥“雄剑”六句，张瑞君曰：“这正是诗人请缨无路，报国无门的悲壮的慨叹。”

⑦“神鹰”二句，张瑞君曰：“诗人自比神鹰，壮志凌云，不顾凡鸟。”

⑧“为君”二句，张瑞君曰：“最后诗人又自比大鹏，飙风而上九天，实现宏图大志。”

闻李太尉大举秦兵百万出征东南懦夫请缨冀申一割之用半道病还留别金陵崔侍御十九韵

［题解］

李太尉，李光弼，据《新唐书·宰相表》，上元元年（760）正月加太尉兼中书令，二年三月罢太尉，五月庚子复为太尉。《通鉴》：“（上元二年五月）复以李光弼为河南副元帅、太尉兼侍中，都统河南、淮南东西、山南东、荆南、江南西、浙江东西八道行营节度，出镇临淮（临淮郡即泗州，属河南道）。”大军从长安出发，故曰“秦兵百万”。阎琦谓此诗作于宝应元年（762）秋末，又谓：“唐太尉李光弼‘出征东南’之事，并不是与中原一带的史朝义作战，而是与浙东一带的袁晁农民军作战。”并引《通鉴》卷二百二十二：“（宝应元年）秋八月。台州（今浙江临海）贼袁晁攻陷浙东诸郡，改元宝圣。民疲于赋敛者多归之。李光弼遣兵击晁于衢州（今浙江衢县），破之。九月，袁晁陷信州（今江西上饶）……”“当时李白正在金陵或历阳、宣城一带，听到这个消息，便东南行，准备途中参谒李光弼投军效用”（《李白卒年刍议》，《西北大学学报》1985年第3期）。又曰：“肃宗上元二年有《授李光弼副知行营事制》（《全唐文》卷四二），制中有云：‘属残寇犹虞，总戎有命，用择唯贤之佐，式宏建亲之典，必能缉宁邦国，协赞天人。誓于丹浦之师，剿彼绿林之盗。’肃宗其所以让李光弼以河南副元帅身份都统淮南东西、江南西、浙江东西等八道节度使，目的是除了让他对付中原一带的安、史残部（即制书中的‘残寇’）以外，还要兼顾镇压淮南、江南及浙江东西部的‘绿林之盗’。”（《再论李白不卒于宝应元年》，载《中国李白研究》2000年集）崔侍御，郁贤皓疑为“崔侍郎”之误（见《李白选集》）。

秦出天下兵，蹴踏燕赵倾。黄河饮马竭，赤羽连天明。太尉杖旄钺，云旗绕彭城[①]。三军受号令，千里肃雷霆。函谷绝飞鸟，武关拥连营。意在斩巨鳌，何论鲙长鲸[②]。恨无左车略，多愧鲁连生。拂剑照严霜，雕戈鬘胡缨。愿雪会稽耻，将期报恩荣。半道谢病还，无因东南征[③]。亚夫未见顾，剧孟阻先行。天夺壮士心，长吁别吴京[④]。金陵遇太守，倒屣相逢迎。群公咸祖饯，四座罗朝英。初发临沧观，醉栖征虏亭。旧国见秋月，长江流寒声。帝车信回转[⑤]，河汉复纵横。孤凤向西海[⑥]，飞鸿辞北溟。因之出寥廓，挥手谢公卿。

［句笺］

①彭城，彭城郡，即徐州。《旧唐书·李光弼传》记：“史朝义乘邙山之胜，寇申、光等十三州，自领精骑围李岑于宋州。将士皆惧，请南保扬州，光弼径赴徐州以镇之，遣田神功击败之。”《通鉴》记，上元二年八月“己巳，李光弼赴河南行营”，杨栩生以为河南行营所在即徐州，“李光弼是先赴徐州而后再至临淮的”（《李白〈留别金陵崔侍御十九韵〉系年再辨》，载《中国李白研究》1991年集）。

②“意在”二句，斩巨鳌，指擒拿贼首史朝义。史朝义之父史思明于乾元二年（759）杀安禄山之子安庆绪，称大燕皇帝，上元二年三月史朝义又杀其父史思明，即皇帝位。阎琦曰：“‘意在’句表示李光弼中原战场的主要任务是讨平史朝义。‘何论’意思是说，至于那长鲸，要把它切成细丝（鲙），更不在话下。‘长鲸’何指？看他把‘长鲸’与‘巨

鳌'分而言之，其凶恶程度又在'巨鳌'之下，'长鲸'无疑是指浙东袁晁。"（《李白卒年刍议》）

③"半道"二句，诗人自谓半道因病折回金陵，失去了入李光弼军而出征东南的机会。

④"天夺"二句，谓命运使自己壮志难酬，即将离开金陵（前去当涂）。

⑤帝车信回转，谓星相预示着朝廷的胜利。《史记·天官书》云"斗为帝车"。

⑥孤凤向西海，**阎琦谓"西海"就是当涂，"当涂距金陵不过一二日水程，李阳冰在这里作县令，李白称他为'族叔'，其欲在当涂安居静养在情理之中。《留别金陵崔侍御》与李白初至当涂所写《献从叔当涂宰阳冰》，二诗在时序、地理、情节上的衔接是很紧的"（《再论李白不卒于宝应元年》）。**

[义释]

欲从李光弼军是李白暮年最后一次为实现报国之志而采取的行动，因"天夺壮士心"而留下终生的遗憾。此后，李白即抱病前往当涂投靠李阳冰，直至终老其地。

献从叔当涂宰阳冰

金镜霾六国，亡新乱天经。焉知高光起，自有羽翼生。萧曹安屼屼，耿贾摧欃枪。吾家有季父，杰出圣代英。虽无三台位，不借四豪名。激昂风云气，终协龙虎精。弱冠燕赵来，贤彦多逢迎。鲁连善谈笑，季布折公卿。遥知礼数绝，常恐不合并。惕想结宵梦，素心久已冥。顾惭青云器，谬奉玉樽倾。山阳五百年，绿竹忽再荣。高歌振林木，大笑喧雷霆。落笔洒篆文，崩云使人惊。吐辞又炳焕，五色罗华星。秀句满江国，高才掞天庭。宰邑艰难时，浮云空古城。居人若薙草，扫地无纤茎。惠泽及飞走，农夫尽归耕。广汉水万里，长流玉琴声。雅颂播吴越，还如太阶平。小子别金陵，来时白下亭。群凤怜客鸟，差池相哀鸣。各拔五色毛，意重泰山轻。赠微所费广，斗水浇长鲸。弹剑歌苦寒，严风起前楹。月衔天门晓，霜落牛渚清①。长叹即归路，临川空屏营。

［句笺］

①“小子”十二句，阎琦曰：“《留别金陵崔侍御》与李白初至当涂所写《献族叔当涂宰阳冰》，二诗在时序、地理、情节上的衔接是很紧的。”（《再论李白不卒于宝应元年》）。白下亭，指白下驿。

酬殷佐明见赠五云裘歌

［题解］

宋蜀本题下注云：“谢朓宅在当涂青山下。”指明诗之作地，当为曾巩所加。郁贤皓考得，此即《元和姓纂》卷四陈郡殷氏所载“嘉绍再从弟佐明，仓部郎中”，与颜真卿为从表兄弟，大历七、八年间官正字。“殷佐明很可能上元年间在当涂遇见李白，送了一件五云裘给他，李白十分感激，写了这首应酬的诗。”（《李白暮年若干交游考索》）

我吟谢朓诗上语，朔风飒飒吹飞雨。谢朓已没青山空，后来继之有殷公。粉图珍裘五云色，晔如晴天散彩虹。文章彪炳光陆离①，应是素娥玉女之所为。轻如松花落金粉，浓似苔锦含碧滋。远山积翠横海岛，残霞飞丹映江草。凝毫采掇花露容，几年功成夺天造。故人赠我我不违，著令山水含清晖。顿惊谢康乐，诗兴生我衣。襟前林壑敛暝色，袖上云霞收夕霏。群仙长叹惊此物，千崖万岭相萦郁。身骑白鹿行飘飖，手翳紫芝笑披拂。相如不足夸鹔鹴，王恭鹤氅安可方。瑶台雪花数千点，片片吹落春风香。为君持此凌苍苍，上朝三十六玉皇。下窥夫子不可及，矫首相思空断肠。

[句笺]

①文章，指裘上花纹。

宣城见杜鹃花

蜀国曾闻子规鸟，宣城还见杜鹃花。一叫一回肠一断，三春三月忆三巴。

[义释]

李白自青年时代出蜀后，抒写乡思未有如此诗之强烈者，度以情理，此诗宜作于晚年在宣城时。

游谢氏山亭

沦老卧江海，再欢天地清[1]。病闲久寂寞，岁物徒芬荣。借君西池游，聊以散我情。扫雪松下去，扪萝石道行。谢公池塘上，春草飒已生。花枝拂人来，山鸟向我鸣。田家有美酒，落日与之倾。醉罢弄归月，遥欣稚子迎[2]。

[句笺]

①再欢天地清，**阎琦曰：“当指代宗广德元年（763）正月史朝义势穷自缢死事，历时八年的安史之乱至此宣告结束。”（《再论李白不卒于宝应元年》）**纬按，“再欢天地清”，意即“欢天地再清”。

②稚子，**阎琦曰：“‘稚子’当然不可能是伯禽，而是伯禽之子。当广德元年，伯禽已有二十五六岁，是已娶的年龄，他的儿子已懂得迎接晚**

归的爷爷了。伯禽之子在当涂，说明伯禽遵父之命，已举家南迁，且定居当涂，准备长远侍奉于父侧了。”

［义释］

阎琦《李白卒年刍议》（载《西北大学学报》1985年第3期）、《再论李白不卒于宝应元年》（载《中国李白研究》2000年集）否定王琦以来的李白卒于宝应元年（762）之说，力主卒于次年，即广德元年（763）。认为李白于宝应元年九、十月间由金陵来至当涂养病，并定居于此。此年春病起，作《游谢氏山亭》。指出诗中“沦老卧江海”、“病闲久寂寞”、“谢公池塘上，春草飒已生”等，“都是说自己久病初愈情况，而其场景、地点，皆非当涂一地莫属”。又指出“伯禽后半生定居于当涂，伯禽之子成长之后外出不归，不知所终，当涂李氏遂为绝祀之家。但李白的两个孙女却分别嫁于当涂农民，成为当涂的‘编户’（范传正《李公新墓碑》），这都从一个侧面证明了李白病卒当涂之前有一段较长的定居当涂的生活，而不可能仅仅是仓促之间客死当涂而已”。还举出杜甫《寄李十二白二十韵》为佐证，指出杜甫所写关于李白诸诗，诗题曰“梦”、曰“怀”、曰“不见”，“惟独此首曰‘寄’，可知是在得知李白确切地址、对李白近况有了准确了解且李白有了相对稳定居住之地以后写的”，“更重要的是杜诗‘老吟秋月下，病起暮江滨’二句。此二句句法同于杜甫《春日怀李白》‘渭北春天树，江东日暮云’，前句写自己，后句写李白，而且，‘病起暮江滨’明明是说李白已经‘病起’，说明杜甫听到的不止是李白病发当涂的消息，听到的还是李白病发之后经复苏已经‘病起’的消息。假若李白病体复苏在来年春天，则时间已在半年左右，宜乎远在成都、梓州的杜甫能得知李白的消息并‘寄’诗给李白表示他的慰问了”。其说甚辨。

九日龙山饮

［题解］

安注系此诗及下篇于广德元年（763），“题解”曰：“本年重阳节作于当涂。《元和郡县图志》江南道宣州当涂县：‘龙山，在县东南十二里。桓温尝与僚佐九月九日登此山宴集。’”**王辉斌曰：“桓温宴龙山以及孟嘉落帽事，确在江陵之龙山。也就是说，李白‘九日龙山饮’之‘龙山’与诗中‘醉看风落帽’的典故，均在今江陵县之龙山，即李白此诗写于江陵。诗中的‘黄花笑逐臣’，指李白于乾元二年被流放夜郎之事。”（《李白诗中之“龙山”考》，载《天府新论》1986年第1期）**纬按，据安注“附录”之《李白简谱》，李白流途“（乾元元年）八月，在汉阳……秋，至洞庭……冬，入三峡”，其于九月重阳日行经洞庭与三峡之间的江陵，并作此诗及下篇，均在事理与情理之中。诗中自称“逐臣”，符合诗人当时身份。其遇赦后作《早发白帝城》诗，有句“千里江陵一日还”，亦可证明其流途上三峡之前曾驻足江陵。以上均为系此诗于流途之理由。然当涂另有龙山，《晋书·桓温传》载有桓温“移镇姑熟（即当涂）”事，李白晚年寓居当涂时遇重阳节而登此山，不免生发桓温于江陵龙山宴集的联想，并作此诗及下篇，亦情理中事；诗中自称“逐臣”，于身份亦合。故而关于此诗及下篇的作时、作地，实可二说并存。

九日龙山饮，黄花笑逐臣。醉看风落帽，舞爱月留人。

九月十日即事

[题解]

与上篇先后之作。

昨日登高罢，今朝更举觞。菊花何太苦[①]，遭此两重阳。

[句笺]

①王辉斌曰：“江陵有龙山，是地喜九月九日登高而采菊束之家中以志庆，以及桓温宴集于此山，另有张九龄《九月九日登龙山》一诗可作佐证：‘郡庭常窘束，凉野求昭旷。楚客凛秋时，桓公旧台上……东弥夏

首阔，西拒荆门壮……且泛篱下菊，还聆郢中唱。灌田亦何为，子陵乃逃相。'据《资治通鉴·唐纪》，开元二十五年四月，张九龄被贬为荆州长史，此诗当作于是年的秋天。"（《李白诗中之"龙山"考》）

本卷讨论的主要问题

1. 李白从李光弼军事。
2. 李白的卒年。

本卷所采撷论著

1. 郁贤皓：《李白暮年若干交游考索》，载《李白丛考》。
2. 朱金城：《读〈李白集〉札记》，载《唐代文学论丛》1982 年第 2 期。
3. 杨明：《读李琐记》，载《中国李白研究》1990 年集·下。
4. 郁贤皓：《李白交游杂考》，载《李白丛考》。
5. 魏耕原、魏景波：《李白诗口语疑难词考释》，载《千年诗魂　蜀道李白》。
6. 刘崇德：《李白〈猛虎行〉〈草书歌行〉新考》，载《文学遗产》1992 年第 3 期。
7. 李小荣：《取象与存思：李白诗歌与上清派关系探略》，载《福建师范大学学报》2007 年第 2 期。
8. 阎琦：《读〈李白集〉丛札》，载《李白学刊》第一辑。
9. 郁贤皓：《刘长卿别李白事迹小辨》，载《李白丛考》。
10. 张瑞君：《李白〈独漉篇〉解》，载《李白学刊》第一辑。

11. 阎琦：《李白卒年刍议》，载《西北大学学报》1985 年第 3 期。

12. 阎琦：《再论李白不卒于宝应元年》，载《中国李白研究》2000 年集。

13. 杨栩生：《李白〈留别金陵崔侍御十九韵〉系年再辨》，载《中国李白研究》1991 年集。

14. 王辉斌：《李白诗中之“龙山”考》，载《天府新论》1986 年第 1 期。

15. 王辉斌：《再谈李白〈九日龙山饮〉》，载《天府新论》1986 年第 3 期。

16. 王辉斌：《三谈李白〈九日龙山饮〉》，载《中国李白研究》2000 年集。

第九卷

古风之什

古风五十九首

［题解］

一、“古风”组诗的命题及编集者

对此有两种判断：

其一，认为是后人命题编集，或将命题编集者定为李阳冰。持此说者最早应为清·赵翼：“《古风》五十九首非一时之作，年代先后亦无伦次，盖后人取其无题者，汇为一卷耳。”（《瓯北诗话》卷一）詹锳云：“按古风第九首‘庄周梦胡蝶’，河岳英灵集选录题作‘咏怀’，可见太白生前，此类之诗并非一律题作古风。又王本古风第八首与第十六首，缪本（纬按，康熙年间缪曰芑刻本，与下文说到的宋蜀刻本同出于北宋元丰三年晏处善刊本）俱题作‘感寓’。意者太白古风本是咏怀或感寓诗，其易为今题乃出于后人之手。”（《李白古风五十九首集说》，载《李白诗文系年》）郁贤皓云：“考《才调集》卷六录李白‘泣与亲友别’（今本列为《古风》其二十的中间一段）、‘秋露白如玉’（今本列为其二十二）、‘燕赵有秀色’（今本列为其二十七）三首，已题名为《古风》，而且编排次序也与今本一致（纬按，今本指最通行的清·王琦注本）。《才调集》的编者韦縠仕于后蜀，说明五代以前这组诗已编成。”“可能是李阳冰在编集时把有关咏怀内容的短篇五言古诗集中在一起，题名为《古风若干首》。《唐宋诗醇》评《古风》其一云：‘阳冰纂《草堂集》，以《古风》列于卷首，又以此弁之，可谓有卓见者。枕上授简，同不朽矣。’即认为《古风》乃李阳冰编集。”（《论李白〈古风五十九首〉》，载《中国李白研究》1990年集·上）

其二，认为是李白自己命题并编排。如乔象钟云：“《古风》是李白晚年自己选择、组合的大型组诗。”并谓李白将诗稿手授李阳冰时，已成十卷，编排体例是出自李白（《李白〈古风〉考析》，载《李白论》）。贾晋华对于“这一组诗的命题和编排出自何人的问题”，“赞同乔象钟先生的说法，认为应出自李白之手”，并论曰：“《古风》的诗题，李白之前尚

未出现。就是收入这一组诗中的作品，有一些本来也曾以《咏怀》、《感兴》、《感遇》的一般题目流行。这一组诗的最后命题，可能是李白有意识的、总结性的构想。”（《李白〈古风〉新论》，载《中国李白研究》1991年集）周勋初也认为：“绝大多数诗应当原来就题为‘古风’，李阳冰不可能为了添一新类而将原诗题目大批去掉，一一改为《古风》。”（《李白评传·李白的〈古风〉组诗》）

纬按：上述二说，对揭开这一问题的真相均具有启示意义。意者，《古风》之最初命题和编集，当系李白自为。但李白当时未必即编就“五十九首”。这组诗的编定，自李白“枕上授简”给李阳冰以来，实经历了一个逐步扩容及个别篇章出入变动的过程。兹条缕而撮要述之：

李白生前曾先后将诗文编集事交付魏颢（即魏万，见魏颢《李翰林集序》）、倩公（见李白《江夏送倩公归汉东序》）及李阳冰。魏颢所纂白诗集二卷，后被宋敏求采入《李太白文集》（见宋敏求《李太白文集后序》）。倩公无下文。李阳冰《草堂集序》云：“临当挂冠，公又疾亟，草稿万卷，手集未修，枕上授简，俾予为序。……当时著述，十丧其九，今所存者，皆得之他人焉。时宝应元年（762）十一月乙酉也。”细味这段文字，似李白当时已编成《草堂集》，仅嘱阳冰“为序”；《草堂集》中当已有“古风”若干首。《草堂集》流传至宋代，其融入宋本李白集的线索颇为清楚。

乐史《李翰林别集序》：“李翰林歌诗，李阳冰纂为《草堂集》十卷，史又别收歌诗十卷，与《草堂集》互有得失，因校勘排为二十卷，号曰《李翰林集》。今于三馆中得李白赋序表赞书颂等，亦排为十卷，号曰《李翰林别集》。”是序作于咸平元年（998），乐史明言《草堂集》十卷是他编纂《李翰林集》的收录与校勘对象。乐史将李白集的卷数由《草堂集》之十卷扩展为《李翰林集》之二十卷，其新收录的诗篇数目当与《草堂集》相埒，他在校勘编排《李翰林集》时，对《草堂集》“古风”类目下的诗篇亦当有所扩充。

继之则为宋敏求（次道）。其《李太白文集后序》曰：“唐李阳冰序李白《草堂集》十卷，云‘当时著述，十丧其九’。咸平中，乐史别得白歌诗十卷，合为《李翰林集》二十卷，凡七百七十六篇。史又纂杂著为别集十卷。治平元年（1064），得王文献公溥家藏白诗集上、中二帙，凡广一百四篇，惜遗其下帙。熙宁元年，得唐魏万所纂白诗集二卷，凡广四十四篇。因裒唐类诗诸编，洎刻石所传、别集所载者，又得七十七篇。无虑千篇。沿旧目而厘正其汇次，使各相从。以别集附于后，凡赋表书序碑颂记铭赞文六十五篇，合为三十卷。”是序作于熙宁元年（1068）。序文首先回顾了乐史接续《草堂集》编纂《李翰林集》的过程，明言其收李白诗为七百七十六篇。接着，记叙了自己从各方继续搜集李白诗歌的收获，使总数达到千篇，这正是今天传世的李白诗歌的数目。宋敏求编集《李太白文集》的做法是“沿旧目而厘正其汇次，使各相从”，此所谓“旧目”，即乐史编《李翰林集》时的诗歌类目，而乐史之类目又是上承《草堂集》而来，正如胡震亨所说：“敏求本所增者，沿旧目相从，是犹存阳冰所次未紊也。”（《唐音癸签》卷三十二）宋敏求在沿旧目而汇次诗篇之时，宜在“古风”类目下又新增了若干篇目，达到了五十九首。最终确定“古风五十九首”之卷目者，应即宋敏求。**房日晰谓“宋本《李太白文集》前二十卷，盖仍系乐史《李翰林集》之旧貌”（详见《宋本〈李太白集〉三题》，载《西北大学学报》1988 年第 1 期）**，其言甚辩；若然，则《古风五十九首》乃编成于乐史之手。

稍后，曾巩又在宋敏求类编本的基础上，做了考次先后的工作，曾序曰：“次道既以类广白诗，自为序，而未考次其作之先后。余得其书，乃考其先后而次第之。”**詹锳说：“曾氏考次乃就宋次道分类本于每类之中考其作之先后，而非通体为之编年。”（《李太白集板本叙录》，载《李白诗论丛》）郁贤皓说：“至于曾巩，在各卷中‘考其先后而次第之’，而恰恰对这一组诗未曾做这一工作，所以现在的编排次序实在混乱不堪。”**二说甚是。意者曾巩不为《古风五十九首》“考次其作之先后”，盖以此类咏怀、感寓之作殆难于确定写作时间，曾氏非不为也，实不能也。

元丰三年（1077），苏州太守晏知止（处善）以李白诗授毛渐校刻，毛渐题记曰：“渐切谓李诗为人所尚，以宋公类编之勤，而曾公考次之详，世虽甚好，不可得而悉见。今晏公又能镂板以传，使李诗复现于世，实三公相与成始而成终也。”晏知止刊本流传至今，就是宋蜀刻本《李太白文集》（巴蜀书社 1985 年版）。其正文第二卷之卷目“古风五十九首”，乃源自《草堂集》而成于乐史或宋敏求。卷首标为“古风上”，则是编集和刻印过程中遗留的工作痕迹。观蜀刻本第六卷之后半为“歌吟上”、第七卷为“歌吟下”，可知“古风”虽为一卷，但很可能原本也是分为上、下的。

另一宋本“咸淳本”也是继承《草堂集》而来。曾任宣歙池等州观察使的范传正于元和十二年（817）正月为李白迁葬，并撰《唐左拾遗翰林学士李公新墓碑并序》，序云：“文集二十卷，或得之于时之文士，或得之于宗族，编辑断简，以行于代。”**郁贤皓曰：“此‘文集二十卷’，似为范传正新编。”（《影印当涂本〈李翰林集〉序》）**其时距李阳冰编《草堂集》之宝应元年（762）仅五十五年，其地又在当涂，则范传正编辑李白文集时必采入流传于当地的《草堂集》，故**詹锳云：“斯编盖广李阳冰《草堂集》而成者。”（《李太白集板本叙录》）**。范传正新编本二十卷宜在当涂流行，并演进为宋代的“当涂本”。宋代，“当涂《太白集》”首见于南宋周必大《二老堂诗话》“记舒州司空山李太白诗”条，此条所载李白《瀑布诗》写舒州司空山景色，曰：“当涂《太白集》元无此诗，因子中（按，周必大兄）录寄，郡守遂刻于后。”盖舒州与当涂所属之宣州相邻，郡守才有将《瀑布诗》补入《太白集》的方便条件。陈振孙《直斋书录解题》卷十六著录《李翰林集三十卷》，曰：“家所藏本，不知何处本。前二十卷为诗，后十卷为杂著，首载阳冰、史及魏颢、曾巩四序，李华、刘全白、范传正、裴敬碑志，卷末又载《新史》本传，而《姑孰十咏》、《笑矣》、《悲来》、《草书》三歌行亦附焉，复著东坡辨证之语，其本最为完善。”这个三十卷本所收《姑孰十咏》是李白晚年在当涂所作，专咏当地的姑孰溪。可知此三十卷本宜在当涂编成而被称为“当涂本”。**郁贤皓认为“陈振孙家所藏本极有可能就是周必大说的当涂本”。**“当涂本”既在当地编成，则无论成于何人之手，都不能不采入流行于当地的范传正所编二十卷本，同时还应酌取业已成书的宋敏求本及曾巩本。但其源头仍为《草堂集》。咸淳己巳（1269）当涂学官戴觉民刻成《李翰林集》，此即“咸淳本”。**郁贤皓认为“咸淳本《李翰林集》当是依当涂本《太白集》翻刻”。**因而可知，咸淳本和蜀刻本的最早源头都是李阳冰所编《草堂集》。咸淳本中“古风”分为上、下两卷，亦可旁证蜀刻本之卷目只有“古风上”，乃是在相关位置遗漏了“古风下”的标识。宋刻咸淳本今已失传，2004年黄山书社影印出版了贵池刘世珩玉海堂“景宋丛书”之六“景宋咸淳本《李翰林集》三十卷”，**郁贤皓指出，“玉海堂‘景宋咸淳本《李翰林集》三十卷’实际上并不是真正的‘景宋咸淳本’，而是‘景明仿宋咸淳本’”；又认为“明、清影刻的仿宋咸淳本《李翰林集》，也都较好地保存了宋咸淳本《李翰林集》的原貌”（《咸淳本〈李翰林**

集〉源流概述》，载〈中国李白研究〉2003—2004年集）。为行文方便，本书将黄山书社影印本径称为“咸淳本”，盖以其内容与真正的“咸淳本”并无不同。

此外，还须说到宋·姚铉编《唐文粹》（浙江人民出版社1986年版）。此书之卷十四·上“古调歌篇一”收李白“古风十一首”，依次为“大雅久不作”、“咸阳二三月”、“庄周梦蝴蝶”、“齐有倜傥生”、“黄河走东溟”、“胡关饶风沙”、“燕昭延郭隗”、“天津三月时”、“郢客歌白雪”、“燕赵有秀色”、“美人出南国”，这些诗篇在王注本“古风五十九首”中，依次排为第一、第八、第九、第十、第十一、第十四、第十五、第十八、第二十一、第二十七、第四十九，由前及后而绝无颠倒。《唐文粹》成书于大中祥符四年（1011），略晚于乐史编成《李翰林集》而颇早于宋敏求编成《李太白文集》，由此可知，在宋敏求书成前，李白“古风”至少应有四十九首，且排定了后世所见的编次。

二、“古风”类篇什殆无定数

肇始于《草堂集》的李白诗之分类卷目，在蜀刻本、咸淳本、元·萧士赟《分类补注李太白诗》、清·王琦注《李太白全集》中具有共同性，即：古风、乐府、歌吟三类，是依诗的形式特征而立；其馀卷目是依诗的内容而立。（从蜀刻本到萧注本，这些卷目依次为赠、寄、别、送、酬答、游宴、登览、行役、怀古、闲适、怀思、感遇、写怀、咏物、题咏、杂咏、闺情、哀伤，凡十八类。王注虽然删除了这些类目，但各卷之诗篇归类及顺序仍以这些类目为据。咸淳本为赠、寄赠、饯送、酬答、留别、杂拟、怀、登览、游宴、杂咏、闺情。）以形式特征言，古风为五言古体；乐府或用古题，或用新题，诗题有明显表征；歌吟基本是七言古体（仅有少量五言古体），且诗题包含了“歌”、“行”、“吟”、“词”、“曲”等“歌辞性”字样。乐府和歌吟以形式特征为标准，较易于编集，所以，诸本所收诗篇基本相同。唯“古风”一类，虽然所收作品均为五言古体，但并不是以诗体形式为准把所有五言古体诗都收进来，而是如**詹锳所推断的“意者太白古风本是咏怀或感寓诗”**，因之，古风之收诗事实上持形式与内容相结合的双重标准；然而，这个双重标准也实行得不彻底，其收入的并不是内容为“咏怀”或“感寓”的五言古体诗之全部，而是只收了若干首，同时把另一些以五言古体写成的咏怀、感寓之作留在了后面的“感遇”或其他类目中。宋蜀本第二十二卷之“感遇”类有《效古二首》、《感寓二首》、《拟古十二首》、《感兴六首》、《寓言三首》、《感遇四首》**（依房日晰说，这些诗篇都是宋敏求所编集）**，这样一来，就造成“古风”篇目不完全确定的情况。

以篇数论，宋蜀刻本及萧注本、王注本均为五十九首（但所收篇目同中有异）。咸淳本为六十一首（“古风上”三十首，“古风下”三十一首），葛立方则说：“李太白古风两卷，近七十篇。”（《韵语阳秋》卷十一，见《历代诗话》第565页）**詹锳在《李白古风五十九首集说》中还征引了《道山清话》中的一则记载：“秦观少游一日写李太白古风诗三十四首于所居一隐壁间，予因问‘燕昭延郭隗，遂筑黄金台’之诗，史但言筑宫而师事，不闻黄金之名，太白不知何据？少游曰：上谷图经言‘昭王筑台，置千金于其上，遂因以为名’。阅之信然。”（见《说郛》卷八十二）**意者，秦少游于壁间写李白古风三十四首，应无所选择，而是他当时所见太白古风的全部，若然，少游所见又不知是何种集本。南宋时刘克庄又说：“太白《古风》云……此六十八首与陈拾遗《感遇》之作笔力相上下，有唐诸人皆在下风。”（《后村诗话》前集卷一）明·胡震亨《李诗通》所载《古风》则为六十首。

以篇目论，可叙及的情况有三：第一，萧注本、王注本之“古风五十九首”中，“其八”为“咸阳二三月”，“其十六”为“宝剑双蛟龙”。这两首诗在咸淳本中分别列为“古风上”之第八首和第十六首，而在宋蜀刻本中则题为《感寓二首》，编在第二十二卷的“感遇”类。《唐文粹》也将“咸阳二三月”编入古风。第二，萧注本卷二十四《感兴八首》其七“揭来荆山客”篇末云：“按此篇已见二卷古风，但有数语之异。是亦当时初本传写之殊，编诗者不忍弃，两存之耳。”**黄瑞云以王注本为据，进一步指出：“《感兴》八首其四、其六、其七分别是古风五十九首中其四十七、其二十七、其三十六之别稿。”（《说李白的古风》，载《湘潭大学学报》1980年第2期）**这三首诗在宋蜀刻本中列为《古风五十九首》之四十七、二十七、三十六，在咸淳本中列为《古风下》之四十九、《古风上》之二十九、《古风下》之三十八。这除了证明李白“古风”中这三首诗在宋代流传时确有“别稿”外，事实上在各种版本中是重收了。第三，“昔我游齐都”、“泣与亲友别”、“在世复几时”三首诗，在宋蜀刻本中列为“古风五十九首”之十八、十九、二十；在咸淳本中列为“古风上”之二十、二十一、二十二。萧注本、王注本将三诗合为一首；

萧注本又是承南宋杨齐贤注本而来，可能杨注最先将三诗合为一首。朱熹曾说："李太白……古风两卷……然多为人所乱，有一篇分为三篇者，有三篇合为一篇者。"（《朱子语类》卷一百四十）所指大概就是这三首诗分合不定的情况。胡震亨《李诗通》（《唐音丙签》本，见《续修四库全书》第一六一三册）将前二诗合为一首，将第三首单列，且曰"辞意止可分为二首"。其实，《才调集》既载有"泣与亲友别"一诗，可见这首诗在五代后蜀时就是独立成篇的；此诗既居三首之第二首，则其前、后必定也是独立成篇的两首诗。

我们现在所能见到的李白诗集宋代传本，仅蜀刻本与咸淳本两种，至于失传的宋本如宋敏求《李太白文集后序》所提到的"王文献公溥家藏白诗集"上、中、下三帙，其中李白之"古风"是什么情况，就不得而知了。

三、"古风"之含义

贾晋华认为李白组诗题目的"古风"一词，"实际上是被作为一种特殊诗型的名称，具有诗体、题材和风格的三重含义。这种诗型一般为五言古诗，以单篇或组诗的形式出现；它往往以'志士失意'为中心主题，涉及多种不定场合的相关题材；多用比兴，允许虚构，不对直观实景做细致刻划，语言古朴，保留汉魏风格，体现自觉的拟古和复古意味"。又认为"'古风'型诗歌经历了自汉至唐的漫长发展历程，它的较普遍的题目是《拟古》、《效古》、《古意》、《杂诗》、《咏怀》、《感遇》、《感兴》等"。还指出李白之《古风》诗题"'古'字强调拟古和诗体的意义，'风'字则强调内容和风格的意义"；除《古风》五十九首外，"李白集中尚有题为《拟古》、《效古》、《古意》、《杂诗》、《感遇》、《感兴》、《寓言》的'古风'型诗二十八首（已扣除与《古风》重出的三首）"。诗型概念的提出及解释，准确而完整地揭示了"古风"的特征及含义。

梁森认为："《古风》一类组诗是李白大力追慕汉魏古诗的结晶，具有特定的诗体与诗风的双重意义。因此这类作品就不能与李白其他的五言古诗等同起来。"（《李白与古诗传统》，载《文学与新闻传播研究》第四辑）

钱志熙谓"'世道之治乱'是《古风》组诗的总纲。……所谓'世道之治乱'，是指三代以下，春秋战国以来的治乱之情，兼及李白当代的政道舆情，侧重于刺乱。这是《古风》五十九首的基本主题"（《论李白

〈古风〉五十九首的整体性》，载《文学遗产》2010年第1期）。

其一

大雅久不作[①]，吾衰竟谁陈[②]。王风委蔓草，战国多荆榛[③]。龙虎相啖食，兵戈逮狂秦[④]。正声何微茫，哀怨起骚人[⑤]。扬马激颓波，开流荡无垠[⑥]。废兴虽万变，宪章亦已沦[⑦]。自从建安来，绮丽不足珍[⑧]。圣代复元古，垂衣贵清真[⑨]。群才属休明，乘运共跃鳞。文质相炳焕，众星罗秋旻[⑩]。我志在删述，垂辉映千春[⑪]。希圣如有立，绝笔于获麟[⑫]。

［句笺］

①“大雅”句，杨注：“诗大雅凡三十六篇，诗序云：‘雅者，正也，言王政之所由废兴也。’”**俞平伯曰：“这句虽只说《大雅》，实际上兼指《雅》《颂》。本篇之三十五曰：‘大雅思文王，颂声久崩沦。’很显明，这就是‘大雅久不作’，不过化一句为两句罢了。”（《李白〈古风〉第一首解析》，载《文学遗产增刊》第7辑）袁行霈曰：“李白并不是笼统地推崇《诗经》及其文学传统，而是特别标举大雅，推崇那种体现帝国恢宏气象的‘正声’。”［《李白〈古风〉（其一）再探讨》，载《文学评论》2004年第1期］**

②“吾衰”句，萧注：“《论语》：子曰‘甚矣吾衰也’。”**俞平伯曰：“‘吾衰’还依旧说指孔子为妥。”“陈训布，展布之意，宜读如‘陈力就列’的陈。吾衰谁陈，只是说孔子老了，吾道不行。”袁行霈曰：“俞说是也，然犹有未尽。《论语·述而》：‘甚矣，吾衰也！久矣，吾不复梦见周公！’……‘竟谁陈’其实就是‘不复梦见周公’的另一种说法，表达了理想幻灭、落寞孤独、世无知音之慨。”**纬按，周公的时代，即产生大雅的西周时代，孔子感叹“吾不复梦见周公”，就是感叹那个时代和那个时代的诗歌已经成为遥远的、不可企及的过去——因为孔子所处的时代是诗之第三句所说“王风委蔓草”的春秋时代。“竟谁陈”即找不到同道与知音，找不到倾诉的对象，译成今语就是“说给谁听呢？”这是李白设身处地地想象孔子面对诗歌与世道双双衰落时无力回天的孤独和无奈。

③“王风”二句，杨注：“平王东迁，黍离降于国风，终春秋之世不能复振。”**俞平伯曰：“‘王风’句，杨注以‘黍离’释之，是。这出于谢瞻诗‘王风哀以思，周道荡无章’。”**《黍离》是《王风》的第一篇，

高亨曰："周幽王残暴无道，犬戎攻破镐京，杀死幽王。平王东迁洛邑，是为东周。东周初年，有王朝大夫到镐京来，见到宗庙宫殿皆已毁坏，长了庄稼，不胜感慨，因作此诗。"（《诗经今注》）谢瞻《张子房诗》："王风哀以思，周道荡无章。"（《文选》卷二十一）袁行霈曰："'王风委蔓草'，表面的意思是说王风委弃于蔓草之中，与各诸侯国风等同了，深层的含义则是感叹周朝中央统一政权衰落，降而与各诸侯国等同，形成战国纷争的局面。那么，'多荆榛'是不是形容战国时代诗坛的情况呢？不是，不是指诗歌创作之荒芜，而是指政治局面之混乱丛杂。"钱志熙曰："'荆榛'是闭塞之意，李白说'战国多荆榛'的意思，是指王道闭塞。"

④"龙虎"二句，钱志熙曰："是说王道闭塞后，群雄争霸，干戈抢掠，最终至于秦合六国，统一天下。但是，秦不但逆取，而且逆守，兼并六国后，继续推行暴政，速取灭亡之祸，所以李白斥为'狂秦'。王琦等注家多以陶渊明《饮酒》其二十的'洙泗辍微响，漂流逮狂秦'来注李诗，是有一定道理的。渊明与李白都深谙治乱之情，他们以'狂'来形容秦朝的政治，其实不是简单的指斥秦政，而是含有悲天悯人的情怀。前人只说暴秦，'暴'是一种主观行为，'狂'则含有某种不能自主的非理性的东西支配的因素在内。"

⑤"正声"二句，俞平伯曰："以《诗三百篇》论，本自有它的正变，譬如《大雅》是正，而《王风》即是变。但就中国诗歌的整体来看，则《诗》为正，《骚》为变，太白这看法是很明确扼要的。"纬按，此二句一方面指出"骚人"即屈原诗歌的"哀怨"特征，即《史记·屈原列传》所云"屈平之作《离骚》，盖自怨生也"，一方面指出其有别于盛世之大雅正声。

⑥"扬马"二句，马里千谓此二句"大意是扬、马崛起，力挽颓势"（《李白诗选》）。康怀远谓此二句"并不是对汉赋的指责和批评……诗中的'激'字是'冲击'的意思，指扬马汉赋对'大雅不作'和'正声微茫'的颓风反其道而行之。因为歌颂和讽谏是汉赋的两大特点，相对于楚辞它是变革的，相对于诗经它又是继承的"（《"扬马激颓波，开流荡无垠"——李白汉赋评说之我见》，载马鞍山市李白研究会主办安徽省内部报刊物《李白研究》1990 年第 1 期）。刘友竹曰："西汉辞赋家扬雄、司马相如'激颓波'，这是指汉赋造成了恢弘的气势，产生了巨大的影响。"（《李白的诗论与当代诗词创作》，载《中国李白研究》1994 年集）袁行

霈曰："意谓司马相如、扬雄等人激荡骚体已颓之波，变化出汉赋这种新的体裁，广为流传。……看字面的意思，李白用了'颓波''荡无垠'，似乎是批评扬马，但是仔细琢磨，未必如此，倒是肯定了他们开流之功。"林继中曰："'扬马激颓波'，历来注家以为贬语，盖上承《汉书·艺文志》'枚乘、司马相如，下及扬子云，竞为侈丽闳衍之词，没其风谕之义'的意思。然而盛唐人对司马相如与扬雄印象不错，尤其是李白对司马相如的仰慕，其创作颇得力于汉赋。综观上下文，'扬马激颓波'句法，用意与孟浩然'文章推后辈，风雅激颓波'（《同卢明府泛舟回作》）同，'激'是振起的意思。这里是从正面提出司马相如、扬雄为代表的汉赋具有雅颂的精神，能反映汉帝国盛世的恢弘气象，使文学从哀怨之音中振起。"（《大雅正声——"盛世文学"的支点》，载《文艺理论研究》2006年第5期）纬按，上引各家俱对"扬马"二句作正面理解，从积极意义上否定了旧说。"激"的准确解释，是"遏制"。成语"激浊扬清"、"激薄停浇"之"激"，均为遏制义。此解不假远求，《辞源》（商务印书馆1981年版）释之颇详，兹照录于下：

> 激：㈠阻遏水势。《孟子·告子上》："今夫水，搏而跃之，可使过颡；激而行之，可使在山。"《汉书·沟洫志》贾让奏："河从河内北至黎阳为石堤，激使东抵东郡平刚。"注："激者，聚石于堤旁冲要之处，所以激去其水也。"后因称石堰之类的挡水建筑物为激。《水经注》二八"沔水"："沔水北岸数里，有大石激，名曰五女激。"
>
> 【激浊扬清】斥恶奖善。《晋书·武帝纪》泰始四年诏："若长吏在官公廉，虑不及私，正色直节，不饰名誉者，及身行贪秽，谄黩求容，公节不立而私门日富者，并谨察之。扬清激浊，举善弹违，此朕所以垂拱总纲，责成于良二千石也。"《贞观政要》二《任贤》："王珪对曰'……至如激浊扬清，嫉恶好善，臣于数子，亦有一日之长。'"
>
> 【激薄停浇】振作人心，遏制浮薄的社会风气。《梁书·明山宾传》："既售牛（纬按，《梁书》无'牛'字，《辞源》据上文增）受钱，乃谓买主曰：'此牛经患漏蹄，治差已久，恐后脱发，无容不相语。'买主遽追取钱。处士阮孝绪闻之，叹曰：'此言足使还淳反朴，

激薄停浇矣。'"

因知"扬马激颓波"，即扬马遏制了颓波。卢藏用《右拾遗陈子昂文集序》有句"卓立千古，横制颓波"，白诗"激颓波"即"横制颓波"之意。开流，开汉赋之流。荡无垠，指扬马大赋的宏大气象。

⑦"废兴"二句，**袁行霈曰："废兴万变，意谓有废有兴，兴者应当是指汉代扬马之开流，否则这句诗就落空了。"林继中曰："骚之哀怨与汉赋之雅颂一废一兴，但论其大趋势，则东汉以下魏晋至隋，可谓盛世不再，雅颂沉沦。……雅颂与盛世是一表一里，没有真盛世便没有真雅颂，倡雅颂必先呼唤盛世。所以这里的'宪章沉沦'首先是指王道衰，法制堕；而后大雅不作，诗失法度。与其说此诗是借文学变迁批判政治，毋宁说是对大雅'言王政之所由废兴'本质的感悟，而欲倡大雅正声以唤回盛世。"**

⑧"自从"二句，**林继中曰："此诗以西周盛世之雅颂为参照系，则屈骚及建安以来之绮丽哀怨皆属乱世、衰世的变风变雅，自然要落第二义。这是对时代的整体评价，并非对具体人事的评价。"**纬按，建安文学在时序上直承扬、马之赋作，所以"自从"二句也包含了以扬、马气象宏伟的大赋为参照的意思。然而，大雅、屈骚和扬马赋，对于建安以来的诗歌来说，都是面向过去，虽然可以拿来做参照，却不是最主要的参照系。细味李白此诗以时序论诗的内在逻辑，至"废兴虽万变，宪章亦已沦"二句，实为一小结，结束了对汉代以前诗歌发展的历史回顾，这两句诗的意思，正如袁行霈先生所说，"**意谓自大雅衰微以来，虽然废兴万变，但宪章已经沦亡了，意谓未能从根本上恢复正声**"。接下来，自建安开始的长达四百年的魏晋南北朝时期，无论从历史来说，还是从诗歌来说，都是一个衰微至极的漫长时代，李白说"自从建安来"，正是指这个时代——这个国家分裂，以及与分裂之政局相应的诗歌日趋"绮丽"的时代。**冯其庸《中国文学史稿》尝论曰："在魏晋以前的诗歌及文章，主要是注意自然音节的谐调，其原因是魏晋以前的一些被之管弦的乐府古诗，它的音乐方面的成分，主要由音乐本身来负担，'诗'不过是'合乐'而已，因此它在音律方面的要求，也只要求自然地配合音乐。魏晋以后，五言诗已成为诗歌的主要形式，文人创作的诗歌，已脱离音乐而独立，成为文人口头朗读的东西，这就需要诗歌本身比以前更注意音乐性。**

特别是这一时期佛教的兴盛，佛经转读的风气弥漫一时，这种转读，也影响了诗歌的诵读，于是四声八病之说因之产生。中国的诗歌，逐渐由古体走向新体，逐渐由语言的自然的音调，走向于规律化。”（《冯其庸文集》第11卷，青岛出版社2012年版，第342页）将魏晋时代视为诗歌由古体向新体变化的转关，十分有助于对“自从建安来，绮丽不足珍”二句的理解。从诗歌发展史的分段来看，新体诗肇始的魏晋（即“建安来”）应与新体诗占据主流的唐代相连属。正因为从建安时代起，诗歌对声律的追求日益自觉，诗风也就日益变得“绮丽”起来。因此，如果要给这首诗分段，“自从”二句应该属下，语意与“圣代”紧相连接。诗的思维与表达逻辑是，“自从”二句引出“圣代”二句：就历史而言，“自从建安来”的参照是“圣代”；就诗歌而言，“绮丽”的参照是“清真”。贬抑“自从建安来，绮丽不足珍”，是为了颂扬“圣代复元古，垂衣贵清真”，这就是李白为诗的真实用意。

⑨“圣代”二句，谓当今时代恢复了西周盛世。这是对当时政治最高的评价，也是对文学的评价。就文学而言，指“大雅”传统的回归。“清真”既是言政治清平，即《易·系辞》所谓“黄帝尧舜，垂衣裳而天下治”，又指“清水出芙蓉，天然去雕饰”（《经乱离后天恩流夜郎忆旧游书怀赠江夏韦太守良宰》）的文学审美观，是承上对建安以来诗与文学之“绮丽”倾向的批判和反正。

⑩“群才”四句，“群才”、“众星”指唐王朝盛世的文人群体，他们在圣代乘时而起，既要在政治上有所作为，也要在文学上有所建树。“文质”句亦有两重意义：一则以君子言，指其人格修养水平，如萧注曰：“《论语》曰：‘质胜文则野，文胜质则史。文质彬彬，然后君子。’”一则以文学言，指盛唐诗人的创作水平和成就，如《隋书·文学传序》对理想文学的期待，即去南北文学之所短，合南北文学之两长，“则文质斌斌，尽善尽美矣”。李白自己其实也包括在这个群体之中，只不过他的理想抱负更为高远罢了。

⑪“我志”二句，关于“删述”有两个出处：一是传为汉代孔安国所作《尚书序》：“先君孔子，生于周末，睹史籍之烦文，惧览之者不一，遂乃定礼乐，明旧章，删诗为三百篇，约史记而修春秋，赞易道以黜八索，述职方以除九丘。”孔颖达疏：“就而减削曰删……显而明之曰述。”“述”又见于《论语·述而》：“子曰：述而不作，信而好古，窃比我于老

彭。”邢昺疏曰：“作者之谓圣，述者之谓明。老彭，殷贤大夫也。老彭于时但述修先王之道而不自著作，笃信而好古事。孔子言，今我亦尔。”**今人杨伯峻释“述”为“阐述”（《论语译注》，中华书局1958年版），张燕婴释“述”为“记述、陈述、承传旧说”（《论语》，中华书局2006年版）**。以上“删”、“述”分说，虽各有所指，但有一个共同点，即都是指对文献的整理加工，而不是指原始创作。另一出处是《文心雕龙·宗经》：“皇世三坟，帝代五典，重以八索，申以九丘，岁历绵暧，条流纷糅。自夫子删述，而大宝咸耀。于是易张十翼，书标七观，诗列四始，礼正五经，春秋五例，义既埏乎性情，辞亦匠于文理，故能开学养正，昭明有融。”“删述”在这里构成了一个词，也是指对文献的整理加工。“我志”二句上承“圣代复元古，垂衣贵清真。群才属休明，乘运共跃鳞。文质相炳焕，众星罗秋旻”六句，这六句是对圣代诗歌振兴局面的描述，因此，紧接着的“我志”二句在逻辑上和语气上都应该是针对圣代诗歌而言。李白之志的独特之处，是没有把自己置于“群才”之中，而是居高临下地观照、统揽全局。依照“删述”一词的本义，应该理解为李白欲效法孔子，对“圣代”诗歌加以总结性的整理加工，编成一部类似于“诗三百”的“圣代诗”，亦即当代的“大雅”，以流传于后世。李白之志，其实是以诗坛领袖自居，在时代精神鼓舞下，他要干这样一件不朽的事业以回报“圣代”。

⑫“希圣”二句，《史记·孔子世家》：“乃因史记作《春秋》，上至隐公，下讫哀公十四年。”又：“鲁哀公十四年春，狩大野，叔孙氏车子鉏商获兽，以为不祥。仲尼视之，曰：‘麟也。’”相传孔子作春秋而至此绝笔。李白在这里使用“获麟”典故，仅取其“绝笔”之意，如同“杀青”，表明删述之事完成，而没有更多的意思。否则，按照杜预注，“获麟”原本包含了“伤周道之不兴，感嘉瑞之无应”的意思，李白绝不可能以这样的否定眼光看待大唐盛世。

［义释］

此诗从社会与文学两方面标举的最高理想是西周，其文学为大雅；其次是在历史上亦堪称盛世的汉武帝时代，其文学为扬、马之赋。与此同时，诗人对唐王朝的盛世寄予极高期望，既望其政治清明，亦望其文学昌盛。他明显是将“圣代”拟为西周，又将诗歌在当代的振兴拟为“大雅”

重现。归结为两句话，就是圣代复元古，大雅振新声。圣代催生好诗，好诗又回报圣代，这是李白对大唐盛世从诗歌（文学）与政治两方面的赞美与期待，亦诗之主旨所在。

裴斐曰：“这是一首论诗诗，又是一首言志诗。”（《李白与历史人物》，载《文学遗产》1990年第3期）朱易安曰：“《古风五十九首》开篇的第一首，是李白集中唯一有系统的‘论诗’之诗。诗中‘自从建安来，绮丽不足珍’一直被认为是李白文学思想的体现。但事实上从理论上否定建安以来的文学传统几乎是初盛唐时普遍流行的观点，并不突出体现李白的特色。值得玩味的是李白在诗中所选择的自我角色出人意料。统观全诗，是对中国诗文发展的回顾，从‘圣代复元古，垂衣贵清真’起，李白转入对本朝及本朝诗歌的评价，当他写到自己本人的角色时，则吟出如下的诗句：‘我志……获麟。’诗中‘删述’、‘获麟’等均用孔子的典故，俨然以孔子——一代知识分子的领袖自居。明人胡震亨说他‘自负不浅’，其实这并不是什么‘自负’的问题，李白的自我角色认定恰好构成了他的人生价值判断，其中以儒家思想为主导的‘士’精神是价值观的核心。从李白诸多的作品中可以发现，愿意在诗坛上充当孔子删诗之职，与作者‘士志于道’的强烈意识一脉相承。”“李白并不是一个满足于以诗歌体现‘风雅之旨’的诗人，他的价值观中，以天下为己任的价值判断更多的反映在参政意识中。”（《李白的价值重估——兼论李白的文化意义》，《李白学刊》第二辑）以上二说均有助于对此诗主旨的理解。

其二

蟾蜍薄太清，蚀此瑶台月。圆光亏中天，金魄遂沦没①。䗖蝀入紫微，大明夷朝晖。浮云隔两曜，万象昏阴霏②。萧萧长门宫，昔是今已非③。桂蠹花不实，天霜下严威④。沉叹终永夕，感我涕沾衣。

[句笺]

①“蟾蜍”四句，王注承萧注引《新唐书·后妃传》，略谓玄宗皇后王氏，帝为临淄王时聘为妃，先天元年立为皇后。久无子，而武妃稍有宠。帝密欲废王后，后遂与其兄求厌胜之法，祷曰：“后有子，与则天比。”开元十二年事觉，帝自临劾有状，乃制诏有司：“皇后天命不祐，华而不实，有无将之心，不可以承宗庙、母仪天下，其废为庶人。”未几

卒，以一品礼葬。王注又按："《旧唐书》：开元十二年秋七月壬申，月蚀既。己卯，废皇后王氏为庶人。太白此篇首以月蚀为喻，是虽比而实赋也。"

②"浮云"二句，似取意《长门赋》句："浮云郁而四塞兮，天窈窈而昼阴。"两曜，喻帝与后。

③"萧萧"二句，萧注："'萧萧长门宫'者，王后事全与汉武陈后事迹相类，二后虽各以无子巫蛊厌胜废，然推原其由，实卫子夫、武惠妃争宠，有以激之也。陈后之废，司马相如作《长门赋》；王后之废，王諲亦作《翠羽帐赋》以讽帝。先后一致，太白引以此证，最为切当。"纬按，《翠羽帐赋》今不传。昔是今已非，昔受宠而今被弃。

④"桂蠹"二句，萧注："石崇婢翾风诗云：'桂兮从有蠹，天爱在蛾眉。'"纬按：《太平广记》卷二百七十二"石崇婢翾风"条，故事略谓石崇婢翾风，无有比其容貌，又以文辞擅爱。年至三十，妙年者争妒之，崇受谮言，退翾风为房老，乃怀怨怼而作五言诗，诗有句云："桂芬徒自蠹，失爱在蛾眉。坐见芳时歇，憔悴空自嗤。"翾风诗句文字应从《太平广记》。萧注又曰："《后汉·五行志》成帝时童谣曰：'邪径败良田，谗口乱善言。桂林华不实，黄雀巢其颠。固为人所羡，亦为人所怜。'"纬按，《后汉》误，应为《汉书》。《汉书》所载歌谣曰："邪径败良田，谗口乱善人。桂树华不实，黄爵巢其颠。故为人所羡，今为人所怜。"又曰："桂，赤色，汉家象。华不实，无继嗣也。"白诗糅合两处典故为"桂蠹华不实"之句，并切合玄宗诏书"华而不实"之语。桂蠹，桂树遭蠹虫侵害。唐汝询曰："且帝以后无子而罪其'华而不实'，然不观诸桂树乎？桂蠹则不能成实，宠分则不能有子，奈何遽以严霜之威加之哉？"（《唐诗解》卷三）其说亦通。

［义释］

瞿、朱云："前人但见诗中长门宫一语，遂附会为指王皇后之被废，其实唐人诗中托宫怨以喻士之见弃者已成常调，李诗中亦不止此一首。王氏更据开元十二年七月月蚀，同月王后被废，遂指此诗为是年所作。然是年李才二十四岁，远在蜀中，无由知此，即知之亦无缘关心此宫闱中之事。若云事后追咏，则天下事大于此者甚多，李意恐不在此。"纬按，瞿、朱指出"托宫怨以喻士之见弃"，颇能切中白诗作意。然诗有"桂蠹华不实”之句，语出玄宗诏书，则与王皇后事不能无涉。此诗明言汉武帝陈皇后事，暗寓玄宗王皇后事，将二者糅为一体；“桂蠹华不实”一句兼取翾风诗之“桂蠹”义及汉成帝时歌谣之“华不实”义，既切合陈、王二皇后俱以无子遭弃的命运，复以“桂蠹”喻指谗言伤人。诗之主旨乃托宫怨以抒写天宝初在朝失意后之怨怼。此系这一时期诗人反复使用的抒情方式，《玉壶吟》有句：“君王虽爱蛾眉好，无奈宫中妒杀人。”正是这一抒情方式的概括。

钱志熙曰：“《古风》其二《蟾蜍薄太清》，就是一首风刺之诗，并且是关系于王化之本的君主与后妃关系的一首诗。这首诗，古今学者都一致认为风喻玄宗因宠幸武妃而废王皇后的事情。因为前面有武则天的事情，所以唐人对这种因宠妃废后的事情是很敏感的。《诗大序》论诗的教化之义，有‘正夫妇’之说，而居于国风之首的二南，传统的看法，也都是写后妃及国君夫人之事。李白既为风诗，则首先所要表现的，就是这个有关王化根本的重要主题。”（《论李白〈古风〉五十九首的整体性》）

其三

秦皇扫六合，虎视何雄哉。飞剑决浮云，诸侯尽西来。明断自天启[①]，大略驾群才。收兵铸金人，函谷正东开。铭功会稽岭，骋望琅邪台。刑徒七十万，起土骊山隈。尚采不死药，茫然使心哀[②]。连弩射海鱼，长鲸正崔嵬。额鼻象五岳，扬波喷云雷。鬐鬣蔽青天，何由睹蓬莱。徐市载秦女，楼船几时回。但见三泉下，金棺葬寒灰。

［句笺］

①明断自天启，**杨明曰：“似用鲍照《代放歌行》‘明虑自天断’语。”（《读李琐记》，载《中国李白研究》1990年集·下）**

②“刑徒”四句，**郁贤皓曰：“此两事本身非常矛盾：既造坟则证明无法长生，信长生则无须造坟，这反映出秦皇既有雄才而又怯懦的心理。”（《李白诗文选评》，载《李白与唐代文史考论·李白论稿》）**

［义释］

钱志熙曰：“《古风》其三专写‘狂秦’之事。……狂是一种主体过于张扬后的非理性行为，是既强而又愚。所以前面十句是写秦王扫六合，

天下归一，似赞而实讽，因为这是举世崇尚兼并争夺的结果，并非真正的成功。后面十四句，全由‘狂’字引出，写狂秦之狂，可谓淋漓尽致。……这里写秦始皇之事，似刺之而实哀，这正是体现李白以狂论秦的态度。”（《论李白〈古风〉五十九首的整体性》）

其四

凤飞九千仞，五章备彩珍。衔书且虚归，空入周与秦。横绝历四海，所居未得邻。吾营紫河车，千载落风尘。药物秘海岳，采铅青溪滨。时登大楼山，举手望仙真。羽驾灭去影，飙车绝回轮。尚恐丹液迟，志愿不及申。徒霜镜中发，羞彼鹤上人。桃李何处开，此花非我春。唯应清都境，长与韩众亲。

［义释］

安旗曰：“方东树《昭昧詹言》谓：‘此托言仙人，放怀忘世。’深得此诗之旨。诗中之‘青溪’、‘大楼山’均在宣州秋浦县境。李白游青溪，并与友人权昭夷同在青溪采药炼丹，时在天宝十三载，此诗当作于是时。诗中之‘凤’既是李白自喻，则‘衔书且虚归，空入周与秦’，当指三入长安献策失败。”（《三入长安始末》，载《李白诗秘要》）

钱志熙曰：“前六句咏凤，即是自比，同时也是呼应《古风》其一咏周秦之际王道闭塞、其三咏狂秦两首的主题。圣贤之人，因为遭遇二代之下的暴政衰俗，其道不行，转而求仙，并且修成仙果。所以本诗在咏凤之后，紧接着咏神仙之事。”（《论李白〈古风〉五十九首的整体性》）

其五

太白何苍苍，星辰上森列。去天三百里，邈尔与世绝。中有绿发翁，披云卧松雪。不笑亦不语，冥栖在岩穴。我来逢真人，长跪问宝诀。粲然启玉齿，授以炼药说。铭骨传其语，竦身已电灭。仰望不可及，苍然五情热。吾将营丹砂，永与世人别。

［义释］

此游仙之辞，当作于天宝初去朝前后。

其六

代马不思越，越禽不恋燕。情性有所习，土风固其然。昔别雁门关，今戍龙庭前。惊沙乱海日，飞雪迷胡天。虮虱生虎鹖，心魂逐旌旃。苦战功不赏，忠诚难可宣。谁怜李飞将，白首没三边。

[义释]

似在朝时感于时事而作。

其七

客有鹤上仙，飞飞凌太清。扬言碧云里，自道安期名。两两白玉童，双吹紫鸾笙。去影忽不见，回风送天声。举首远望之，飘然若流星。愿餐金光草，寿与天齐倾。

[义释]

此亦游仙之辞，当作于天宝初去朝前后。

其八

庄周梦胡蝶，胡蝶为庄周。一体更变易，万事良悠悠。乃知蓬莱水，复作清浅流。青门种瓜人，旧日东陵侯。富贵故如此，营营何所求。

[义释]

诗言世事无常，富贵不可恃，应作于去朝后。

其九

齐有倜傥生，鲁连特高妙。明月出海底，一朝开光曜①。却秦振英声，后世仰末照。意轻千金赠，顾向平原笑。吾亦澹荡人，拂衣可同调。

[句笺]

①“明月”二句，或以海底明珠释“明月”，未妥。唐人均持明月生于海上的说法，如张九龄《望月怀远》有句：“海上生明月。”张若虚《春江花月夜》有句：“海上明月共潮生。”李白《把酒问月》亦有句：“但见宵从海上来。”一朝，一旦，意即倏忽之间。

[义释]

战国人鲁仲连是李白理想人生的最高典范。一则却秦救赵，功业盖世；二则建立功业的方式神捷快当，出人意表；三则功成不居，拂衣而去。三者具备，方为无缺憾的完美人生。

其十

黄河走东溟，白日落西海。逝川与流光，飘忽不相待。春容舍我去，秋发已衰改。人生非寒松，年貌岂长在。吾当乘云螭，吸景驻光彩。

[义释]

与“其十五”命意相近，感叹流光飞逝，希图成仙，应作于去朝后出世之想炽盛时。

其十一

松柏本孤直，难为桃李颜。昭昭严子陵，垂钓沧波间。身将客星隐，心与浮云闲。长揖万乘君，还归富春山。清风洒六合，邈然不可攀。使我长叹息，冥栖岩石间。

[义释]

诗咏严子陵，当作于天宝初去朝后。

其十二

君平既弃世，世亦弃君平。观变穷太易，探元化群生。寂寞缀道论，空帘闭幽情。驺虞不虚来，鸑鷟有时鸣。安知天汉上，白日悬高名。海客去已久，谁人测沉冥。

[义释]

与上篇应为一时之作。唐汝询曰：“此太白废斥之后无心用世，而托君平以见志也。”（《唐诗解》卷三）

其十三

胡关饶风沙，萧索竟终古。木落秋草黄，登高望戎虏。荒城空大漠，边邑无遗堵。白骨横千霜，嵯峨蔽榛莽。借问谁陵虐，天骄毒威武。赫怒我圣皇，劳师事鞞鼓。阳和变杀气，发卒骚中土。三十六万人，哀哀泪如雨。且悲就行役，安得营农圃①。不见征戍儿，岂知关山苦。李牧今不在，边人饲豺虎。

［句笺］

①“阳和”六句，《通鉴》卷二百十五载：“开元之前，每岁供边兵衣粮，费不过二百万；天宝之后，边将奏益兵浸多，每岁用衣千二十万匹，粮百九十万斛，公私劳费，民始困苦矣。”

［义释］

此诗是对天宝年间边境战争真实情况的总体反映。

其十四

燕昭延郭隗[1]，遂筑黄金台。剧辛方赵至，邹衍复齐来。奈何青云士，弃我如尘埃。珠玉买歌笑，糟糠养贤才。方知黄鹤举，千里独裴回。

［句校］

［1］“燕昭”，宋蜀本作“燕赵”，据咸淳本及萧注本、王注本改。

［义释］

《行路难三首》“其二”有“昔时燕家重郭隗”数句，与此诗意同，则此诗或亦作于“初入长安”失意后。

其十五

金华牧羊儿，乃是紫烟客。我愿从之游，未去发已白。不知繁华子，扰扰何所迫。昆山采琼蕊，可以炼精魄。

［义释］

与“其十”命意相近。

其十六

天津三月时，千门桃与李。朝为断肠花，暮逐东流水。前水复后水，古今相续流。新人非旧人，年年桥上游。鸡鸣海色动，谒帝罗公侯。月落西上阳，馀辉半城楼。衣冠照云日，朝下散皇州。鞍马如飞龙，黄金络马头。行人皆辟易，志气横嵩丘。入门上高堂，列鼎错珍羞。香风引赵舞，清管随齐讴。七十紫鸳鸯，双双戏庭幽。行乐争昼夜，自言度千秋。功成身不退，自古多愆尤。黄犬空叹息，绿珠成衅仇。何如鸱夷子，散发棹扁舟。

[义释]

供奉翰林后期有感作。

其十七

西上莲花山，迢迢见明星。素手把芙蓉，虚步蹑太清。霓裳曳广带，飘拂升天行。邀我登云台，高揖卫叔卿。恍恍与之去，驾鸿凌紫冥。俯视洛阳川，茫茫走胡兵。流血涂野草，豺狼尽冠缨。

[义释]

此诗抒写李白在安史乱起后既因报国无门而不得不选择避世（即《赠王判官时余归隐居庐山屏风叠》所称“吾非济代人，且隐屏风叠”），又不能忘怀时事苍生的矛盾心理。其所以设言“西上莲花山”，一则以此山高标于长安与洛阳之间，既可上接天界，又可俯视洛川；二则以李白于天宝季叶南下宣城之前，或有“三入长安”之举，出长安后曾登上西岳，参见卷五《江上答崔宣城》。

其十八

[题解]

萧注、王注将此及以下二篇合为一首，实误。《才调集》载有下篇“泣与亲友别”，可见这首诗在五代后蜀时就是独立成篇的；然则其前、后必定也是独立成篇的两首诗。

昔我游齐都，登华不注峰。兹山何峻秀，绿翠如芙蓉。萧飒古仙人，了知是赤松。借予一白鹿，自挟两青龙。含笑凌倒景，欣然愿相从。

其十九

泣与亲友别，欲语再三咽。勖君青松心，努力保霜雪。世路多险艰，白日欺红颜。分手各千里，去去何时还。

其二十

在世复几时，倏如飘风度。空闻紫金经，白首愁相误。抚己忽自笑，沉吟为谁故。名利徒煎熬，安得闲余步。终留赤玉舄，东上蓬莱路。秦帝如我求，苍苍但烟雾①。

［句笺］

①“终留”四句，谓自己将告别朝廷，踏上游仙之路。即《草创大还赠柳官迪》所云：“不向金阙游，思为玉皇客。”秦帝，指玄宗。

［义释］

诗当作于天宝初出朝后居东鲁时。其时出世之思颇盛，而不复向往朝廷。

其二十一

郢客吟白雪，遗响飞青天。徒劳歌此曲，举世谁为传。试为巴人唱，和者乃数千。吞声何足道，叹息空凄然。

［义释］

此与《感遇四首》其四（宋玉事楚王）立意、语词相近，似同作于天宝初在朝之后期。

其二十二

秦水别陇首，幽咽多悲声。胡马顾朔雪，躞蹀长嘶鸣。感物动我心，缅然含归情。昔视秋蛾飞，今见春蚕生。袅袅桑柘叶，萋萋柳垂荣。急节谢流水，羁心摇悬旌。挥涕且复去，恻怆何时平。

［义释］

味诗意，似作于天宝初将去朝时。

其二十三

秋露白如玉，团团下庭绿。我行忽见之，寒早悲岁促。人生鸟过目，胡乃自结束。景公一何愚，牛山泪相续。物苦不知足，得陇又望蜀。人心若波澜，世路有屈曲。三万六千日，夜夜当秉烛。

［义释］

诗作看穿世事语，当作于在朝之后期。

其二十四

大车扬飞尘，亭午暗阡陌。中贵多黄金，连云开甲宅[①]。路逢斗鸡者，冠盖何辉赫。鼻息干虹霓，行人皆怵惕[②]。世无洗耳翁，谁知尧与跖[③]。

［句笺］

①“大车”四句，写宦官气焰之炽盛。中贵，即宦官。

②“路逢”四句，写斗鸡徒气焰之炽盛。

③洗耳翁，上古高士许由，诗中系李白自喻。“尧让天下于许由……不受而逃去。……尧又召为九州长，由不欲闻之，洗耳于颍水滨。”（《高士传》卷上）跖，即盗跖。《庄子·盗跖》：“盗跖从卒九千人，横行天下，侵暴诸侯，穴室枢户，驱人牛马，取人妇女。贪得忘亲，不顾父母兄弟，不祭先祖。所过之邑，大国守城，小国入保，万民苦之。”尧与跖，《史记·淮阴侯列传》：“跖之狗吠尧，尧非不仁，狗因吠其非主。”诗云“尧与跖”，意即君主与不臣之人。尧指玄宗，跖指宦官、斗鸡徒之辈。此辈虽受皇帝恩宠，但其实不可信用。而尧竟不察，此影射玄宗之昏庸。诗谓当今之世，没有人能如许由一样看清皇帝的见事不明，实即抒写自己不被朝廷所用的感慨。参见薛天纬《李白诗四解》（载《李白学刊》第二辑）。

［义释］

诗应为李白天宝初在朝时作，写当时闻见，以刺时事与人主。

其二十五

世道日交丧，浇风散淳源。不采芳桂枝，反栖恶木根。所以桃李树，吐花竟不言。大运有兴没，群动争飞奔。归来广成子，去入无穷门。

［义释］

在朝失意后，决意离去时作。

其二十六

碧荷生幽泉，朝日艳且鲜。秋花冒绿水，密叶罗青烟。秀色空绝世，馨香竟谁传。坐看飞霜满，凋此红芳年。结根未得所，愿托华池边。

［义释］

此诗寄托急切用世心情，且曰"红芳年"，应为早岁之作。

其二十七

［题解］

黄瑞云谓王琦注本《感兴八首》其六是此诗之"别稿"（《说李白的古风》）。兹录《感兴八首》其六如下："西国有美女，结楼青云端。蛾眉艳晚月，一笑倾城欢。高节不可夺，炯心如凝丹。常恐彩色晚，不为人所观。安得配君子，共成双飞鸾。"

燕赵有秀色，绮楼青云端。眉目艳皎月，一笑倾城欢。常恐碧草晚，坐泣秋风寒。纤手怨玉琴，清晨起长叹。焉得偶君子，共乘双飞鸾。

［义释］

张瑞君曰："李白这首诗完全自（古诗十九首）《东城高且长》后半部分变化而来。"（《李白与〈古诗十九首〉》，载《李白学刊》第二辑）《东城高且长》后半部分如下："燕赵多佳人，美者颜如玉。被服罗裳衣，当户理清曲。音响一何悲，弦急知柱促。驰情整中带，沉吟聊踯躅。思为双飞燕，衔泥巢君屋。”又曰：“这两首诗都是写一女子思遇知音而嫁，而又以弹琴抒发心曲为全诗的关键性细节。前二句，李白衍化为四句。最后两句，都用类似的比喻表达女子的愿望。……其中‘常恐碧草晚，坐泣秋风寒’之意，非《东城高且长》所有，而这句已明显反映出李白恐年岁之迟暮，怀才不遇的深刻寓意。”

其二十八

容颜若飞电，时景如飘风。草绿霜已白，日西月复东。华鬓不耐秋，飒然成衰蓬。古来贤圣人，一一谁成功。君子变猿鹤，小人为沙虫。不及广成子，乘云驾轻鸿。

[义释]

与“其十”、“其十五”命意相近，似一时之作。

其二十九

三季分战国，七雄成乱麻。王风何怨怒，世道终纷拏。至人洞玄象，高举凌紫霞[①]。仲尼欲浮海，吾祖之流沙。圣贤共沦没，临歧胡咄嗟。

[句笺]

①“至人”二句，钱志熙曰：“正是说王道闭塞、世乱俗衰是神仙与隐逸产生的原因。”（《论李白〈古风〉五十九首的整体性》）

[义释]

钱志熙曰：“《古风》其二十九是正面呼应‘王风委蔓草，战国多荆榛’观点的，集中表达了李白‘变风’生于世变的看法。”纬按，如从讽刺时政角度读之，则此诗写末世景象，应作于李白北游过后，将避地皖南之际。

其三十

玄风变太古，道丧无时还。扰扰季叶人，鸡鸣趋四关。但识金马门，谁知蓬莱山。白首死罗绮，笑歌无时闲。绿酒哂丹液，青娥凋素颜。大儒挥金椎，琢之诗礼间。苍苍三珠树，冥目焉能攀。

［义释］

与“其二十八”命意相近，应一时之作。

其三十一

郑客西入关，行行未能已。白马华山君，相逢平原里。璧遗镐池君，明年祖龙死。秦人相谓曰，吾属可去矣。一往桃花源，千春隔流水。

［义释］

安旗谓此诗用“郑客”事及桃花源事“暗喻当时已有乱亡之兆，时君末日且将至矣。……当作于（三入长安）献策失败，即将离开长安之时。”（《三入长安始末》，载《李白诗秘要》）

其三十二

蓐收肃金气，西陆弦海月。秋蝉号阶轩，感物忧不歇。良辰竟何许，大运有沦忽。天寒悲风生，夜久众星没。恻恻不忍言，哀歌逮明发。

［义释］

此亦抒写岁月不居、良辰难期的急切用世之志。

其三十三

北溟有巨鱼，身长数千里。仰喷三山雪，横吞百川水。凭陵随海运，焯赫因风起。吾观摩天飞，九万方未已。

［义释］

诗以鲲鹏变化抒写其宏伟志向，应为早岁之作。参见第一卷《上李邕》“义释”。

其三十四

羽檄如流星，虎符合专城。喧呼救边急，群鸟皆夜鸣。白日曜紫微，三公运权衡。天地皆得一，澹然四海清。借问此何为，答言楚征兵。渡泸及五月，将赴云南征。怯卒非战士，炎方难远行。长号别严亲，日月惨光晶。泣尽继以血，心摧两无声。困兽当猛虎，穷鱼饵奔鲸。千去不一回，投躯岂全生。如何舞干戚，一使有苗平。

［义释］

诗因天宝十载鲜于仲通征南诏战事而发。**郁贤皓谓此诗“与同时代诗人高适等人为南诏战争大唱赞歌形成鲜明对比，可以看出李白高尚的政治品格”（《李白诗文选评》，载《李白与唐代文史考论》）。**纬按，高适所作即《李云南征蛮诗并序》。

其三十五

丑女来效颦，还家惊四邻。寿陵失本步，笑杀邯郸人。一曲斐然子①，雕虫丧天真。棘刺造沐猴，三年费精神。功成无所用，楚楚且华身。大雅思文王，颂声久崩沦。安得郢中质，一挥成斧斤。

［句笺］

①一曲斐然子，**杨明曰：“《庄子·天道》：‘此之谓辩士一曲之人也。’又《天下》：‘不该不徧，一曲之士也。’又《秋水》：‘曲士不可以语于道者，束于教也。’一曲之人、曲士，皆指偏执一端、不通大道者。李白此处指徒知仿效、雕虫篆刻、丧其天真的作者。又裴子野《雕虫论》：‘淫文破典，斐尔为功。’斐然即斐尔。”（《读李琐记》，载《中国李白研究》1990年集·下）**

［义释］

钱志熙曰：“《古风》其三十五是对‘大雅久不作’及‘自从建安来，绮丽不足珍’的呼应。……其所批判的正是绮丽而失去雅正之旨的六朝以降的诗风。”（《论李白〈古风〉五十九首的整体性》）

其三十六

［题解］

黄瑞云谓王琦注本《感兴八首》其七是此诗之“别稿”（《说李白的古风》）。兹录《感兴八首》其七如下：“朅来荆山客，谁为珉玉分。良宝绝见弃，虚持三献君。直木忌先伐，芳兰哀自焚。盈满天所损，沉冥道所群。东海有碧水，西山多白云。鲁连及夷齐，可以蹑清芬。”萧注则谓二诗“但有数句之异，是亦当时初本传写之殊，编诗者不忍弃，两存之耳”。

抱玉入楚国，见疑古所闻。良宝终见弃，徒劳三献君。直木忌先伐，芳兰哀自焚。盈满天所损，沉冥道为群。东海泛碧水，西关乘紫云。鲁连及柱史，可以蹑清芬。

［义释］

安旗曰：“开头四句自然是用《韩非子·和氏》献璞故事。但和氏并未‘徒劳三献’，‘良宝’并未‘终见弃’。……李白用这一典故显然进行了改造。……李白改造这一典故正是用以作为自身怀才不遇的写照。‘抱玉入楚国’者，怀才入长安也。初入长安，乘兴而去，败兴而返；二入长安，仰天大笑而去，低头挥泪而返；三入长安，最后又只有‘辞楚’‘避秦’。故曰：‘良宝终见弃，徒劳三献君’也。‘东海泛碧水’用鲁仲连事：为齐收聊城，义不受赏，逃避于海上。‘西关乘紫云’用老子事：为周柱下史，后周德衰，乃乘青牛出关。两句亦表示远举全身之意。故此诗亦是此行（纬按，指三入长安）**所作，当作于离长安前后。”（《三入长安始末》）**

其三十七

燕臣昔恸哭，五月飞秋霜[①]。庶女号苍天，震风击齐堂。精诚有所感，造化为悲伤。而我竟何辜，远身金殿旁。浮云蔽紫闼，白日难回光。群沙秽明珠，众草凌孤芳。古来共叹息，流泪空沾裳。

［句笺］

①“燕臣”二句，用邹衍故事，参见第八卷《天马歌》“句笺”。

其三十八

孤兰生幽园，众草共芜没。虽照阳春晖，复悲高秋月。飞霜早淅沥，绿艳恐休歇。若无清风吹，香气为谁发。

[义释]

味诗意，似作于供奉翰林之后期。

其三十九

登高望四海，天地何漫漫。霜被群物秋，风飘大荒寒。荣华东流水，万事皆波澜。白日掩徂晖，浮云无定端。梧桐巢燕雀，枳棘栖鸳鸾。且复归去来，剑歌行路难。

[义释]

李白“初入长安”前后，屡借“剑歌”故事以抒怀，此诗似作于失意后。

其四十

凤饥不啄粟，所食唯琅玕。焉能与群鸡，刺蹙争一餐[①]。朝鸣昆丘树，夕饮砥柱湍。归飞海路远，独宿天霜寒。幸遇王子晋，结交青云端[②]。怀恩未得报，感别空长叹[③]。

[句笺]

①“凤饥”四句，以凤自喻，以“群鸡”斥朝中群小，表达对“丑正同列”（李阳冰《草堂集序》）处境之不堪忍受。

②“朝鸣”六句，表达对游仙的向往。

③“怀恩”二句，表达对玄宗的留恋。

[义释]

当作于去朝前夕。

其四十一

朝弄紫泥海，夕披丹霞裳。挥手折若木，拂此西日光。云卧游八极，玉颜已千霜。飘飘入无倪，稽首祈上皇。呼我游太素，玉杯赐琼浆。一餐历万岁，何用还故乡。永随长风去，天外恣飘扬。

[义释]

此诗想象飞升至天国得到“上皇”的礼遇，因而不复留恋人间，应作于去朝后游仙之想炽盛时。

其四十二

摇裔双白鸥，鸣飞沧江流。宜与海人狎，岂伊云鹤俦。寄形宿沙月，沿芳戏春洲。吾亦洗心者，忘机从尔游。

[义释]

抒写去朝之想。

其四十三

周穆八荒意，汉皇万乘尊。淫乐心不极，雄豪安足论。西海宴王母，北宫邀上元。瑶水闻遗歌，玉杯竟空言[①]。灵迹成蔓草，徒悲千载魂。

[句笺]

①“西海”四句，魏源（旧署陈沆）曰：“王母、上元，皆寓女宠；瑶池、玉杯盛陈宴乐。”（《诗比兴笺》卷三）

[义释]

陈沆曰：“刺明皇荒淫，殆废政事也。”

其四十四

绿萝纷葳蕤，缭绕松柏枝。草木有所托，岁寒尚不移。奈何夭桃色，坐叹葑菲诗。玉颜艳红彩，云发非素丝。君子恩已毕，贱妾将何为[①]。

[句笺]

①“君子”二句，“君子”喻玄宗，“贱妾”自喻。

[义释]

诗应作于天宝初去朝之际。

其四十五

八荒驰惊飙，万物尽凋落。浮云蔽颓阳，洪波振大壑。龙凤脱罔罟，飘摇将安托。去去乘白驹，空山咏场藿。

［义释］

诗当作于天宝末北游幽州后，将南游宣城之时。

其四十六

一百四十年，国容何赫然。隐隐五凤楼①，峨峨横三川②。王侯象星月，宾客如云烟。斗鸡金宫里，蹴踘瑶台边③。举动摇白日，指挥回青天。当途何翕忽，失路长弃捐④。独有扬执戟，闭关草太玄。

［句笺］

①五凤楼，**詹福瑞曰："查《新唐书·元德秀传》：开元二十三年，'玄宗在东都酺五凤楼。'《资治通鉴》卷二百一十四，玄宗开元二十三年亦记载曰：'上御五凤楼酺宴，观者喧碍，乐不得奏，金吾白梃如雨，不能遏，上患之。'……五凤楼当为玄宗盛饮其上的洛阳五凤楼。"（《李白〈古风〉其四十六试解》，载《李白学刊》第二辑）**纬按，唐诗人笔下之"五凤楼"，咸在洛阳，如白居易《五凤楼晚照》："晴阳晚照湿烟消，五凤楼高天泬寥。……龙门翠黛眉相对，伊水黄金线一条。"鲍溶《洛阳春望》："五凤楼前望洛阳，龙门回合抱苍苍。"和凝《宫词百首》："北阙晴分五凤楼，嵩山秀色护神州。洛河自契千年运，更拟波中出九畴。"李白诗当不例外。

②三川，**詹福瑞曰："《文选》卷二十一鲍照《咏史》诗：'五都矜财雄，三川养声利。'李善注引韦昭曰：'有河、洛、伊，故曰三川。'……李白诗之五凤楼既然在洛阳，那么，三川也就不是关中三川，而是洛阳之三川，即伊、洛、河三水。"**纬按，徐凝《洛城秋砧》有句："三川水上秋砧发，五凤楼前明月新。"可证"三川"为洛阳之三川。

③蹴踘，王注引《汉书》颜师古注："蹴，足蹴之也。鞠以韦为之，中实以物，蹴蹋为戏乐也。"**朱金城考释曰："'蹴鞠瑶台边'不能单纯理解为'古代的踏球之戏'。……唐时以充气的球代鞠，并在球场树两根竹**

竿络网以代球门。”并引《文献通考·乐·散乐·百戏》:“蹴球盖始于唐,植两修竹,高数丈,络网于上为门以度毬,毬工分左右朋以角胜负否,岂非蹴鞠之变欤”及《唐音癸签》文字以释。复云:“唐代的球戏已发展为马球、步球、足球三类。”“第一类是骑在马上用杖击球进行比赛。”“第二类是步球。步球又可分为步打及足球两种。步打即步行打球,分棚比赛射门。……唐代球戏亦用足踢,与近代足球无异。”(《双白簃读〈李白集〉札记续篇》,载《中国李白研究》1990年集·下)

④“失路”句,指自己政治上已无路可走。

[义释]

天宝十二载(753),作于洛阳。诗人感念国家貌似强盛而危机四伏,决计隐退,因有此作。本年距唐王朝开国之武德元年(618)为136年,诗言“一百四十年”乃举其成数。

其四十七

[题解]

黄瑞云谓王琦注本《感兴八首》其四是本诗之“别稿”(《说李白的古风》)。兹录《感兴八首》其四如下:“芙蓉娇绿波,桃李夸白日。偶蒙春风荣,生此艳阳质。岂无佳人色,但恐花不实。宛转龙火飞,零落互相失。讵知凌寒松,千载长守一。”

桃花开东园,含笑夸白日。偶蒙春风荣,生此艳阳质。岂无佳人色,但恐花不实。宛转龙火飞,零落早相失。讵知南山松,独立自萧飔。

其四十八

秦皇按宝剑,赫怒震威神。逐日巡海右,驱石驾沧津。征卒空九宇,作桥伤万人。但求蓬岛药,岂思农扈春。力尽功不赡,千载为悲辛。

[义释]

钱志熙曰:“这一首又与其三呼应,进一步写狂秦之事,指责其因妄想求仙而误国伤民,然斥之而又悲之,正是因为丧失理性之狂,而非仅仅

是暴政。"(《论李白〈古风〉五十九首的整体性》)

其四十九

美人出南国，灼灼芙蓉姿。皓齿终不发，芳心空自持。由来紫宫女，共妒青蛾眉。归去潇湘沚，沉吟何足悲。

［义释］

郁贤皓曰："此诗乃拟曹植《杂诗七首》之四：'南国有佳人，荣华若桃李。朝游江北岸，夕宿潇湘沚。时俗薄朱颜，谁为发皓齿？俯仰岁将暮，荣耀难久持。……'末二句写只能归去，可知此诗乃天宝三载春被谗去朝以后所作。"(《李白诗文选评》)

其五十

宋国梧台东，野人得燕石。夸作天下珍，却哂赵王璧。赵璧无缁磷，燕石非贞真。流俗多错误，岂知玉与珉。

［义释］

似作于供奉翰林后期，感慨不为朝廷见重。

其五十一

殷后乱天纪，楚怀亦已昏①。夷羊满中野，菉葹盈高门②。比干谏而死，屈平窜湘源。虎口何婉娈，女媭空婵媛③。彭咸久沦没，此意与谁论。

［句笺］

①"殷后"二句，**郁贤皓曰："以'乱天纪'的殷纣王和昏庸的楚怀王影射唐玄宗。"(《李白诗文选评》)**

②"夷羊"二句，**郁贤皓曰："实际上是描写当时的政治环境：神兽在野，恶草盈门。即贤能的人都贬逐在外，而高门之内却都是谗佞小人。"**

③"虎口"二句，**郁贤皓曰："揭示贤人在危险境地仍对朝廷和国家非常眷恋，使关心他们的人徒然牵挂担心。"**

［义释］

郁贤皓曰："这是李白《古风》中指斥玄宗最激烈的一首诗。"安旗曰："前人皆谓此诗有感于时事而发，良是。但以此诗缘开元二十五年张九龄、周子谅事而发(纬按，指萧注及《诗比兴笺》)，则非。'殷后''楚怀'，此昏暴之君，开元季叶之玄宗在李白心目中何至于此？夷羊在野，荆棘盈门，此亡乱之象，开元季叶之形势何至于此？开元季叶之李白亦绝不至以朝廷为'虎口'。诗中之比干当指天宝中叶迭遭诛逐之忠良，如王忠嗣等人；屈原当系自喻。此类比兴仅见于此期(纬按，指三入长安时期)，而为他期所无。"(《三入长安始末》)

其五十二

青春流惊湍，朱明骤回薄。不忍看秋蓬，飘扬竟何托。光风灭兰蕙，白露洒葵藿。美人不我期，草木日零落。

［义释］

抒写急切用世之思，似早岁之作。

其五十三

战国何纷纷，兵戈乱浮云。赵倚两虎斗，晋为六卿分。奸臣欲窃位，树党自相群。果然田成子，一旦杀齐君。

［义释］

钱志熙曰："这一首正是对'战国多荆榛'的历史现象的展开描写，说的正是'龙虎相啖食'的事情。"(《论李白〈古风〉五十九首的整体性》)纬按，如从反映时政角度释之，则此诗写政治局势之危机，似作于北游过后，将游皖南之际。

其五十四

倚剑登高台，悠悠送春目。苍榛蔽层丘，琼草隐深谷。凤鸟鸣西海，欲集无珍木[①]。鸒斯得所居[②]，蒿下盈万族。晋风日已颓，穷途方恸哭。

［句笺］

①“凤鸟”二句，**安旗曰：“意谓凤凰虽在长安出现，然无梧桐可栖，指自己。”“‘西海’亦即‘秦海’，隐指长安。”（《三入长安始末》）**

②“鸒斯”句，**安旗曰：“意谓鸟雀之属反而成群结伙，得其所哉，指杨国忠辈。”**

［义释］

安旗曰：“此诗中反映之时局特点及思想感情自非三入长安莫属。”

其五十五

齐瑟弹东吟，秦弦弄西音。慷慨动颜魄，使人成荒淫。彼美佞邪子，婉娈来相寻。一笑双白璧，再歌千黄金。珍色不贵道，讵惜飞光沉。安识紫霞客，瑶台鸣素琴。

［义释］

诗云“珍色不贵道”，犹“其五十”（宋国梧台东）所谓“岂知玉与珉”，似为一时之作。

其五十六

越客采明珠，提携出南隅。清辉照海月，美价倾皇都。献君君按剑，怀宝空长吁。鱼目复相哂，寸心增烦纡。

［义释］

与上篇寓意相近，应为一时之作。

其五十七

羽族禀万化，小大各有依。啁啁亦何辜，六翮掩不挥。愿衔众禽翼，一向黄河飞。飞者莫我顾，叹息将安归。

［义释］

命意与“其五十九”近似。

其五十八

我行巫山渚，寻古登阳台。天空彩云灭，地远清风来。神女去已久，襄王安在哉。荒淫竟沦没，樵牧徒悲哀。

[义释]

似以“襄王”刺玄宗之荒淫。

其五十九

恻恻泣路歧，哀哀悲素丝。路歧有南北，素丝易变移。万事固如此，人生无定期。田窦相倾夺，宾客互盈亏。世途多翻覆，交道方崄巇。斗酒强然诺，寸心终自疑。张陈竟火灭，萧朱亦星离。众鸟集荣柯，穷鱼守枯池。嗟嗟失欢客，勤问何所规。

[义释]

郁贤皓曰：“此诗列举历史上的许多事例，说明人生多变，交道险恶，当是诗人有感而作。李白一生喜欢交友，结果却屡屡碰壁。尤其是在晚年因参加永王幕府而被捕入狱，出狱后又被流放夜郎，在此期间，以往的好友多唯恐避之不及，袖手旁观，有的甚至还落井下石，只有个别的好友为之营救或慰问。故此诗当是肃宗至德、乾元年间根据自己的亲身体验所作。”（《李白诗文选评》）

效古二首

[题解]

宋蜀本第二十二卷“感遇”之下，载《效古二首》、《感寓二首》、《拟古十二首》、《感兴八首》、《寓言三首》、《感遇四首》。房日晰认为这些诗篇均系宋敏求在乐史编《李翰林集》基础上新增而缀于其后者，曰：“假如乐史本《李翰林集》原来就分作二十一类，而宋敏求将自己收集的王溥家藏本、魏万编本以及从其他方面裒集的二百二十五首诗，分别插入

乐史《李翰林集》各个类目中，那么，后四卷感遇类中的《效古》、《感寓》、《拟古》、《感兴》、《寓言》等诗，都可与前十九卷中的古风合并为一类，或作古风的下卷（古风五十九首可作上卷）。”（《宋本〈李太白文集〉三题》，载《西北大学学报》1988年第1期）。纬按，房说甚是。从内容看，这些诗篇均为抒写人生感遇；从形式看，这些诗篇均为五言古体。这些特征亦即《古风五十九首》之特征。因之，可将这些诗篇视为《古风》之同类，或称之为“类古风”。敦煌写本唐诗选残卷题为《古意》，录“其一”。

其一

朝入天苑中，谒帝蓬莱宫。青山映辇道，碧树摇苍空。谬题金闺籍，得与银台通。待诏奉明主，抽毫颂清风。归时落日晚，躞蹀浮云骢。人马本无意，飞驰自豪雄。入门紫鸳鸯，金井双梧桐。清歌弦古曲，美酒沽新丰。快意且为乐，列筵坐群公。光景不可留，生世如转蓬。早达胜晚遇，羞比垂钓翁。

［义释］

此为李白待诏翰林初期所作，诗中记叙待诏生活实况，抒写当时得意心情，并庆幸于自己的“早达”。此所谓“早达”，并非少年得志，而是与“垂钓翁”吕尚相比，固可曰早，亦如《南陵别儿童入京》所谓“游说万乘苦不早”，盖愈早愈好之谓也。

其二

自古有秀色，西施与东邻。蛾眉不可妒，况乃效其颦。所以尹婕妤，羞见邢夫人。低头不出气，塞默少精神。寄语无盐子，如君何足珍。

［义释］

诗以西施自喻，情绪颇自信，似为待诏翰林初期针对相妒者而发。

感寓二首

其一

宝剑双蛟龙，雪花照芙蓉。精光射天地，雷腾不可冲①。一去别金匣，飞沉失相从。风胡殁已久，所以潜其锋②。吴水深万丈，楚山邈千重。雌雄终不隔，神物会当逢③。

[句笺]

①“宝剑”四句，喻自身之不凡才具。

②“风胡”二句，意谓当今已无赏识自己才具之人，故而只能潜藏锋芒而不露。这里暗含对朝廷不用贤才的不满。

③“雌雄”二句，意谓自己必有出头之日。

[义释]

胡注：“此篇全祖鲍照诗云：‘双剑将离别，先在匣中鸣。烟雨交将夕，从此遂分形。雌沉吴江里，雄飞入楚城。吴江深无底，楚关有崇扃。一为天地别，岂直限幽明。神物终不隔，千祀傥还并。’”纬按，其说是，鲍照诗题为《赠故人马子乔六首》，此其第六首。李白诗意以鲍照诗为本，诗句如“吴水”四句亦自鲍照诗句化出。然白诗亦有超出照诗之处，如开首四句着力写宝剑光芒以突出个人才干，“风胡”二句对现实的批判，皆白诗独具的抒情内容。结末二句以雌雄相逢展示对未来的信心，是“初入长安”过后心情，造语亦与《梁甫吟》结尾“张公两龙剑，神物合有时”类似。其作时可定为开元十九年。

其二

咸阳二三月，百鸟鸣花枝[1]。绿帻谁家子，卖珠轻薄儿[2]。日暮醉酒归，白马骄且驰。意气人所仰，游冶方及时。子云不晓事，晚献长杨辞。赋达身已老，草玄鬓若丝。投阁良可叹，但为此辈嗤。

［句校］

［1］“百鸟”句，宋蜀本句下注“一作宫柳黄金枝”。萧本、王本作“宫柳黄金枝”。

［2］“绿帻”二句，宋蜀本作“玉剑谁家子，西秦豪侠儿”，注“一作绿帻谁家子，卖珠轻薄儿”。萧本、王本作“绿帻谁家子，卖珠轻薄儿”，安注从之。

［句笺］

①“绿帻”二句，安旗曰：“唐汝询《唐诗解》云：‘此刺戚里专横，而以子云自况。’所谓‘绿帻’，必有所指。’今人马里千《李白诗选》按：‘绿帻似指杨国忠。……’所见良是。杜甫《丽人行》，黄鹤注：‘天宝十二载，杨国忠与虢国夫人邻居第，往来无期，或并辔入朝，不施幛幕，道路为之掩目……于是作《丽人行》。此当是十二年春作，盖国忠于十一载十一月为右丞相也。’仇兆鳌注云：‘此诗专刺诸杨游宴曲江之事。’白之此诗与《丽人行》为同时同类之作。惟白诗之末兼及献策事。”（《三入长安始末》）

［义释］

安旗曰：“此诗亦写三入长安观感，通篇以汉喻唐。”

拟古十二首

［题解］

萧注“题解”曰：“拟古者，拟古诗也。古人多有此体，至于句意亦不大相远焉。”纬按，晋·陆机有《拟古十二首》，其中十一首拟《古诗十九首》，另一首“兰若生朝阳”拟枚乘《杂诗九首》之一。足见“拟古”是古人习用的写作路数，李白之《拟古》亦系此一传统之继承。

其一

青天何历历，明星如白石。黄姑与织女，相去不盈尺。银河无鹊桥，非时将安适。闺人理纨素，游子悲行役。瓶冰知冬寒，霜露欺远客。客似秋叶飞，飘飖不言归。别后罗带长，愁宽去时衣。乘月托宵梦，因之寄金徽。

其二

高楼入青天，下有白玉堂。明月看欲堕，当窗悬清光。遥夜一美人，罗衣沾秋霜。含情弄柔瑟，弹作陌上桑。弦声何激烈，风卷绕飞梁。行人皆踯躅，栖鸟去回翔。但写妾意苦，莫辞此曲伤。愿逢同心者，飞作紫鸳鸯。

［义释］

唐汝询曰："拟《西北有高楼》。"**张瑞君亦谓此诗题材、构思与《古诗十九首·西北有高楼》基本相同（见《李白与〈古诗十九首〉》，载《李白学刊》第二辑）**。古诗原文："西北有高楼，上与浮云齐。交疏结绮窗，阿阁三重阶。上有弦歌声，音响一何悲。谁能为此曲，无乃杞梁妻。清商随风发，中曲正徘徊。一弹再三叹，慷慨有馀哀。不惜歌者苦，但伤知音稀。愿为双鸿鹄，奋翅起高飞。"纬按，其说甚是。二诗均十六句，四句成一小节，依次写高楼、弦歌者、弦歌声、歌者寻求知音的苦心。**马茂元认为曹植《七哀诗》的意境也是由这首古诗"脱化而出"（《〈古诗十九首〉初探》）**。曹植诗原文："明月照高楼，流光正徘徊。上有愁思妇，悲叹有馀哀。借问叹者谁，言是荡子妻。君行逾十年，孤妾常独栖。君若清路尘，妾若浊水泥。浮沉各异势，会合何时谐。愿为西南风，长逝入君怀。君怀良不开，贱妾当何依。"纬按，三首诗均以孤栖之思妇寄托诗人自伤不遇的情怀，可互参。

其三

长绳难系日，自古共悲辛。黄金高北斗，不惜买阳春。石火无留光，还如世中人。即事已如梦，后来我谁身。提壶莫辞贫，取酒会四邻。仙人殊恍惚，未若醉中真。

［义释］

结尾“仙人”二句，颇能说明李白对游仙学道的真实态度。

其四

清都绿玉树，灼烁瑶台春。攀花弄秀色，远赠天仙人。香风送紫蕊，直到扶桑津。取掇世上艳，所贵心之珍。相思传一笑，聊欲示情亲。

其五

今日风日好，明日恐不如。春风笑于人，何乃愁自居。吹箫舞彩凤，酌醴鲙神鱼。千金买一醉，取乐不求馀。达士遗天地，东门有二疏。愚夫同瓦石，有才知卷舒。无事坐悲苦，块然涸辙鲋[1]。

［句校］

［1］鲋，宋蜀本作“鱼”，据王注本改。安注作“鲋”。

其六

运速天地闭，胡风结飞霜。百草死冬月，六龙颓西荒。太白出东方，彗星扬精光。鸳鸯非越鸟，何为眷南翔。惟昔鹰将犬，今为侯与王。得水成蛟龙，争池夺凤凰。北斗不酌酒，南箕空簸扬。

其七

世路今太行，回车竟何托。万族皆凋枯，遂无少可乐。旷野多白骨，幽魂共销铄。荣贵当及时，春华宜照灼。人非昆山玉，安得长璀错。身没期不朽，荣名在麟阁。

其八

月色不可扫，客愁不可道。玉露生秋衣，流萤飞百草。日月终销毁，天地同枯槁。蟪蛄啼青松，安见此树老。金丹宁误俗，昧者难精讨。尔非千岁翁，多恨去世早。饮酒入玉壶，藏身以为宝。

其九

生者为过客，死者为归人。天地一逆旅，同悲万古尘。月兔空捣药，扶桑已成薪。白骨寂无言，青松岂知春。前后更叹息，浮荣安足珍。

其十

仙人骑彩凤，昨下阆风岑。海水三清浅，桃源一见寻。遗我绿玉杯，兼之紫琼琴。杯以倾美酒，琴以闲素心。二物非世有，何论珠与金。琴弹松里风，杯劝天上月。风月长相知，世人何倏忽。

其十一

［题校］

房日晰曰："'感遇'类之《拟古》其十一与'闺情'类之《折荷有赠》，二诗无一字之差。"（《宋本〈李太白集〉三题》）纬按，宋蜀本第二十四卷之《折荷有赠》首二句作"涉江玩秋水，爱此红蕖鲜"。

涉江弄秋水，爱此荷花鲜。攀荷弄其珠，荡漾不成圆。佳人彩云里，欲赠隔远天。相思无由见，怅望凉风前。

［义释］

唐汝询曰："拟《涉江采芙蓉》。"**张瑞君引《古诗十九首·涉江采芙蓉》："涉江采芙蓉，兰泽多芳草。采之欲遗谁？所思在远道。还顾望旧乡，长路漫浩浩。同心而离居，忧伤以终老。"谓"两首诗都写飘泊外地的游子思念家乡的情人。都用采芙蓉赠情人作为关键情节，而以不能相见的惆怅结尾"（《李白与〈古诗十九首〉》）。**

其十二

去去复去去，辞君还忆君①。汉水既殊流，楚山亦此分②。人生难称意，岂得长为群。越燕喜海日，燕鸿思朔云③。别久容华晚，琅玕不能饭。日落知天昏，梦长觉道远。望夫登高山，化石竟不返。

［句笺］

①"去去"二句，**张瑞君引《古诗十九首·行行重行行》："行行重行行，与君生别离。相去万余里，各在天一涯。道路阻且长，会面安可知。胡马依北风，越鸟巢南枝。相去日已远，衣带日以缓。浮云蔽白日，**

游子不顾反。思君令人老，岁月忽已晚。弃捐勿复道，努力加餐饭。”谓“起笔运用叠字，点破相思，与《行行重行行》同”（《李白与〈古诗十九首〉》）。

②“汉水”二句，张瑞君谓“第三、四句将直言化为比喻，意旨相同”。

③“越燕”二句，张瑞君谓“与‘胡马’二句比喻的方式相近，以喻游子思乡之情”。

感兴八首

［题校］

黄瑞云谓“《感兴》八首其四、其六、其七分别是古风五十九首中其四十七、其二十七、其三十六之别稿”（《说李白的古风》）。纬按，两两对勘，若干字句有异文，但诗意全同。胡注本径删去其四、其七，诗题亦改为《感兴六首》。

其一

瑶姬天帝女，精彩化朝云。宛转入宵梦[1]，无心向楚君。锦衾抱秋月，绮席空兰芬。茫昧竟谁测，虚传宋玉文。

［句校］

[1] 宵梦，宋蜀本作“梦宵”，此从胡注本。

其二

洛浦有宓妃，飘飖雪争飞。轻云拂素月，了可见清辉。解珮欲西去，含情讵相违。香尘动罗袜，绿水不沾衣。陈王徒作赋，神女岂同归。好色伤大雅，多为世所讥。

其三

裂素持作书，将寄万里怀。眷眷待远信，竟岁无人来。征鸿务随阳，又不为我栖。委之在深箧，蠹鱼坏其题。何如投水中，流落他人开。不惜他人开，但恐生是非。

其四

芙蓉娇绿波，桃李夸白日[1]。偶蒙春风荣，生此艳阳质。岂无佳人色，但恐花不实。宛转龙火飞，零落互相失[2]。讵知凌寒松，千载长守一[3]。

［句校］

［1］“芙蓉”二句，《古风》四十七作“桃花开东园，含笑夸白日”。

［2］“互相失”，《古风》四十七作“早相失”。

［3］“讵知”二句，《古风》四十七作“讵知南山松，独立自萧飔”。

其五

十五游神仙，仙游未曾歇①。吹笙吟松风，泛瑟窥海月。西山玉童子②，使我炼金骨。欲逐黄鹤飞，相呼向蓬阙。

［句笺］

①“十五”二句，罗宗强曰：“以往只是把这理解为他十五岁开始追慕神仙方术。……可能还有另一种解释，是他在十五岁的时候，就正式入道了。孙夷中（引者注：北宋人）《三洞修道仪》叙初入道仪，谓：‘其童男女，秉持至十五岁，方与诣师请求出家，禀承戒律，稍精，方求入道，誓戒三师，称智慧十戒弟子’。就是说，十五岁是一个年龄界线，从十五岁开始，才算正式入道了。他在《凤笙篇》中说‘仙人十五爱吹笙，学得昆丘采凤鸣。’也蕴含着对十五岁始可正式入道，进入求仙之途的理解。当然，李白不一定出家，但是他在十五岁时曾受戒于三师，举行过最初的入道仪式，或者是可能的。”（《李白的神仙道教信仰》，载《中国李白研究》1991年集）

②西山玉童子，刘友竹认为李白十五岁时即与元丹丘相识，曾同隐于

青城山，“西山”即青城山，“玉童子”指少年道士元丹丘（见《李白与元丹丘、玉真公主交游新考》，载《中国李白研究》2001—2002年集）。

其六

西国有美女，结楼青云端[1]。蛾眉艳晓月[2]①，一笑倾城欢。高节不可夺，炯心如凝丹。常恐彩色晚，不为人所观。安得配君子，共成双飞鸾[3]。

［句校］

［1］“西国”二句，《古风》二十七作“燕赵有秀色，绮树青云端”。

［2］“艳晓月”，《古风》二十七作“艳皎月”。

［3］“高节”六句，《古风》二十七作“常恐碧草晚，坐泣秋风寒。纤手怨玉琴，清晨起长叹。焉得偶君子，共乘双飞鸾”。

［句笺］

①“蛾眉”句，以“晓月”喻“蛾眉”，盖取其弯曲之形。

其七

揭来荆山客，谁为珉玉分[1]。良宝绝见弃[2]，虚持三献君。直木忌先伐，芳兰哀自焚。盈满天所损，沉冥道所群[3]。东海有碧水，西山多白云[4]。鲁连及夷齐[5]，可以蹑清芬。

［句校］

［1］“揭来”二句，《古风》三十六作“抱玉入楚国，见疑古所闻”。

［2］“绝见弃”，《古风》三十六作“终见弃”。

［3］“道所群”，《古风》三十六作“道为群”。

［4］“东海”二句，《古风》三十六作“东海泛碧水，西关乘紫云”。

［5］“鲁连”句《古风》三十六作“鲁连及柱史”。

其八

嘉谷隐丰草，草深苗且稀。农夫既不异，孤穗将安归。常恐委畴陇，忽与秋蓬飞。乌得荐宗庙，为君生光辉。

[义释]

似作于尚未奉诏入朝时。

寓言三首

其一

周公负斧扆，成王何夔夔。武王昔不豫，剪爪投河湄。贤圣遇谗慝，不免人君疑。天风拔大木，禾黍咸伤萎。管蔡扇苍蝇，公赋鸱鸮诗。金縢若不启，忠信谁明之。

[义释]

“贤圣”二句为此诗题旨，似作于《雪谗诗》之同时。

其二

摇裔双彩凤，婉娈三青禽。往还瑶台里，鸣舞玉山岑。以欢秦娥意，复得王母心。区区精卫鸟，衔木空哀吟。

[义释]

诗以“精卫鸟”自喻，以“三青禽”喻佞幸小人，似作于天宝初在朝失意时。

其三

长安春色归，先入青门道。绿杨不自持，从风欲倾倒。海燕还秦宫，双飞入帘栊。相思不相见，托梦辽城东。

[义释]

此写相思之情，与上两篇不相类，且无言外之寓意，似非“寓言”之属。

感遇四首

其一

吾爱王子晋，得道伊洛滨。金骨既不毁，玉颜长自春。可怜浮丘公，猗靡与情亲。举首白日间，分明谢时人。二仙去已远，梦想空殷勤。

其二

可叹东篱菊，茎疏叶且微。虽言异兰蕙，亦自有芳菲。未泛盈樽酒，徒沾清露辉。当荣君不采，飘落欲何依。

[义释]

似作于奉诏入朝之前。

其三

昔余闻姮娥，窃药驻云发。不自娇玉颜，方希炼金骨。飞去身莫返，含笑坐明月。紫宫夸蛾眉，随手会凋歇。

[义释]

诗以姮娥自喻，寄托游仙之想，而以“紫宫夸蛾眉”二句喻指朝中得宠者。似作于天宝初决意去朝之际。

其四

宋玉事楚王，立身本高洁。巫山赋彩云，郢路歌白雪。举国莫能和，巴人皆卷舌。一感登徒言，恩情遂中绝。

[义释]

此与《古风五十九首》其二十一（郢客歌白雪）立意、用语相近，似同作于天宝初在朝之后期。

本卷讨论的主要问题

1. 《古风五十九首》的编集。
2. 《古风》“其一”（大雅久不作）的解读。
3. 宋蜀本“感遇”类诸诗与《古风》的共同性。

本卷所采撷论著

1. 詹锳：《李白古风五十九首集说》，载《李白诗文系年》。

2. 郁贤皓：《论李白〈古风五十九首〉》，载《中国李白研究》1990年集·上。

3. 乔象钟：《李白〈古风〉考析》，载《李白论》。

4. 贾晋华：《李白〈古风〉新论》，载《中国李白研究》1991年集。

5. 房日晰：《宋本〈李太白集〉三题》，载《西北大学学报》1988年第1期。

6. 詹锳：《李太白集板本叙录》，载《李白诗论丛》。

7. 郁贤皓：《影印当涂本〈李翰林集〉序》，黄山书社2004年版。

8. 郁贤皓：《咸淳本〈李翰林集〉源流概述》，载《中国李白研究》2003—2004年集。

9. 黄瑞云：《说李白的古风》，载《湘潭大学学报》1980年第2期。

10. 梁森：《李白与古诗传统》，载《文学与新闻传播研究》第四辑。

11. 钱志熙：《论李白〈古风五十九〉首的整体性》，载《文学遗产》2010年第1期。

12. 俞平伯：《李白〈古风〉第一首解析》，载《文学遗产增刊》第

7 辑。

13. 袁行霈：《李白〈古风〉（其一）再探讨》，载《文学评论》2004 年第 1 期。

14. 高亨：《诗经今注》。

15. 马里千：《李白诗选》。

16. 康怀远：《“扬马激颓波，开流荡无垠”——李白汉赋评说之我见》，载马鞍山市李白研究会主办安徽省内部刊物《李白研究》1990 年第 1 期。

17. 刘友竹：《李白的诗论与当代诗词创作》，载《中国李白研究》1994 年集。

18. 林继中：《大雅正声——“盛世文学”的支点》，载《文艺理论研究》2006 年第 5 期。

19. 冯其庸：《中国文学史稿》。

20. 杨伯峻：《论语译注》。

21. 张燕婴：《论语》。

22. 裴斐：《李白与历史人物》，载《文学遗产》1990 年第 3 期。

23. 朱易安：《李白的价值重估——兼论李白的文化意义》，载《李白学刊》第二辑。

24. 杨明：《读李琐记》，载《中国李白研究》1990 年集·下。

25. 郁贤皓：《李白诗文选评》，载《李白与唐代文史考论》第二卷《李白论稿》。

26. 张瑞君：《李白与〈古诗十九首〉》，载《李白学刊》第二辑。

27. 安旗：《三入长安始末》，载《李白诗秘要》。

28. 詹福瑞：《李白〈古风〉其四十六试解》，载《李白学刊》第二辑。

29. 朱金城：《双白簃读〈李白集〉札记续篇》，载《中国李白研究》1990 年集·下。

30. 罗宗强：《李白的神仙道教信仰》，载《中国李白研究》1991 年集。

31. 刘友竹：《李白与元丹丘、玉真公主交游新考》，载《中国李白研究》2001—2002 年集。

32. 薛天纬：《李白诗四解》，载《李白学刊》第二辑。

33. 薛天纬：《圣代复元古大雅振新声——李白〈古风〉（其一）再解读》，《江淮论坛》2012 年第 1 期。

第十卷

依诗体编排之什

• 五言古体

长干行

[题解]

宋蜀本、咸淳本俱作《长干行二首》，除此首外，尚有“忆妾深闺里”一首。后者实为张潮诗，**詹锳《李白诗论丛·李诗辨伪》论之已详，佟培基《全唐诗重出误收考》“张潮”条亦详辨之。**

妾发初覆额，折花门前剧。郎骑竹马来，绕床弄青梅[①]。同居长干里，两小无嫌猜[②]。十四为君妇，羞颜未尝开。低头向暗壁，千唤不一回。十五始展眉，愿同尘与灰。常存抱柱信，岂上望夫台。十六君远行，瞿塘滟滪堆。五月不可触，猿声天上哀。门前迟行迹，一一生绿苔。苔深不能扫，落叶秋风早。八月胡蝶来，双飞西园草。感此伤妾心，坐愁红颜老。早晚下三巴，预将书报家。相迎不道远，直至长风沙[③]。

[句笺]

①“郎骑”二句，成语“青梅竹马”之所出。

②“同居”二句，成语“两小无猜”之所出。

③长风沙，清·赵翼曰：“长风沙在今安庆府怀宁县，即石牌湾也。《宋史·周湛传》：‘为江淮发运使，上言大江历舒州、长风沙，其地最险，谓之石牌湾。湛役三千万工，凿河十里以避之。人以为利。’《水经注》：‘江水经长风山南，得长风口，江浦也。’”（《瓯北诗话》卷二）

秋日炼药院镊白发赠元六兄林宗

[题解]

元六兄林宗，即李白故交元丹丘。**刘友竹认为李白《上安州裴长史书》所说“与逸人东严子隐于岷山之阳”，东严子即元丹丘，岷山即青城山（见《李白与元丹丘、玉真公主交游新考》，载《中国李白研究》2001—2002 年集）。**

木落识岁秋，瓶冰知天寒。桂枝日已绿，拂雪凌云端。弱龄接光景，矫翼攀鸿鸾。投分三十载，荣枯同所欢①。长吁望青云，镊白坐相看。秋颜入晓镜，壮发凋危冠。穷与鲍生贾，饥从漂母餐。时来极天人，道在岂吟叹。乐毅方适赵，苏秦初说韩。卷舒固在我，何事空摧残。

[句笺]

①“投分”二句，**刘友竹认为，李白十五岁即在蜀中之青城山与元丹丘相识，“所谓‘三十载’，当是开元三年至二十九年，计 26 年，此取其成数；所谓‘荣枯同所欢’，当指一同隐居修炼，一起被广汉太守推举**（纬按，指《上安州裴长史书》中‘广汉太守闻而异之，诣庐亲睹，因举二人以有道，并不起’一段内容），**又先后出蜀，同作安州都督‘马公’的座上宾**（纬按，指《上安州裴长史书》中‘前此郡督马公，朝野豪彦，一见尽礼，许为奇才，因谓长史李京之曰：“诸人之文，犹山无烟霞，春无草树。李白之文，清雄奔放，名章俊语，络绎间起，光明洞彻，句句动人。”此则故交元丹丘亲接斯议’一段内容）**这类事**。”

赠嵩山焦炼师并序

［题解］

序曰："嵩山有神人焦炼师者，不知何许妇人也。又云生于齐梁时，其年貌可称五六十。常胎息绝谷，居少室庐，游行若飞，倏忽万里。世或传其入东海，登蓬莱，竟莫能测其往也。余访道少室，尽登三十六峰，闻风有寄，洒翰遥赠。"

詹注引陈国符《道藏源流考》"司马承祯"条文字，谓"焦炼师盖即焦静真"。土屋昌明更考之曰："这个焦炼师应该是天宝二载《玉真公主受道灵坛祥应记》中所见上清羽人焦真静。……焦真静天宝二载住在嵩山，玉真公主执女弟子之礼。"又引《历世真仙体道通鉴后集》卷四："唐女真焦静真……当为东华上清真人。"曰："名字反过来了，但是这种现象在古书里不算问题。……这里明确写着焦静真是个女道士，为当时最著名的道士司马承祯的高足。……司马承祯和皇室关系非常密切，焦静真是他的入室弟子，玉真公主和他的关系便可从这个角度来理解。"（《李白之创作与道士及上清经》，载《四川大学学报》2006年第5期）

二室凌青天，三花含紫烟。中有蓬海客，宛疑麻姑仙。道在喧莫染，迹高想已绵。时餐金鹅蕊，屡读青苔篇。八极恣游憩，九垓长周旋。下瓢酌颍水，舞鹤来伊川。还归空山上，独拂秋霞眠。萝月挂朝镜，松风鸣夜弦。潜光隐嵩岳，炼魄栖云幄。霓裳何飘飖，凤吹转绵邈。愿同西王母，下顾东方朔。紫书倘可传，铭骨誓相学①。

［句笺］

①"愿同"四句，**土屋昌明曰："李白最后以西王母的比喻来表明想要入她的道门学习她的道术。"**

玉真仙人词

玉真之仙人，时往太华峰。清晨鸣天鼓①，飙欻腾双龙②。弄电不辍手，行云本无踪。几时入少室，王母应相逢③。

［句笺］

①“清晨”句，土屋昌明曰：“指玉真公主做斋醮存思而招真灵时的鸣天鼓。”（《李白之创作与道士及上清经》）

②“飙欻”句，土屋昌明曰：“‘飙欻’是用上清经法来存思体内神时产生的双龙。《上清紫精君皇初紫灵道君洞房上经》说：‘存月中有两白气，径来入两足底跖心中，良久足底各化生两白龙，在我之左右也。左龙曰飙精，右龙曰欻亭。二龙并吐白烟，入我鼻两孔中，径达肺。’（《道藏》第6册）这种道术叫做‘上清乘飙欻之道。’”

③“几时”二句，土屋昌明曰：“王母不是喻玉真公主而喻焦静真。……因为焦静真是她的师傅，宗教上的地位比玉真高得多。”

独酌

春草如有意，罗生玉堂阴。东风吹愁来，白发坐相侵①。独酌劝孤影②，闲歌面芳林。长松尔何知，萧瑟为谁吟。手舞石上月，膝横花间琴。过此一壶外，悠悠非我心。

［句笺］

①坐，张相《诗词曲语词汇释》：“甚辞，犹深也；殊也。”安注：

"坐，致也。"詹注："坐，因。"俱可通。

②独酌劝孤影，句意与《月下独酌》"对影成三人"同，俱由陶渊明《杂诗》"欲言无予和，挥杯劝孤影"句化出。

郢门秋怀

[题解]

郢门，张昕、王清以为泛指楚地（见《李白诗中地名考异》，载《中国李白研究》1991 年集）。

郢门一为客，巴月三成弦。朔风正摇落，行子愁归旋。杳杳山外日，茫茫江上天。人迷洞庭水，雁度潇湘烟[①]。清旷谐宿好，缁磷及此年。百龄何荡漾，万化相推迁。空谒苍梧帝，徒寻溟海仙。已闻蓬海浅，岂见三桃圆。倚剑增浩叹，扪襟还自怜。终当游五湖，濯足沧浪泉。

[句笺]

①潇湘，张昕、王清以为"指清深的湘水"，并引《水经注》："潇者，水清深也"、《辞通》："《说文》云，潇，水清深也，是潇湘犹云清湘，今或误为二水，非是。"

庐山东林寺夜怀

我寻青莲宇[①]，独往谢城阙。霜清东林钟，水白虎溪月。天香生虚空，天乐鸣不歇。宴坐寂不动[②]，大千入毫发[③]。湛然冥真心[④]，旷劫断出没[⑤]。

［句笺］

①青莲宇，安旗曰："唐诗中常称佛寺为'青莲宫''青莲宇'，亦以其为清净之地。"（《李白有关佛教诗文系年选笺》，载《中国李白研究》1991年集）纬按，此可再举数例：宋之问《宿云门寺》："遂得青莲宫。"韩翃《题玉山观禅师兰若》："道成何必青莲宫。"李群玉《法华微上人盛话金山境胜旧游在目吟成此篇》："江上青莲宫。"陈子昂《酬晖上人夏日林泉》："窈窕青莲宇。"孟浩然《过景空寺故融公兰若》："池上青莲宇。"岑参《青龙招提归一上人远游吴楚别诗》："朝从青莲宇。"

②宴坐，安旗曰："即坐禅。《维摩经·弟子品》：'（舍利佛言），我昔曾于林中宴坐树下。'宴坐之法：'居一静室或空闲地，离诸喧闹，安一绳床，旁无余座。九十日为一期，结跏正坐，项脊端直，不动不摇，不委不倚，以坐自誓。'（《摩诃止观》卷二）"

③大千入毫发，安旗曰："大千，即大千世界。此日月所照，为一小世界，谓之小千；如此一千小千世界，谓之中千；如此一千中千世界，谓之大千（见《金刚经》注）。毫发、毛孔、芥子等均为佛经譬喻极微之事物。……佛经又有纳须弥（山名）于芥子之说，以四大海水入毛孔之说，皆谓不可思议之境。"

④湛然冥真心，安旗曰："佛教所谓真心，即清净之心，无妄念之心，亦即人之本心，人之佛性。冥，谓冥思、冥通、冥感。佛菩萨之思维非人所能窥知，故曰冥。《维摩经·弟子品》：'时维摩诘即入三昧，令此比丘自识宿命。……即时豁然，还得本心。'此句承上，谓宴坐既久，入于不可思议之境，豁然贯通，顿悟本心。"

⑤旷劫断出没，安旗曰："佛经以一世为一劫，极言过去时之长谓之旷劫，极言未来时之长谓之永劫。句谓宴坐既久，恍惚已历多世不与尘世往还。"

［义释］

安旗曰："此诗不但句句用佛典，佛教色彩甚浓，而且显示出禅宗特色。……此派特点可以八字概括，即：明心见性，顿悟成佛。由此可知，李白此时从思想到实践均已皈依南禅。"并系此诗于天宝九载。

金陵江上遇蓬池隐者

［题解］

宋蜀本题下注云："时于落星石上以紫绮裘换酒为欢。"应为太白自注。

心爱名山游，身随名山远。罗浮麻姑台，此去或未返[①]。遇君蓬池隐，就我石上饭。空言不成欢，强笑惜日晚。绿水向雁门，黄云蔽龙山。叹息两客鸟，裴回吴越间。共语一执手，留连夜将久。解我紫绮裘[②]，且换金陵酒。酒来笑复歌，兴酣乐事多。水影弄月色，清光奈愁何。明晨挂帆席，离恨满沧波。

［句笺］

①"心爱"四句，尹楚彬谓"写诗人自己"，并引李白《同王昌龄送族弟襄归桂阳》诗"我欲罗浮隐，犹怀明主恩"句相印证，说明李白有"欲隐罗浮的想法"（见《李白四题》，载《中国李白研究》1997年集）。

②紫绮裘，上清道士法服，详见第五卷《玩月金陵城西》"句笺"。

天台晓望

天台邻四明[①]，华顶高百越[②]。门标赤城霞[③]，楼栖沧岛月。凭高登远览，直下见溟渤。云垂大鹏翻，波动巨鳌没。风潮争汹涌，神怪何翕忽。观奇迹无倪，好道心不歇。攀条摘朱实，服药炼金骨。安得生羽毛，千春卧蓬阙。

［句笺］

①天台邻四明，唐·徐灵府《天台山记》："南驰缙云，北接四明。"（《全唐文·诗文拾遗》卷五十）

②华顶，《天台山记》："自歇亭北上廿里，上华顶峰，此天台山极高处也。"

③赤城霞，《天台山记》："自天台观东行一十五里，有赤城山，山高三百丈，周回七里……其山积石，石色赩然如朝霞，望之如雉堞，故名赤城，亦名烧山。故赋云'赤城霞起以建标'，即此山也。"故赋谓晋·孙绰《天台山赋》。

江上望皖公山

奇峰出奇云，秀木含秀气。清宴皖公山，巉绝称人意。独游沧江上，终日淡无味。但爱兹岭高，何由讨灵异。默然遥相许，欲往心莫遂。待吾还丹成，投迹归此地[①]。

［句笺］

①"待吾"二句，罗宗强曰："外丹有小还丹、大还丹，但还丹也可指一般的炼丹过程，由丹砂炼烧提取水银，又由水银炼烧还归丹砂。晚年还说还丹没有炼成，可见他一生始终未曾炼成金丹。"（《李白的神仙道教信仰》，载《中国李白研究》1991年集）

送温处士归黄山白鹅峰旧居

黄山四千仞，三十二莲峰。丹崖夹石柱，菡萏金芙蓉。伊昔升绝顶，下窥天目松。仙人炼玉处，羽化留馀踪[①]。亦闻温伯雪，独往今相逢。采秀辞五岳，攀岩历万重。归休白鹅岭，渴饮丹砂井。凤吹我时来，云车尔当整。去去陵阳东，行行芳桂丛。回溪十六度，碧嶂尽晴空。他日还相访，乘桥蹑彩虹。

［句笺］

①“黄山”八句，陈建根曰：“‘伊昔’二句，李白已确切的表明他曾登上黄山顶峰。明人朱谏《李诗选注》卷十注疏‘伊昔’一节说：‘此一节言温处士归黄山，言昔日我曾登乎黄山之绝顶矣。山极尊崇，下窥天目，但见仙人炼丹之处，汤泉沸溢，遗迹尚存，仙人羽化久矣，今不可得而见也。’清人曾国藩《求阙斋读书录》也说：‘首八句自叙曾游黄山。’”（《李白登黄山考辨》，载《中国李白研究》1995—1996年集）

嵩山采菖蒲者

神仙多古貌，双耳下垂肩。嵩岳逢汉武，疑是九疑仙。我来采菖蒲，服食可延年[①]。言终忽不见，灭影入云烟。喻帝竟莫悟，终归茂陵田。

［句笺］

①“我来”二句，罗宗强曰：“他是相信服食菖蒲可以延年的。除了《神仙传》的影响之外，他可能受了《上清经》的影响，《上清经》中专门谈到菖蒲的功效。《神仙服食灵草菖蒲丸方》据《上清经》论服食菖蒲的益处，说：‘服经十日，能消食；两月，除冷疾；三月，百病痊；而至四年，精神有馀；五年，骨髓充满；六年，颜色光泽，状如童子；七年，发白再黑；八年，齿落重生；九年，皮肤滑腻；十年，面如桃花；十一年，骨轻；十二年，永是真人，长生度世，颜如芙蓉，役使万灵，精邪不近，祸患永消。’”（《李白的神仙道教信仰》）

送杨少府赴选

[题解]

赴选，赴吏部铨选。傅璇琮《唐代诠选与文学序》释之甚详："（及第举子）并不是吏部铨选的主要对象，吏部铨选还有庞大的队伍，这就是数以万计的六品以下称为旨授的官员。这些官员，每一任即四考或三考满后，就得停官罢秩而守选，作为吏部的常选人，他们一到守选期满，便赴吏部参加冬集铨选。凡守选满的各色选人，到吏部后经南曹磨勘，废置详断，三铨铨试，就可以注拟授官了。作官后，还需经四考、三考，考满而罢，选满而集，铨试注授，周而复始，直至达到五品。才算脱离了吏部铨选之门，改由中书、门下制授。"少府，县尉；杨少府，名字不详。

大国置衡镜①，准平天地心。群贤无邪人，朗鉴穷清深。吾君咏南风，衮冕弹鸣琴。时泰多美士，京国会缨簪。山苗落涧底，幽松出高岑②。夫子有盛才，主司得球琳。流水非郑曲，前行遇知音。衣工剪绮绣，一误伤千金。何惜刀尺馀，不裁寒女衾。我非弹冠者，感别但开襟。空谷无白驹，贤人岂悲吟。大道安弃物，时来或招寻。尔见山吏部，当应无陆沉。

[句笺]

①大国，朝廷。

②"山苗"二句，反用晋·左思《咏史》"郁郁涧底松，离离山上苗。以彼径寸茎，荫此百尺条。世胄蹑高位，英俊沉下僚。地势使之然，由来非一朝"数句意。

[义释]

杨少府是秩满赴京参加吏部铨选、准备升迁的地方小官。这首送别诗不是一般地说些祝愿的话，诗中对朝廷政治的赞颂亦非浮泛的虚美之辞，而是表明了诗人对朝廷用人制度公平性的充分信任，也表明了对个人前途命运的充分信心。从诗句看，李白自己当时的处境也还不济，但他相信未来会是美好的。诗歌反映了生活在那个时代的知识分子积极进取的人生态度和乐观自信的自我感觉。尤其是“山苗”二句，针对着左思诗中的愤激不平之叹，发为意气高扬的对唱，展示了时代的巨大变迁和进步，庆幸于颠倒的历史已经被颠倒过来，充满着生逢盛世的幸福感、解放感、舒张感。可以说，左思的诗句和李白的诗句各自代表了一个时代。李白这首诗是盛唐时代士人精神风貌的真实写照，也是盛世清明政治的颂歌。诗当作于开元年间。参见薛天纬《黄河落天走东海，万里写入胸怀间——李白诗歌与盛唐气象》，载《李太白论》。

金陵凤凰台置酒

置酒延落景，金陵凤凰台。长波写万古，心与云俱开。借问往昔时，凤凰为谁来。凤凰去已久，正当今日回①。明君越羲轩，天老坐三台。豪士无所用，弹弦醉金罍。东风吹山花，安可不尽杯。六帝没幽草，深宫冥绿苔。置酒勿复道，歌钟但相催。

［句笺］

①“借问”四句，“凤凰”典出《韩诗外传》卷八：“黄帝即位，施惠承天，一道修德，惟仁是行，宇内和平”，“致斋于宫，凤乃蔽日而至”。

［义释］

此诗抒写盛世之人纵情享乐的心理。从一个方面说，这种心理固然产生于不为世用的失落，但另一方面（而且是作为先决因素的方面），则是因为盛世为人们提供了优越的社会条件，所以，诗人才觉得环境与季节都是那样宜人，他才有可能以极度放松的心态，无忧无虞、纵情快意地享受盛世赐予自己的一切。诗句既是对盛世清明政治的颂歌，同时也是一种

“往昔”与“今日”的历史对比，从对比中诗人强化了盛世意识，生发出珍惜与热爱这个盛世的感情。参见薛天纬《黄河落天走东海，万里写入胸怀间——李白诗歌与盛唐气象》。

江西送友人之罗浮

［题解］

宋蜀本题下注云“南昌”，应是曾巩所加。

桂水分五岭，衡山朝九疑。乡关眇安西①，流浪将何之。素色愁明湖，秋渚晦寒姿。畴昔紫芳意，已过黄发期。君王纵疏散，云壑借巢夷。尔去之罗浮，我还憩峨眉。中阔道万里，霞月遥相思。如寻楚狂子，琼树有芳枝。

［句笺］

①乡关眇安西，**余恕诚曰：“李白诗中的安西，指的就是当时安西大都护府管辖的地区。《新唐书·地理志》记载：安西大都护府下有条支都督府和碎叶城。因此，李白说自己的乡关在安西，与李阳冰说李白先世‘谪居条支’（《草堂集序》）、范传正说李氏‘一房被窜于碎叶’（《新墓碑文》），三者不仅互相关连，而且可以互为证据。‘碎叶’与‘条支’，‘条支’与‘安西’，是前者隶属于后者的关系，说安西就包含了条支，说条支就包含了碎叶。三个材料合在一起，非常确凿有力地说明了李白出生于唐安西都护府所属的条支都督府下的碎叶城（即中亚细亚碎叶）。”（《李白出生于中亚碎叶的又一确证》，载《安徽师范大学学报》1979年第1期）。**纬按，《新唐书·地理志七下》“羁縻州”之“陇右道”下有“条支都督府”，“隶安西都护府”；《地理志四》之“陇右道·安西大都护府”下，有“保大军，屯碎叶城”。唯“条支都督府”下又曰：“以诃达罗支国伏宝瑟颠城置。”而保大军所驻之碎叶镇，在“絜山都督府”境内，与条支相去甚远。实则“条支”在唐人语汇中并不确指某地，而是

西方边地之泛称，如李白《战城南》曰："洗兵条支海上波，放马天山雪中草。"贯休《入塞曲》曰："定远条支宠，如今胜古时。"刘言史《代胡僧留别》曰："定知不彻南天竺，死在条支阴碛中。"然"条支"即使泛指，亦无碍李白出生地在碎叶之结论。

早秋赠裴十七仲堪

［题解］

万德敬谓裴仲堪即《杭州送裴大泽时赴庐州长史》之裴大泽，考曰："大泽，典出《左传·襄公二十一年》：'深山大泽，实生龙蛇。'……李白《早秋赠裴十七仲堪》：'裴生信英迈，屈起多才华。……穷溟出宝贝，大泽饶龙蛇。'该诗之中点出的'大泽'字样，表面上是化用了《左传》中的典故，其实它还有影射裴仲堪之名（或字）的艺术效果。"又引晋人殷仲堪字渊源之例，"考《集韵》，堪，险岸之意。这样，(仲）堪与大泽之间就建立起了内在的有机的联系"（《李白与河东裴氏交游考述》，载《中国李白研究》2008年集）。

远海动风色，吹愁落天涯。南星变大火，热气馀丹霞。光景不可回，六龙转天车。荆人泣美玉，鲁叟悲匏瓜。功业若梦里，抚琴发长嗟。裴生信英迈，屈起多才华。历抵海岱豪，结交鲁朱家。复携两少女，艳色惊荷葩。双歌入青云，但惜白日斜。穷溟出宝贝，大泽饶龙蛇。明主倘见收，烟霞路非赊。时命若不会，归应炼丹砂[1]。

［句校］

[1]"时命"二句，文字据咸淳本。宋蜀本作"知飞万里道，勿使岁寒差"，注云："一作时命若有会，归应炼丹砂。"作"有会"于理不通，盖时命若有会，则宜出而建功立业，不应作避世计而归去炼丹砂。"若不会"，与"倘见收"正反成文，道出两种相反的遭际命运及相应的人生选择。"知飞"云云，寻常祝愿语，亦不如"时命"二句义长。

赠韦侍御黄裳二首

[题解]

郁贤皓考曰："《唐御史台精舍题名》卷三有韦黄裳。"（《李白交游杂考》，载《李白丛考》）

其一

太华生长松，亭亭凌霜雪。天与百尺高，岂为微飙折。桃李卖阳艳，路人行且迷。春光扫地尽，碧叶成黄泥。愿君学长松，慎勿作桃李。受屈不改心，然后知君子[①]。

[句笺]

①"愿君"四句，郁贤皓据元稹《连昌宫词》、《旧唐书·王鉷传》考知，韦黄裳天宝九载曾为万年尉，其人"奴颜媚骨，谄媚权贵。李白诗云'愿君学长松'云云'，显然含有规劝之意"。

其二

见君乘骢马，知上太山道[①]。此地果摧轮，全身以为宝。我如丰年玉，弃置秋田草。但勖冰壶心，无为叹衰老[②]。

[句笺]

①"见君"二句，郁贤皓曰："大约韦黄裳此时乃奉使往并州。"

②"我如"四句，郁贤皓曰："乃知李白'赐金还山'以后之作。"

赠僧朝美

水客凌洪波，长鲸涌溟海。百川随龙舟，嘘吸竟安在。中有不死者，探得明月珠[①]。高价倾宇宙，馀辉照江湖。苞卷金缕褐，萧然若空无。谁人识此宝，窃笑有狂夫[②]。了心何言说[③]，各勉黄金躯[④]。

［句笺］

①“水客”六句，安旗曰：“前六句乃化用《维摩经·佛道品》：‘是故当知一切烦恼为如来种。譬如不下巨海，不能得无价宝珠。如是不入烦恼大海，则不能得一切智宝。’以上誉扬朝美深得佛法三昧，朝美当是身世坎坷而因之出家者。”（《李白有关佛教诗文系年选笺》，载《中国李白研究》1991年集）

②“谁人”二句，安旗曰：“狂夫，李白自指，谓己深识朝美道行；亦有夫子自道之意，故其下有‘了然何言说，各勉黄金躯’之语。”

③了心，安旗曰：“语出《楞严经》：‘汝之心灵，一切明了。’而佛教‘了义’乃指悟入不二法门。《大集经》卷二十九云：‘了义者，生死涅槃，一般无二。’佛教不仅对生死作如是观，同样对空有、得失、祸福……均作如是观，故称不二法门。故维摩诘与诸菩萨讨论不二法门时，诸菩萨各抒己见已毕，文殊请问维摩诘，维摩诘默然无言。文殊叹曰：‘善哉，善哉！乃至无有语言文字，是真入不二法门。’（见《维摩经·入不二法门品》）故‘了心’句，盖暗用维摩经故事以示己与朝美俱已入不二法门。”

④“各勉”句，安旗曰：“（王琦）又按《后汉书》：西方有神，名曰佛，其形长丈六尺，而黄金色。‘各勉黄金躯’者，是勉以修道成佛之意。”

闺情

流水去绝国，浮云辞故关。水或恋前浦，云犹归旧山。恨君流沙去，弃妾渔阳间。玉箸夜垂流，双双落朱颜。黄鸟坐相悲，绿杨谁更攀。织锦心草草，挑灯泪斑斑。窥镜不自识，况乃狂夫还[①]。

［句笺］

①狂夫，如出自女子之口，通常指离家不归的丈夫，有嗔怨意。如刘禹锡《竹枝词》："凭寄狂夫书一纸，家住成都万里桥。"《浪淘沙》："衔泥燕子争归舍，独自狂夫不忆家。"孟郊《杂诗》："浪水不可照，狂夫不可从。浪水多散影，狂夫多异踪。"施肩吾《古别离》："古人谩歌西飞燕，十年不见狂夫面。"刘希夷《代秦女赠行人》："今朝喜鹊傍人飞，应是狂夫走马归。"崔国辅《古意》："比至狂夫还，看看几花发。"王维《羽林骑闺人》："行人过欲尽，狂夫终不至。"

与从侄杭州刺史良游天竺寺

［题解］

郁贤皓引劳格《杭州刺史考》及孙逖《授李良杭州刺史制》等考知，李良开元后期曾任杭州刺史，李白此期曾游杭州（《吴筠荐李白说辨疑》，载《南京师范学院学报》1981年第1期）。

挂席凌蓬丘，观涛憩樟楼。三山动逸兴，五马同遨游。天竺森在眼，松风飒惊秋。览云测变化，弄水穷清幽。叠嶂隔遥海，当轩写归流。诗成傲云月，佳趣满吴洲。

• 七言及杂言古体

白头吟二首

［题解］

《白头吟》系乐府“相和歌辞”。关于二首的关系，吴明贤引黄庭坚《题李太白〈白头吟〉后》语：“予以为二篇皆太白作无疑。盖醉时落笔成篇，人皆持去，他日士大夫求其稿，不能尽忆前篇，则又随手书成后篇耳。杜子美‘巢父掉头不肯住’，一篇内数句参差不齐，亦此类。盖可俱列，不当去取也。”复曰：“其一应为初稿，其二应是后来记忆重作，故主题一致，语意多同，应当是一篇两传的作品。”（《李白〈白头吟〉考辨》，载《中国李白研究》2008年集）

其一

锦水东北流，波荡双鸳鸯。雄巢汉宫树，雌弄秦草芳。宁同万死碎绮翼，不忍云间两分张[①]。此时阿娇正娇妒，独坐长门愁日暮。但愿君恩顾妾深，岂惜黄金买词赋。相如作赋得黄金，丈夫好新多异心。一朝将聘茂陵女，文君因赠白头吟。东流不作西归水，落花辞条羞故林。兔丝固无情，随风任倾倒。谁使女萝枝，而来强萦抱。两草犹一心，人心不如草。莫卷龙须席，从他生网丝。且留琥珀枕，或有梦来时[②]。覆水再收岂满杯，弃妾已去难重回。古来得意不相负，只今惟见青陵台。

［句笺］

①“宁同”二句，杨明曰：“用鲍照《拟行路难》之三‘宁作野中之双凫，不愿云间之别鹤’句意。”（《读李琐记》，载《中国李白研究》

1990年集·下）纬按，朱秬堂注鲍照诗云："言愿安贫贱而为双凫，不希富贵而为别鹤，盖指游宦者言也。"（转引自钱仲联《鲍参军集注》）白诗句意紧切"鸳鸯"，意义则更进一层，宁可同死而不忍生别。

②"莫卷"四句，**杨明曰："乃弃妇乞求其夫之辞。弃妇尚欲入其夫之梦，其情亦可哀矣。"**

其二

锦水东流碧，波荡双鸳鸯。雄巢汉宫树，雌弄秦草芳。相如去蜀谒武帝，赤车驷马生辉光。一朝再览大人作，万乘忽欲凌云翔。闻道阿娇失恩宠，千金买赋要君王。相如不忆贫贱日，官高金多聘私室。茂陵姝子皆见求，文君欢爱从此毕。泪如双泉水，行堕紫罗襟。五起鸡三唱，清晨白头吟。长吁不整绿云鬓，仰诉青天哀怨深。城崩杞梁妻，谁道土无心。东流不作西归水，落花辞枝羞故林。头上玉燕钗，是妾嫁时物，赠君表相思，罗袖幸时拂。莫卷龙须席，从他生网丝，且留琥珀枕，还有梦来时。鹔鹴裘在锦屏上，自君一挂无由披。妾有秦楼镜，照心胜照井。愿持照新人，双对可怜影。覆水却收不满杯，相如还谢文君回。古来得意不相负，只今惟有青陵台。

战城南

去年战，桑干源；今年战，葱河道。洗兵条支海上波，放马天山雪中草。万里长征战，三军尽衰老。匈奴以杀戮为耕作，古来唯见白骨黄沙田。秦家筑城备胡处，汉家还有烽火燃。烽火燃不息，征战无已时。野战格斗死，败马号鸣向天悲。乌鸢啄人肠，衔飞上挂枯树枝。士卒涂草莽，将军空尔为。乃知兵者是凶器，圣人不得已而用之。

［**义释**］

"乃知兵者是凶器，圣人不得已而用之"二句盖李白战争观之概括。

金陵酒肆留别

风吹柳花满店香，吴姬压酒唤客尝。金陵子弟来相送，欲行不行各尽觞[1]。请君试问东流水，别意与之谁短长。

［句笺］

①“欲行不行”，可有二解，俱通：欲行，行者；不行，送者。切下文“各”，分指在场两类人群。此为一解。欲行，行者似要动身；不行，却又迟迟不动。表达依依惜别之情。

日出入行

日出东方隈，似从地底来[1]。历天又入海，六龙所舍安在哉[2]？其始与终古不息[3]，人非元气，安得与之久徘徊？草不谢荣于春风，木不怨落于秋天。谁挥鞭策驱四运[4]，万物兴歇皆自然[5]。羲和羲和，汝奚汩没于荒淫之波。鲁阳何德，驻景挥戈。逆道违天[6]，矫诬实多。吾将囊括大块，浩然与溟涬同科[7]。

［句笺］

①“日出”二句，李成蹊曰：“太阳‘似’乎从地底来，而不是真正从地底下升起来。”（《从李白〈日出入行〉看他的科学宇宙观》，载《千年诗魂　蜀道李白》）

②“六龙”句，李成蹊曰：“实际上，他否定六龙的存在，太阳运行，不是六条龙在拉着跑。”

③“其始”句，李成蹊曰：“李白这正确观点，或许是从自己观察体

验中，或许是从其他古籍中得到认识，太阳、月亮、星辰是在有规律地运转，李白在这里已经脱离了天圆地方说，认识到宇宙间日、月、星辰一直在运动着。”

④“谁挥”句，**李成蹊曰：“谁来‘挥鞭’，推动天地间四时运转？超自然力，实际上还是祈求神的力量，他认为没有这种力量。”**

⑤“万物”句，**李成蹊曰：“万物生存、发展均是按本身自然规律在进行，无需超自然力的推动。”**

⑥逆道违天，**李成蹊曰：“‘逆道’，说它不是真理，‘违天’，违背自然法则。”**

⑦“吾将”二句，**李成蹊曰：“我与宇宙物质是同一类。我将归属于它，包涵于宇宙间。”**

［**义释**］

李成蹊曰：“也许因为我是搞物理的，对他在此诗中所阐述的唯物观点，十分钦佩！我每次书写这首诗时，总感到惊讶，情不自禁地自语道：‘即使拿当代新科学，剖析此篇，也是正确的。’”

● 五言律诗

挂席江上待月有怀

待月月未出，望江江自流。倏忽城西郭，青天悬玉钩[①]。素华虽可揽，清景不可游。耿耿金波里，空瞻鳷鹊楼。

［**句笺**］

①“待月”四句，**张才良曰：“先看月相，是‘玉钩’，可知不是新月，便是残月。再看方位，是‘城西郭’，在西方，并且不是慢慢升起，**

而是‘倏忽’出现，可知诗人在江上小船上待的是新月，而不是残月。”（《李白咏月诗的月相研究》，载《中国李白研究》1990年集·下）

宴陶家亭子

曲巷幽人宅，高门大士家。池开照胆镜，林吐破颜花[①]。绿水藏春日，青轩秘晚霞。若闻弦管妙，金谷不能夸。

［句笺］

①破颜花，诸家注均引《五灯会元》“世尊在灵山会上，拈花示众，是时众皆默然，唯迦叶尊者破颜微笑”数语释之，李浩考曰：《五灯会元》为宋人著作，似不能作为李白诗句出处之书证；《五灯会元》中关于灵山法会之记载为宋人虚构，“拈花微笑”之说，实始于王安石。“破颜”一词在唐诗中“主要意思是指人之微笑，亦可借指花盛开或果实成熟”，举例有鲍防《杂感》“五月荔枝初破颜”句、羊士谔《游郭驸马大安山池》“仙杏破颜逢醉客”句、皎然《洞庭山……橘树歌》“九月十月争破颜”句等。故而李白诗中“破颜花”即指林花盛开的景象（《李白诗中“破颜花”正诂》，载《中国李白研究》2001—2002年集）。

同族侄评事黯游昌禅师山池二首

［题解］

许嘉甫、杨海波考，族侄评事黯即《全唐诗》卷四百八十六鲍溶《赠李黯将军》之李黯，开元中至贞元初人；又考昌禅师即《全唐诗》卷五百一十张祜《题惠昌上人院》之惠昌上人；山池，即诗中之“金池”，在无锡惠山寺（《李白游昌师院小考》，载《中国李白研究》2000年集）。

其一

远公爱康乐，为我开禅关。萧然松石下[①]，何异清凉山。花将色不染，水与心俱闲。一坐度小劫，观空天地间[②]。

［句笺］

①松石，许嘉甫、杨海波谓“即皮日休《题惠山听松庵》诗所咏之听松石床：‘千叶莲花旧有香，半山金刹照方塘。殿前日暮高风起，松子声声打石床。’石床长二米，宽厚俱近一米，褐色，砥平如床，可供人偃息，故俗称偃人石。石床枕端，有李白族叔李阳冰所篆‘听松’二字，至今犹存。”下首“片石”同。

②“一坐”二句，许嘉甫、杨海波曰：“详诗意之‘空’与‘劫’，显为有感于安史之乱而发。”

其二

客来花雨际，秋水落金池[①]。片石寒青锦，疏杨挂绿丝。高僧拂玉柄，童子献霜梨。惜去爱佳景，烟萝欲暝时。

［句笺］

①“客来”二句，许嘉甫、杨海波谓“诗盖写实也”，并引严沧浪曰：“当直言，是花，是雨，是人间景。”又谓金池即皮日休诗之“方塘”，许浑佚诗《怀惠山寺》有句“浣纱女弄金池影”（见台湾无锡同乡会所编《无锡文献丛刊》）。复曰：“金池，即金莲池，池今仍在惠山寺内御碑亭前。”

杭州送裴大泽赴庐州长史

［题解］

万德敬谓裴大泽即《早秋赠裴十七仲堪》诗之裴仲堪，参见该诗

“题解”。

西江天柱远，东越海门深。去割慈亲恋，行忧报国心。好风吹落日，流水引长吟。五月披裘者，应知不取金。

咏山樽二首

［题解］

宋蜀本题下注云：“前一首一作咏柳少府山瘿木樽。”纬按：“其二”为五言绝句，因同题而编于此。

其一

蟠木不雕饰，且将斤斧疏。樽成山岳势，材是栋梁馀。外与金罍并，中涵玉醴虚。惭君垂拂拭，遂忝玳筵居。

其二

拥肿寒山木，嵌空成酒樽①。愧无江海量，偃蹇在君门。

［句笺］

①嵌空，**杨明曰：“此处‘嵌空’与‘拥肿’相对，当均是连绵字，嵌、空，均溪母字。沈佺期《过蜀龙门》：‘长窦亘五里，宛转复嵌空。’”（《读李琐记》，载《中国李白研究》1990年集·下）**安注亦引沈佺期诗例。纬按，今以电脑检索，可获多例，证得杨说之不诬，如杜甫《铁堂峡》：“修纤无垠竹，嵌空太始雪。”顾况《苔藓山歌》：“崄峭嵌空潭洞寒。”李深《游烂柯山》：“嵌空横洞天，磅礴倚崖巘。”张蠙《过黄牛峡》：“盘涡逆入嵌空地，断壁高分缭绕天。”

• 五言绝句

相逢行

相逢红尘内，高揖黄金鞭。万户垂杨里，君家阿那边①。

[句笺]

①阿那，邝健行引韩国李瀷《星湖僿说》："《诗》云：'猗傩其枝'，上于可反，下乃可反，即与'阿那'同。《罗敷艳歌》云：'俯仰纷阿那'，皆柔顺貌。《诗》又云：'隰桑有阿，其叶有难。'注云：'阿，美貌；难，盛貌。'皆言枝叶条垂之状。阿那是与阿难通……然则此云阿那，皆垂杨枝条柔弱袅（引者按，'袅'下似漏排一'袅'字）之状也。"（《韩国诗话中论李白的诗新义举隅评析》，载《中国李白研究》1991年集）邝文复云："王琦引吕向注，说'阿那'为柔顺貌，并引陆机《拟青青河畔草》诗句'皎皎彼姝女，阿那当轩织'为证。……除李瀷、王琦所举例外，《淮南子·修务训》：'扶于猗那，动容转曲'；张衡《南都赋》：'阿那翁茸'；又张衡《七辩》：'蝤蛴之领，阿那宜顾'；曹植《洛神赋》：'华容婀娜'。《文选》李善注《南都赋》明言：'阿那，柔顺之貌。'"

静夜思

床前看月光[1]，疑是地上霜。举头望山月[2]，低头思故乡。

［句校］

［1］、［2］首句及第三句，宋蜀本《李太白文集》、咸淳本《李翰林集》俱作“床前看月光”、“举头望山月”。宋郭茂倩编《乐府诗集》、洪迈编《万首唐人绝句》，元萧士赟《分类补注李太白集》，明高棅编《唐诗品汇》、胡震亨注《李诗通》皆从宋本。清代，《全唐诗》及王琦辑注《李太白文集》也都保留了宋本字句原貌。20世纪80年代以来国内出版的三种李白全集校注本，即瞿、朱注，安注，詹注，《静夜思》文句也均依宋本。但在后世流行的诸多选本中，此诗首句为“床前明月光”，第三句为“举头望明月”。

最早从版本学角度研究《静夜思》文字演变情况的，是台湾学者**薛顺雄。他在1980年6月19日《台湾日报》副刊发表了《谈一讹字最多的李白名诗——〈静夜思〉》（该文后又收入里仁书局出版的《李太白研究》），文章指出：“依目前坊间流通较广的诗选本，像李攀龙的《唐诗选》，孙洙的《唐诗三百首》，以及明人增删宋刘后村编定的《千家诗》等书来看，这首诗恐怕该算是我国古典的诗作中‘讹字’最多的一首！在如此简短的二十个字的诗里头，便有两个‘讹字’，而且又分配在两个不同的句子上。”文章接着“对此诗‘讹字’的产生，作一番爬梳的工作，以探讨其作讹的经过”，其探讨结果可归纳为以下要点。**

1. 自北宋至明代中叶，李白本集的文字没有任何移异。

2. 明永乐年间高棅编《唐诗品汇》、嘉隆年间李攀龙编《古今诗删》中，第三句变成了“举头望明月”。纬按，《唐诗品汇》出现的年代，不可谓“明代中叶”，而且上海古籍出版社1981年据明汪宗尼校订本影印出版的《唐诗品汇》中，《静夜思》文字与李白本集同，“出版说明”谓该书编定于洪武三十一年（1398）。

3. 明万历年间，曹学佺纂撰《石仓历代诗选》中，第一句变成了“床前明月光”。纬按，**吴琼《李白〈静夜思〉文本演变再析》（载《文史知识》2010年第12期）指出：“若从版本角度细究，亦无可靠证据说明曹学佺曾改动过《静夜思》”，因为崇祯刻本《石仓历代诗选》中《静夜思》文字就未经改动，“因此认为曹学佺改动了《静夜思》，也当是据误本而产生的误说”。**

4. 明末，一些书商坊贾“割取李攀龙《古今诗删》一书中，有关唐

诗的部分，伪托名家的署名，加以评注，并另定名为《唐诗选》，刊行于世”（如“今存明末刊梓，题名为陈继儒笺释的《唐诗选注》”），“书商干脆就把曹学佺跟李攀龙两位名家的选本，《石仓历代诗选》与《古今诗删》二书所窜改的讹字合并在一起”，于是，《静夜思》第一句、第三句成了“床前明月光”、“举头望明月”。

5. “清代刊行的一些较为流通的选本”，如王尧衢编《古唐诗合解》、孙洙选定《唐诗三百首》、李锳选评《诗法易简录》、姚鼐编撰《今体诗钞》，“全依颇有讹字的俗本《唐诗选》”。

6. 《静夜思》在明代产生“讹字”的原因，是“明代文人的一些不良习性，那就是喜欢‘自作聪明’窜改前人的词句”。

十年后，日本学者森濑寿三在1990年11月召开的中国唐代文学学会南京会议上提交了一篇论文《关于李白〈静夜思〉》（载《唐代文学研究》第三辑，广西师范大学出版社1992年版），专门探讨《静夜思》文字的演变过程。该文考察了录入《静夜思》的大量诗集，征引的文献达三十八种之多。其结论是：“从明末到清初出版的李攀龙《唐诗选》和该书注本补订本都采用第一句、第三句有两个‘明月’的本文。”这种本文“是清代蘅塘退士《唐诗三百首》所沿袭的”。森濑寿三的结论与薛顺雄基本相同。限于当年的传播条件，后出的森濑寿三文对薛顺雄文似未曾借鉴。

上引薛顺雄及森濑寿三的研究，已从版本学角度解决了《静夜思》的异文问题。但是，即使已经确定了两个“明月”最早出现于署名李攀龙的《唐诗选》，并不能说改诗的人就是刊刻《唐诗选》的某个明代书商，或某个明代文人。关于《静夜思》文句演变的研究，并不单纯是一个版本学问题，而且是一个传播学和接受美学的问题。《静夜思》问世以来，在长期流传过程中，形成了句中有两个“明月”的“民间口传本”，这个口传本更便于广大读者接受也更为广大读者所喜爱，因此，就比宋本的传播更为广泛。2009年2月13日《扬子晚报》刊登了记者就《静夜思》版本问题采访莫砺锋先生的报道，莫砺锋先生认为有两个“明月”的版本是“1300年来读者的集体选择”，又进一步解释说：“古诗流传的历史，也是读者参与创造的过程，大家觉得这样更美，更朗朗上口，是千万百读者共同选择了这个版本。今人读到的《静夜思》已经不仅仅是一首‘唐’诗，它其实凝结了1300多年来一代又一代人的审美创造，后人应该抱以尊重的态度。"其说甚是。署名"复旦大学古典文学教研组"编注的《李白诗选》（人民文学出版社1961年版），其中的《静夜思》正文就采用了"民间口传本"，同时出了两条校记："［明月光］一作'看月光'"；"［望明月］一作'望山月'"。显然，编写者是在两种异文之间做了慎重斟酌取舍，有意把居于版本学正统地位的《静夜思》降为了"校本"，而把人口所传的《静夜思》升格成了"底本"。

［义释］

刘朝文《李白的〈静夜思〉是串珠之作》（载《中国李白研究》1994年集）认为，"李白的《静夜思》，句句有来历"。其所"纵向发掘"的结果是：

清人沈德潜选编《古诗源》第三卷收乐府歌辞《伤歌行》："昭昭素月明，辉光烛我床；忧人不能寐，耿耿夜更长；微风吹闺闼，罗帷自飘扬；揽衣曳长带，屣履下高堂；东西安所之，徘徊以彷徨……"纬按，此为乐府古辞，载《乐府诗集》卷六十二"杂曲歌辞"。"夜更长"应作"夜何长"。

《古诗十九首》中的《明月何皎皎》诗云："明月何皎皎，照我罗床帏。忧愁不能寐，揽衣起徘徊。客行虽云乐，不如早旋归。出户独彷徨，愁思当告谁。引领还入房，泪下沾裳衣。"

刘文曰："前例中的'昭昭素月明，辉光烛我床'和后例中的'明月何皎皎，照我罗床帏'，简直就是'床前明月光'的原型。"又认为李白的"低头思故乡"是对后例"忧愁"句以下"这几句诗的高度概括"。

刘文又征引曹丕《燕歌行》诗句，认为"曹丕的'明月皎皎照我床'在'明月何皎皎，照我罗床帏'和'床前明月光'之间起了'桥梁'作用，同时，直接地给李白以启迪"。

刘文又认为："曹丕的《杂诗》（漫漫秋夜长）里的一些句子简直就像是李白《静夜思》里的句子的'初稿'。""'举头望明月'就脱胎于这里的'仰看明月光'；'低头思故乡'就脱胎于这里的'俯视清水波'和'绵绵思故乡'。"

刘文还说："晋朝乐府民歌《子夜四时歌·秋歌》之十七云：'秋风入窗里，罗帐起飘扬。仰头看明月，寄情千里光。'这里的'仰头看明月'不就是李白的'举头望明月'的模子吗？"

刘文的结论是："李白的《静夜思》诗是一篇用高超手法将前人名句串连改变之作。"

纬按：

刘文还涉及了"以霜喻月"的诗句，但所举均为唐诗例。实则李白最景慕的南朝诗人谢朓即有"夜月如霜"的句子（见《雩祭歌·白帝歌》）。

刘文在很大程度上"复原"了《静夜思》的创作过程，其说可信。然犹有可说者：盖常人之感情活动（如思乡），原本相通；而且，诱发感情活动的外部条件也往往相同（如在"静夜"之月下，容易产生思乡之情）。这些均属于人情之常。同时，人们对客观事物的感受以及表达此感受的方式，乃至所使用的语言，也有很大的共同性（如以霜喻月）。因之，李白《静夜思》诗句与前人出现许多共同处，实有其必然性。此其一。

诗人在进行诗思思维，亦即将内在情感转化为外在语言之际，必然调动其文化储存（包括记忆中的前人诗句），来结撰自己的诗句。这在古诗之写作中称为用典。用典或明显、或隐蔽，或照搬、或融化，都是将前人诗句化入自己的诗句。隐蔽的、融化式的用典，往往不着痕迹，如盐之入水，但留其味而不见其形。刘文所举前人诗句（以及谢朓诗句），李白早已烂熟于心，变成了自己的语言储存，写作《静夜思》之时，这些诗句会极其自然地进入诗人的思维过程，化作诗人笔下新的诗歌语言。此即刘文所谓"串珠"。刘文所举作品，又多系乐府诗，此类诗歌最为李白所熟悉，且喜为拟作。故而李白在融会前人月夜思乡作品的基础上，咏成自己的《静夜思》，是极其自然的事。此其二。

关于李白《静夜思》的讨论，历久不衰，争论焦点是诗中的"床"作何解释。有谓卧床者，有谓井床（栏）者，有谓坐具者，也有谓琴床者。此种讨论，欲以诗歌鉴赏之方法达到实物考证之目的，实无异缘木求鱼，断难得出令人信从的结论。刘文既已揭示了李白写作《静夜思》的真实状况，则《静夜思》之"床"毫无疑问是卧床。关于"床"的讨论遂成无谓之话题。

又按，我国古代诗学语汇中有"串珠"一词，但含义与刘文不同。可参看**于东新《谈谈"串珠诗"》（载《文史知识》2009 年第 8 期）。**

答友人赠乌纱帽

［题解］

乌纱帽，唐人平居所戴的便帽。王注曰："《中华古今注》：'武德九年，太宗诏曰：自今以后，天子服乌纱帽，百官士庶皆同服之。'"纬按，据史书，乌纱帽起于南朝刘宋时。《隋书·礼仪志七》记："帽，古野人之服也。……宋、齐之间，天子宴私，著白高帽，士庶以乌。其制不定，或有卷荷，或有下裙，或有纱高屋，或有乌纱长耳。"由此可知，乌纱帽在刘宋出现时，是士庶所服。《旧唐书·舆服志》记："讌服，盖古之亵服也（《论语·乡党》朱熹注："亵服，私居服也。"），今亦谓之常服。……隋代帝王贵臣，多服黄文绫袍，乌纱帽，九环带，乌皮六合靴。百官常服，同于匹庶，皆著黄袍，出入殿省。……其乌纱帽渐废，贵贱通服折上巾。"可知在隋代，乌纱帽作为"常服"的帽子，曾是上至天子、贵臣，下至百官士庶，"贵贱通服"的。唐太宗即位后，恢复隋代旧制，诏令乌纱帽为天子及百官士庶皆可服用。如《旧唐书·舆服志》记："书算学生、州县学生，则乌纱帽，白裙襦，青领。"乌纱帽是"学生服"，实则也是人们通常所戴的便帽。乌纱帽在唐诗中屡见，如：高适始授封丘尉，李颀往访，所作《答高三十五留别便呈于十一》有句："散诞由来自不羁，低头授职尔何为？故园壁挂乌纱帽，官舍尘生白接䍦。"乌纱帽指高适未授官时所戴的帽子。杜甫在夔州所作《季秋苏五弟缨江楼夜宴崔十三评事韦少府侄》有句："不眠瞻白兔，百过落乌纱。"乌纱谓自己所戴的帽子。白居易感怀逝者所作《感旧纱帽》（题下注曰："帽即故李侍郎所赠。"）有句："昔君乌纱帽，赠我白头翁。帽今在顶上，君已归泉中。"其《初冬早起寄梦得》亦有句："起戴乌纱帽，行披白布裘。炉温先暖酒，手冷未梳头。"乌纱帽系平居所戴。李商隐《安平公诗》有句："仲子延岳年十六，面如红玉敧乌纱。"乌纱系少年所戴，且斜戴于头上。皮日休《奉和鲁望早秋吴体次韵》有句："捣药香尽白袷袖，穿云润破乌纱稜。"其《鲁望春日多寻野景日休抱疾杜门因有是寄》亦有句："乌纱任岸穿筋竹，白袷从披趁肉芝。”乌纱系友人鲁望隐处时所服。论者或以李白诗中“乌纱帽”为官帽，实误。“乌纱帽”作为官帽，最早见于《明史·舆服志》：“洪武三年定，凡常朝视事，以乌纱帽、团领衫、束带为公服。”后世以“乌纱帽”指称官帽或官职，盖自此始。参见薛天纬《“乌纱帽”小考》，载《学林漫录》六集。

领得乌纱帽，全胜白接䍦。山人不照镜，稚子道相宜[①]。

［句笺］

①“山人”二句：山人，李白自称；稚子，应谓伯禽。

送侄良携二妓赴会稽戏有此赠

携妓东山去，春光半道催。遥看若桃李，双入镜中开。

［义释］

郁贤皓谓与《与从侄杭州刺史良游天竺寺》同为开元后期作（见《吴筠荐李白说辨疑》）。

舍利佛

［题解］

此诗宋蜀本、咸淳本俱不载，王注据《万首唐人绝句》采入“诗文拾遗”卷。**刘真伦、岳珍谓舍利弗是唐代流入中国的骠国（即缅甸）乐舞名（《舍利弗、摩多楼子和菩萨蛮》，载《中国李白研究》2001—2002**

年集）。

金绳界宝地，珍木荫瑶池[①]。云间妙音奏，天际法蠡吹[②]。

［句笺］

①“金绳”二句，刘真伦、岳珍曰：“写梵天境界，‘瑶池’二字暗示主人公为女子。……骠王出行‘舁以金绳床。’”

②“云间”二句，刘真伦、岳珍曰：“写音乐，表明该曲的乐舞性质。……任半塘《唐声诗》推测该曲‘体似套曲或联章中的一片’，极是。《万首唐人绝句》、《乐府诗集》此诗下都紧接《摩多楼子》。摩多楼子即目连，二首相连，绝非巧合，正当为套曲即舞剧《舍利弗》遗迹。这里特别值得注意的是‘法蠡’二字，蠡，即螺。……法螺正是骠国乐特有的乐器，即所谓‘吹螺击鼓’（《梁书》）、‘鸣金击鼓吹蠡为乐’（《旧唐书·婆利传》）、‘玉螺一吹椎髻耸’（白居易《骠国乐》）、‘吹蠡击鼓，式舞且歌’（唐次《骠国献乐颂》）。”

摩多楼子

［题解］

见上篇《舍利佛》“句笺”②。

从戎向边北，远行辞密亲。借问阴山侯，还知塞上人。

• 七言绝句

望天门山

[题校]

宋蜀本题下有“当涂”二字，当系曾巩所加。

天门中断楚江开，碧水东流直北回[1]。两岸青山相对出，孤帆一片日边来。

[句校]

[1] 直北，从咸淳本。胡注亦作“直北”，但“直”下注曰：“一作至”。萧注、王注径改“直”为“至”。直，正也，训见《实用全唐诗词典》。“直北”二字写出江水在天门山由东流而折向北流的天然形势，实不可改易。改“直”为“至”，盖系字形相近致误。王注更注云“一作‘至此’”，“至此”谬之更甚，“北”、“此”二字亦形近。

望庐山瀑布二首

[题解]

宋本题下注云“寻阳”。应是曾巩所加。“其一”见于敦煌写本唐诗选残卷，诗题为《瀑布水》。因“其二”流传至广，人所熟知，故将“其一”亦附编于“七言绝句”中。

其一

西登香炉峰，南见瀑布水[①]。挂流三百丈，喷壑数十里。欻如飞电来，隐若白虹起。初惊河汉落，半洒云天里。仰观势转雄，壮哉造化功。海风吹不断，江月照还空。空中乱潨射，左右洗青壁。飞珠散轻霞，流沫沸穹石。而我乐名山，对之心益闲。无论漱琼液，还得洗尘颜。且谐宿所好，永愿辞人间。

［句笺］

①“西登”二句：香炉峰，**朱金城考，此指庐山之“南香炉峰，在山南开先寺附近，和双剑峰并立”（见《“日照香炉生紫烟”新解质疑》，载《唐代文学论丛》总第五辑）。朱金城在《双白簃读〈李白集〉札记》（载《中国李白研究》1990年集·上）之“李白诗‘日照香炉生紫烟’释疑”条又云：“1986年秋天，我游历庐山秀峰寺**（纬按，朱文谓开先寺今名秀峰寺），**攀登了它西北的南香炉峰，观赏了出自香炉峰、双剑峰之间的瀑布。”**可知香炉峰在瀑布之西北方向，故白诗曰“西登”、“南望”。

其二

日照香炉生紫烟[①]，遥看瀑布挂前川。飞流直下三千尺[②]，疑是银河落九天[③]。

［句笺］

①“日照”句，**朱金城《“日照香炉生紫烟”新解质疑》引同治重修《庐山志》卷五所录明王祎《开先寺观瀑布记》：“日初出，红光径照香炉诸峰上，诸峰紫霭犹未敛，光景恍惚，可玩不可言也。”又引《庐山志》录释超渊《和香炉峰韵》：“结庐在匡阜，诸峰悉饱经。奇秀出南斗，香炉独钟灵。日照烟岚紫，玉消芙蓉青”，云：“一文一诗都是对李白诗绝好的注解。”**

②三千尺，意同“其一”之“三百丈”。由此可知二诗为一时之作。

③疑是银河落九天，**李士彪《“银河”落自何处》（载《中国李白研究》2003—2004年集）引《艺文类聚》卷三十七引梁元帝萧绎《隐居先生陶弘景碑》“飞流界道，似天汉之横波”句及同书卷七十八引梁简文帝**

萧纲《招真馆碑》“瀑水悬流，杂天河而俱洒”句，认为李白诗句源于此。纬按，指出李白之前已有以天河喻瀑布之文例，不为无见，然以李白诗句即源于此，则泥。盖诗人在面对同样自然景物、如悬空而下的瀑布时，产生同样之联想，实在情理之中。即使会受前人成句之启发，亦为第二义。

[义释]

“其二”曰“遥看瀑布挂前川”，“其一”曰“西登香炉峰，南见瀑布水”，二诗连读，可知诗人游山观瀑的过程：“其二”是在山前遥看瀑布，“其一”是登上香炉峰向南看瀑布。故“其二”所写为总体感受，“其一”则有对景物的具体描写。意者，“其二”之作应在前，“其一”之作应在后。

陌上赠美人

[题解]

宋蜀本题下注：“一云小放歌行一首，在第三，此是第二篇。”注文不知何谓。

骏马骄行踏落花，垂鞭直拂五云车。美人一笑褰珠箔，遥指红楼是妾家。

[义释]

诗写盛唐时代都市青年男女交往之实况，颇有历史认识价值。

巫山枕障

[题解]

朱金城曰："'枕障'一词，历来李集各家注本均无注，拙著《李白集校注》也付之阙如。及见吴小如《读词散记》(《学林漫录》初集)释'枕障'，乃知李白诗中之'枕障'即枕屏风"(《双白簃读〈李白集〉札记》，载《中国李白研究》1990年集·上)。纬按，吴小如原文曰："唐宋人词中屡言'屏山'，如温庭筠词'枕上屏山掩'、'晓屏山断续'、'金鸭小屏山碧'皆是也。此盖谓屏上有山形图案，而所谓屏，乃指'枕屏风'。今日本民间犹有此物。检一九七二年(日本昭和四十七年)六月日本社会思想社出版之《了解日本事典》第二二六页，于《家具与道具》项内'屏风'条下有云(译文大意)：'又有枕屏风，为低矮之小屏风，仅有两扇，立于寝室中枕畔，就寝时用以御风。'又一九二九年(昭和四年)富山房出版之《大日本国语辞典》卷四，于'枕屏风'条下注云(译文大意)：'立在枕边的小屏风。'并举镰仓时代(当中国南宋时)日本文学作品以为例证。是知枕屏风之用由来已久，盖自唐代传入日本者。……枕屏风或谓之枕障。……上引日本《事典》有'障子'条，引《和名类聚抄》，谓'障子乃屏风之属'是也。"

巫山枕障画高丘，白帝城边树色秋。朝云夜入无行处，巴水横天更不流。

● 词

菩萨蛮

［题解］

杨宪益曰："《菩萨蛮》本是唐代的舞曲。唐玄、肃间崔令钦的《教坊记》已载有《菩萨蛮》名。……北宋释文莹的《湘山野录》记载：'此词不知何人写在鼎州沧水驿楼，复不知何人所撰，魏道辅泰见而爱之。后至长沙得古集于子宣内翰（曾布）家，乃知李白所作。'这应该是熙宁元丰年间的事，约当西元1070年左右。鼎州是今湖南常德。李白的诗在北宋时尚无定本，北宋的人对此词似乎也不熟悉。……北宋末年邵博的《闻见后录》记载：'箫声咽(纬按，此处引《忆秦娥》全词，兹略)。李太白词也。予尝秋日饯客咸阳宝钗楼上。汉诸陵在晚照中。有歌此词者，一坐凄然而罢。'由是可见《忆秦娥》在北宋末已甚传唱，且确定为太白词了。《菩萨蛮》与《忆秦娥》并称，传为李白，北宋已然。其为李白作，当然也无可疑。"又曰："菩萨蛮是译音，是古代缅甸的音乐。又缅人自称为Man。云南姚州有菩萨蛮洞，也可以为证。"又曰："《菩萨蛮》的内容也可以证明为李白所作。我们知道李白最景仰的诗人是谢朓，而这首词里谢朓的影响是非常显著的。譬如说，谢朓的《临高台》就大概是这词的蓝本：'千里常思归，登台瞻绮翼。才见孤鸟还，未辨连山极。四面动清风，朝夜起寒色。谁知倦游者，嗟此故乡忆。'两首内容都是游子登台远望，倦游思故乡的意思。这首的'孤鸟'也就是《菩萨蛮》里的'宿鸟'；'寒色'也就是《菩萨蛮》里的'寒山'。谢朓诗里又有'远树暧阡阡，生烟纷漠漠'，也就是'平林漠漠烟如织'的意思。谢朓诗里有'苍翠望寒山，峥嵘瞰平陆，已惕慕归心，复伤千里目'，也就是'寒山一带伤心碧'的意思。谢朓诗里有'……高台望归翼……薄暮伤哉人，婵媛复向极’，也就是‘暝色入高楼，有人楼上愁’等句的意思。‘长亭更短亭’出于庾信《哀江南赋》的‘十里五里，长亭短亭’。‘亭’是驿道上公家所筑的亭子，一名‘官亭’，便旅客歇息之用，因各亭间距离不一，因此有‘长亭’‘短亭’之称。‘有人楼上愁’的楼在驿道上，当然也是驿楼。这与《湘山野录》的记载相符，显然鼎州沧水驿楼的题词是李白自己的手迹，可惜今日已不可复见了。”［《李白与〈菩萨蛮〉》，刊《新中华》（复刊）第3卷10期，1945年10月。此据《李白研究论文集》，中华书局1964年版］

葛景春曰：“咸淳本卷四中有《菩萨蛮》词，卷五中有《忆秦娥》词。而宋蜀本中却没有这两首词。从以上两个刊本的比较来看，很明显，咸淳本较接近宋敏求所裒集的古本，而宋蜀本却是经过曾巩考证重新加以整理编次的新本……此二词很可能是曾巩整理时所删，或者是宋蜀本《李太白文集》的刊定者所删。……载有词二首的乐史、宋敏求所裒集的《李翰林集》原本，在北宋时除了曾巩之外……曾巩的亲戚魏泰和魏泰的姐姐魏夫人就见过。而且，魏夫人还仿照李白的《菩萨蛮》词，作了三首《菩萨蛮》。魏泰曾见过载有《菩萨蛮》词的李白‘古集’本一事，北宋僧文莹的《湘山野录》上有记载。《湘山野录》卷上云：‘平林漠漠烟如织……长亭更短亭。’此词不知何人写在鼎州沧水驿楼，复不知何人所撰。魏道辅见而爱之，后至长沙，得古集于子宣内翰家，乃知李白所作。’南宋魏庆之《诗人玉屑》卷二十一亦载此条，略有小异。”“魏道辅就是魏泰，曾子宣就是曾布。据陆游《老学庵笔记》中说‘道辅之姊嫁子宣’。就是说，魏泰是曾布的妻弟，而曾布是曾巩的胞弟。魏泰在他姐夫曾布家中所见的‘古集’本，很可能是曾巩所得的乐史、宋敏求所裒集的《李翰林诗集》二十卷，即后来的咸淳本系统。所以他能见到这本李白集‘古集’中的《菩萨蛮》词。”“魏夫人善词章……《全宋词》中共收其词十四首，其中三首是《菩萨蛮》词……这三首词的意境、风格、语词、句式都与李白《菩萨蛮》有些地方很相似……由此三首《菩萨蛮》词可证，魏夫人确实见过李白那首《菩萨蛮》词，并深受其熏陶和影响。”（《古集原载词二首遗韵曾传魏夫人——李白词二首新证》，载《李白思想艺术探骊》）

陈尚君曰：“署名李白的两首词：《菩萨蛮》和《忆秦娥》，具有极高的艺术成就，宋黄昇《唐宋诸贤绝妙词选》尊之为‘百代词曲之祖’。由于两词不见于李白本集，北宋前没有记载，其真伪问题，长期纷争，悬而未决。近人证其确为李白所作，最有力的一条证据是：天宝末年崔令钦所著《教坊记》中有‘菩萨蛮’的曲名，李白已具备作词的条件。至于李白和崔令钦本人的交往，典籍中未有明确记载，所以一向不为人们注意。其实，从现存的零星材料中，两人的交往情况尚可探索出来。”李白天宝十四载作《赵公西侯新亭颂》中所载“宣城令崔钦，应该就是《教坊记》的作者崔令钦”。崔令钦于天宝十一载为丹徒令，“从丹徒令徙宣城令”。宋周必大《二老堂杂志》提到的“秘阁画有小本《李白写真》”，系周昉写真，崔令钦署题。据《唐朝名画录》，周昉于大历中曾任宣州长史，“从李白晚年行踪来看，作画像的时间，也以安史乱前为宜。《李太白文集》卷二八有《宣城吴录事画赞》，‘吴录事’即前引《赵公西侯新亭颂》中的‘录事参军吴镇’。……据此可知，李白与崔、吴同游之时，确有画师（极可能是周昉）在宣城，如同时为李、吴二人写真，李白为吴镇像作赞，崔令钦为李白像署题，实属情理中事”。据任半塘考，崔令钦开元年间曾任左金吾。李白在《经乱后将避地剡中留赠崔宣城》中写道：“崔子贤主人，欢娱每相召。胡床紫玉笛，却坐青云叫。”“崔令钦任左金吾时，了解到音乐机关教坊中许多珍闻，从《教坊记》看，他对音乐、舞蹈有很深的造诣。诗中的描述，正反映了他的音乐特长。”“崔、李交游，不仅间接指示了诗人李白和音乐机关教坊的联系，也提供了李白可能作词的新的佐证。两人交游，恰值崔令钦正在或即将撰写乐舞专书之际。燕乐新声，词调曲谱，自然会成为他们交谈的内容之一。曾努力钻研乐府民歌，探索诗歌发展的大诗人，获新的诗歌形式后，试作一二首，也属情理中事。”陈文还考得，崔令钦曾在万州做官，并作为游客为陇西院之李白旧居作记（《李白崔令钦交游发隐》，载《复旦大学学报》1980年第4期）。

纬按，安旗认为李白二词“作于长安沦陷玄宗奔蜀以后”（《李白词二首之我见》，载《李白研究》），安注将其作年定为至德元载，与陈尚君所考二词写作时间大体相合。

罗漫曰：“‘菩萨蛮’应与晋、唐时代川、滇地区彝族男性先民的‘天菩萨崇拜’有着直接的联系。……已有充分的证据表明：中国云南的彝族地区早在唐代天宝年间已被汉族称为‘菩萨蛮洞’……‘洞’是古代对南方少数民族聚居地的泛称，故‘菩萨蛮洞’应指‘天菩萨蛮的地区’。……（‘菩萨蛮’）应当是唐代云南彝族某个支系的他称，同时也是一个由云南传入内地的音乐舞蹈名称。”（《从几种新证据看李白〈菩萨蛮〉词的真实性》，载《唐代文学研究》第九辑）

罗文采取“深入到现存的李白诗文中去寻找与《菩萨蛮》相关的类同感觉”和“在所有唐五代北宋的典籍中搜寻证据”的研究方式，得出以下主要结论：

李白《菩萨蛮》中“暝色入高楼”一句的“暝色”一词是从谢灵运诗句“林壑敛暝色，云霞收夕霏”学来，并举出诸多诗例，证明“‘暝色’一词的学习，确实带有李白个人的鲜明色彩。……喜用‘暝’字是李白的遣词习惯之一”（诗例略）。

“《菩萨蛮》的结尾：‘何处是归程？长亭更短亭！’类似意思可在李白现存诗句中找到（诗例略）。

魏夫人《菩萨蛮》词三首，后二首云：

东风已绿瀛洲草，画楼帘卷清霜晓。清绝比湖梅，花开未满枝。
长天音信断，又见南归雁。何处是离愁？长安明月楼。

红楼斜倚连溪曲，楼前溪水凝寒玉。荡漾木兰船，船中人少年。
荷花娇欲语，笑入鸳鸯浦。波上暝烟低，菱歌月下归。

魏夫人的两首《菩萨蛮》……大量借用和化用了李白诗词：‘东风已绿瀛洲草’，见于李白《侍从宜春苑……听新莺百啭歌》的‘东风已绿瀛洲草，紫殿红楼觉春晓’；‘清绝比湖梅，花开未满枝’见于李白《新林浦阻风寄友人》的‘昨日北湖梅，开花已满枝’；‘长天音信断’，见于李白《大堤曲》的‘不见眼中人，天长音信断’以及《寄远十一首》的‘不见眼中人，天长音信短’；‘荷花娇欲语’和‘荡漾木兰船’见于李白《渌水曲》的‘荷花娇欲语，愁杀荡舟人’；‘笑入鸳鸯浦’，见于李白《越女词五首》的‘笑入荷花去，佯羞不出来’；‘菱歌月下归’，见于李白《秋浦歌十七首》的‘渌水净素月，月明白鹭飞。郎听采菱女，一道夜歌归’；‘长安明月楼’，见于李白《同王昌龄送族弟襄归桂阳》的‘西寄长安明月楼’；‘何处是离愁？长安明月楼’，作为《菩萨蛮》词的最后两句，位置、结构、语气以及用问答和景语作结尾的方式，都和李白

《菩萨蛮》的‘何处是归程？长亭连短亭’如出一辙。”

罗文还列举大量诗例，“证明魏夫人是个罕见的‘李白迷’，她对李白诗词的烂熟于心达到了惊人的程度。……与此相关，证明文莹的记载百分之百可信。李白词由于人见人爱，不仅被文学爱好者书于鼎州驿楼，而且也被编入‘内翰’之家的‘古集’之中。曾布家藏有‘古集’，而且这本‘古集’收有李白的《菩萨蛮》词之事有人认为是编造，据此也可以得到无可争辩的落实。”

罗文的“结语”认为：“既然《菩萨蛮》的曲调早在李白时代就已经传入教坊并在教坊演出，而且李白无论是在四川还是在京城都有可能接触过这一曲调，那么，依照这一曲调填制而成的李白的《菩萨蛮》，就根本不存在词体早熟的问题。……根据李白创作《宫中行乐词八首》、《清平调词三首》等事实，以及白居易评价李白‘乐府待新辞’的说法，李白正是为当时的乐府提供新歌词的诗人。……《教坊记》中有《菩萨蛮》曲调，李白的《菩萨蛮》显然是为配合这一曲调而填制的‘新辞’。”

平林漠漠烟如织，寒山一带伤心碧。暝色入高楼[①]，有人楼上愁。
玉阶空伫立，宿鸟归飞急。何处是归程？长亭更短亭。

忆秦娥

[题解]

参见上篇“题解”。罗漫曰：“‘秦娥’之称，也见于李白之诗，《寓言三首》云：‘以欢秦娥意，复得王母心。’同时代的王、孟、高、岑、杜等大家却从未出现‘秦娥’之称，这是否也能说明李白与《忆秦娥》确有某种关系呢？”

箫声咽，秦娥梦断秦楼月。秦楼月，年年柳色，灞陵伤别。　乐游原上清秋节，咸阳古道音尘绝。音尘绝，西风残照，汉家陵阙。

本卷讨论的主要问题

1.《静夜思》文本演变及“床”之解读。

2.《菩萨蛮》、《忆秦娥》词的真伪。

本卷所采撷论著

1. 刘友竹：《李白与元丹丘、玉真公主交游新考》，载《中国李白研究》2001—2002 年集。

2. ［日］土屋昌明：《李白之创作与道士及上清经》，载《四川大学学报》2006 年第 5 期。

3. 张昕、王清《李白诗中地名考异》，载《中国李白研究》1991 年集。

4. 安旗：《李白有关佛教诗文系年选笺》，载《中国李白研究》1991 年集。

5. 尹楚彬：《李白四题》，载《中国李白研究》1997 年集。

6. 罗宗强：《李白的神仙道教信仰》，载《中国李白研究》1991 年集。

7. 陈建根：《李白登黄山考辨》，载《中国李白研究》1995—1996 年集。

8. 傅璇琮：《唐代诠选与文学序》，中华书局 2001 年版。

9. 余恕诚：《李白出生于中亚碎叶的又一确证》，载《安徽师范大学学报》1979 年第 1 期。

10. 万德敬：《李白与河东裴氏交游考述》，载《中国李白研究》

2008 年集。

11. 郁贤皓：《李白交游杂考》，载《李白丛考》。

12. 郁贤皓：《吴筠荐李白说辨疑》，载《南京师范学院学报》1981 年第 1 期。

13. 吴明贤：《李白〈白头吟〉考辨》，载《中国李白研究》2008 年集。

14. 杨明：《读李琐记》，载《中国李白研究》1990 年集·下。

15. 李成蹊：《从李白〈日出入行〉看他的科学宇宙观》，载《千年诗魂，蜀道李白》。

16. 张才良：《李白咏月诗的月相研究》，载《中国李白研究》1990 年集·下。

17. 李浩：《李白诗中“破颜花”正诂》，载《中国李白研究》2001—2002 年集。

18. 许嘉甫、杨海波：《李白游昌师院小考》，载《中国李白研究》2000 年集。

19. 邝健行：《韩国诗话中论李白的诗新义举隅评析》，载《中国李白研究》1991 年集。

20. 薛顺雄：《谈一首讹字最多的李白名诗——〈静夜思〉》，载《台湾日报》1980 年 6 月 19 日。

21. 吴琼：《李白〈静夜思〉文本演变再析》载《文史知识》2010 年第 12 期。

22. ［日］森濑寿三：《关于李白〈静夜思〉》，载《唐代文学研究》第三辑。

23. 刘朝文：《李白的〈静夜思〉是串珠之作》，载《中国李白研究》1994 年集。

24. 刘真伦、岳珍：《舍利弗、摩多楼子和菩萨蛮》，载《中国李白研究》2001—2002 年集。

25. 朱金城：《“日照香炉生紫烟”新解质疑》，载《唐代文学论丛》总第五辑。

26. 朱金城：《双白簃读〈李白集〉札记》，载《中国李白研究》1990 年集·上。

27. 李士彪：《“银河”落自何处》，载《中国李白研究》2003—2004

年集。

28. 阮堂明：《一首被严重误读的诗——李白〈黄鹤楼送孟浩然之广陵〉重读》，载《唐代文学研究》第十二辑。

29. 吴小如：《读词散记》，载《学林漫录》初集。

30. 杨宪益：《李白与〈菩萨蛮〉》，载《李白研究论文集》。

31. 葛景春：《古集原载词二首遗韵曾传魏夫人——李白词二首新证》，载《李白思想艺术探骊》。

32. 陈尚君：《李白崔令钦交游发隐》，载《复旦大学学报》1980 年第 4 期。

33. 安旗：《李白词二首之我见》，载《李白研究》。

34. 罗漫：《从几种新证据看李白〈菩萨蛮〉词的真实性》，载《唐代文学研究》第九辑。

35. 薛天纬：《黄河落天走东海，万里写入胸怀间——李白诗歌与盛唐气象》，载《李太白论》，太白文艺出版社 2002 年版。

36. 薛天纬：《“乌纱帽”小考》，载《学林漫录》六集。

37. 薛天纬：《漫说〈静夜思〉》，载《文史知识》1984 年第 4 期。

38. 薛天纬：《〈静夜思〉的前话与后话》，载 2009 年 6 月 14 日《东方早报》。

39. 薛天纬：《〈静夜思〉的讨论该划句号了》，载《文史知识》2011 年第 12 期。

附　录

羼入之什

太华观

［题解］

太华观，丁稚鸿谓“在四川省江油市北的太华山上。据《江油县志》载，（太华山）上有三峰，形如华岳，故名太华。其山势崔嵬，云封雾锁，绵亘辽远，道观隐没于林海之中”（见“青莲诗社丛书”《李白与江油》）。詹注编入《集外诗文》，题下注云：“见光绪《重修江油县志》卷二四。”“备考”曰：“‘白云深处有人家’是用杜牧《山行》诗句，此诗之为伪作无疑。”安注编在“未编年诗”。陈尚君《全唐诗续拾》据光绪《重修江油县志》收录。纬按，此诗出于晚清地志，其真实性固可存疑。

石蹬层层上太华，白云深处有人家。道童对月闲吹笛，仙子乘云驾远车。怪石堆山如坐虎，老藤缠树似腾蛇。曾闻玉井今何在？会见蓬莱十丈花。

送贺监归四明应制

久辞荣禄遂初衣，曾向长生说息机。真诀自从茅氏得，恩波宁阻洞庭归。瑶台含雾星辰满，仙峤浮空岛屿微。借问欲栖珠树鹤，何年却向帝城飞。

［辨伪］

陶敏辨之曰：《全唐诗》卷三载唐玄宗《送贺知章归四明》、卷一百二十一载李林甫《送贺监归四明应制》均为五律，“如果李白确曾在长乐坡送贺知章归越并应制作诗的话，那也只能是一首五言诗而不应该是七言诗”。并指出，《全唐诗》卷五百五十三载晚唐诗人姚鹄七律《送贺知章入道》：“若非尧运及垂衣，肯许巢由脱俗机。太液始同黄鹄下，仙乡已驾白云归。还披旧褐辞金殿，却捧玄珠向翠微。羁束惭无仙药分，随车空有梦魂飞。”与李白诗用韵相同，“决不是偶然的巧合，说明了二诗是同时所作。《全唐诗》姚鹄诗题下注云：‘一本题上有拟字。’姚鹄生活的时代与贺知章相去一个世纪，题上有‘拟’字合乎情理。李白这首诗应该是姚鹄同时人所作，题目也应该是《拟送贺知章入道》，后被改易题目，窜入李白集中”。又考得，北宋人孔延之编《会稽掇英总集》卷二有《送贺监归乡诗集》，内有晚唐人严都所作七律，与姚鹄诗及托名李白诗用韵相同，“这就有力地证明托名李白的《送贺监归四明应制》，并非李白所作，而是晚唐人与姚鹄、严都等拟题限韵之作”（《李白〈送贺监归四明应制〉诗为伪作》，载《李白学刊》第二辑）。

代佳人寄翁参枢先辈

［题解］

此诗见于《文苑英华》卷二百六十二，不载于李白集。

等闲经夏复经寒，梦里惊嗟岂暂安。南国风光当世少，西陵演浪过江难。周旋小字挑灯读，重叠遥山隔雾看。直是为君餐不得，书来莫说更加餐。

［辨伪］

此诗非李白作，严羽《沧浪诗话·考证》、詹锳《李诗辨伪》（载《李白诗论丛》）皆已辨之。吴企明复考之曰：“笔者推测《文苑英华》所载《代佳人寄翁参枢先辈》一诗中的‘翁参枢’为‘翁彦枢’之误。……咸通元年，翁彦枢及进士第……《代佳人寄翁参枢先辈》的作者，是翁彦枢的朋友，时当晚唐，正好与李洞、方干、李群玉等人生活的世次略近。因

‘彦’、‘参’两字字形相近，遂讹为《代佳人寄翁参枢先辈》。”（《论〈文苑英华〉中的李白诗》，载《文学评论》1981年第2期）

上清宝鼎诗

［题解］

所谓李白《上清宝鼎诗》，并非李白作，而系北宋人姚安世所作。说见［美］秦寰明《旧传李白〈上清宝鼎诗〉考索——兼论“李白仙真诗”这一文化现象》（载《中国李白研究》2001—2002年集），其大要曰：姚安世系一道士，道号丹元子，宋叶梦得《避暑录话》载有其生平事迹，谓“姚本京师富人王氏子，不肖，为父所逐，事建隆观一道士。天资慧，因取《道藏》遍读，或能成诵。又多得其方术丹药。大抵好大言，做诗间有放荡奇谲语”。姚与苏轼、苏辙、秦观皆有交往。苏轼曾手录姚安世诗二首，墨迹现藏于日本大阪市立美术馆，其影印件附于［日］平冈武夫编《李白的作品》（日本京都大学人文科学研究所1958年版；上海古籍出版社1991年版），全文是：

朝披梦泽云，笠钓清茫茫。寻丝得双鲤，中有三元章。篆字若丹蛇，逸势如飞翔。还家问天老，奥义不可量。金刀割青素，灵文烂煌煌。咽服十二环，奄见仙人房。莫跨紫鳞去，海气侵肌凉。龙子善变化，化作梅花妆。赠我累累珠，靡靡明月光。劝我穿绛缕，系作裙间珰。挹子以携去，谈笑闻馀香。

人生烛上华，光灭巧妍尽。春风绕树头，日与化工进。只知雨露贪，不闻零落近。昔我飞骨时，惨见当涂坟。青松霭朝霞，飘渺山下村。既死明月魄，无复玻璃魂。念此一脱洒，长啸登昆仑。醉着鸾皇衣，星斗俯可扪。

元祐八年七月十日
丹元复传此二诗

二诗出现的大致线索，“简要言之，即：元祐八年苏轼在京城为官，道士姚安世拜访苏轼，向他出示李白像及上述二诗。苏轼抄录这两首诗。姚安世同时又将诗示秦观，秦观亦手录之（见宋·赵令畤《侯鲭录》卷二）。后来苏轼离开京城时，又向李方叔、王仲弓出示此像及诗（见宋·王直方《王直方诗话》）。这两首诗就这样出现和流传开来了”。秦观并有次韵之作二首（题为《游仙二首》，见《淮海集》卷六。原诗略）。《侯鲭录》所记诗的作者是“东华上清监清逸真人李白”，《王直方诗话》所记诗的作者是“南岳典宝东华李真人”。当时二诗尚无题目。

姚安世还有一首《李太白谪仙诗》，见于《苏东坡集·续集》，诗曰：

> 我居青云里，君隐黄埃中。声形不相吊，心事难形容。欲乘明月光，访君开素怀。天杯饮清露，展翼登蓬莱。佳人持玉尺，度君多少才。玉尺不可尽，君才无时休。对面一笑语，共蹑金鳌头。绛宫楼阙百千仞，霞衣谁与云烟浮？

《苏东坡集·后集》有次韵之作，题为《丹元子示诗，飘飘然有谪仙风骨，吴传正继作，复次其韵》（诗略）。

南宋时，黄伯思在其《东观馀论》卷上摘引《李太白谪仙诗》六句，曰：“我居青云里，君处红埃中。仙人持玉尺，度君多少才。玉尺不可尽，君才无时休。此上清宝典李太白诗也。”

明代胡震亨编《唐音统签》，从《东观馀论》中辑出上述六句，又从《王直方诗话》中辑出“咽服”、“暮跨”、“赠我”六句，合成二首诗，并将《东观馀论》中诗题“上清宝典”改为《上清宝鼎诗》，置于李白名下。题下注：“前首见《东观馀论》，后首见《王直方诗话》。”

清编《全唐诗》依《唐音统签》。乾隆年间编《唐宋诗醇》，则把前引苏轼手录的二首诗作为李白诗收入，题为《上清宝鼎诗》。

衣若芬对此有所质疑，曰：“既然（《上清宝鼎诗》的作者）是姚安世，何以秦观不直书‘次丹元子韵’，而另立诗题？是否为此诗是作者不详或来历可疑，而不作‘次丹元子韵’诗？”（《诗仙与坡仙的交会：苏轼〈李白仙诗卷〉》，载《中国李白研究》2009年集）

其一

我居清空表，君处红埃中。仙人持玉尺，废君多少才。玉尺不可尽，君才无时休。

其二

咽服十二环，奄有仙人房。暮骑紫麟去，海气侵肌凉。赠我累累珠，靡靡明月光。

“附录”所采撷论著

1. 丁稚鸿：《李白与江油》。

2. 陶敏：《李白〈送贺监归四明应制〉诗为伪作》，载《李白学刊》第二辑。

3. 吴企明：《论〈文苑英华〉中的李白诗》，载《文学评论》1981 年第 2 期。

4. ［美］：秦寰明《旧传李白〈上清宝鼎诗〉考索——兼论“李白仙真诗”这一文化现象》，载《中国李白研究》2001—2002 年集。

5. 衣若芬：《诗仙与坡仙的交会：苏轼〈李白仙诗卷〉》，载《中国李白研究》2009 年集。

参考书目

（不列常用基本文史典籍）

宋蜀刻本《李太白文集》，巴蜀书社 1985 年版。
当涂本《李翰林集》（影印本），黄山书社 2004 年版。
（宋）杨齐贤集注，（元）萧士赟删补：《分类补注李太白诗》，日本汲古书院平成十八年（2006）影印日本尊经阁藏建安余氏勤有堂元刊本。
（明）胡震亨：《李诗通》，续修四库全书本，上海古籍出版社 2000 年版。
瞿蜕园、朱金城：《李白集校注》，上海古籍出版社 1980 年版。
安旗主编：《李白全集编年注释》，巴蜀书社 1990 年版。
詹锳主编：《李白全集校注汇释集评》，百花文艺出版社 1996 年版。
复旦大学古典文学教研组：《李白诗选》，人民文学出版社 1983 年版。
郁贤皓：《李白选集》，上海古籍出版社 1990 年版。
《李白诗选注》编选组：《李白诗选注》，上海古籍出版社 1978 年版。
马里千：《李白诗选》，三联书店香港分店 1982 年版。
张才良主编：《李白诗四百首》，安徽文艺出版社 1994 年版。
赵昌平：《李白诗选评》，上海古籍出版社 2002 年版。
逯钦立辑校：《先秦汉魏晋南北朝诗》，中华书局 1983 年版。
（清）彭定求等：《全唐诗》，中华书局 1960 年版。
陈尚君辑校：《全唐诗补编》，中华书局 1992 年版。

（清）黎庶昌：《拙尊园丛稿》，载《续修四库全书》第 1561 册，上海古籍出版社 2003 年版。
中华书局编辑：《李白研究论文集》，中华书局 1964 年版。
詹锳：《李白诗文系年》，人民文学出版社 1984 年版。
詹锳：《李白诗论丛》，作家出版社 1957 年版。

郭沫若：《李白与杜甫》，人民文学出版社 1971 年版。
安旗：《李白纵横探》，陕西人民出版社 1981 年版。
安旗：《李白诗新笺》，中州书画社 1983 年版。
安旗：《李白研究》，西北大学出版社 1987 年版。
安旗：《李白诗秘要》，三秦出版社 2001 年版。
安旗：《李太白别传》，人民文学出版社 2004 年版。
郁贤皓：《李白丛考》，陕西人民出版社 1981 年版。
郁贤皓：《李白与唐代文史考论》，南京师范大学出版社 2007 年版。
乔象钟：《李白论》，齐鲁书社 1986 年版。
裴斐：《李白十论》，四川人民出版社 1981 年版。
裴斐：《看不透的人生》，北京燕山出版社 1992 年版。
周勋初：《诗仙李白之谜》（周勋初文集四），江苏古籍出版社 2000 年版。
周勋初：《李白评传》，南京大学出版社 2005 年版。
林东海：《李白游踪探胜》，人民美术出版社 1993 年版。
[日] 松浦友久著，刘维治、尚永亮、刘崇德译：《李白的客寓意识及其诗思——李白评传》，中华书局 2001 年版。
葛景春：《李白思想艺术探骊》，中州古籍出版社 1991 年版。
葛景春：《李白与唐代文化》，中州古籍出版社 1994 年版。
葛景春：《李白研究管窥》，河北大学出版社 2002 年版。
李从军：《李白考异录》，齐鲁书社 1986 年版。
刘忆萱、管士光：《李白新论》，山西人民出版社 1987 年版。
梁森：《谢朓与李白管窥》，人民文学出版社 1995 年版。
陈尚君：《唐代文学丛考》，中国社会科学出版社 1997 年版。
吕华明：《李白新考论》，作家出版社 2001 年版。
蒋志：《李白蜀中论考》，绵阳市社会科学联合会，2001 年。
陈钧：《李白与苏颋论考》，山西古籍出版社 2001 年版。
胡振龙：《李白诗古注本研究》，陕西人民出版社 2006 年版。
薛天纬：《李太白论》，太白文艺出版社 2002 年版。
马鞍山李白研究所、中国李白研究会合编：《20 世纪李白研究论文精选集》，太白文艺出版社 2000 年版。
[日] 花房英树：《李白歌诗索引》，上海古籍出版社 1991 年版。

江油李白纪念馆编：“李白纪念馆丛刊之二”《李白留故里诗选注》，1982年10月。
丁稚鸿：《李白与江油》，“青莲诗社丛书”之一，2001年。
蒋志：《李白与地域文化》，巴蜀书社2011年版。
郑修平：《李白在山东》，山东友谊书社1991年版。
武秀主编：《李白在兖州》，山东友谊出版社1995年版。
朱宗尧主编：《李白在安陆》，华中师范大学出版社1986年版。
张昕主编：《李白在安陆论丛》，安陆李白纪念馆，2007年。
张昕、王清：《李白在湖北诗文选注》，中国电影出版社2008年版。
常秀峰等：《李白在安徽》，安徽人民出版社1980年版。
马鞍山市、当涂县地方志办公室编：《李白与当涂》，1987年。
丁育民：《李白游秋浦》，黄山书社1989年版。
张才良主编：《李白安徽诗文校笺》，安徽文艺出版社1992年版。
茆家培、李子龙主编：《谢朓与李白研究》，人民文学出版社1995年版。
李子龙主编：《李白与马鞍山》，安徽文艺出版社1999年版。
胡大宇、杨隆昌编著：《谁说李白没到过夜郎》，中国文史出版社2009年版。
马鞍山市李白研究会编：《中日李白研究论文集》，中国展望出版社1986年版。
（四川）李白研究学会编：《李白研究论丛》，巴蜀书社1987年版。
江油市人民政府、四川李白研究会编：《千年诗魂　蜀道李白——纪念李白诞辰一千三百周年李白诗歌研讨会论文集》，四川大学出版社2003年版。
四川省教育厅李白文化研究中心等：《李白文化研究·2008》，巴蜀书社2009年版。
王辉斌：《李白研究新探》，黄山书社2013年版。

裴斐、刘善良编：《李白资料汇编（金元明清之部）》，中华书局1994年版。
金涛声、朱文彩编：《李白资料汇编（唐宋之部）》，中华书局2007年版。

（唐）长孙无忌等撰，刘俊文点校：《唐律疏议》，中华书局1983年版。
（唐）李林甫等撰，陈仲夫点校：《唐六典》，中华书局1992年版。

（唐）李吉甫撰，贺次君点校：《元和郡县图志》，中华书局 1983 年版。
（唐）林宝撰，郁贤皓、陶敏整理：《元和姓纂》，中华书局 1984 年版。
（唐）王定保：《唐摭言》，乾隆丙子镌雅雨堂藏版，载《笔记小说大观》第 20 编第 1 册，台北：新兴书局 1978 年版。
（宋）邵博：《邵氏闻见后录》，中华书局 1983 年版。
（清）吴廷燮：《唐方镇年表》，中华书局 1980 年版。
严耕望：《唐仆尚丞郎表》，上海古籍出版社 2007 年版。
孟二冬：《登科记考补正》，燕山出版社 2003 年版。
岑仲勉：《郎官石柱题名新考订》，上海古籍出版社 1984 年版。
（清）赵钺、劳格撰，张忱石点校：《唐御史台精舍题名考》，中华书局 1997 年版。
岑仲勉：《唐人行第录》，上海古籍出版社 1978 年版。
郁贤皓：《唐刺史考》，江苏古籍出版社 1987 年版。
戴伟华：《唐方镇文职僚佐考》，天津古籍出版社 1994 年版。
郁贤皓、胡可先：《唐九卿考》，中国社会科学出版社 2003 年版。
周祖譔主编：《中国文学家大辞典·唐五代卷》，中华书局 1992 年版。
傅璇琮：《唐代诗人丛考》，中华书局 1980 年版。
傅璇琮主编：《唐才子传校笺》，中华书局 1987 年版、1995 年版。
王辉斌主编：《孟浩然大辞典》，黄山书社 2008 年版。
周勋初：《文史探微》，上海古籍出版社 1987 年版。
佟培基：《全唐诗重出误收考》，陕西人民教育出版社 1996 年版。
毛蕾：《唐代翰林学士》，社会科学文献出版社 2000 年版。
王勋成：《唐代铨选与文学》，中华书局 2001 年版。
向达：《唐代长安与西域文明》，生活·读书·新知三联书店 1987 年版。
乔象钟、陈铁民主编：《唐代文学史》，人民文学出版社 1995 年版。
（宋）刘克庄：《后村诗话》，中华书局 1983 年版。
（清）赵翼：《瓯北诗话》，人民文学出版社 1963 年版。
冯其庸：《中国文学史稿》，载《冯其庸文集》，青岛出版社 2012 年版。

高亨：《诗经今注》，上海古籍出版社 1980 年版。
杨伯峻：《论语译注》，中华书局 1958 年版。
张燕婴：《论语》，中华书局 2006 年版。

马茂元：《古诗十九首初探》，陕西人民出版社 1981 年版。
赵幼文：《曹植集校注》，人民文学出版社 1984 年版。
余冠英：《汉魏六朝诗选》，人民文学出版社 1978 年版。
钱仲联：《鲍参军集注》，上海古籍出版社 1980 年版。
曹融南：《谢宣城集校注》，上海古籍出版社 1991 年版。
（唐）殷璠等：《唐人选唐诗十种》，上海古籍出版社 1978 年版。
（明）唐汝询：《唐诗解》，河北大学出版社 2001 年版。
佟培基：《孟浩然诗集笺注》，上海古籍出版社 2000 年版。
陶敏、陶红雨：《刘禹锡全集编年校注》，岳麓书社 2003 年版。
施蛰存：《唐诗百话》，上海古籍出版社 1987 年版。

江蓝生、曹广顺：《唐五代语言词典》，上海教育出版社 1997 年版。
江蓝生：《实用全唐诗词典》，山东教育出版社 1994 年版。
张相：《诗词曲语词汇释》，中华书局 1964 年版。
杨树达：《词诠》，中华书局 1954 年版。
徐仁甫：《广释词》，四川人民出版社 1981 年版。
王锳：《诗词曲语词例释》，中华书局 1986 年版。
蒋礼鸿：《义府续貂》，中华书局 1981 年版。

《文学研究集刊》第五册，人民文学出版社 1957 年版。
《中华文史论丛》第二辑，中华书局上海编辑所 1962 年版。
《中华文史论丛》第七十六辑，上海古籍出版社 2004 年版。
《学林漫录》初集，中华书局 1980 年版。
《学林漫录》六集，中华书局 1982 年版。
《学林漫录》十一集，中华书局 1985 年版。
《李白研究》89－1、90－1、2，马鞍山市李白研究会印。
《唐研究》第十七卷，北京大学出版社 2011 年版。
《唐代文学》第一期（《西北大学学报》丛刊），1981 年版。
《唐代文学论丛》1982 年第一期，陕西人民出版社 1982 年版。
《唐代文学论丛》1982 年第二期，陕西人民出版社 1983 年版。
《唐代文学论丛》总第三辑，陕西人民出版社 1983 年版。
《唐代文学论丛》总第五辑，陕西人民出版社 1984 年版。

《唐代文学论丛》总第九期，陕西人民出版社1987年版。
《唐代文学研究》第三辑，广西师范大学出版社1992年版。
《唐代文学研究》第九辑，广西师范大学出版社2002年版。
《唐代文学研究》第十一辑，广西师范大学出版社2006年版。
《唐代文学研究》第十二辑，广西师范大学出版社2008年版。
《唐代文学研究年鉴》（1983—2008），陕西人民出版社、陕西师范大学出版社、广西师范大学出版社版。
《唐诗研究专著、论文目录索引（1949—1981）》，陕西师范大学中文系资料室1982编印。
马鞍山李白研究所、北京国学时代文化传播有限公司联合研制《二十世纪李白研究论文库》，2003年（电子版）。

《李白学刊》第一辑，上海三联书店1989年版。
《李白学刊》第二辑，上海三联书店1989年版。
《中国李白研究》1990年集·上，江苏古籍出版社1990年版。
《中国李白研究》1990年集·下，江苏古籍出版社1991年版。
《中国李白研究》1991年集，江苏古籍出版社1993年版。
《中国李白研究》1992—1993年集，安徽文艺出版社1994年版。
《中国李白研究》1994年集，安徽文艺出版社1996年版。
《中国李白研究》1995—1996年集，安徽文艺出版社1997年版。
《中国李白研究》1997年集，安徽文艺出版社1998年版。
《中国李白研究》1998—1999年集，安徽文艺出版社2000年版。
《中国李白研究》2000年集，安徽文艺出版社2000年版。
《中国李白研究》2001—2002年集，黄山书社2002年版。
《中国李白研究》2003—2004年集，黄山书社2004年版。
《中国李白研究》2005年集，黄山书社2005年版。
《中国李白研究》2006—2007年集，黄山书社2007年版。
《中国李白研究》2008年集，黄山书社2008年版。
《中国李白研究》2009年集，黄山书社2009年版。

《文学与新闻传播研究》第四辑，民族出版社2009年版。
《河洛文化论丛》第三辑，中州古籍出版社2006年版。

诗歌篇目索引

（以首字音序排列）

A

安州应城玉女汤作　31

B

巴陵赠贾舍人　282
巴女词　22
灞陵行送别　129
白鼻騧　114
白头吟二首　371
白微时募县小吏入令卧内尝驱牛经堂下令妻怒将加诘责白亟以诗谢云　13
北风行　167
避地司空原言怀　236
别匡山　14
别内赴征三首　214
豳歌行上新平长史兄粲　42

C

草创大还赠柳官迪　138
草书歌行　285
长干行　355
长相思（长相思，在长安）　47
长信宫　122
朝下过卢郎中叙旧游　98
嘲鲁儒　75
酬崔侍御　151
酬崔五郎中　38
酬坊州王司马与阎正字对雪见赠　32
酬王补阙翼惠庄庙宋丞泚赠别　44
酬殷佐明见赠五云裘歌　295
酬宇文少府见赠桃竹书筒　10
酬张卿夜宿南陵见赠　88
酬中都小吏携斗酒双鱼于逆旅见赠　86
出自蓟北门行　165
初月　6
春感诗　10

春归终南山松龙旧隐 43
春陪商州裴使君游石娥溪 130
春日行 101
春夜洛城闻笛 61
从驾温泉宫醉后赠杨山人 97
窜夜郎于乌江留别宗十六璟 267

D

答杜秀才五松山见赠 197
答湖州迦叶司马问白是何人 149
答王十二寒夜独酌有怀 153
答友人赠乌纱帽 383
大堤曲 66
代佳人寄翁参枢先辈 402
登锦城散花楼 13
登敬亭北二小山余时送客逢崔侍御并登此地 176
登新平楼 40
丁督护歌 148
东海有勇妇 140
东鲁门泛舟二首 80
冬日归旧山 11
冬夜醉宿龙门觉起言志 60
独漉篇 291
独酌 358
独坐敬亭山 178
渡荆门送别 22
对雪奉饯任城六父秩满归京 141
对雪献从兄虞城宰 141
对雨 5

E

峨眉山月歌 18
峨眉山月歌送蜀僧晏入中京 281

F

泛沔州城南郎官湖 256
访戴天山道士不遇 3
访道安陵遇盖寰为余造真箓临别留赠 137
放后遇恩不沾 259
奉饯高尊师如贵道士传道箓毕归北海 138
扶风豪士歌 209
赋得鹤送史司马赴崔相公幕 230

G

感时留别从兄徐王延年从弟延陵 211
感兴八首 345
感遇四首 349
感寓二首 340
公无渡河 248
宫中行乐词八首 99
姑熟十咏 198
古风五十九首 303
挂席江上待月有怀 374
闺情 370
过四皓墓 131

过汪氏别业二首 196

H

邯郸南亭观妓 163
翰林读书言怀呈集贤诸学士 116
杭州送裴大泽赴庐州长史 376
胡无人 108
淮南卧病书怀寄蜀中赵征君蕤 29
还山留别金门知己 126
黄鹤楼送孟浩然之广陵 67

J

寄东鲁二稚子 78
寄淮南友人 46
寄上吴王三首 184
寄王汉阳 258
寄韦南陵冰余江上乘兴访之遇寻颜尚书笑有此赠 281
饯校书叔云 180
江上答崔宣城 172
江上望皖公山 362
江西送友人之罗浮 366
江夏别宋之悌 62
江夏使君叔席上赠史郎中 275
江夏行 66
江夏赠韦南陵冰 272
金陵凤凰台置酒 365
金陵江上遇蓬池隐者 361
金陵酒肆留别 373
金乡送韦八之西京 145
泾溪南蓝山下有落星潭可以卜筑余泊舟石上寄何判官昌浩 235
经乱后将避地剡中留赠崔宣城 207
经乱离后天恩流夜郎忆旧游书怀赠江夏韦太守良宰 273
荆门浮舟望蜀江 23
静夜思 378
九日龙山饮 297
九月十日即事 298
君道曲 107
君马黄 225
君子有所思行 109

K

箜篌谣 226
口号吴王美人半醉 185
枯鱼过河泣 123
哭晁卿衡 186

L

来日大难 126
梁甫吟 60
梁园吟 57
留别曹南群官之江南 170
留别龚处士 261
留别王司马嵩 42
留别于十一兄逖裴十三游塞垣 160
流夜郎半道承恩放还兼欣克复之美书怀示息秀才 264

流夜郎题葵叶 269
流夜郎闻酺不预 247
流夜郎永华寺寄寻阳群官 249
流夜郎赠辛判官 253
流夜郎至江夏陪长史叔及薛明府宴兴德寺南阁 254
流夜郎至西塞驿寄裴隐 250
庐江主人妇 186
庐山东林寺夜怀 359
庐山谣寄卢侍御虚舟 286
鲁城北郭曲腰桑下送张子还嵩阳 85
鲁东门观刈蒲 84
鲁郡东石门送杜二甫 82
鲁郡尧祠送窦明府薄华还西京 142
鲁郡尧祠送张十四游河北 84
鲁中都东楼醉起作 145

M

猛虎行 210
梦游天姥吟留别东鲁诸公 146
摩多楼子 385
陌上桑 110
陌上赠美人 388

N

南奔书怀 223
南陵别儿童入京 90
南流夜郎寄内 271
拟古十二首 341

P

陪侍郎叔游洞庭醉后三首 284
陪宋中丞武昌夜饮怀古 233
陪族叔刑部侍郎晔及中书贾舍人至游洞庭五首 283
菩萨蛮 390

Q

前有樽酒行二首 113
将进酒 58
清平调词三首 102
清溪行 193
秋浦歌十七首 187
秋日登扬州西灵塔 182
秋日炼药院镊白发赠元六兄林宗 356
秋山寄卫尉张卿及王征君 38

R

日出入行 373

S

单父东楼秋夜送族弟况之秦 143
塞下曲六首 110
三山望金陵寄殷淑 287
僧伽歌 156

沙丘城下寄杜甫 83
山中问答 30
上崔相百忧章 227
上皇西巡南京歌十首 243
上李邕 9
上留田 226
上清宝鼎诗 403
上三峡 262
上云乐 105
上之回 120
少年行 164
少年行二首 114
舍利佛 384
侍从宜春苑奉诏赋龙池柳色初青听新莺百啭歌 99
蜀道难 51
述德兼陈情上哥舒大夫 169
嵩山采菖蒲者 363
送程刘二侍御兼独孤判官赴安西幕府 112
送韩准裴政孔巢父还山 81
送贺监归四明应制 401
送王屋山人魏万还王屋 183
送温处士归黄山白鹅峰旧居 362
送郄昂谪巴中 258
送萧三十一之鲁中兼问稚子伯禽 77
送杨山人归嵩山 127
送杨少府赴选 364
送杨燕之东鲁 150
送殷淑三首 287
送友人入蜀 55
送侄良携二妓赴会稽戏有此赠 384
宿巫山下 19
宿虾湖 194

T

太华观 401
题江油尉厅 7
题宛溪馆 175
天马歌 289
天台晓望 361
同吴王送杜秀芝赴举入京 185
同族弟金城尉叔卿烛照山水壁画歌 113
同族侄评事黯游昌禅师山池二首 375

W

玩月金陵城西孙楚酒楼达曙歌吹日晚乘醉著紫绮裘乌纱巾与酒客数人棹歌秦淮往石头访崔四侍御 152
万愤词投魏郎中 231
望夫石 4
望庐山瀑布二首 386
望木瓜山 270
望天门山 386
望鹦鹉洲怀祢衡 255
魏郡别苏少府因 162
闻李太尉大举秦兵百万出征东南懦

夫请缨冀申一割之用半道病还留别金陵崔侍御十九韵 292
乌栖曲 121
巫山枕障 389
五月东鲁行答汶上翁 74

X

戏赠杜甫 167
系寻阳上崔相涣三首 230
下终南山过斛斯山人宿置酒 125
献从叔当涂宰阳冰 294
相逢行 378
襄阳歌 63
晓晴 5
效古二首 338
行路难三首 47
行行游且猎篇 165
叙旧赠江阳宰陆调 45
宣城见杜鹃花 296
宣州九日闻崔四侍御与宇文太守游敬亭余时登响山不同此赏醉后寄崔侍御二首 177
宣州谢朓楼饯别校书叔云 178
雪谗诗赠友人 154
寻雍尊师隐居 3

Y

宴陶家亭子 375
阳春歌 121
邺中赠王大劝入高凤石门山幽居 73
夜别张五 37
夜泊黄山闻殷十四吴吟 288
忆旧游寄谯郡元参军 158
忆秦娥 394
忆秋浦桃花旧游时窜夜郎 271
忆襄阳旧游赠马少府巨 64
阴盘驿送贺监归越 128
郢门秋怀 359
永王东巡歌十一首 217
咏山樽二首 377
幽州胡马客歌 166
游秋浦白笴陂二首 193
游泰山六首 86
游谢氏山亭 296
与从侄杭州刺史良游天竺寺 370
与史郎中钦听黄鹤楼上吹笛 251
与元丹丘方城寺谈玄作 157
与周刚清溪玉镜潭宴别 195
与诸公送陈郎将归衡阳并序 265
雨后望月 6
玉真公主别馆苦雨赠卫尉张卿二首 34
玉真仙人词 358
狱中上崔相涣 229
寓言三首 348
豫章行 290
远别离 170
怨情 122
月下独酌四首 124

Z

在水军宴韦司马楼船观妓 216
在水军宴赠幕府诸侍御 216
早发白帝城 272
早秋单父南楼酬窦公衡 85
早秋赠裴十七仲堪 367
赠别王山人归布山 82
赠别郑判官 260
赠从弟洌 76
赠从弟南平太守之遥二首 268
赠从兄襄阳少府皓 64
赠崔侍御（长剑一杯酒） 131
赠崔侍御（黄河三尺鲤） 132
赠何七判官昌浩 234
赠溧阳宋少府陟 208
赠卢司户 285
赠孟浩然 65
赠内 30
赠裴十四 40
赠僧朝美 369
赠嵩山焦炼师并序 357
赠汪伦 195
赠王判官时余归隐居庐山屏风叠 212
赠韦秘书子春 213
赠韦侍御黄裳二首 368
赠新平少年 41
赠宣城宇文太守兼呈崔侍御 175
赠宣城赵太守悦 180
赠张相镐二首 237
战城南 372
张相公出镇荆州寻除太子詹事余时流夜郎行至江夏与张公去千里公因太府丞王昔使车寄罗衣二事及五月五日赠余诗余答以此诗 252
至陵阳山登天柱石酬韩侍御见招隐黄山 174
中丞宋公以吴兵三千赴河南军次寻阳脱余之囚参谋幕府因赠之 233
子夜吴歌四首 115
自巴东舟行经瞿塘峡登巫山最高峰晚还题壁 20
自广平乘醉走马六十里至邯郸登城楼览古书怀 162
自汉阳病酒归寄王明府 262
自溧水道哭王炎三首 56
自梁园至敬亭山见会公谈陵阳山水兼期同游因有此赠 173
醉题王汉阳厅 259

后　记

这部书稿是完成于2010年的国家社科基金课题《李白诗歌解读》的最终成果，所以，书中援引诸家论著的刊布年份以2010年为下限。在修改定稿过程中，仅增加了三篇发表于此后的文章，一是朱玉麒《许圉师家族的洛阳聚居与李白安陆见招——大唐西市博物馆藏〈许肃之墓志〉相关问题考论》（载《唐研究》第十七卷，北京大学出版社2011年版），二是笔者《〈静夜思〉的讨论该划句号了》（载《文史知识》2011年第12期），三是笔者《〈梦游天姥吟留别〉诗题辨误》（载《文学评论》2013年第2期）。

本书得以列入中国人民大学国学院“大国学研究文库”，由中国社会科学出版社出版，谨对国学院领导及出版社编辑致以诚挚的谢意。

作者谨识

2016年9月